Sidney Sheldon
Die Pflicht zu schweigen

Sidney Sheldon

Die Pflicht
zu schweigen

Roman

Aus dem Amerikanischen
von Gerhard Beckmann

Blanvalet

Die amerikanische Originalausgabe erschien
unter dem Titel »Nothing Lasts Forever«
bei William Morrow and Company, Inc., New York.

Umwelthinweis:
Dieses Buch und der Schutzumschlag wurden auf chlorfrei
gebleichtem Papier gedruckt.
Die Einschrumpffolie (zum Schutz vor Verschmutzung) ist aus
umweltschonender und recyclingfähiger PE-Folie.

Der Blanvalet Verlag
ist ein Unternehmen der Verlagsgruppe Bertelsmann

2. Auflage
Copyright © 1994 by Sidney Sheldon
All rights reserved including the right of reproduction
in whole or in any part in any form
Copyright © der deutschen Ausgabe 1994 by
Blanvalet Verlag GmbH, München
Satz: Uhl + Massopust, Aalen
Druck und Bindung: Mohndruck, Gütersloh
Made in Germany · ISBN 3-7645-7732-0

Was mit Arzneien nicht geheilt werden kann,
wird mit dem Messer geheilt; was das Messer
nicht heilen kann, wird mit dem brennenden
Eisen geheilt; und was immer dies nicht zu
heilen vermag, muß als unheilbar betrachtet
werden.

HIPPOKRATES, um 480 v. Chr.

Es gibt drei Arten von Menschen: Männer,
Frauen und Frauen, die Ärzte sind.

SIR WILLIAM OSLER

*All denen, die mich mit ihrem
Fachwissen unterstützt haben,
möchte ich hier meinen Dank aussprechen.*

PROLOG

San Francisco
Frühjahr 1995

District Attorney Carl Andrews platzte der Kragen. »Zum Teufel damit!« brüllte er. »Gleich drei Fälle auf einen Haufen! Und nicht nur, daß die drei Hauptpersonen in *einer* Wohnung leben – nein, sie müssen auch noch an ein und demselben Krankenhaus arbeiten! Wegen der ersten wird fast das Krankenhaus geschlossen, die zweite bringt wegen einer Million Dollar einen Patienten um, und die dritte wird ermordet!«

Andrews schnappte nach Luft. »Und lauter Frauen! Auch das noch! Drei gottverdammte *Frauen* – und *Ärztinnen* obendrein! Da *müssen* sie ja Medienlieblinge werden! Werden wie Berühmtheiten behandelt! Tummeln sich andauernd auf dem Bildschirm! Das TV-Magazin *60 Minutes* hat ihnen einen ganzen Block gewidmet! Barbara Walters hat über sie eine Sondersendung gemacht! Ich kann keine Zeitung, keine Zeitschrift mehr aufschlagen, ohne daß mir ein Foto von denen ins Gesicht springt und ich *wieder* was über sie lesen muß! Wetten, daß Hollywood über sie einen Film dreht? Da werden diese drei Biester dann endgültig zu Volksidolen! Sollte mich überhaupt nicht wundern, wenn die Regierung Briefmarken mit ihren Visagen drucken würde – so wie bei Presley. Aber, bei Gott, das lass' ich mir nicht bieten!«

Er schlug mit der Faust auf die Titelseite des *Time*-Magazins mit dem Frauenfoto und der Schlagzeile: *Dr. Paige Taylor – Engel der Barmherzigkeit oder Gehilfin des Teufels?*

»Dr. Paige Taylor.« Die Stimme des District Attorney verriet Ekel. Er wandte sich an Gus Venable. Venable war sein bester Mann – der Hauptankläger. »Gus, diesen Prozeß überlasse ich dir. Und daß du es weißt – ich will einen Schuldspruch. Es war vorsätzlicher Mord. Die Todesstrafe!«

»Keine Sorge«, erwiderte Gus Venable ruhig und leise. »Dafür werde ich sorgen.«

Im Gerichtssaal dachte Gus Venable, nachdem er Dr. Paige Taylor gründlich gemustert hatte: *Gegen die kommt man bei den Geschworenen nie an.* Er mußte grinsen. *Einen Angeklagten, gegen den man nicht ankommen kann, gibt es überhaupt nicht.* Sie war groß und schlank und hatte braune Augen, die in dem blassen Gesicht einfach umwerfend wirkten. Ein unbeteiligter Beobachter hätte sie als attraktive Frau bezeichnet und es dabei belassen. Einem aufmerksameren Beobachter wäre mehr aufgefallen – daß in dieser Frau nämlich alle Lebensphasen nebeneinander existierten. Da zeigte sich die glückliche Erregung des Kindes, die die scheue Unsicherheit der Heranwachsenden und die Klugheit und den Schmerz der reifen Frau überlagerte. Paige Taylor hatte etwas Unschuldiges an sich. *So eine Frau,* dachte Gus Venable zynisch, *würde ein Mann seiner Mutter mit stolzgeschwellter Brust gern als seine Freundin vorstellen – vorausgesetzt natürlich, er hat eine Mutter mit einer Schwäche für kaltblütige Mörderinnen.*

In ihren Augen lag eine schon fast unheimliche Entrücktheit. Der Blick ließ erkennen, daß Dr. Paige Taylor sich ganz in sich selbst zurückgezogen hatte, in eine andere Welt und eine andere Zeit, weitab von diesem kalten, sterilen Gerichtssaal, wo sie nun in der Falle saß.

Der Prozeß fand in San Francisco im altehrwürdigen Gerichtspalast an der Bryant Street statt, einem abweisenden Gebäude, in dem der Superior Court und das Bezirksgefängnis untergebracht waren – sieben Stockwerke hoch, mit Mauern aus grauen Steinquadern. Besucher mußten dort elektronische Sicherheitsschleusen passieren.

Der Superior Court lag im dritten Stock. Mordprozesse fanden im Gerichtssaal 121 statt. Die Richterbank stand an der rückwärtigen Wand, hinter ihr eine Flagge der Vereinigten Staaten von Amerika. Die Jury der Geschworenen saß vom Richter aus gesehen links. In der Mitte des Raums standen, durch einen Gang getrennt, zwei Tische – einer für den Ankläger, der andere für den Anwalt der Verteidigung.

Der Gerichtssaal war gedrängt voll von Reportern und den für Mordprozesse und tödliche Verkehrsunfälle typischen Zuschauern. Was Mordprozesse betraf, so war der anstehende Fall spektakulär genug. Schon der Ankläger Gus Venable war ein Schauspiel für sich – ein stämmiger Mann, riesengroß, mit grauer Mähne, einem Ziegenbärtchen und dem höflichen Gehabe eines Plantagenbesitzers aus den Südstaaten, obwohl er nie im Süden gelebt hatte. Er wirkte immer leicht verwirrt; dabei arbeitete sein Verstand mit der Präzision eines Computers. Sein Markenzeichen, sommers wie winters, war ein weißer Anzug und ein altmodisches Hemd mit steifem Kragen.

Paige Taylors Anwalt Alan Penn war das genaue Gegenteil – untersetzt, energiegeladen, scharf wie ein Hai. Penn hatte sich den Ruf erworben, für seine Klienten am laufenden Band Freisprüche herauszuholen.

Die beiden Männer standen sich nicht zum erstenmal gegenüber; sie zollten sich gegenseitig widerwillig Respekt – und mißtrauten einander zutiefst. Als Alan Penn ihn eine Woche vor Prozeßbeginn aufgesucht hatte, war Venable überrascht gewesen.

»Ich bin gekommen, um Ihnen einen Gefallen zu tun, Gus.«

Nimm dich vor Anwälten in acht, die dir mit Geschenken kommen. »Was haben Sie denn auf dem Herzen, Alan?«

»Also bitte – ich habe es noch nicht mit meiner Klientin besprochen –, aber nehmen wir einmal an – stellen Sie sich nur einmal vor –, ich könnte sie dazu bringen, daß sie sich bei einer geminderten Anklage schuldig bekennt und dem Staat damit die Prozeßkosten erspart?«

»Wollen Sie mir einen Deal vorschlagen, damit wir die Sache rasch aus der Welt schaffen?«

»Ja.«

9

Gus Venable streckte die Hand nach dem Schreibtisch aus. Er suchte etwas. »Ich kann meinen verdammten Kalender nicht finden. Wissen Sie, welches Datum wir heute haben?«

»Den ersten Juni. Wieso?«

»Jetzt hab' ich doch tatsächlich geglaubt, es wäre schon wieder Weihnachten. Sonst wären Sie wohl kaum auf die Idee gekommen, mich um solch ein Geschenk zu bitten.«

»Gus...«

Venable lehnte sich in seinem Stuhl vor. »Wissen Sie, Alan – normalerweise würde ich ja versucht sein, Ihnen entgegenzukommen. Und um die Wahrheit zu sagen – ich wäre gerade jetzt gern zum Angeln in Alaska. Aber die Antwort lautet nein. Sie verteidigen eine kaltblütige Mörderin, die einen hilflosen Patienten umgebracht hat, weil sie sein Geld wollte. Ich fordere die Todesstrafe.«

»Ich halte sie für unschuldig, und ich...«

Venable stieß ein kurzes, schnaubendes Lachen aus. »Nein, tun Sie nicht. Und auch sonst niemand. Es handelt sich hier um einen absolut eindeutigen Fall. Ihre Klientin ist genauso schuldig, wie Kain es war.«

»Nicht, bevor die Geschworenen so entschieden haben, Gus.«

»Werden sie aber.« Er hielt kurz inne. »Werden sie bestimmt.«

Als Alan Penn fort war, blieb Gus Venable noch eine Weile sitzen und dachte über das Gespräch nach. Daß Penn ihn aufgesucht hatte, war ein Zeichen von Schwäche. Offensichtlich wußte Penn, daß er keine Chance hatte, diesen Prozeß zu gewinnen. Gus dachte an die unwiderlegbaren Beweise, die er in der Hand hatte. Er dachte an die Zeugen, die er vor Gericht rufen würde. Er war sich seiner Sache sicher.

Gar keine Frage – Dr. Paige Taylor würde sterben müssen.

Es war nicht leicht gewesen, unvoreingenommene Geschworene für die Jury zu finden, denn der Fall hatte monatelang Schlagzeilen gemacht, und die Kaltblütigkeit des Mordes hatte in der Öffentlichkeit einen wahren Sturm der Entrüstung ausgelöst.

Vorsitzende Richterin war Vanessa Young, eine schwierige,

brillante schwarze Juristin, die als Kandidatin für die nächste Vakanz am Obersten Gerichtshof galt. Sie war nicht gerade bekannt für ihre Langmut Anwälten gegenüber. Unter Prozeßanwälten in San Francisco ging der Spruch um: *Wenn dein Klient schuldig ist und du auf Milde hoffst, dann meide Richterin Young.*

Am Tag vor Prozeßbeginn hatte Richterin Young beide Anwälte zu sich bestellt.

»Meine Herren – wir wollen uns über ein paar Grundregeln verständigen. Angesichts der besonderen Schwere dieses Falls bin ich durchaus zu gewissen Zugeständnissen bereit, damit die Angeklagte einen fairen Prozeß bekommt. Aber ich warne Sie beide. Versuchen Sie nicht, das auszunutzen. Ist das klar?«

»Jawohl, Euer Ehren.«

»Jawohl, Euer Ehren.«

Gus Venable schloß seine einleitende Erklärung ab. »Und deshalb, meine Damen und Herren Geschworenen, wird der Staat beweisen – jawohl, er wird ohne jeden Zweifel beweisen –, daß Dr. Paige Taylor ihren Patienten John Cronin umgebracht hat. Und nicht nur, daß sie damit einen Mord begangen hat. Sie hat es für Geld getan . . . für viel Geld. Sie hat John Cronin für eine Million getötet.

Glauben Sie mir: Nachdem Sie alle Beweise gehört haben, werden Sie keine Mühe haben, Dr. Paige Taylor des Mordes für schuldig zu befinden. Ich danke Ihnen.«

Die Geschworenen saßen schweigend da, ungerührt, aber erwartungsvoll.

Gus Venable wandte sich an die Richterin. »Wenn es Euer Ehren genehm ist, möchte ich als ersten Zeugen der Anklage Gary Williams aufrufen.«

Als der Zeuge vereidigt war, fragte Gus Venable: »Sie arbeiten als Pfleger am Embarcadero County Hospital?«

»Ja, das ist richtig.«

»Haben Sie auf Station 3 gearbeitet, als dort im vergangenen Jahr John Cronin eingeliefert wurde?«

»Ja.«

»Können Sie uns den Namen des Arztes nennen, der für diesen Fall verantwortlich war?«

»Dr. Taylor.«

»Wie würden Sie die Beziehung zwischen Dr. Taylor und John Cronin beschreiben?«

»Einspruch!« Alan Penn war aufgesprungen. »Er fordert den Zeugen auf, eine Schlußfolgerung zu ziehen!«

»Einspruch stattgegeben.«

»Lassen Sie es mich anders ausdrücken. Haben Sie je Gespräche zwischen Dr. Taylor und John Cronin mitgehört?«

»Aber sicher. Das ließ sich gar nicht vermeiden. Ich habe doch die ganze Zeit über auf dieser Station gearbeitet.«

»Würden Sie diese Gespräche als freundlich beschreiben?«

»Nein, Sir.«

»Tatsächlich? Warum sagen Sie das?«

»Nun ja, ich erinnere mich an den Tag, als Mr. Cronin eingeliefert wurde. Und als Dr. Taylor dann ihre Untersuchung begann, da hat er gesagt, sie soll ihre...« Er zögerte. »Ich weiß nicht, ob ich seine Ausdrücke wiederholen sollte.«

»Nur zu, Mr. Williams. Meines Wissens halten sich in diesem Gerichtssaal keine Kinder auf.«

»Nun ja, er hat gesagt, daß sie ihre Scheißhände von ihm wegnehmen soll.«

»*Das* hat er zu Dr. Taylor gesagt?«

»Ja, Sir.«

»Erzählen Sie dem Gericht bitte, was Sie sonst noch beobachtet oder gehört haben.«

»Nun ja, er hat sie immer nur ›dieses Miststück‹ genannt. Er hat nicht gewollt, daß sie ihm nahe kam. Wenn sie sein Krankenzimmer betrat, hat er immer nur so Sachen gesagt wie: ›Schon wieder dieses Miststück!‹ und ›Bestellen Sie diesem Miststück, daß es mich in Ruhe lassen soll!‹ und ›Warum können Sie mir keinen *richtigen* Doktor schicken?‹«

Gus Venable machte eine Pause, um seinen Blick in Paige

Taylors Richtung wandern zu lassen. Die Augen der Geschworenen folgten ihm. Venable schüttelte den Kopf, wie wenn er tiefbetrübt wäre, und wandte sich dann erneut an den Zeugen. »Hat John Cronin auf Sie den Eindruck eines Menschen gemacht, der Dr. Taylor eine Million Dollar schenken würde?«

Alan Penn war erneut aufgesprungen. »Einspruch! Er will schon wieder eine bloße Meinung hören.«

Die Richterin erklärte: »Abgewiesen. Der Zeuge darf die Frage beantworten.«

Alan Penn sank auf seinem Stuhl zurück und schaute Paige Taylor nur an.

»Mein Gott, nein. Er konnte sie nicht ausstehen.«

Dr. Arthur Kane war im Zeugenstand.

Gus Venable hob an: »Dr. Kane, Sie waren der diensttuende Krankenhausarzt, als entdeckt wurde, daß John Cronin ermordet wor...« Er sah zur Richterin hinüber. »... an dem Insulin starb, das seiner intravenösen Versorgung beigegeben worden war. Ist das richtig?«

»Jawohl.«

»Und Sie haben anschließend festgestellt, daß die Verantwortung bei Dr. Taylor lag.«

»So ist es.«

»Dr. Kane, ich zeige Ihnen jetzt die von Dr. Taylor unterzeichnete amtliche Sterbeurkunde.« Er nahm ein Papier und reichte es Kane. »Würden Sie das bitte vorlesen?«

Kane las: »John Cronin. Todesursache: Atemstillstand, eingetreten als Komplikation eines Myokardinfarktes, eingetreten als Komplikation einer Lungenembolie.«

»In allgemeinverständlichen Worten?«

»Der Bericht besagt, daß der Patient an einem Herzanfall starb.«

»Und der Bericht wurde von Dr. Taylor abgezeichnet?«

»Jawohl.«

»Dr. Kane, ist das die wahre Ursache für John Cronins Tod gewesen?«

»Nein. Der Tod ist durch die Injektion von Insulin verursacht worden.«

»Dr. Taylor hat also eine tödliche Dosis Insulin verabreicht und den Bericht hinterher gefälscht?«

»Jawohl.«

»Und Sie haben den Verwaltungsdirektor des Krankenhauses, Dr. Wallace, in Kenntnis gesetzt, der daraufhin die Behörden informiert hat?«

»Jawohl. Ich habe das als meine Pflicht angesehen.« In seiner Stimme schwang ein Ton gerechter Empörung mit. »Ich bin Arzt. Ich halte nichts davon, einem anderen Menschen das Leben zu nehmen. Unter keinen Umständen.«

Als nächster Zeuge wurde Cronins Witwe aufgerufen. Hazel Cronin war eine Enddreißigerin mit leuchtendrotem Haar und einer üppigen Figur, die von dem schlichten schwarzen Kleid keineswegs verborgen wurde.

Gus Venable sagte: »Ich bin mir bewußt, wie schmerzvoll das hier für Sie ist, Mrs. Cronin, ich muß Sie aber trotzdem bitten, dem Gericht Ihre Beziehung zu Ihrem verstorbenen Ehemann darzulegen.«

Die Witwe Cronin fuhr sich mit einem großen Spitzentaschentuch über die Augen. »John und ich haben eine liebevolle Ehe geführt. Er war ein wunderbarer Mann. Er hat mir oft gesagt, daß ich ihm das einzig wahre Glück in seinem ganzen Leben geschenkt hätte.«

»Wie lange sind Sie mit John Cronin verheiratet gewesen?«

»Zwei Jahre. John hat immer gesagt, es wären für ihn zwei Jahre wie im Himmel gewesen.«

»Mrs. Cronin, hat Ihr Ehemann mit Ihnen je über Dr. Taylor gesprochen? Hat er Ihnen erzählt, daß er sie für eine großartige Ärztin hielt? Oder wie sehr sie ihm geholfen hat? Oder wie gern er sie hatte?«

»Er hat sie nie erwähnt.«

»Niemals?«

»Niemals.«

»Hat John mit Ihnen je darüber gesprochen, daß er Sie und Ihre Brüder enterben wollte?«

»Aber nein. Er war der großzügigste Mann der Welt. Er hat mir immer nur gesagt, ich könnte von ihm alles haben, und wenn er einmal sterben würde...« Ihr versagte die Stimme. »... und daß ich nach seinem Tod eine wohlhabende Witwe sein würde, und...« Weiter kam sie nicht.

Die Richterin gab bekannt: »Wir werden uns für fünfzehn Minuten zurückziehen.«

Jason Curtis, der im Gerichtssaal ganz hinten saß, war empört. Er konnte nicht glauben, was die Zeugen über Paige aussagten. *Sie ist die Frau, die ich liebe,* sagte er sich immer und immer wieder, *die Frau, die ich heiraten werde!*

Jason Curtis hatte Paige gleich nach ihrer Festnahme im Gefängnis besucht.

»Wir werden kämpfen«, versicherte er ihr. »Ich besorge dir den besten Strafverteidiger im ganzen Land.« Ihm fiel auch sofort ein Name ein. *Alan Penn.*

Jason hatte mit Alan Penn gesprochen.

»Ich habe den Fall in den Medien verfolgt«, sagte Penn. »Die Presse hat sie bereits wegen Mordes an John Cronin verurteilt. Was viel schwerer wiegt – sie gibt zu, ihn getötet zu haben.«

»Ich kenne sie doch«, hatte Jason Curtis ihm daraufhin erklärt. »Und Sie dürfen mir glauben – es ist völlig ausgeschlossen, daß Paige sich bei dem, was sie getan hat, von finanziellen Überlegungen leiten ließ.«

»Sie gibt zu, ihn getötet zu haben«, dachte Penn laut nach. »Da hätten wir es also mit einem Fall von Sterbehilfe zu tun. Töten aus Mitleid und Barmherzigkeit – das ist in Kalifornien, wie in den meisten Staaten, verboten. Trotzdem sind die Meinungen darüber ziemlich geteilt. Für jemanden wie Florence Nightingale, die eine Stimme von oben hört, und diesen ganzen Schmus, ließe sich da eine ziemlich gute Verteidigung aufbauen. Das Problem ist nur, daß *Ihre* hochverehrte Freundin einen Patienten umgebracht hat, der ihr testamentarisch eine Million Dollar vermachte. Was kam zuerst, Huhn oder Ei? Hat sie von der Million erfahren, *bevor* sie ihn umbrachte – oder erst nachher?«

»Von dem Geld hat Paige nichts gewußt«, sagte Jason mit Bestimmtheit.

Penns Ton blieb weiterhin unverbindlich. »In Ordnung. Die Sache mit der Million war ein glücklicher Zufall. Andererseits fordert der District Attorney einen Schuldspruch auf vorsätzlichen Mord und plädiert für die Todesstrafe.«

»Werden Sie den Fall übernehmen?«

Penn zögerte. Daß Jason Curtis an diese Taylor glaubte, war offenkundig. *So wie Samson an Delilah glaubte.* Penn musterte Jason und dachte: *Ich würde zu gern wissen, ob sie dem armen Hundesohn die Haare abgeschnitten hat, und er hat's nur noch nicht gemerkt.*

Jason wartete.

»Ich werde den Fall übernehmen – solange Sie fest davon überzeugt sind, daß alles seine Ordnung hatte. Ich muß Sie allerdings darauf aufmerksam machen, daß es schwer sein wird, den Prozeß zu gewinnen.«

Und selbst das sollte sich als eine äußerst optimistische Einschätzung erweisen.

Als der Prozeß am darauffolgenden Morgen fortgesetzt wurde, rief Gus Venable eine Reihe neuer Zeugen auf.

Eine Krankenschwester sagte unter Eid aus. »Ich habe gehört, wie John Cronin zu ihr sagte: ›Ich weiß, daß ich auf dem Operationstisch sterben werde. *Sie* werden mich umbringen. Hoffentlich sind Sie dann wegen Mord dran.‹«

Der Anwalt Rodney Pelham kam in den Zeugenstand. Gus Venable fragte: »Was hat Dr. Taylor gesagt, als Sie ihr die Nachricht von der Million aus John Cronins Nachlaß überbrachten?«

»Sie hat sich etwa so ausgedrückt: ›Das kommt mir unethisch vor. Er war doch mein Patient.‹«

»Sie hat zugegeben, daß es unethisch war?«

»Ja.«

»Sie hat aber eingewilligt, das Geld anzunehmen?«

»O ja. Keine Frage.«

Alan Penn nahm den Zeugen ins Kreuzverhör.

»Hatte Dr. Taylor mit Ihrem Besuch gerechnet, Mr. Pelham?«

»Also, nein, ich...«

»Es war nicht etwa so, daß Sie Dr. Taylor anriefen und ihr telefonisch mitteilten: ›John Cronin hat Ihnen eine Million Dollar hinterlassen?‹«

»Nein, ich...«

»Sie haben ihr also von Angesicht zu Angesicht gegenübergestanden, als Sie es ihr mitteilten?«

»Ja.«

»So, daß Sie ihre Reaktion auf die Nachricht beobachten konnten?«

»Ja.«

»Und wie *hat* sie darauf reagiert?«

»Nun ja – sie – sie wirkte sehr überrascht, aber...«

»Vielen Dank, Mr. Pelham. Das ist alles.«

Der Prozeß lief bereits in der zweiten Woche. Gus Venable schürzte den Knoten. »Wenn es dem Gericht beliebt, möchte ich gern Alma Rogers in den Zeugenstand rufen.«

Nach der Vereidigung der Zeugin begann Venable mit der Frage: »Mrs. Rogers, was sind Sie von Beruf?«

»*Miss* Rogers.«

»Ich bitte tausendmal um Vergebung.«

»Ich arbeite in der Corniche Travel Agency.«

»Ihr Reisebüro verkauft Reisen in alle Welt, macht Hotelbuchungen und bearbeitet sonstige Kundenwünsche?«

»Ja, Sir.«

»Ich möchte Sie bitten, sich die Angeklagte genau anzusehen. Sind Sie ihr vielleicht schon begegnet?«

»O ja. Vor zwei oder drei Jahren, da hat sie unser Reisebüro einmal besucht.«

»Und zu welchem Zweck?«

»Sie wäre an einer Reise nach London und Paris interessiert, hat sie gesagt. Und ich glaube, auch nach Venedig.«

»Sie hat sich nach Gruppenreisen erkundigt?«

»O nein. Sie wollte alles nur erster Klasse, hat sie gesagt – den Flug, das Hotel, alles. Und für eine Jacht hat sie sich auch interessiert. Ich glaube, sie wollte eine Jacht chartern.«

Im Gerichtssaal war es auf einmal totenstill. Gus Venable ging zum Tisch der Verteidigung hinüber. Er hielt einige Mappen hoch. »Diese Prospekte hier sind von der Polizei in Dr. Taylors Schließfach im Krankenhaus gefunden worden. Es sind Reiseprospekte für Paris, London und Venedig. Prospekte mit teuren Hotels und Flugplänen. Und ein Prospekt listet Privatjachten auf – mitsamt den Charterpreisen.«

Im Gerichtssaal kam Gemurmel auf.

Der Ankläger hatte einen Prospekt aufgeschlagen.

»Hier, die Preise für einige Jachten, die gechartert werden können.« Er las mit lauter Stimme vor. »Die *Christina O.* . . . 26 000 Dollar pro Woche, zuzüglich Betriebskosten . . . die *Resolute Time* 24 500 Dollar pro Woche . . . die *Lucky Dream* – 27 300 Dollar pro Woche.« Venable hob den Blick. »In diesem Prospekt ist die *Lucky Dream* angekreuzt. Paige Taylor hatte sich also bereits die 27 300-Dollar-Jacht ausgesucht. Nur ihr Opfer – das hatte sie noch nicht ausgewählt.«

Alan Penn drehte sich um zu Paige. Sie war bleich geworden und starrte nach unten.

»Wir möchten diese Unterlagen gern als Beweisstück A kennzeichnen.« Venable wandte sich lächelnd an Alan Penn. »Die Zeugin gehört Ihnen.«

Penn erhob sich betont langsam. Er mußte Zeit gewinnen. Er überlegte blitzschnell.

»Wie geht's der Tourismusbranche zur Zeit, Miss Rogers?«

»Wie bitte?«

»Ich habe gefragt, wie die Geschäfte so gehen. Das Corniche ist ein großes Reisebüro?«

»Ziemlich groß. Doch.«

»Ich denke mir, daß da dauernd eine Menge Leute kommen und sich nach Reiseangeboten erkundigen.«

»O ja.«

»Fünf oder sechs Leute am Tag – was meinen Sie?«

»Aber nein!« Miss Rogers war ehrlich entrüstet. »Wir sprechen pro Tag sicherlich mit fünfzig Kunden über Reiseveranstaltungen.«

»Mit fünfzig Menschen täglich?« Penn wirkte beeindruckt. »Und der Tag, um den es hier geht, liegt nun zwei bis drei Jahre zurück. Wenn man diese rund neunhundert Tage also mit fünfzig multipliziert – das ergäbe ja rund fünfundvierzigtausend Kunden.«

»Wird schon stimmen.«

»Und bei so vielen Menschen können Sie sich an Dr. Taylor erinnern – wieso eigentlich?«

»Also, das ist ganz einfach. Sie und ihre beiden Freundinnen sind wegen dieser Europareise ja so aufgeregt gewesen. Ich fand das wunderbar. Wie Schulmädchen sind sie gewesen. O ja. Da kann ich mich ganz genau erinnern. Besonders, weil sie nämlich gar nicht so aussahen, als ob sie sich eine Jacht leisten könnten.«

»Verstehe. Ich nehme an, daß die Leute, die bei Ihnen hereinkommen und sich einen Prospekt holen, dann auch auf Reisen gehen?«

»Also, natürlich nicht. Aber...«

»Dr. Taylor hat dann aber keine Reise *gebucht*, oder doch?«

»Also, nein. Jedenfalls nicht bei uns. Sie...«

»Auch nirgends sonst. Sie hat sich nur ein paar Prospekte anschauen wollen.«

»Ja. Sie...«

»Das ist aber doch wohl nicht *dasselbe* wie eine Reise nach Paris oder London, oder?«

»Nun ja, nein, aber...«

»Vielen Dank. Sie dürfen jetzt gehen.«

Venable wandte sich an die Richterin. »Ich möchte gern Dr. Benjamin Wallace in den Zeugenstand rufen...«

»Dr. Wallace, Sie sind für die Verwaltung des Embarcadero County Hospital zuständig?«
»Ja.«
»Sie sind daher auch mit Dr. Taylor und ihrer Arbeit vertraut?«
»Ja, das bin ich.«
»Hat Sie die Mordanklage gegen Dr. Taylor überrascht?«
Penn war aufgesprungen. »Einspruch, Euer Ehren. Eine Beantwortung dieser Frage durch Dr. Wallace tut nichts zur Sache.«
»Wenn ich erläutern dürfte«, unterbrach Venable. »Die Antwort könnte sehr wohl zur Sache beitragen. Wenn Sie mir nur erlauben würden...«
»Also gut, wir wollen sehen, wohin die Frage führt«, entschied die Richterin. »Aber bitte keinen Unfug, Mr. Venable!«
»Lassen Sie mich den Punkt aus einer anderen Richtung angehen«, fuhr Venable fort. »Dr. Wallace – es wird doch von jedem Arzt verlangt, daß er den Hippokratischen Eid ablegt. Ist das richtig?«
»Ja.«
»Und mit diesem Eid verspricht ein Arzt, daß er sich« – der Ankläger las von einem Blatt ab, das er jetzt in der Hand hielt – »›jedes willkürlichen Unrechtes und jeder anderen Schädigung‹ dem Patienten gegenüber enthalten will?«
»Ja.«
»Hat es bei Dr. Taylor in der Vergangenheit irgendein Ereignis gegeben, das Sie zu der Annahme veranlaßt hat, sie wäre imstande, ihren Hippokratischen Eid zu brechen?«
»Einspruch.«
»Einspruch abgelehnt.«

»Ja, ein solches Ereignis hat es gegeben.«

»Bitte erläutern Sie uns, worum es dabei ging.«

»Wir hatten da einen Patienten, bei dem laut Dr. Taylors Entscheidung eine Bluttransfusion notwendig war. Seine Familie hat die Zustimmung verweigert.«

»Und was geschah dann?«

»Dr. Taylor hat die Bluttransfusion trotzdem durchgeführt.«

»Und das ist legal?«

»Überhaupt nicht. Nicht ohne eine gerichtliche Verfügung.«

»Und was hat Dr. Taylor anschließend gemacht?«

»Sie hat sich die gerichtliche Verfügung im nachhinein beschafft und das Datum dann abgeändert.«

»Sie hat also eine ungesetzliche Handlung begangen und dann die Krankenhausunterlagen gefälscht, um die Sache zu vertuschen?«

»Das ist richtig.«

Alan warf Paige einen wütenden Blick zu. *Was zum Teufel hat sie mir wohl noch alles vorenthalten?* fragte er sich.

Falls die Zuschauer in Paige Taylors Gesicht irgendwelche verräterischen Anzeichen von Emotion zu erkennen hofften, so wurden sie enttäuscht.

Eiskalt, dachte der Vorsitzende der Jury.

Gus Venable sprach die Richterin an. »Euer Ehren, einer der Zeugen, die ich aufrufen wollte, ist, wie Ihnen bekannt ist, ein gewisser Dr. Lawrence Barker. Bedauerlicherweise leidet er noch immer an den Folgen eines Schlaganfalls und ist daher außerstande, hier im Gerichtssaal auszusagen. An seiner Stelle werde ich nun einige Angehörige des Krankenhauspersonals befragen, die mit Dr. Barker zusammengearbeitet haben.«

Penn sprang vom Stuhl hoch. »Ich erhebe Einspruch. Ich finde nicht, daß dies für unseren Fall relevant ist. Dr. Barker ist nicht anwesend, gewiß, aber Dr. Barker steht schließlich nicht vor Gericht. Falls...«

Er wurde von Venable unterbrochen. »Euer Ehren«, sagte Venable, »ich versichere Ihnen, daß diese Befragung im Zusammenhang mit der Zeugenaussage, die wir soeben vernommen haben, von großer Bedeutung ist. Sie betrifft nämlich ebenfalls die ärztliche Kompetenz der Angeklagten.«

Die Richterin meinte zweifelnd: »Das wird sich herausstellen. Wir befinden uns hier in einem Gerichtssaal und nicht etwa an einem Fluß. Ich erlaube Ihnen nicht, im trüben zu fischen. Rufen Sie Ihren Zeugen auf.«

»Ich danke Ihnen.«

Gus Venable wandte sich an den Gerichtsbeamten. »Ich möchte Dr. Matthew Peterson rufen lassen.«

Ein elegant aussehender Mann in den Sechzigern näherte sich dem Zeugenstand. Er wurde vereidigt, und als er sich gesetzt hatte, stellte ihm Gus Venable die Frage: »Dr. Peterson, wie lange arbeiten Sie schon am Embarcadero County Hospital?«

»Acht Jahre.«

»Und was ist Ihr Fachgebiet?«

»Ich bin Herzchirurg.«

»Sie hatten während Ihrer Zeit am Embarcadero County Hospital schon einmal Gelegenheit, mit Dr. Lawrence Barker zusammenzuarbeiten?«

»Gewiß. Viele Male.«

»Und was halten Sie von ihm?«

»Genau das gleiche wie alle. Dr. Barker ist – ausgenommen vielleicht DeBakey und Cooley – der beste Herzchirurg der Welt.«

»Waren Sie an jenem Morgen im Operationssaal, als Dr. Taylor... An dem Tag operierte sie einen Patienten namens...« Venable tat so, als müsse er einen Zettel zu Hilfe nehmen. »...Lance Kelley?«

Die Stimme des Zeugen klang auf einmal ganz anders. »Ja. Ich war anwesend.«

»Würden Sie uns bitte die Ereignisse dieses Morgens schildern?«

Dr. Peterson antwortete zögernd.»Also, da begann plötzlich etwas schiefzulaufen. Es war so, daß wir den Patienten zu verlieren begannen.«

»Was soll das heißen – diese Formulierung ›den Patienten verlieren‹...«

»Sein Herz ist stehengeblieben. Wir haben versucht, ihn wieder zurückzuholen, und...«

»Ist nach Dr. Barker geschickt worden?«

»Ja.«

»Und ist Dr. Barker noch während der Operation im OP-Saal eingetroffen?«

»Ja, gegen Ende der Operation. Es war jedoch bereits zu spät, da war nichts mehr zu machen. Wir haben den Patienten nicht mehr wiederbeleben können.«

»Und hat sich Dr. Barker bei der Gelegenheit gegenüber Dr. Taylor in irgendeiner Weise geäußert?«

»Bitte, in dem Augenblick sind wir alle ziemlich verstört gewesen und...«

»Ich habe Sie gefragt, ob sich Dr. Barker gegenüber Dr. Taylor geäußert hat.«

»Ja.«

»Und *was* hat Dr. Barker, bitte, zu Dr. Taylor gesagt?«

Es wurde still. In die Stille hinein drang von draußen, wie die Stimme Gottes, ein Donnerschlag. Im nächsten Moment brach der Sturm los. Der Regen prasselte auf das Dach des Gerichtsgebäudes herab.

»Dr. Barker hat gesagt: ›Sie haben ihn getötet.‹«

Aufruhr unter den Zuschauern.

Die Richterin ließ ihren Hammer auf den Tisch niedersausen.

»Genug! Lebt ihr Leute vielleicht in Höhlen? Noch ein derartiger Ausbruch, und Sie stehen draußen im Regen!«

Gus Venable wartete, bis der Lärm abebbte. In die Stille hinein sagte er:»Sind Sie sich absolut sicher, daß Dr. Barker diese Worte zu Dr. Taylor gesagt hat – ›Sie haben ihn getötet‹?«

»Jawohl.«

»Und Sie haben ausgesagt, daß Dr. Barkers Urteil in medizinischen Dingen hoch geschätzt wird?«

»O ja.«

»Ich danke Ihnen. Das ist alles, Doktor.« Er wandte sich an Alan Penn. »Der Zeuge gehört Ihnen.«

Penn erhob sich und trat auf den Zeugenstand zu.

»Dr. Peterson, ich war nie bei einer Operation dabei, nehme aber an, daß da eine enorme Anspannung herrscht, vor allem, wenn es sich um eine solch ernste Angelegenheit wie eine Herzoperation handelt?«

»Da gibt es immer ein beträchtliches Maß an Spannung.«

»Wie viele Menschen werden sich da im OP-Raum befinden? Drei? Oder vier?«

»Aber nein. Ein halbes Dutzend oder mehr. Immer.«

»Wirklich?«

»Jawohl. Gewöhnlich sind zwei Chirurgen am Werk, von denen einer assistiert, dazu oftmals zwei Anästhesisten und mindestens zwei OP-Schwestern.«

»Verstehe. Da wird es wohl auch eine Menge Lärm und Aufregung geben, Anweisungen und ähnliches mehr.«

»Ja.«

»Und wenn ich richtig informiert bin, ist es auch üblich, daß während einer Operation Musik läuft?«

»So ist es.«

»Und als dann Dr. Barker in den OP-Raum kam und feststellen mußte, daß Lance Kelly im Sterben lag, ist die ganze Verwirrung wahrscheinlich nur noch größer geworden.«

»Also, in dem Moment waren alle von uns mehr als beschäftigt damit, dem Patienten das Leben zu retten.«

»Und haben dadurch eine Menge Krach verursacht?«

»Es war sehr laut. Ja.«

»Und trotz der ganzen Verwirrung und dem Krach und der Musik haben Sie hören können, wie Dr. Barker zu Dr. Taylor sagte, daß sie den Patienten getötet habe. In der ganzen Aufregung hätten Sie sich doch durchaus auch irren können, nicht wahr?«

»Nein, Sir. Ich konnte mich nicht irren.«

»Was macht Sie da so sicher?«

Dr. Peterson seufzte. »Weil ich direkt neben Dr. Barker gestanden habe, als er das sagte.«

Es gab einfach keinen eleganten Ausweg.

»Keine weiteren Fragen.«

Der Fall ging in die Brüche, und er wußte nicht, was er dagegen tun könnte.

Es sollte noch schlimmer kommen.

Denise Berry trat in den Zeugenstand.

»Sie arbeiten als Krankenschwester am Embarcadero County Hospital?«

»Ja.«

»Wie lange arbeiten Sie dort schon?«

»Fünf Jahre.«

»Ist es in dieser Zeit zwischen Dr. Taylor und Dr. Barker zu Diskussionen gekommen, die Sie mitgehört haben?«

»Gewiß. Viele Male.«

»Können Sie uns etwas davon wiederholen?«

Schwester Berry warf Paige Taylor einen Blick zu und zögerte.

»Nun ja – Dr. Barker konnte manchmal sehr scharf werden . . .«

»Danach habe ich Sie nicht gefragt, Schwester Berry. Ich habe Sie gebeten, einige der Bemerkungen zu wiederholen, die Dr. Barker in Ihrem Beisein gegenüber Dr. Taylor gemacht hat.«

Schwester Berry blieb lange still. »Nun ja – er sagte, sie sei inkompetent, und . . .«

Gus Venable tat überrascht. »Sie haben gehört, wie Dr. Barker gesagt hat, daß Dr. Taylor inkompetent sei?«

»Ja, Sir. Aber er ist doch immer . . .«

»Haben Sie von ihm noch andere Bemerkungen über Dr. Taylor gehört?«

Der Zeugin widerstrebte es sichtlich auszusagen. »Ich kann mich nicht erinnern.«

»Miss Berry, Sie stehen unter Eid.«

»Er hat gesagt . . . daß er sie nicht einmal seinen Hund operieren lassen würde.«

Die Zuschauer hielten den Atem an.

»Er hat damit bestimmt nur gemeint, daß . . .«

»Ich denke, wir dürfen davon ausgehen, daß Dr. Barker genau das gemeint hat, was er sagte.«

Alle Augen richteten sich auf Paige Taylor.

Publikum und Presse hatten den Ankläger und den Verteidiger völlig fasziniert beobachtet. Gus Venable war ganz in Weiß, Alan Penn in Schwarz gekleidet, und die beiden hatten sich im Gerichtssaal aufgeführt, als ob sie sich in einem hochdramatischen Schachspiel auf Leben und Tod gegenüberstünden, und Paige Taylor war die Figur, die geopfert werden würde.

Die Argumente der Anklage schienen geradezu überwältigend. Doch Alan Penn hatte den Ruf, im Gerichtssaal wahre Zauberkunststücke zu vollbringen. Und nun war es an ihm, Argumente zugunsten der Angeklagten vorzubringen. Ob er auch diesmal wieder ein Kaninchen aus dem Hut zaubern würde?

Paige Taylor wurde im Zeugenstand von Alan Penn befragt. Das war der Augenblick, auf den alle mit Spannung gewartet hatten.

»John Cronin ist Ihr Patient gewesen, Dr. Taylor?«

»Ja, das war er.«

»Und was haben Sie für ihn empfunden?«

»Ich mochte ihn gern. Er hat genau gewußt, wie krank er war, und hat es sehr tapfer getragen. Er mußte wegen eines Tumors im Herzen operiert werden.«

»Diese Herzoperation haben Sie ausgeführt?«

»Ja.«

»Und was haben Sie im Lauf der Operation entdeckt?«

»Als wir seinen Brustkorb öffneten, haben wir entdeckt, daß er Melanome hatte, die bereits Metastasen gebildet hatten.«

»Mit anderen Worten: Der Krebs hatte sich in seinem gesamten Körper ausgebreitet.«

»Ja. Der Krebs hatte in allen Lymphknoten metastasiert.«

»Was soviel bedeutet wie – daß für ihn keinerlei Hoffnung mehr bestand? Daß ihm auch noch so heroische Anstrengungen die Gesundheit nicht mehr zurückgeben könnten?«

»Aussichtslos.«

»John Cronin war an lebenserhaltende Apparate angeschlossen?«

»Korrekt.«

»Dr. Taylor, haben Sie absichtlich eine tödliche Dosis Insulin verabreicht? Um John Cronins Leben ein Ende zu machen?«

»Ja, das habe ich.«

Die ist wirklich cool, dachte Gus Venable. *Sie tut gerade so, als ob sie ihm nur eine Tasse Tee serviert hätte.*

»Würden Sie den Geschworenen mitteilen, aus welchem Grund Sie John Cronins Leben ein Ende gesetzt haben?«

»Weil er mich darum gebeten hat. Er hat mich angefleht, es zu tun. Es war mitten in der Nacht, als er mich zu sich rufen ließ. Er litt furchtbare Schmerzen. Die Medikamente, die wir ihm gaben, haben nicht mehr gewirkt.« Paige Taylor sprach mit klarer, fester Stimme. »Er hat mir erklärt, daß er nicht länger leiden wollte – es sei doch ohnehin nur noch eine Frage von wenigen Tagen bis zu seinem Tod, und er hat mich angefleht, ihn zu erlösen. Ich habe es getan.«

»Doktor, hatten Sie irgendwelche Bedenken, ihn in den Tod gehen zu lassen? Irgendwelche Schuldgefühle?«

Dr. Paige Taylor schüttelte den Kopf. »Nein. Wenn Sie das miterlebt hätten ... Es bestand einfach kein Grund, ihn noch länger leiden zu lassen.«

»Wie haben Sie das Insulin verabreicht?«

»Ich habe es in seine intravenöse Versorgung eingespeist.«

»Und hat ihm das zusätzliche Schmerzen bereitet?«

»Nein. Er ist einfach in den Schlaf entschwebt.«

Gus Venable war aufgesprungen. »Einspruch! Ich denke, die Angeklagte meinte, daß er in seinen Tod entschwebt ist. Ich ...«

Richterin Young ließ ihren Hammer niedersausen. »Mr.

Venable, Sie sind jetzt nicht an der Reihe. Sie werden Gelegenheit haben, die Zeugin ins Kreuzverhör zu nehmen. Setzen Sie sich!«

Der Ankläger schaute zu den Geschworenen hinüber, schüttelte den Kopf und nahm wieder Platz.

»Dr. Taylor, als Sie John Cronin das Insulin verabreichten – war Ihnen da bekannt, daß er Ihnen eine Million Dollar vermacht hatte?«

»Nein. Ich war sprachlos, als ich davon erfuhr.«

Sie sollte wirklich einen besseren Riecher haben, dachte Gus Venable.

»Haben Sie mit John Cronin jemals über Geld oder über Geschenke gesprochen oder ihn um irgend etwas gebeten?«

Ein schwaches Rot überzog ihre Wangen. »Niemals!«

»Aber Sie standen mit ihm auf freundschaftlichem Fuß?«

»Ja. Wenn ein Patient so schwer krank ist, dann ändert sich die Beziehung zwischen Arzt und Patient. Wir haben über seine geschäftlichen Probleme und über seine familiären Schwierigkeiten gesprochen.«

»Aber Sie hatten keinerlei Grund, sich von ihm irgend etwas zu erwarten?«

»Nein.«

»Er hat Ihnen das Geld nur deshalb hinterlassen, weil er Sie achten und Ihnen vertrauen gelernt hatte. Ich danke Ihnen, Dr. Taylor.«

Während Penn an seinen Verteidigertisch zurückkehrte, warf Paige Taylor einen raschen Blick zum hinteren Ende des Gerichtssaals. Sie sah Jason, der sich alle Mühe gab, ermutigend zu wirken. Neben ihm saß Honey. Und neben Honey, auf dem Stuhl, wo eigentlich Kat hätte sitzen sollen, saß ein Fremder. *Wenn Kat doch noch am Leben wäre! Aber Kat ist tot*, dachte Paige. *Ich habe auch sie umgebracht.*

Gus Venable erhob sich und ging bedächtigen Schrittes zum Zeugenstand. Er blickte hinüber zu den Pressereihen. Jeder Platz war besetzt. Alle Reporter machten sich wie wild Notizen. *War-*

28

tet nur! Ich werde schon dafür sorgen, daß ihr was zu schreiben kriegt, dachte Venable.

Er blieb vor der Angeklagten stehen, um sie gründlich zu mustern. Dann bemerkte er wie nebenbei: »Dr. Taylor ... War John Cronin der erste Patient, den Sie im Embarcadero County Hospital ermordet haben?«

Alan Penn sprang auf. Er war vor Entrüstung außer sich. »Euer Ehren! Ich ...«

Richterin Young hatte ihren Hammer bereits niedersausen lassen. »Einspruch stattgegeben!« Sie wandte sich an die beiden Anwälte. »Fünfzehnminütige Pause. Ich möchte die Vertreter der Anklage und der Verteidigung in meinen Amtsräumen sprechen.«

Als die beiden Anwälte dort eintrafen, wandte die Richterin sich sofort an Gus Venable. »Sie *haben* doch an einer juristischen Fakultät studiert, nicht wahr, Gus?«

»Es tut mir leid, Euer Ehren. Ich ...«

»Hatten Sie dort etwa auch ein Zelt?«

»Wie bitte?«

Ihre Stimme traf ihn wie eine Peitsche. »Mein Gerichtssaal ist kein Zirkuszelt, und ich habe nicht vor, Ihnen zu erlauben, einen Zirkus zu veranstalten. Wie können Sie sich unterstehen, eine so suggestive Frage zu stellen!«

»Ich bitte um Entschuldigung, Euer Ehren. Ich werde die Frage anders formulieren und ...«

»Sie werden noch viel mehr tun!« fuhr ihn die Richterin an. »Ihre *Einstellung* werden Sie neu formulieren. Ich warne Sie. Wenn Sie noch *einmal* so eine Schau abziehen, werde ich den Prozeß wegen Verfahrensmängel für ungültig erklären.«

»Jawohl, Euer Ehren.«

Nach der Rückkehr in den Gerichtssaal gab die Richterin den Geschworenen die Anweisung: »Die letzte Frage werden Sie nicht berücksichtigen.« Sie wandte sich an den Ankläger: »Sie können fortfahren.«

Gus Venable pflanzte sich wieder vor dem Zeugenstand auf. »Dr. Taylor, Sie müssen doch sehr überrascht gewesen sein, als Sie benachrichtigt wurden, daß der Mann, den Sie ermordet hatten, Ihnen eine Million Dollar vermachte.«

Schon war Alan Penn auf den Beinen. »Einspruch!«

»Stattgegeben.« Die Richterin sprach Venable an. »Sie strapazieren meine Geduld.«

»Ich entschuldige mich, Euer Ehren.« Er wand sich von neuem der Zeugin zu. »Sie müssen ein *sehr* freundschaftliches Verhältnis zu Ihrem Patienten gehabt haben. Ich meine, es geschieht doch nicht alle Tage, daß uns ein beinahe völlig fremder Mensch eine Million Dollar hinterläßt, nicht wahr?«

Paige Taylor errötete leicht. »Unsere Freundschaft hielt sich im Rahmen einer Arzt-Patienten-Beziehung.«

»War sie nicht doch ein wenig mehr? Ein Mann schließt doch nicht – ganz ohne irgendwie beeinflußt zu werden – seine geliebte Frau und seine Familie aus dem Testament aus, um einer Fremden eine Million Dollar zu vermachen. Die Gespräche, die Sie angeblich mit ihm über seine geschäftlichen Probleme führten...«

Die Richterin beugte sich vor und rief warnend: »Mr. Venable...« Der Ankläger hob die Hände zum Zeichen seiner Kapitulation und drehte sich wieder zur Angeklagten um. »Es ist also so, daß Sie und John Cronin freundschaftlich miteinander plauderten. Er hat Ihnen persönliche Dinge anvertraut, er mochte Sie, er schätzte Sie. Würden Sie das als eine faire Zusammenfassung betrachten, Frau Doktor?«

»Ja.«

»Und *dafür* hat er Ihnen eine Million Dollar vermacht?«

Paige ließ ihren Blick zu den Zuschauern wandern. Sie schwieg. Sie wußte einfach nicht, was sie darauf hätte antworten sollen.

Venable kehrte langsam zu seinem Tisch zurück – bis er sich plötzlich umdrehte und die Angeklagte fixierte.

»Dr. Taylor, Sie haben vorhin ausgesagt, Sie hätten gar nicht geahnt, daß John Cronin Ihnen Geld hinterlassen würde oder daß er seine Familie aus seinem Testament ausschließen würde.«

»Das ist richtig.«

»Wieviel verdient man als Assistenzärztin am Embarcadero County Hospital?«

Alan Penn war aufgesprungen. »Einspruch! Ich sehe nicht . . .«

»Das ist eine ordentliche Frage. Die Angeklagte darf sie beantworten.«

»Achtunddreißigtausend Dollar im Jahr.«

Venable erklärte mitfühlend: »Das ist heutzutage nicht eben viel, oder? Und bei der Summe sind die Abzüge und Steuern und der Lebensunterhalt noch nicht berücksichtigt. Für eine Luxusreise nach, sagen wir mal, London oder Paris oder Venedig würde da kaum etwas übrigbleiben, nicht wahr?«

»Ich denke nicht.«

»Nein. Da haben Sie also eine derartige Reise nicht geplant – weil Sie sie sich gar nicht leisten konnten.«

»Das ist richtig.«

Alan Penn war wieder aufgesprungen. »Euer Ehren . . .«

Richterin Young sprach den Ankläger an. »Worauf wollen Sie hinaus, Mr. Venable?«

»Ich möchte nur feststellen, daß die Angeklagte keine Luxusreise irgendwohin geplant hat.«

»Das hat sie doch bereits gesagt.«

Eines war Alan Penn klar: Er mußte jetzt unbedingt etwas unternehmen. Es entsprach keineswegs seinen Gefühlen, als er sich dem Zeugenstand mit der strahlenden Laune eines Menschen näherte, der soeben im Lotto gewonnen hat.

»Dr. Taylor, erinnern Sie sich daran, daß Sie die Prospekte aus dem Reisebüro mitgenommen haben?«

»Ja.«

»Planten Sie eine Europareise? Oder hatten Sie vor, eine Jacht zu chartern?«

»Natürlich nicht. Das Ganze war nur so etwas wie ein Spaß – ein Traum, bei dem man weiß, daß er ganz unmöglich ist. Meine Freundinnen und ich hatten nur daran gedacht, uns aufzumuntern. Wir waren gerade sehr erschöpft, und... wir haben das damals für eine gute Idee gehalten...« Ihre Stimme wurde unhörbar.

Alan Penn blickte verstohlen zu den Geschworenen hinüber. Auf ihren Gesichtern lag ein Ausdruck vollkommenen Unglaubens.

Gus Venable verhörte die Angeklagte im Zuge erneuter Vernehmungen. »Dr. Taylor, sind Sie mit Dr. Lawrence Barker bekannt?« Ihr schoß plötzlich eine Erinnerung durch den Kopf. *Diesen Lawrence Barker bring' ich um. Ganz, ganz langsam. Ich werde ihn leiden lassen... und dann bring' ich ihn um.* »Ja. Ich kenne Dr. Barker.«

»In welchem Zusammenhang?«

»Dr. Barker und ich haben in den letzten zwei Jahren häufig zusammengearbeitet.«

»Würden Sie ihn als kompetenten Arzt bezeichnen?«

Alan Penn sprang auf. »Ich erhebe Einspruch, Euer Ehren. Die Angeklagte...«

Doch bevor er den Satz beenden oder die Richterin über den Einspruch entscheiden konnte, hatte Paige schon ihre Antwort gegeben: »Er ist mehr als kompetent. Er ist brillant.«

Penn war wie vom Blitz erschlagen. Er brachte kein Wort mehr heraus. Er sank zurück auf seinen Stuhl.

»Würde es Ihnen etwas ausmachen, das näher zu erläutern?«

»Dr. Barker zählt zu den berühmtesten Herzchirurgen der Welt. Und er schenkt dem Embarcadero County Hospital drei Tage seiner Arbeitswoche, obwohl er eine große Privatpraxis hat.«

»Das heißt, Sie halten sehr viel von seinem fachlichen Urteil?«

»Ja.«

»Und glauben Sie, daß er imstande ist, die Fachkompetenz eines anderen Arztes zu beurteilen?«

Penn versuchte mit aller Kraft, Paige die Antwort zu suggerieren: *Das weiß ich nicht.*

Sie zögerte. »Ja.«

32

Gus Venable wandte sich an die Geschworenen. »Sie haben die Angeklagte aussagen hören, daß sie vom Urteilsvermögen Dr. Barkers in medizinischen Angelegenheiten eine hohe Meinung hat. Ich hoffe, sie hat vorhin mitbekommen, wie Dr. Barker über ihre eigene Kompetenz urteilt... beziehungsweise über ihren Mangel an Kompetenz.«

Alan Penn war aufgesprungen. Wutentbrannt. »Einspruch!«

»Stattgegeben.«

Aber es war schon zu spät. Der Schaden war angerichtet.

In der nächsten Prozeßpause zog Alan Penn Jason auf die Herrentoilette.

»In was haben Sie mich da bloß hineingezogen?« schimpfte er. »John Cronin hat sie gehaßt! Barker hat sie gehaßt! Ich muß darauf bestehen, daß meine Klienten mir die Wahrheit sagen – die ganze Wahrheit! Nur so kann ich ihnen helfen. Also, *ihr* kann ich nicht helfen. Ihre verehrte Freundin hat mich so tief in den Schnee gelockt, daß ich mir Skier bestellen müßte. Sie braucht nur den Mund aufzumachen – und schon hämmert sie sich noch einen Nagel in den Sarg. Der ganze verdammte Fall stürzt ins Bodenlose!«

Am Nachmittag ging Jason Curtis Paige im Gefängnis besuchen.

»Sie bekommen Besuch, Dr. Taylor.«

Jason trat in die Zelle ein.

»Paige...«

Sie drehte sich zu ihm um. Sie hatte Mühe, die Tränen zurückzudrängen. »Es sieht ziemlich böse aus, nicht wahr?«

Jason rang sich ein Lächeln ab. »Du hast doch gehört, was der Mann gesagt hat – noch ist nicht aller Tage Abend.«

»Jason – *du* glaubst doch nicht, daß ich John Cronin wegen seines Geldes umgebracht habe? Was ich getan habe – das war doch nur, um ihm zu helfen!«

»Ich glaube dir«, sagte Jason leise. »Ich liebe dich.«

Er nahm sie in die Arme. *Ich will sie nicht verlieren*, dachte er. *Ich darf sie nicht verlieren. Sie ist das Beste in meinem ganzen Leben.* »Es wird alles wieder gut. Bestimmt. Ich habe doch versprochen, daß wir immer zusammenhalten.«

Paige schmiegte sich an ihn. *Es gibt nichts, das immer hält,* dachte sie. *Gar nichts. Aber wie hat alles nur so falsch laufen können ... so falsch ... so total falsch ...*

Erstes Buch

1. KAPITEL

San Francisco
Juli 1990

»Hunter, Kate.«

»Hier.«

»Taft, Bettie Lou.«

»Ich bin da.«

»Taylor, Paige.«

»Hier.«

Sie waren die einzigen Frauen in der großen Gruppe von neu aufgenommenen Assistenzärzten im ersten Jahr ihrer medizinischen Fachausbildung, welche sich im großen, tristen Auditorium des Embarcadero County Hospital versammelt hatte.

Es war das älteste Krankenhaus in San Francisco und gehörte zu den ältesten im ganzen Land. Beim Erdbeben von 1989 hatte Gott sich mit den Einwohnern San Franciscos den Scherz erlaubt, das Krankenhaus stehenzulassen. Es war ein häßlicher Gebäudekomplex, der mehr als drei Straßenblöcke einnahm, mit Häusern aus Stein und Ziegeln, altersgrau und verrußt.

Die Eingangshalle des Hauptgebäudes war ein großer Warteraum mit harten Holzbänken für Patienten und Besucher. Die Farbschichten an den Wänden bröckelten und blätterten ab, die Flure waren abgenutzt und ausgetreten vom ewigen Hin- und Hergelaufe von Abertausenden von Patienten in Rollstühlen und auf Krücken. Der gesamte Komplex war verkrustet von der schalen Patina der Zeit.

Das Embarcadero County Hospital war in San Francisco eine Stadt für sich. Das Krankenhaus beschäftigte über neuntausend Menschen, einschließlich vierhundert festangestellten Ärzten, hundertfünfzig freiwilligen Teilzeitärzten, achthundert Assistenzärzten und dreitausend Krankenschwestern – dazu Techniker, Helfer und sonstiges Personal. Die oberen Stockwerke beherbergten einen Komplex von zwölf Operationssälen, ein zentrales Lager, eine Knochenbank, ein zentrales Terminbüro, drei Notfallabteilungen, eine Aids-Abteilung und mehr als zweitausend Betten.

Es war Juli, als die neuen Assistenzärzte ankamen. Wie immer erhob sich der Verwaltungspräsident des Krankenhauses, Dr. Benjamin Wallace, um die Neuankömmlinge zu begrüßen. Wallace war die Verkörperung eines Politikers, ein großer, eindrucksvoll wirkender Herr ohne große Fähigkeiten, aber mit genügend Charme, um sich zu dieser verantwortungsvollen Position hochgearbeitet zu haben.

»Ich möchte Sie alle als unsere neuen Assistenzärzte begrüßen. In den ersten zwei Jahren Ihres Medizinstudiums an der Universität haben Sie an Leichen gearbeitet; in den abschließenden zwei Jahren haben Sie unter der Aufsicht erfahrener Ärzte an Krankenhauspatienten gearbeitet. Von jetzt an sind *Sie* persönlich für Ihre Patienten verantwortlich. Es ist eine furchteinflößende Verantwortung, die Sie nun übernehmen; sie erfordert Hingabe, Einsatz und Können.«

Er ließ seinen Blick über die Zuhörerschaft gleiten. »Manche von Ihnen werden in der Chirurgie, andere in der Inneren Medizin tätig sein. Beide Gruppen werden jeweils einem Oberassistenzarzt zugeordnet, der Sie in die tägliche Routine einweisen wird. Von nun an geht es bei allem, was Sie tun, um Leben oder Tod.«

Sie hörten aufmerksam zu, ja hingen ihm förmlich an den Lippen.

»Das Embarcadero ist ein Bezirkskrankenhaus. Das heißt: Wir nehmen alle auf, die an unsere Tür anklopfen. Unsere Patienten sind überwiegend arm und mittellos. Sie kommen zu uns, weil sie sich eine Privatklinik nicht leisten können. Unsere Notfallstationen sind Tag für Tag vierundzwanzig Stunden lang aktiv. Sie selbst werden hier überarbeitet und unterbezahlt sein. In einem Privatkrankenhaus würde man Ihnen in Ihrem ersten Assistenzjahr nur kleine Routinesachen überlassen; im zweiten Assistenzjahr wäre es Ihnen dann gestattet, dem Chirurgen ein Skalpell zu reichen, und im dritten Jahr dürften Sie schließlich unter Aufsicht kleinere chirurgische Eingriffe vornehmen. Bitte, das alles können Sie hier vergessen. Bei uns lautet die Devise: ›Zuschauen, selber machen, andere lehren.‹

Wir sind stark unterbesetzt, und je rascher wir Sie im Operationssaal arbeiten lassen können, desto besser. Gibt es noch Fragen?«

Es gab Millionen von Fragen, welche die neuen Assistenzärzte ihm nur zu gern gestellt hätten.

»Keine Fragen? Gut. Morgen ist Ihr erster offizieller Tag. Sie werden sich morgen früh um fünf Uhr dreißig am Hauptempfang melden. Viel Glück!«

Die Einführung war vorbei. Es gab ein allgemeines Gedränge zu den Türen hin und leises, aufgeregtes Gemurmel. Die drei Frauen standen beisammen.

»Wo sind nur die anderen Frauen geblieben?«

»Ich fürchte, daß wir die einzigen sind.«

»Das ist ja wie im Studium, nicht wahr? Eine richtige Männergesellschaft. Ich hab' fast den Eindruck, daß hier noch mittelalterliche Zustände herrschen.«

Die Worte kamen aus dem Mund einer makellos schönen schwarzen Frau; sie war an die ein Meter achtzig groß und trotz ihres kräftigen Knochenbaus von unglaublicher Anmut. Ihr Gang, ihre Haltung, der kühle, fragende Ausdruck ihrer Augen – alles an ihr verriet Reserviertheit und Distanz. »Ich bin Kate Hunter. Man nennt mich Kat.«

»Paige Taylor.« Jung, freundlich, klug wirkend, selbstsicher.

Die Blicke der beiden richteten sich auf die Dritte im Bunde.

»Betty Lou Taft. Aber alle nennen mich Honey.« Sie sprach mit dem weichen Akzent der Südstaaten. Sie hatte ein offenes, argloses Gesicht, sanfte graue Augen und ein warmes Lächeln.

»Und woher kommst du?« wollte Kat wissen.

»Aus Memphis, Tennessee.«

Kat und Honey schauten neugierig zu Paige. Paige fand es ratsamer, eine unkomplizierte Antwort zu geben, und sagte: »Aus Boston.«

»Ich bin aus Minneapolis«, erklärte Kate und dachte sich: *Das kommt der Wahrheit nahe genug.*

»Scheint so, als wären wir alle drei weit weg von zu Hause. Wo wohnt ihr hier?«

»In einem Hotel, in dem es von Flöhen wimmelt«, erwiderte Kat. »Ich hab' noch keine Zeit gehabt, mir eine feste Unterkunft zu suchen.«

»Ich auch nicht«, sagte Honey.

Paige begann plötzlich zu strahlen. »Ich habe mir heut' morgen ein paar Wohnungen angesehen, und darunter war eine, die war phantastisch, nur könnte ich sie mir nie leisten. Sie hätte aber *drei* Schlafzimmer . . .«

Die drei wechselten einen Blick.

»Wenn wir sie uns teilen würden . . .«, meinte Kat.

Die Wohnung lag im Bezirk Marina, an der Filbert Street, und für die drei jungen Frauen geradezu ideal: 3 Schlfz./2 Bd., neue Tppche., Wschk., Gge., aller Komft. Die Möbel stammten aus einer frühen Sears & Roebuck-Generation, aber alles war sauber und ordentlich.

Nach der gemeinsamen Besichtigung meinte Honey: »Ich finde sie wundervoll.«

»Ich auch!« stimmte Kat zu.

Sie wandten sich mit einem fragenden Blick an Paige.

»Dann nehmen wir sie!«

Am Nachmittag zogen sie ein. Der Hausmeister half ihnen beim Hinauftragen des Gepäcks.

»Am Krankenhaus arbeit'n Se also«, meinte er. »Seid wohl Krankenschwestern, was?«

»Ärztinnen«, korrigierte ihn Kat.

Er musterte sie mit ungläubiger Miene. »Ärztinnen? Ehrlich? *Richtige* Dokters?«

»Jawohl, richtige Ärztinnen.«

Er stieß hervor: »Also, ehrlich, wenn ich ärztliche Behandlung bräucht' – dann werd' ich mich sicher nich' von 'ner Frau untersuchen lassen.«

»Wir werden es uns merken.«

»Wo ist der Fernseher?« wollte Kat wissen. »Ich kann nirgends einen sehen.«

»Wenn Se 'n Fernseher woll'n, müssen Se sich selber einen kaufen. Viel Spaß mit der Wohnung, meine Damen – ähem, *Dokters*.« Er gluckste.

Ihre Blicke folgten ihm, als er hinausging.

Kat ahmte seinen Tonfall nach. »Seid wohl Krankenschwestern, wie?« Sie schnaubte verächtlich. »So ein Chauvi! Na schön. Dann wollen wir uns mal unsere Schlafzimmer aussuchen.«

»Mir ist jedes recht«, erklärte Honey mit weicher Stimme.

Sie schauten sich die drei Schlafzimmer noch einmal gründlich an. Der Elternschlafraum war von allen der größte.

»Warum nimmst du ihn nicht, Paige?« meinte Kat. »Du hast die Wohnung schließlich gefunden.«

Paige nickte. »In Ordnung.«

Sie trennten sich und begaben sich zum Auspacken in die eigenen Zimmer. Paige nahm liebevoll einen Rahmen mit dem Foto eines Mannes Anfang Dreißig aus der Tasche – ein attraktiver Mann mit schwarzrandiger Brille, die ihm ein gelehrtes Aussehen verlieh. Sie stellte das Foto neben ein Bündel Briefe auf den Nachttisch.

Kat und Honey kamen zu ihr herein. »Wie wär's, wenn wir zum Abendessen ausgingen?«

»Einverstanden«, erwiderte Paige.

Kat bemerkte das Foto. »Wer ist denn das?«

Paige lächelte. »Der Mann, den ich heiraten werde. Er ist Arzt und arbeitet für die WHO, die Weltgesundheitsorganisation. Alfred Turner heißt er und arbeitet momentan noch in Afrika. Er wird sich aber in San Francisco niederlassen, damit wir zusammen sind.«

»Hast du ein Glück«, meinte Honey nachdenklich. »Er sieht nett aus.«

Paige musterte Honey. »Und du – hast du einen festen Freund?«

»Nein. Ich habe leider bei den Männern nicht viel Glück.«

»Vielleicht wird sich das am Embarcadero ändern«, meinte Kat aufmunternd.

Sie aßen gar nicht weit weg von ihrer Wohnung im Restaurant Tarantino und erzählten sich von ihrem Leben, allerdings mit merklicher Zurückhaltung. Sie kannten sich ja noch nicht, waren Fremde, die sich vorsichtig und behutsam abtasteten.

Honey sprach kaum. *Sie hat etwas merkwürdig Scheues an sich,* überlegte Paige. *Sie wirkt verletzbar. Wahrscheinlich hat ihr ein Mann in Memphis das Herz gebrochen.*

Paige musterte Kat. *Selbstsicher. Toller Stil. Ihre Art zu sprechen gefällt mir. Man merkt ihr an, daß sie aus guter Familie kommt.*

Kat ihrerseits beobachtete Paige. *Eine reiche Frau, die sich im Leben bestimmt noch nie etwas hart erarbeiten mußte. Sie hat alles allein dank ihres Aussehens geschafft.*

Honey behielt die beiden anderen im Blick. *Sie sind so zuversichtlich, sind sich ihrer selbst so sicher. Die werden's hier leicht haben.*

Und irrten sich – alle drei.

Als sie zur Wohnung zurückkehrten, war Paige viel zu aufgeregt, um einschlafen zu können. Sie lag wach auf dem Bett und dachte an die Zukunft. Von draußen drang das Blechgescheper eines Unfalls durchs Fenster, dann Schreie, die sich in Paiges Bewußtsein in eine Erinnerung an brüllende, johlende afrikanische Eingeborene verwandelten. Es fielen Schüsse. Sie war zurückversetzt in eine andere Zeit, in ein kleines Urwalddorf in Ostafrika, saß inmitten eines mörderischen Stammeskrieges fest.

Paige war entsetzt. »Sie werden uns umbringen!«
Der Vater nahm sie in seine Arme. »Sie werden uns nichts tun,
mein Schatz. Wir sind doch nur hier, um ihnen zu helfen. Sie
wissen genau, daß wir ihre Freunde sind.«
Da stürmte, ohne Vorankündigung, der Häuptling einer der
kämpfenden Stämme in die Hütte . . .

Honey lag grübelnd in ihrem Bett. *Von Memphis, Tennessee, bis
hierher – das war ein langer Weg, Betty Lou, und es gibt kein Zurück.*
Ihr klang noch die Stimme des Sheriffs im Ohr: ›*Aus Achtung vor
der Familie werden wir den Tod des Reverend als Selbstmord aus
unbekannten Gründen registrieren. Ihnen kann ich nur empfehlen,
daß Sie Ihre verdammten Sachen packen und sich hier nie wieder
blicken lassen* . . .‹

Kat schaute aus dem Fenster ihres Schlafzimmers. Sie horchte auf
die Geräusche der Stadt, hörte die Regentropfen flüstern. ›*Du
hast's geschafft . . . du hast's geschafft.*‹ *Ich hab' allen bewiesen, daß
sie unrecht hatten.* ›*Doktor willst du werden? Ärztin? Eine Schwarze
und Ärztin?*‹ *Und dann die ablehnenden Antworten der medizinischen Fakultäten.* ›*Wir danken Ihnen für Ihre Bewerbung und bedau-
ern, Ihnen mitteilen zu müssen, daß alle Studienplätze an unserer
Hochschule bereits vergeben sind.*‹
›*Dürfen wir uns in Anbetracht Ihrer Herkunft gestatten, darauf
hinzuweisen, daß Sie sich an einer kleineren Universität möglicherweise wohler fühlen würden?*‹
Sie hatte hervorragende Noten, aber von den fünfundzwanzig
Fakultäten, die sie angeschrieben hatte, kam nur eine einzige
Zusage. Der dortige Dekan hatte ihr versichert: »Es ist in der
heutigen Zeit sehr erfreulich, einen Menschen kennenzulernen,
der aus einer normalen, ordentlichen Umgebung kommt.«
Wenn er die furchtbare Wahrheit gewußt hätte . . .

2. KAPITEL

Als die neuen Assistenzärzte sich am nächsten Morgen um halb sechs zum Dienst meldeten, wurden sie von Mitgliedern des Krankenhauspersonals erwartet, die sie zu ihren unterschiedlichen Aufgaben geleiten sollten. Trotz der frühen Stunde herrschte überall Chaos.

Während der ganzen Nacht waren Patienten gekommen. In Ambulanzen, mit Polizeiwagen und zu Fuß waren sie eingetroffen, die »Angeschwemmten«, wie das Personal sie nannte, das »Treibgut«, das in die Räume der Notaufnahme strömte, gebrochen, blutend, Opfer von Schießereien und Messerstechereien und Autounfällen, im Fleisch und seelisch Verletzte, Obdachlose und Unerwünschte, die aus den dunklen Großstadtkanälen herangespült wurden.

Man hatte das Gefühl, als stehe man mitten in einem organisierten Chaos: hektisches Hin und Her, grelle Schreie, ein Dutzend unerwarteter Krisen, die alle gleichzeitig gelöst werden wollten.

Die neuen Assistenten scharten sich in einer Gruppe zusammen, stimmten sich langsam auf die neue Umgebung ein und horchten gespannt auf die geheimnisvollen Laute und Geräusche ringsum.

Paige, Kat und Honey standen wartend im Flur, als ein Oberassistenzarzt auf sie zukam. »Wer von Ihnen ist Dr. Taft?«

Honey blickte hoch und sagte: »Das bin ich.«

Der Arzt reichte ihr mit einem freundlichen Lächeln die Hand. »Es ist mir eine Ehre, Sie kennenzulernen. Ich bin gebeten worden, Sie ausfindig zu machen. Laut unserem Chefarzt haben Sie die besten Examensnoten, die man in diesem Krankenhaus je zu

Gesicht bekommen hat. Wir schätzen uns glücklich, Sie bei uns zu haben.«

Honey lächelte ganz verlegen zurück. »Danke.«

Kat und Paige wirkten sichtlich überrascht. *Für so brillant hätte ich Honey wirklich nicht gehalten,* dachte Paige.

»Sie wollen Internistin werden, Dr. Taft?«

»Ja.«

Der Assistent wandte sich Kat zu. »Dr. Hunter?«

»Hier.«

»Sie interessieren sich für die Neurochirurgie.«

»So ist es.«

Er sah auf eine Liste. »Sie werden Dr. Hutto zugewiesen.«

Der Oberassistenzarzt blickte zu Paige hinüber. »Dr. Taylor?«

»Ja.«

»Sie möchten in die Herzchirurgie.«

»Korrekt.«

»Gut. Wir werden Sie und Dr. Hunter der chirurgischen Visite zuteilen. Sie dürfen sich im Büro der Oberschwester melden. Bei Margaret Spencer. Hier im Flut weiter hinten.«

»Vielen Dank.«

Paige musterte die beiden Kolleginnen und atmete einmal tief durch. »Auf geht's! Ich wünsch' uns allen viel Glück!«

Die Oberschwester Margaret Spencer glich eher einem Schlacht-schiff denn einem weiblichen Wesen. Sie war vierschrötig, hatte eine strenge Miene und eine schroffe Art. Sie war im hinteren Bereich der Station beschäftigt, als Paige eintrat.

»Entschuldigen Sie . . .«

Die Oberschwester hob den Kopf. »Ja?«

»Ich soll mich bei Ihnen melden. Ich bin Dr. Taylor.«

Die Oberschwester blickte auf eine Liste. »Einen Moment bitte.« Sie verschwand durch eine Tür und kam eine Minute später mit OP-Gewand und einem weißen Kittel zurück.

»Danke.«

»Ach ja. Hier – das auch noch.« Sie griff unter den Tisch und reichte Paige ein Metallschild mit der Aufschrift ›Dr. med. Paige Taylor‹. »Ihr Namensschild, Doktor.«

Paige nahm es entgegen und betrachtete es lange Zeit. *Dr. med. Paige Taylor.* Ihr war, als wäre ihr soeben die *Medal of Honor* verliehen worden. Dieser Titel faßte all die langen Jahre harter Arbeit zusammen. *Dr. med. Paige Taylor.*

Schwester Spencer beobachtete sie ungeduldig. »Alles in Ordnung?«

»Mir geht's gut«, antwortete Paige fröhlich. »Danke, mir geht's wirklich gut. Wo soll ich mich . . .«

»Der Ärzteumkleideraum liegt weiter unten am Flur links. Sie werden Visite machen. Da werden Sie sich umziehen wollen.«

»Danke.«

Paige ging den Flur hinunter. Das Ausmaß der Aktivitäten um sie herum verschlug ihr die Sprache. Im Flur drängten sich Ärzte, Schwestern, Techniker und Patienten, die hastig auf ihre Ziele zustrebten. Das aufdringliche Geplapper der Lautsprecheranlage machte den Lärm nur noch schlimmer.

»Dr. Keenan . . . OP-Saal 3 . . . Dr. Keenan . . . OP-Saal 3.«

»Dr. Talbot . . . Notfallraum 1. Dringend . . . Dr. Talbot . . . Notfallraum 1. Dringend.«

»Dr. Engel . . . Zimmer 212 . . . Dr. Engel . . . Zimmer 212.«

Paige erreichte eine Tür mit dem Schild UMKLEIDERAUM FÜR ÄRZTE, öffnete und sah sich einem Dutzend Herren in unterschiedlichen Stadien der Entkleidung gegenüber. Zwei völlig nackte Männer drehten sich um, als die Tür aufging, und starrten Paige völlig entgeistert an.

»Oh! Ich bitte . . . Verzeihung«, murmelte Paige und schloß die Tür rasch wieder von außen. Da stand sie nun und wußte nicht, was tun. Wenige Schritte weiter bemerkte sie eine Tür mit der Aufschrift UMKLEIDERAUM FÜR KRANKENSCHWESTERN, ging schnurstracks darauf zu und trat ein. Drinnen zogen mehrere Frauen die Schwesterntracht an.

Eine hob den Kopf. »Tag! Sie sind wohl eine von den Neuen?«

»Nein«, sagte Paige mit zusammengepreßten Lippen. »Eigentlich nicht.« Sie machte die Tür wieder hinter sich zu und kehrte zum Umkleideraum der Ärzte zurück. Sie blieb vor der Tür einen Augenblick lang stehen, dann holte sie einmal tief Luft und trat ein. Die Gespräche brachen abrupt ab.

»Tut mir leid, Schätzchen«, meinte einer herablassend. »Aber dieses Zimmer ist Ärzten vorbehalten.«

»Ich bin Ärztin«, stellte Paige fest.

Sie tauschten Blicke. »Ach so? Nun, dann... äh... willkommen.«

»Danke.« Sie zögerte kurz, schritt zu einem leeren Spind und legte ihre Krankenhaussachen hinein. Sie hielt den neugierigen Blicken der Kollegen stand und begann, ganz langsam, ihre Bluse aufzuknöpfen.

Die männlichen Kollegen machten einen ziemlich verlorenen Eindruck. Bis einer meinte: »Vielleicht sollten wir... äh... der jungen Dame ein wenig Privatsphäre gönnen, meine Herren.«

Der jungen Dame! »Danke sehr«, sagte Paige und rührte sich nicht, bis die Kollegen sich angezogen und den Raum verlassen hatten. *Muß ich das etwa jeden Tag durchmachen?* fragte sie sich.

Die Visiten verliefen nach einem festgelegten Ritus. An der Spitze ging immer der behandelnde Arzt, gefolgt vom Oberassistenzarzt, dem sich die restlichen Assistenten und ein bis zwei Medizinstudenten anschlossen. Der behandelnde Arzt, dem Paige zugewiesen wurde, war Dr. William Radnor, auf den sie mit fünf weiteren Assistenten im Flur wartete.

Der Gruppe gehörte auch ein junger chinesischer Arzt an. Er streckte Paige die Hand entgegen. »Tom Chang«, stellte er sich vor. »Ich hoffe, daß hier alle genauso nervös sind wie ich.«

Paige fand ihn sofort sympathisch.

Ein Mann mit strahlendblauen Augen trat auf die Gruppe zu. »Guten Morgen«, sagte er mit einer weichen, angenehmen Stimme. »Ich bin Dr. Radnor.« Die Assistenzärzte stellten sich ihm einer nach dem anderen vor.

»Heute ist Ihr erster Tag hier im Krankenhaus, es ist Ihre erste

Visite. Bitte geben Sie genau acht auf alles, was Sie hören und sehen. Es ist allerdings wichtig, daß Sie dabei einen entspannten Eindruck machen.«

Paige notierte innerlich: *Genau achtgeben, aber einen entspannten Eindruck machen.*

»Wenn ein Patient merkt, daß Sie angespannt sind, dann verkrampft *er* sich auch, weil er daraus nämlich wahrscheinlich den Schluß zieht, daß er an einer Krankheit sterben muß, die Sie ihm verschweigen.«

Patienten nicht nervös machen.

»Denken Sie von jetzt an stets daran, daß Sie für das Leben anderer Menschen verantwortlich sind.«

Von jetzt an verantwortlich für das Leben anderer Menschen. O mein Gott!

Je länger Dr. Radnor sprach, desto nervöser wurde Paige; als er endete, war ihr Selbstvertrauen total dahin. *Ich bin noch nicht soweit!* überlegte sie. *Ich bin mir gar nicht voll darüber im klaren, was ich da tue. Wer hat denn gesagt, daß ich Ärztin sein könnte? Was ist, wenn ich nun jemanden umbringe?*

Aber Dr. Radnor war noch nicht fertig. »Ich erwarte von Ihnen über jeden Ihrer Patienten einen ausführlichen Bericht – Laborwerte, Blutbild, Elektrolyten, einfach alles. Ist das klar?«

Murmeln rundum: »Jawohl, Doktor.«

»Hier liegen immer dreißig bis vierzig Patienten, die operiert werden müssen. Es ist Ihre Aufgabe, dafür zu sorgen, daß sie in jeder Hinsicht richtig betreut werden. Wir beginnen jetzt mit der Morgenvisite. Am Nachmittag machen wir die gleiche Runde noch einmal.«

An der Universität war ihr alles so leicht vorgekommen. Paige dachte an die vierjährige Studienzeit zurück. Unter den insgesamt hundertfünfzig Medizinstudenten hatten sich nur fünfzehn Studentinnen befunden. Sie würde den ersten Tag im Anatomieseminar nie vergessen. Die Studenten waren in einen großen, weißgefliesten Raum marschiert, wo zwanzig Tische standen. Jeder Tisch war mit einem gelben Tuch bedeckt. Auf jeden Tisch kamen fünf Studenten.

Der Professor hatte erklärt: »In Ordnung. Ziehen Sie die Laken zurück.« Und dann war Paige plötzlich ihrer ersten Leiche gegenübergestanden. Sie hatte befürchtet, ohnmächtig zu werden oder sich übergeben zu müssen, war jedoch seltsam gefaßt gewesen. Die Leiche war konserviert – was sie irgendwie weniger menschlich erscheinen ließ.

Die Studenten hatten sich im Anatomielabor anfangs still und respektvoll aufgeführt. Doch binnen einer Woche – es kam Paige unglaublich vor – aßen sie während des Sezierens ihre Butterbrote und machten grobe Witze – es war eine Art Selbstschutz, ein Akt, mit dem sie die eigene Sterblichkeit leugneten. Man gab den Leichen Namen und behandelte sie wie alte Freunde. Paige hatte große Mühe gehabt, sich so ungezwungen zu geben wie die anderen Studenten. Sie betrachtete die Leiche, die sie sezierte, überlegte: *Das hier ist ein Mensch mit einem Heim und einer Familie gewesen. Er ging Tag für Tag ins Büro, einmal im Jahr ist er mit Frau und Kindern in die Ferien gefahren. Er hat sich wahrscheinlich für Sport begeistert, ist gern ins Kino und ins Theater gegangen, hat gelacht und geweint und seine Kinder heranwachsen gesehen und Freud und Leid mit ihnen geteilt und große, wunderbare Träume geträumt. Hoffentlich haben sich alle erfüllt...* Ein Gefühl bittersüßer Traurigkeit hatte sie erfüllt, weil er tot war, *sie* aber lebte.

Mit der Zeit war das Sezieren auch für Paige Routinesache geworden. *Den Brustkasten öffnen, Rippen, Lunge, Herzbeutel untersuchen, Venen, Arterien und Nerven.*

Die ersten zwei Jahre an der medizinischen Fakultät gingen großteils damit drauf. Lange Listen von Körperteilen und Organen auswendig lernen – etwas, das von den Studenten ironisch Orgelspielen genannt wurde. Zuerst die Hirnnerven: *Nervus olfactorius, opticus, oculomotorius, trochlearis, trigeminus, abducens, facialis, vestibulocochlearis, glossopharyngeus, vagus, accessorius und Nervus hypoglossus.*

Die letzten zwei Studienjahre mit Kursen über innere Medizin,

Chirurgie, Kinderheilkunde und Geburtshilfe waren interessanter gewesen; außerdem hatte man am örtlichen Krankenhaus mitarbeiten dürfen.

Ich kann mich erinnern, als wir..., dachte Paige.

»Dr. Taylor...« Sie sah den forschenden Blick des Oberassistenzarztes auf sich ruhen.

Paige schreckte auf und kam zu sich. Die übrige Gruppe war bereits vorausgegangen.

»Ich komm' ja schon«, sagte sie hastig.

Zuerst gingen sie in ein großes, rechteckiges Krankenzimmer mit Betten an der linken und rechten Wand und einem kleinen Tischchen an jedem Bett. Paige hatte erwartet, daß die Betten durch Vorhänge abgetrennt wären; aber es gab hier keinerlei Privatsphäre.

Der erste Patient war ein älterer Mann mit fahler Haut. Er lag in tiefem Schlaf; sein Atem ging schwer. Dr. Radnor trat ans Fußende des Bettes, las das Krankenblatt und berührte den Patienten ganz leicht an der Schulter. »Mr. Potter?«

Der Patient öffnete die Augen. »Hach?«

»Guten Morgen. Ich bin Dr. Radnor. Ich komme nur schauen, wie es Ihnen geht. Hatten Sie eine angenehme Nacht?«

»Es ging so.«

»Haben Sie Schmerzen?«

»Doch. In der Brust. Es tut weh.«

»Lassen Sie mich mal nachsehen.«

Nach der Untersuchung erklärte er: »Sie machen Fortschritte. Ich werde der Schwester Bescheid geben, daß sie Ihnen etwas gegen die Schmerzen bringt.«

»Danke, Doktor.«

»Wir kommen am Nachmittag noch einmal vorbei.«

Sie gingen weiter, bis sie außer Hörweite waren. Dr. Radnor wandte sich an die jungen Assistenten. »Geben Sie sich Mühe, die Fragen immer so zu formulieren, daß die Antwort ja oder nein lautet, damit der Patient sich nicht überanstrengt. Und machen

Sie ihm Mut. Ich möchte Sie jetzt bitten, seine Karte gründlich zu studieren und sich Notizen zu machen. Wir werden am Nachmittag wiederkommen und sehen, wie es ihm geht. Führen Sie über jeden Patienten fortlaufend Protokoll, über seine Beschwerden, die gegenwärtige Krankheit, Krankheiten in der Vergangenheit, familiäre Umstände und soziale Verhältnisse. Raucht er, trinkt er und so weiter? Bei der nächsten Visite erwarte ich von Ihnen einen Bericht über die Fortschritte eines jeden Patienten.«

Sie traten ans Bett des nächsten Patienten, eines Mannes in den Vierzigern.

»Guten Morgen, Mr. Rawlings.«

»Guten Morgen, Doktor.«

»Fühlen Sie sich heute morgen besser?«

»Nicht besonders. Ich war in der letzten Nacht oft auf. Der Bauch tut mir weh.«

Dr. Radnor wandte sich an den Oberassistenzarzt. »Was hat die Proktoskopie gezeigt?«

»Keinerlei Anzeichen für irgendein Problem.«

»Geben Sie ihm ein Bariumklistier. Stat.«

Der Oberassistenzarzt machte sich eine Notiz.

Der Assistent neben Paige flüsterte ihr zu: »Bestimmt wissen Sie, was ›stat‹ bedeutet – ›Im Schnelltempo an die Arbeit, Trottel‹.«

Dr. Rodner hatte ihn gehört.

»›Stat‹ kommt aus dem Lateinischen, von ›statim‹, das heißt sofort.«

Paige sollte diesen Ausdruck noch oft zu hören bekommen.

Im nächsten Bett lag eine ältere Frau, die eine Bypass-Operation hinter sich hatte.

»Guten Morgen, Mrs. Turkel.«

»Wie lang werden Sie mich hier festhalten?«

»Nicht sehr lang. Die Operation war erfolgreich. Sie werden bald nach Hause kommen.«

Und weiter ging's zum nächsten Patienten.

Die Routine wiederholte sich immer wieder, und der Morgen

ging rasch vorbei. Die Visite umfaßte dreißig Patienten. Die Assistenzärzte machten sich nach jedem Patienten hektisch Notizen und hofften inständigst, daß sie das eigene Gekritzel später würden entziffern können.

Eine Patientin war für Paige ein Rätsel. Die Frau schien völlig gesund.

Als die Gruppe weiterging, fragte Paige: »Was fehlt ihr, Doktor?«

Dr. Radnor seufzte. »Der fehlt gar nichts. Sie ist einfach nur gern krank. Das ist – leider ist das keine Seltenheit – ihr Hobby. Im vergangenen Jahr habe ich diese Patientin sechsmal hier aufgenommen.«

Sie kamen zum letzten Patienten, einer alten Frau, die an ein Atemgerät angeschlossen war.

»Sie hat einen schweren Herzanfall gehabt«, erklärte Dr. Radnor den jungen Assistenten. »Sie liegt bereits seit sechs Wochen im Koma. Ihre Lebenszeichen werden schwächer. Wir können nichts mehr für sie tun. Wir werden heute nachmittag den Stöpsel herausziehen.«

Dr. Radnor erläuterte mit leiser Stimme: »Die Entscheidung ist heute morgen vom Ethikkomitee des Krankenhauses getroffen worden. Sie ist siebenundachtzig Jahre alt und gehirntot. Es wäre grausam, sie noch länger am Leben zu erhalten, und für ihre Familie würde es den finanziellen Ruin bedeuten. Ich sehe Sie zur Nachmittagsvisite wieder.«

Sie folgten ihm mit den Blicken. Paige drehte sich noch einmal nach der Patientin um. *Sie lebt und wird in wenigen Stunden tot sein.* ›*Wir werden heute nachmittag den Stöpsel herausziehen.*‹

Aber das ist doch Mord! dachte Paige.

3. Kapitel

Im Anschluß an die Nachmittagsvisite trafen sich die frischgebak-
kenen Assistenzärzte in der oberen kleinen Lounge – ein Aufenthaltsraum mit acht Tischen, einem vorsintflutlichen Schwarz-
weißfernseher und zwei Automaten, die fade Sandwiches und
ziemlich bitteren Kaffee ausgaben.
Die Gespräche waren an allen Tischen gleich.
»Schauen Sie mir bitte mal in den Hals«, sagte einer. »Hab' ich
einen geröteten Hals?«
»Ich glaub', ich hab' Fieber. Ich fühle mich entsetzlich.«
»Ich habe einen geschwollenen Bauch. Er tut weh. Ich habe
bestimmt eine Blinddarmentzündung.«
»Ich hab' furchtbare Schmerzen in der Brustgegend. Hoffentlich kriege ich keinen Herzinfarkt!«
Kat ließ sich zusammen mit Paige und Honey an einem Tisch
nieder. »Wie ist's gelaufen?« wollte sie wissen.
»Ganz gut, denk' ich«, antwortete Honey.
Die beiden schauten Paige an. »Ich war verkrampft, doch ich
war entspannt. Ich war nervös, aber ich habe die Fassung be-
wahrt.« Sie stieß einen tiefen Seufzer aus. »Mein Gott, ist der Tag
lang! Ich werde froh sein, wenn ich das Krankenhaus hinter mir
habe – wir könnten uns doch einen schönen Abend machen.«
»Ich mach' mit«, sagte Kat. »Warum gehen wir nicht essen und
anschließend ins Kino?«
»Prima Idee.«
Ein Krankenpfleger näherte sich. »Dr. Taylor?«
Paige hob den Kopf. »Ja, das bin ich.«
»Dr. Wallace möchte Sie gern in seinem Büro sprechen.«
Der Krankenhausdirektor! *Was habe ich bloß verbrochen?* über-
legte Paige.

Der Pfleger wurde ungeduldig. »Dr. Taylor...«

»Ich komm' schon.« Sie holte tief Luft und stand auf. »Bis später.«

»Hier entlang, Doktor.«

Paige folgte dem Pfleger zum Lift und fuhr mit ihm in den fünften Stock, wo sich das Büro von Dr. Wallace befand.

Benjamin Wallace saß am Schreibtisch und sah von seinen Papieren auf, als Paige eintrat. »Dr. Taylor – einen guten Tag.« Er räusperte sich. »Also! Ihr erster Tag im Krankenhaus – und Sie haben gleich Eindruck gemacht!«

Paige blickte ihn verwundert an. »Ich... das verstehe ich nicht.«

»Wie ich hörte, hat es da heute morgen ein kleines Problem im Ärzteumkleideraum gegeben.«

»Ach so.« *Darum handelt es sich also!*

Wallace musterte sie mit einem Lächeln. »Ich werde für Sie und die beiden anderen Mädchen dann wohl ein eigenes Zimmer einrichten müssen.«

»Wir...« *Wir sind keine Mädchen,* wollte Paige sagen und sagte statt dessen nur: »Dafür wären wir Ihnen sehr dankbar.«

»Wenn Sie sich nicht im gleichen Raum wie die Krankenschwestern umziehen wollen, könnten Sie vorläufig...«

»Ich bin keine Krankenschwester«, erwiderte Paige bestimmt. »Ich bin Ärztin.«

»Selbstverständlich, selbstverständlich. Also, wir werden uns etwas einfallen lassen, Doktor.«

»Vielen Dank.«

Er überreichte Paige ein Blatt Papier. »Da haben Sie Ihren Stundenplan. Sie werden während der nächsten vierundzwanzig Stunden im Dienst sein. Ab achtzehn Uhr.« Er schaute auf die Armbanduhr. »Das heißt, in dreißig Minuten geht's los.«

Paige starrte ihn ungläubig an. Der Tag hatte für sie um halb sechs Uhr morgens begonnen. *»Vierundzwanzig Stunden?«*

»Nun, *sechsunddreißig,* um genau zu sein. Weil Sie nämlich am Morgen wieder mit der Visite anfangen werden.«

Sechsunddreißig Stunden! Ob ich das überhaupt durchhalte?

Paige hielt nach Kat und Honey Ausschau. »Abendessen und Kino kann ich heute vergessen«, erklärte sie. »Ich bin während der nächsten sechsunddreißig Stunden im Dienst.«

Kat nickte. »Wir haben die schlechte Nachricht gerade selber erfahren. Mich trifft's morgen. Honey kommt Mittwoch an die Reihe.«

»Es wird schon nicht so schlimm werden.« Paige gab sich fröhlich. »Soweit ich weiß, gibt's ja ein Bereitschaftszimmer, wo man zwischendurch schlafen kann. Ich werd's genießen.«

Da irrte sie sich gewaltig.

Ein Pfleger begleitete Paige einen langen Korridor entlang.

»Dr. Wallace hat mich für einen 36-Stunden-Dienst eingeteilt«, sagte Paige. »Müssen alle Assistenzärzte so lange arbeiten?«

»Nur in den ersten drei Jahren«, versicherte der Pfleger.

Großartig!

»Aber Sie werden ja massig Zeit zum Ausruhen haben, Doktor.«

»Wirklich?«

»In diesem Zimmer hier – dem Bereitschaftsraum.« Er machte die Tür auf. Paige trat ein. Der Raum glich der Mönchszelle eines mit Armut geschlagenen Klosters. Bis auf das Feldbett mit einer dicken Matratze, ein zersprungenes Waschbecken und einen Nachttisch mit Telefon war es leer. »Hier können Sie zwischen den Aufrufen schlafen.«

»Danke.«

Die Aufrufe setzten ein, als Paige in der Cafeteria gerade etwas zu Abend essen wollte.

»Dr. Taylor... Notfallraum 3... Dr. Taylor... Notfallraum 3.«

»Wir haben hier einen Patienten mit einer gebrochenen Rippe...«

»Mr. Henegan klagt über Schmerzen in der Brust...«

»Der Patient auf Zimmer 3 hat Kopfweh. Ist es in Ordnung, ihm Paracetamol zu geben...«

Um Mitternacht – Paige hatte endlich einschlafen können – wurde sie erneut durch das Telefon geweckt.

»Melden Sie sich auf Notfallraum 1« – es war eine Messerstichwunde. Als Paige sie endlich verarztet hatte, war es halb zwei Uhr morgens. Das nächste Mal wurde sie um Viertel nach zwei aufgeweckt.

»Dr. Taylor... Notfallraum 2. Stat.«

»Okay«, sagte Paige wie erschlagen. Sie kam nur mit größter Anstrengung aus dem Bett und machte sich auf den Weg zum Notfallraum. Ein Patient war mit einem gebrochenen Bein eingeliefert worden. Er schrie vor Schmerz.

»Machen Sie eine Röntgenaufnahme«, befahl Paige. »Und geben Sie ihm Demerol, fünfzig Milligramm.« Sie legte ihre Hand auf den Arm des Patienten. »Es wird alles gut. Versuchen Sie, sich ein wenig zu entspannen.«

Über den Lautsprecher meldete sich eine metallische, körperlose Stimme. »Dr. Taylor... Station 3. Stat.«

Paige warf einen bangen Blick auf den stöhnenden Patienten. Durfte sie ihn allein lassen?

»Komme«, murmelte sie. Sie eilte zur Tür hinaus und über den Flur zu Station 3. Dort hatte sich ein Patient erbrochen und drohte zu ersticken.

»Er kann nicht atmen«, erklärte die Krankenschwester.

»Absaugen«, befahl Paige und schaute zu, wie der Patient wieder zu atmen begann, als sie erneut gerufen wurde. »Dr. Taylor... Station 4. Station 4.« Paige begann kopfschüttelnd in Richtung Station 4 zu laufen, zu einem brüllenden Patienten mit Darmkrämpfen. Paige untersuchte ihn rasch. »Könnte sich um eine Darmstörung handeln. Untersuchen Sie mit Ultraschall«, ordnete Paige an.

Als es ihr endlich gelang, zum Patienten mit dem gebrochenen Bein zurückzukehren, hatte das Schmerzmittel bei ihm zu wirken begonnen. Sie ließ ihn in den OP-Saal bringen und richtete das Bein, hatte diese Prozedur aber noch nicht abgeschlossen, als sie wieder ihren Namen hörte. »Dr. Taylor. Melden in Notfallraum 2. Stat.«

»Das Magengeschwür auf Station 4 hat Schmerzen . . .«

In einem Krankenzimmer, wo es einen Herzanfall gegeben hatte, horchte Paige ganz nervös das Herz des Patienten ab, als sie erneut aufgerufen wurde. »Dr. Taylor . . . Notfallraum 2. Stat . . . Dr. Taylor in den Notfallraum 2. Stat.«

Ich darf nicht in Panik geraten, dachte Paige. *Ich muß die Ruhe bewahren.* Sie geriet trotzdem in Panik. Wer war nun wichtiger – der Patient, den sie soeben untersuchte, oder der nächste Patient? »Warten Sie hier auf mich«, sagte sie. Es klang absolut idiotisch. »Ich bin gleich wieder da.«

Auf dem Weg zu Notfallraum 2 kam ihr Name schon wieder über Lautsprecher. »Dr. Taylor . . . Notfallraum 1 . . . Dr. Taylor . . . Notfallraum 1. Stat.«

O mein Gott! dachte Paige nur. Ihr war, als ob sie sich inmitten eines entsetzlichen Alptraums befände.

In den verbleibenden Nachtstunden wurde Paige geweckt, um einen Fall von Lebensmittelvergiftung, einen gebrochenen Arm, einen Leistenbruch und eine gebrochene Rippe zu behandeln. Als sie endlich in ihren Bereitschaftsraum zurücktaumelte, war sie dermaßen erschöpft, daß sie sich kaum mehr bewegen konnte. Sie kroch auf ihr kleines Bett und döste gerade ein, als das Telefon zu läuten begann.

Sie streckte mit geschlossenen Augen den Arm aus. »Haaa . . . lo.«

»Dr. Taylor, wir warten auf Sie!«

»Waaas?« Sie blieb liegen und versuchte sich zu erinnern, wo sie überhaupt war.

»Ihre Visite fängt sofort an, Doktor.«

»Meine Visite?« *Das muß wohl ein übler Scherz sein*, dachte Paige. *Das ist unmenschlich. Das können sie von niemandem verlangen.* Aber man wartete auf sie!

Zehn Minuten später war Paige – noch halb im Schlaf – wieder auf Visite. Sie torkelte gegen Dr. Radnor. »Entschuldigung«, murmelte sie. »Aber ich habe die ganze Nacht überhaupt keinen Schlaf bekommen . . .«

Er klopfte ihr mitfühlend auf die Schulter. »Sie werden sich daran gewöhnen.«

Als Paige ihren Dienst schließlich beendete, schlief sie vierzehn Stunden durch.

Für einige Assistenzärzte waren der immense Druck und die mörderisch langen Dienstzeiten zu viel. Sie verschwanden einfach aus dem Krankenhaus. *Das wird mir nicht passieren*, sagte sich Paige.

Der Druck war erbarmungslos. Nach Ende einer Schicht von sechsunddreißig aufreibenden Stunden war Paige dermaßen erledigt, daß sie gar nicht mehr wußte, wo sie sich befand. Sie taumelte vor den Lift und blieb einfach stehen. Ihr Verstand war wie gelähmt.

Tom Chang kam auf sie zu. »Alles in Ordnung?« erkundigte er sich.

»Prima«, murmelte Paige.

Er grinste. »Sie sehen aus wie das nackte Elend.«

»Danke! Warum tut man uns das nur an?« wollte Paige wissen.

Chang zuckte mit den Schultern. »Der Theorie zufolge hält uns das in Kontakt mit den Patienten. Wenn wir nach Hause gingen und sie hier allein ließen, wüßten wir nämlich nicht, was aus ihnen wird, während wir fort sind.«

Paige nickte. »Das ergibt einen Sinn.« Es ergab überhaupt keinen Sinn. »Wie sollen wir sie denn betreuen, wenn wir im Stehen einschlafen?«

Chang zuckte erneut mit den Schultern. »Ich habe die Regeln nicht gemacht. Aber so geht's in Krankenhäusern immer zu.« Er warf Paige einen prüfenden Blick zu. »Schaffen Sie es allein nach Hause?«

Paige fing den Blick auf und erklärte hochnäsig: »Natürlich.«

»Passen Sie auf sich auf.« Chang entschwand im Flur.

Paige wartete auf den Lift. Als er endlich kam, war sie eingeschlafen.

Zwei Tage danach frühstückte Paige gemeinsam mit Kat.

»Willst du ein schreckliches Geständnis hören?« fragte Paige.

»Wenn man mich morgens um vier weckt, weil irgendwer ein Aspirin braucht, und ich dann halbwach über den Flur taumele und an all den Zimmern vorbeikomme, wo die Patienten unter der Bettdecke liegen und richtig schön tief schlafen, dann würde ich manchmal am liebsten gegen die Türen hämmern und laut herausschreien: ›Alle aufwachen!‹.«

Kat streckte die Hand aus. »Willkommen im Klub!«

Die Patienten gab's in allen Formen, Größen, Altersgruppen und Farben. Sie waren verängstigt, tapfer, lieb, arrogant, schwierig oder rücksichtsvoll. Sie waren Menschen – Menschen, die Schmerzen litten.

Die meisten Ärzte waren pflichtbewußte Menschen. Es gab gute und schlechte Ärzte – nicht anders als in anderen Berufen auch. Sie waren jung und alt, unbeholfen und geschickt, angenehm und gräßlich. Und es gab unter ihnen auch einige wenige, die, zum einen oder anderen Zeitpunkt, sexuelle Annäherungsversuche machten, manchmal auf subtile Art, manchmal derb und grob.

»Fühlen Sie sich nachts nie einsam? Mir geht es so. Da habe ich mich gefragt...«

»Diese langen Dienststunden bringen einen um, nicht wahr? Wissen Sie, was mir Kraft gibt? Richtiger, anständiger Sex. Warum machen wir beide nicht...«

»Meine Frau ist für ein paar Tage verreist. Ich habe da in der Nähe von Carmel eine Blockhütte. Wir könnten doch am Wochenende...«

Und dann die Patienten.

»Sie sind meine Ärztin, ja? Wissen Sie, was mich kurieren würde . . .«

»Kommen Sie näher ans Bett, Baby. Ich möchte nur mal fühlen, ob die da echt sind . . .«

Paige biß die Zähne zusammen und ignorierte das alles. *Wenn Alfred und ich einmal verheiratet sind, wird das sowieso aufhören.* Der Gedanke an Alfred stimmte sie jedesmal froh. Bald würde er aus Afrika zurückkehren. *Bald.*

Paige und Kat unterhielten sich eines Morgens beim Frühstück über die sexuellen Belästigungen, denen sie beide ausgesetzt waren.

»Die meisten Ärzte benehmen sich wie perfekte Gentlemen, es gibt da aber ein paar, die offenbar der Auffassung sind, wir wären so etwas wie eine persönliche Sondervergütung, auf die sie ein Anrecht hätten, und daß wir nur dazu da wären, um ihnen zu Diensten zu sein«, berichtete Kat. »Ich glaube, es vergeht keine Woche, in der nicht mindestens ein Arzt kommt und mich anmachen will. ›Warum kommen Sie nicht auf einen Drink zu mir in die Wohnung? Ich hab' ein paar phantastische CDs.‹ Oder ich assistiere bei einer Operation, und der Chirurg streift mit seinem Arm über meinen Busen. Neulich hat ein Ekel zu mir gesagt: ›Sie sollten eins wissen. Wenn ich ein Hühnchen bestelle, schmeckt mir das dunkle Fleisch immer am besten.‹«

Paige stieß einen Seufzer aus. »Die meinen echt, daß sie uns schmeicheln, wenn sie uns wie Sexobjekte behandeln. Mir wär' es lieber, sie würden uns als Kolleginnen ernst nehmen.«

»Viele sähen am liebsten, wenn wir gar nicht da wären. Entweder sie wollen uns ficken, oder sie wollen nichts mit uns zu tun haben. Ich finde das wirklich unfair. Wir Frauen gelten als minderwertig, bis wir bewiesen haben, was wir können – Männer gelten als höherstehend, bis sie bewiesen haben, daß sie Arschlöcher sind.«

»Die alten Seilschaften«, sagte Paige. »Wenn wir nicht so wenige wären, dann könnten wir genauso zusammenhalten.«

Von Arthur Kane hatte Paige schon gehört. Über Kane wurde im Krankenhaus andauernd gemunkelt. Er hatte einen Spitznamen: *Dr. 007 – licensed to kill.* Für Kane gab es bei allen Problemen immer nur eine Lösung – operieren. Er führte im Embarcadero mehr Operationen als jeder andere Arzt durch. Er hatte auch die höchste Todesrate.

Er war ein kleingewachsener Mann mit Glatze und krummer Nase, nikotinverfärbten Zähnen und einem riesigen Fettbauch. Und so unglaublich es schien – er hielt sich tatsächlich für einen Herzensbrecher. Neue Krankenschwestern und Assistenzärztinnen bezeichnete er gern als »Frischfleisch«.

Paige Taylor war für ihn Frischfleisch. Er bemerkte sie im oberen Aufenthaltsraum und nahm ungefragt an ihrem Tisch Platz. »Ich habe ein Auge auf Sie geworfen.«

Paige hob beunruhigt den Kopf. »Wie bitte?«

»Ich bin Dr. Kane – Arthur für meine Freunde.« In seiner Stimme lag ein lüsterner Ton.

Paige konnte sich nicht vorstellen, daß er überhaupt Freunde hatte.

»Und wie kommen Sie hier zurecht?«

Auf die Frage war Paige nicht vorbereitet. »Ich . . . Ganz gut, denke ich.«

Er lehnte sich vor. »Dies hier ist ein großes Krankenhaus. Da geht man leicht unter. Sie verstehen, was ich meine?«

»Eigentlich nicht«, erwiderte Paige mißtrauisch.

»Sie sind viel zu hübsch, um einfach nur ein weiteres Gesicht in der Menge zu sein. Wenn Sie hier vorankommen wollen, brauchen Sie jemanden, der Ihnen hilft. Jemanden, der sich hier auskennt.«

Das Gespräch wurde von Minute zu Minute unangenehmer.

»Und Sie würden mir gern helfen.«

»Genau.« Er bleckte seine gelben Raucherzähne. »Warum unterhalten wir uns darüber nicht beim Abendessen?«

»Da gibt es nichts, worüber wir uns unterhalten könnten«, erklärte Paige. »Ich bin nicht interessiert.«

Arthur Kane beobachtete, wie Paige sich erhob und davonging; auf seinem Gesicht zeigte sich ein giftiger Ausdruck.

In der Chirurgie wechselten die Assistenzärzte während ihres ersten Jahres im Zweimonatsturnus zwischen den einzelnen Unterabteilungen.

Paige fiel auf, daß die meisten Chirurgen während der Operation gern Musik hörten. Und aus irgendeinem Grund schienen Operationen alle hungrig zu machen. Man sprach bei Operationen unentwegt vom Essen. Da war etwa ein Chirurg gerade voll und ganz damit beschäftigt, eine brandige Gallenblase zu entfernen, und erklärte dann plötzlich: »Ich habe gestern abend bei Bardellis gegessen – die beste italienische Küche in ganz San Francisco.«

»Haben Sie schon mal die Krabbenkuchen im Cyprus Club gekostet...«

»Wenn Sie gern gutes Rindfleisch essen, sollten Sie mal das House of Prime Rib an der Van Ness probieren.«

Und währenddessen wischte eine OP-Schwester Blut und Eingeweide des Patienten auf.

Wie bei Kafka, dachte Paige. *Dem Kafka hätte es hier bestimmt gefallen.*

Es war drei Uhr morgens, Paige schlief, da wurde sie im Bereitschaftsraum durch das Läuten des Telefons geweckt.

Eine heisere Stimme: »Dr. Taylor – Zimmer 419 – ein Infarktpatient. Beeilen Sie sich!«

Paige saß auf dem Bettrand, kämpfte gegen den Schlaf an und kam nur mit Mühe auf die Beine. *Beeilen Sie sich!* Sie trat auf den Flur, nahm sich nicht die Zeit, auf den Lift zu warten, lief zur Treppe, nahm die Stufen im Eiltempo, raste im vierten Stock Zimmer 419 entgegen, daß ihr das Herz bis zum Halse klopfte, riß die Tür auf und blieb wie vom Donner gerührt stehen.

Zimmer 419 war ein Lagerraum.

Kat Hunter war mit Dr. Richard Hutton auf Visite. Dr. Hutton war ein brüsker, flinker Mann in den Vierzigern, der bei keinem Patienten länger als zwei Minuten verweilte, das Krankenblatt am Fußende des Bettes überflog, um dann wie ein Maschinengewehr Anweisungen an die Assistenzärzte hervorzurattern.

»Überprüfen Sie das Hämoglobin der Patientin, setzen Sie die Operation für morgen an...«

»Behalten Sie seine Temperatur im Auge...«

»Sorgen Sie für vier Einheiten passendes Blut...«

»Entfernen Sie die Fäden hier...«

»Lassen Sie die Brust röntgen...«

Die Assistenzärzte hatten Mühe mitzukommen.

Sie näherten sich einem Patienten, der sich seit einer Woche im Krankenhaus befand und wegen hohen Fiebers eine Serie von Tests hinter sich hatte – ohne Ergebnis.

Als die Ärzte wieder auf den Flur traten, fragte Kat: »Was ist mit ihm los?«

»Ein Fall von D.W.N.G.«, antwortete ein Assistent. »›Das weiß nur Gott‹. Wir haben alles versucht – Röntgenaufnahmen, Computertomogramme, Kernspintomogramme, Spinalpunktion, Biopsie der Leber. Trotzdem – keine Ahnung, was mit dem los ist.«

Sie betraten ein Krankenzimmer, in dem ein junger Patient schlief. Sein Kopf war nach der Operation bandagiert worden. Er wachte erschrocken auf, als Dr. Hutton die Kopfbandagen zu lösen begann. »Was... Was geht da vor?«

»Setzen Sie sich auf«, befahl Dr. Hutton kurz angebunden. Der junge Mann zitterte am ganzen Körper.

So will ich meine Patienten nie behandeln, schwor sich Kat.

Der nächste Patient war ein Mann in den Siebzigern, der völlig gesund wirkte und beim Eintritt von Dr. Hutton losbrüllte: »Hände weg! Ich werde Sie verklagen, Sie dreckiger Mistkerl!«

»Aber, aber, Mr. Sparolini...«

»Kommen Sie mir nicht mit ›Mr. Sparolini‹! Sie haben mich zum Eunuchenbock gemacht, verdammt noch mal!«

›Eunuchenbock‹ – *das ist ein Oxymoron*, überlegte Kat.

»Aber Mr. Sparolini! Sie waren mit der Vasektomie einverstanden und . . .«

»Das war die Idee meiner Frau. Die verdammte Ziege! Die soll was erleben, wenn ich wieder zu Hause bin!«

Er wollte gar nicht mehr aufhören zu schimpfen.

»Was hat der eigentlich für ein Problem?« erkundigte sich ein Assistent.

»Daß er ein geiler, alter Bock ist, der seiner jungen Frau sechs Kinder gemacht hat – sie will einfach nicht noch mehr bekommen.«

Nächster Patient war ein kleines Mädchen. Dr. Hutton schaute sich ihre Karte an. »Wir werden dir eine Spritze geben«, sagte er schroff.

Eine Schwester füllte eine Spritze und näherte sich dem Kind.

»Nein!« schrie das Mädchen. »Du wirst mir weh tun!«

»Das tut nicht weh, Kleines«, beruhigte sie die Schwester.

In Kats Bewußtsein klangen diese Worte noch lange nach.

Das tut nicht weh, Kleines . . . Es war die Stimme ihres Stiefvaters, die ihr in der unheimlichen Dunkelheit diese Worte zugeflüstert hatte.

»Das tut nicht weh. Mach deine Beine breit. Komm schon, du kleines Miststück!« Und er hatte ihr die Beine auseinandergezwungen und sein pralles Glied mit Gewalt in sie hineingepreßt und ihr seine Hand über den Mund gelegt, damit sie nicht schrie vor Schmerzen. Dreizehn Jahre alt war sie damals gewesen; nach dieser ersten Nacht waren seine Besuche zur schrecklichen Gewohnheit geworden. »Hast du ein Glück, daß du einen Mann wie mich gefunden hast, der dir's Ficken beibringt«, hatte er immer wieder gesagt. »Weißt du, was eine Pussie ist? Deine kleine Pussie, Kat? Ich will sie haben!« Und dann hatte er sich auf sie geworfen und hatte sie gepackt, da konnte sie schreien und betteln, soviel sie wollte, da half nichts, er hörte nicht auf.

Ihren leiblichen Vater hatte Kat nie gesehen. Ihre Mutter war eine Putzfrau, die in der Nähe der kleinen Wohnung in Gary, Indiana, nachts in einem Bürogebäude arbeitete. Kats Stiefvater war ein Riesenkerl, der bei einem Unfall im Stahlwerk verletzt worden war und meist daheim saß und sich vollaufen ließ. Wenn die Mutter nachts zur Arbeit gegangen war, kam er in Kats Zimmer. »Wenn du deiner Mutter oder deinem Bruder was erzählst, bring' ich dich um«, hatte er Kat gedroht, und Kat hatte sich gesagt, immer wieder: *Ich muß es ertragen, damit er Mike nichts antut.* Sie liebte ihren fünf Jahre jüngeren Bruder abgöttisch, bemutterte ihn, beschützte ihn und kämpfte für ihn. Er war der einzige Lichtblick in ihrem Leben.

Aber sosehr Kat sich auch vor den Drohungen ihres Stiefvaters fürchtete – eines Tages hielt sie es nicht mehr aus. Sie mußte ihrer Mutter einfach sagen, was da vorging; sie war ganz sicher, daß ihre Mutter dem allen ein Ende bereiten und sie beschützen würde.

»Mama, wenn du nachts weg bist, kommt dein Mann zu mir ins Bett und bedrängt mich.«

Die Mutter hatte sie kurz angesehen und ihr eine böse Ohrfeige gegeben.

»Untersteh dich, solche Lügen zu erfinden, du kleine Schlampe!«

Kat hatte nie wieder darüber gesprochen. Daß sie danach noch zu Hause geblieben war, hatte nur einen einzigen Grund – Mike. *Ohne mich wäre er verloren,* hatte Kat gedacht. An dem Tag, als sie erfuhr, daß sie schwanger war, war Kat dann doch davongelaufen, zu einer Tante nach Minneapolis.

Das hatte ihr Leben von Grund auf verändert.

»Du mußt mir gar nicht erzählen, was geschehen ist«, hatte Tante Sophie gesagt. »Aber von jetzt an läufst du nicht mehr weg. Du kennst doch das Lied aus der Sesamstraße – ›Es ist nicht leicht, so grün zu sein‹? Hör zu, mein Schatz, es ist auch nicht leicht, schwarz zu sein. Dir stehen zwei Möglichkeiten offen. Du kannst weiterhin weglaufen und dich verstecken und der Welt die Schuld geben für deine Probleme; oder aber du kannst selbst die Verantwortung für dich übernehmen und dich entscheiden, ein bedeutender Mensch zu werden.«

»Und wie mach' ich das?«

»Indem du *weißt*, daß es auf dich ankommt und daß du wichtig bist. Zuerst einmal stellst du dir genau vor, was du einmal sein willst, Kind – was du gern sein möchtest. Und dann wirst du daran *arbeiten*, damit du das auch wirklich wirst.«

Dieses Baby will ich nicht, hatte Kat beschlossen. *Ich will es abtreiben lassen.*

Die Abtreibung wurde in aller Stille arrangiert, an einem Wochenende, und von einer Hebamme durchgeführt, mit der Kats Tante befreundet war. Kat war hinterher völlig verstört und schwor: *Ich werde mich nie mehr von einem Mann anfassen lassen. Niemals!*

Minneapolis war für Kat ein Märchenland. Es gab dort kaum ein Haus, das weit entfernt von den Seen und Bächen und Flüssen war; außerdem lagen über achttausend Ar schön gestalteter Landschaftsparks innerhalb der Stadtgrenzen. Kat ging auf den Stadtseen segeln und machte kleinere Schiffsreisen auf dem Mississippi.

Sie besuchte zusammen mit Tante Sophie den Zoo und sonntags den Valleyfair-Vergnügungspark. Auf der Cedar Creek Farm fuhr sie auf dem Heuwagen mit. Auf den Shakespeare-Festspielen schaute sie Rittern in Wappenrüstung bei Turnieren zu.

Tante Sophie musterte sie nachdenklich und dachte: *Das Mädchen hat überhaupt keine richtige Kindheit gehabt.*

Kat begann, ihr Leben zu genießen, und doch, Tante Sophie konnte es spüren, gab es in ihrer kleinen Nichte einen Bereich, an den sie niemanden heranließ. Sie hatte eine Barriere zwischen sich und der Welt errichtet, um nicht wieder verletzt zu werden.

In der Schule schloß sie Freundschaften. Aber nie mit Jungen. Ihre Freundinnen gingen aus. Kat hielt sich abseits und war zu stolz, den Grund zu nennen. Zu ihrer Tante, die sie sehr liebgewonnen hatte, schaute sie voller Bewunderung auf.

An der Schule hatte Kat vorher kaum Interesse gezeigt, auch nicht an Büchern – das hatte sich jedoch total geändert, dank Tante Sophie, deren Wohnung voller Bücher war und die Kat mit ihrer Begeisterung ansteckte.

»Die Bücher bergen in sich wunderbare Welten«, machte sie dem jungen Mädchen klar. »Wenn du sie liest, wirst du verstehen, woher du kommst und wohin du gehst. Wenn mein Gefühl mich nicht trügt, wirst du eines Tages einmal berühmt werden, Baby. Aber zuerst mußt du eine gute Bildung bekommen. Wir leben hier in Amerika. Hier kannst du alles werden, was du werden möchtest. Du magst schwarz und arm sein – aber das sind einige unserer weiblichen Kongreßabgeordneten ebenfalls gewesen – und so mancher Filmstar, so manche Wissenschaftlerin und Spitzensportlerin auch. Eines Tages werden wir einen schwarzen Präsidenten haben. Man kann alles werden, man muß nur wollen. Es liegt nur an dir selbst.«

So hatte alles angefangen.

Kat wurde Klassenbeste. Sie war eine begierige Leserin. In der Schulbibliothek nahm sie eines Tages zufällig den Roman *Arrowsmith* von Sinclair Lewis aus dem Regal und war fasziniert von der Geschichte des engagierten Arztes. Sie las *Promises to Keep* von Agnes Cooper, und *Woman Surgeon* von Dr. Else Roe – die Lektüre eröffnete ihr eine neue Welt. Sie entdeckte, daß es in dieser Welt Menschen gibt, die ihr Leben der Aufgabe widmen, anderen zu helfen, Leben zu retten. Und als Kat eines Tages von der Schule heimkam, erklärte sie Tante Sophie: »Ich werde Ärztin. Eine berühmte Ärztin.«

4. KAPITEL

Am Montagmorgen fehlten bei drei von Paiges Patienten die Krankenblätter. Die Schuld dafür wurde Paige gegeben.

Am Mittwoch wurde Paige im Bereitschaftsraum um vier Uhr morgens geweckt und griff schläfrig nach dem Telefon. »Hier Dr. Taylor.«

Schweigen.

»Hallo . . . *hallo!*«

Sie konnte am andern Ende der Leitung ein Schnaufen hören. Dann ein Klicken. Aufgelegt.

Paige lag den Rest der Nacht über wach.

Am Morgen meinte Paige zu Kat: »Entweder leide ich an Verfolgungswahn, oder da ist jemand, der mich haßt.« Sie erzählte von ihrem Erlebnis.

»Es kann vorkommen, daß Patienten einen Groll gegen ihre Ärzte entwickeln«, meinte Kat. »Fällt dir irgend jemand ein, der . . .«

Paige seufzte. »Dutzende.«

»Du brauchst dir bestimmt keine Sorgen zu machen.«

Paige hätte ihr nur allzugern geglaubt.

Im Spätsommer traf das Zaubertelegramm ein. Es wartete auf Paige, als sie abends spät in die Wohnung zurückkehrte. Es lautete: »Ankomme San Francisco Sonntag mittag. Kann Wiedersehen kaum erwarten. In Liebe, Alfred.«

Da war er also endlich unterwegs zu ihr! Paige las das Telegramm, las es immer und immer wieder und wurde von Mal zu Mal aufgeregter. *Alfred!* Sein Name beschwor in ihr ein wild durcheinanderwirbelndes Kaleidoskop von Erinnerungen herauf . . .

Paige war zusammen mit Alfred aufgewachsen. Ihre Väter gehörten zu einem Ärzteteam der Weltgesundheitsorganisation, das Länder in der dritten Welt bereiste und exotische Viren und Epidemien bekämpfte. Paige und ihre Mutter begleiteten den Vater, der das Team führte.

Paige und Alfred hatten eine traumhafte Kindheit. In Indien lernte Paige Hindi. Mit zwei Jahren wußte sie, daß der Name für die Bambushütte, in der sie wohnten, auf Hindi *basha* lautete. Ihr Vater war *gorasahib*, ein weißer Mann, und sie selber *nani*, eine kleine Schwester. Die Leute sprachen ihren Vater mit *abadhan*, Führer, an, oder mit *baba*, Vater.

Wenn die Eltern fort waren, trank Paige *bhanga*, ein berauschendes Getränk, das mit Haschischblättern zubereitet wurde, und aß *chapati* mit *ghi*.

Und dann ging's auf nach Afrika! Zu neuen Abenteuern!

Paige und Alfred gewöhnten sich daran, in Flüssen mit Krokodilen und Flußpferden zu baden. Ihre Lieblingstiere waren Zebras, Geparden und Schlangen. Sie wuchsen in fensterlosen runden Hütten auf, die aus lehmverschmiertem Flechtwerk bestanden und festgetretene Lehmböden und kegelförmige Strohdächer hatten. Paige schwor sich: *Ich werde einmal in einem richtigen Haus wohnen, einem schönen großen Haus mit grünem Rasen und einem weißen Lattenzaun.*

Für die Ärzte und Krankenschwestern war das Leben schwierig und mühsam. Für die beiden Kinder dagegen war es im Lande der Löwen, Giraffen und Elefanten ein immerwährendes Abenteuer. Sie besuchten primitive Schulen aus Schlackenstein, und wenn es in ihrer Umgebung keine Schule gab, wurden sie von Hauslehrern unterrichtet. Paige war ein aufgewecktes Kind, ihr Verstand nahm wie ein Schwamm alles auf. Alfred bewunderte Paige.

»Ich werde dich einmal heiraten, Paige«, sagte er, als sie zwölf und er vierzehn Jahre alt war.

»Ich dich auch, Alfred!«

Sie waren zwei ernste Kinder und beschlossen, das ganze Leben gemeinsam zu verbringen.

Die Ärzte der Weltgesundheitsorganisation waren selbstlose Männer und Frauen, die ganz in ihrer Arbeit aufgingen. Sie arbeiten häufig unter unmöglichen Umständen. In Afrika hatten sie Konkurrenz in den *wogesha* – den eingeborenen Medizinmännern, deren primitive Heilmittel vom Vater an den Sohn weitergegeben wurden; sie zeitigten oft genug tödliche Folgen. Die herkömmliche Arznei der Massai bei Fleischwunden war *olkilorite* – eine Mixtur aus Rinderblut, rohem Fleisch und Essenzen aus einer geheimnisvollen Wurzel.

Die Medizin der Kikuyu gegen Pocken bestand darin, daß Kinder die Krankheit mit Stöcken austrieben.

»Damit müßt ihr aufhören«, erklärte ihnen Dr. Taylor. »Das hilft überhaupt nicht.«

»Besser, als uns von dir scharfe Nadeln in die Haut stechen zu lassen«, lautete die Antwort.

Die Praxen bestanden aus Tischen, die man im Schatten der Bäume aufstellte. Die Ärzte behandelten täglich Hunderte von Patienten, es gab stets lange Schlangen wartender Menschen – Aussätzige, Eingeborene mit Tuberkulose, Keuchhusten, Pocken, Ruhr.

Paige und Alfred waren unzertrennlich. Als sie älter wurden, fuhren sie zusammen zum Markt in ein Dorf, das einige Meilen entfernt lag. Und sie sprachen von ihren Plänen für die Zukunft.

Für Paige war die Medizin von klein auf Teil ihres Lebens. Sie lernte, für Patienten zu sorgen, ihnen Spritzen zu geben und Medikamente auszuhändigen; oft ahnte sie im voraus, wie sie ihrem Vater zur Hand gehen könnte.

Paige liebte ihren Vater. Curt Taylor war der fürsorglichste, selbstloseste Mensch, den sie sich vorstellen konnte. Er empfand echte Zuneigung für seine Mitmenschen, er sah seine Lebensaufgabe darin, denen zu helfen, die ihn brauchten, und dies weckte die gleiche leidenschaftliche Anteilnahme in Paige. Trotz seiner langen Arbeitsstunden fand er für seine Tochter Zeit. Mit ihm machten sogar die Unannehmlichkeiten des primitiven Lebens Spaß.

Paiges Beziehung zur Mutter stand auf einem ganz anderen

Blatt. Die Mutter war eine reiche, verwöhnte Schönheit. Sie war kühl und hochnäsig – das hielt Paige auf Distanz. Die Ehe mit einem Arzt, der in entlegenen, exotischen Gegenden arbeiten wollte, war ihr romantisch erschienen; aber die harte Realität hatte sie verbittert. Sie war kein warmherziger, liebevoller Mensch. Paige hatte den Eindruck, daß sie immer nur jammerte und klagte.

»Warum sind wir bloß in dieses gottverlassene Nest gekommen, Curt?«

»Hier leben die Menschen ja wie Tiere. Wir werden uns noch eine von ihren schrecklichen Krankheiten einfangen.«

»Warum kannst du nicht in den USA arbeiten und Geld verdienen wie andere Ärzte auch?«

So ging es den ganzen Tag.

Je mehr die Mutter am Vater herummäkelte, um so inniger bewunderte ihn Paige.

Als Paige fünfzehn Jahre alt war, brannte die Mutter mit einem reichen brasilianischen Plantagenbesitzer durch.

»Sie kommt nie mehr zurück, nicht wahr?« fragte Paige.

»Nein, Liebling. Tut mir leid.«

»Ich bin ja so froh!« Das hatte sie gar nicht sagen wollen, aber es hatte sie verletzt, daß ihre Mutter sich so wenig um sie und ihren Vater kümmerte und sie mit dem Vater sitzengelassen hatte.

Diese Erfahrung brachte sie Alfred Turner noch näher. Sie spielten zusammen, sie gingen gemeinsam auf Expeditionen, sie teilten ihre Träume.

»Ich will auch Arzt werden, wenn ich groß bin«, hatte Alfred ihr anvertraut. »Wir werden heiraten und zusammenarbeiten.«

»Und werden eine Menge Kinder haben.«

»Klar. Wenn du willst.«

Am Abend vor Paiges sechzehntem Geburtstag gewann die lebenslange Vertrautheit der beiden plötzlich eine neue Dimension. Sie wohnten in einem kleinen Dorf in Ostafrika, und die Ärzte waren wegen einer Epidemie fortgerufen worden; im Lager zurückgeblieben waren nur Alfred, Paige und ein Koch.

Sie hatten zu Abend gegessen und waren dann schlafen gegangen, doch mitten in der Nacht war Paige in ihrem Zelt wach geworden von dem fernen Donnern flüchtender Tierherden. Und während sie wach dalag und die Minuten verstrichen und das Geräusch des wilden Ansturms immer näher kam, wurde ihr langsam angst, und ihr Atem ging immer schneller – es war völlig ungewiß, wann ihr Vater und die anderen zurückkehren würden.

Sie stand auf. Alfreds Zelt lag nur wenige Schritte entfernt. In ihrer Angst hob Paige die Zeltklappe und lief hinein zu Alfred.

Er schlief.

»Alfred!«

Er war sofort wach und richtete sich auf. »Paige? Etwas nicht in Ordnung?«

»Ich hab' Angst. Darf ich ein Weilchen zu dir ins Bett kommen?«

»Sicher.«

Die beiden lagen wach und horchten auf die Tiere, die in wilder Panik über die Steppe jagten.

Nach einer Weile begannen die Laute zu verebben.

Alfred wurde sich des warmen Körpers bewußt, der sich an ihn schmiegte.

»Paige – ich glaube, es wäre besser, wenn du jetzt wieder in dein eigenes Zelt zurückgehen würdest.«

Paige konnte die männliche Erregung spüren, die sich fest und steif gegen sie drückte.

Die körperlichen Bedürfnisse, die sich in beiden seit langem aufgestaut hatten, brachen durch.

»Alfred.«

»Ja?« Seine Stimme klang rauh.

»Wir werden doch heiraten, ja?«

»Ja.«

»Dann ist es doch in Ordnung.«

Und die Laute und Geräusche des Dschungels ringsum versanken, und sie begannen eine Welt zu erforschen und zu entdekken, die außer ihnen noch niemand besessen hatte. Sie waren die ersten Liebenden auf der Welt, sie genossen das herrliche Wunder der Liebe.

Im Morgengrauen kroch Paige in ihr Zelt zurück und dachte glücklich: *Jetzt bin ich eine Frau.*

Curt Taylor schlug Paige von Zeit zu Zeit vor, sie solle in die Vereinigten Staaten zurückreisen und in dem schönen Haus in Deerfield im Norden von Chicago bei seinem Bruder wohnen.

»Aber warum?« hatte Paige dann gefragt.

»Damit du zu einer richtigen jungen Dame heranwachsen kannst.«

»Ich *bin* aber doch eine richtige junge Dame.«

»Richtige junge Damen spielen nicht mit wilden Affen und versuchen nicht, auf kleinen Zebras zu reiten.«

Ihre Antwort war immer die gleiche. »Ich werde dich nicht verlassen.«

Als Paige siebzehn Jahre alt war, reiste das WHO-Team in ein Dschungeldorf in Südafrika, um eine Typhusepidemie zu bekämpfen. Noch gefährlicher wurde die Sache dadurch, daß kurz nach Ankunft der Ärzte zwischen zwei Stämmen der Region ein Krieg ausbrach. Curt Taylor erhielt den Rat, die Gegend zu verlassen.

»Aber das kann ich doch nicht tun! Um Gottes willen! Ich habe hier Patienten, die sterben müßten, wenn ich sie allein ließe.«

Vier Tage danach wurde das Dorf angegriffen. Paige kauerte zusammen mit ihrem Vater in der kleinen Hütte, hörte das Brüllen und die Gewehrschüsse draußen.

Paige war entsetzt. »Sie werden uns töten!«

Der Vater hatte sie in den Arm genommen. »Sie werden uns nichts tun, Liebling. Wir sind doch da, um ihnen zu helfen. Sie wissen, daß wir ihre Freunde sind.«

Und er hatte recht behalten.

Der Häuptling eines der beiden Stämme war mit seinen Kriegern in die Hütte geplatzt. »Fürchtet euch nicht. Wir werden euch beschützen.« Und das hatten sie auch getan.

Die Kämpfe und Schießereien ließen schließlich nach, doch an jenem Morgen hatte Curt Taylor eine Entscheidung getroffen.

Er schickte seinem Bruder ein Telegramm. *Schicke Paige mit nächstem Flugzeug. Einzelheiten später. Bitte hol sie am Flughafen ab.*

Als Paige davon hörte, bekam sie einen Wutanfall. Sie schluchzte verzweifelt, als man sie zu dem staubigen kleinen Flughafen brachte. Dort wartete schon eine Piper Cub, um sie zu einer Stadt zu bringen, von wo aus sie nach Johannesburg weiterfliegen konnte.

Paige weinte. »Du schickst mich bloß weg, weil du mich loswerden willst!«

Der Vater hielt sie eng umschlungen. »Ich liebe dich mehr als alles auf der Welt, Schatz. Du wirst mir in jedem Augenblick fehlen. Aber ich werde bald in die USA zurückkehren, dann sind wir wieder beisammen.«

»Versprichst du's mir?«

»Ich verspreche es dir.«

Alfred war zum Abschied mitgekommen.

»Mach dir keine Sorgen«, hatte Alfred gesagt. »Ich werde kommen und dich holen, sobald ich kann. Wirst du auf mich warten?«

Das war, nach all den Jahren, die sie sich schon kannten, eine reichlich alberne Frage gewesen.

»Natürlich werde ich auf dich warten.«

Als Paige drei Tage später im O'Hare Airport in Chicago eintraf, wurde sie von ihrem Onkel Richard abgeholt, dem sie noch nie begegnet war. Sie wußte lediglich, daß er ein äußerst wohlhabender Geschäftsmann war, der vor einigen Jahren seine Frau verloren hatte. »Er ist der Erfolgreiche in unserer Familie«, hatte Paiges Vater immer gesagt.

Die ersten Worte ihres Onkels raubten ihr die Sprache. »Es tut mir leid, dir das sagen zu müssen, Paige, aber ich habe soeben die Nachricht erhalten, daß dein Vater bei einem Eingeborenenaufstand ums Leben gekommen ist.«

In diesem Augenblick war für sie die ganze Welt zusammengebrochen. Der Schmerz war so stark, daß sie ihn nicht zu ertragen können glaubte. *Mein Onkel soll mich nicht weinen sehen,* schwor sich Paige. *Das werde ich nicht zulassen. Ich hätte Vater nie verlassen dürfen. Ich kehre nach Afrika zurück.*

Auf der Fahrt vom Flughafen starrte Paige aus dem Fenster auf den starken Verkehr.

»Ich hasse Chicago.«

»Aber warum, Paige?«

»Weil's ein Dschungel ist.«

Richard wollte Paige nicht zur Beerdigung des Vaters nach Afrika zurückfliegen lassen, und das versetzte sie in Rage.

Er versuchte es mit Vernunft. »Paige – dein Vater ist bereits begraben worden. Es gibt überhaupt keinen Grund, warum du dorthin zurückfliegen solltest.«

Einen Grund gab es aber doch: *Dort war Alfred.*

Der Onkel wollte wenige Tage nach ihrer Ankunft mit ihr über die Zukunft diskutieren.

»Da gibt es nichts zu diskutieren«, teilte ihm Paige mit. »Ich werde Ärztin.«

Als Paige im Alter von einundzwanzig Jahren das College hinter sich hatte, bewarb sie sich bei zehn medizinischen Fakultäten und wurde von allen zehn angenommen. Sie entschied sich für eine Hochschule in Boston.

Es dauerte zwei Tage, bis sie Alfred endlich telefonisch in Zaire erreichte, wo er als Teilzeitkraft in einem WHO-Team mitarbeitete.

Als Paige ihm die Nachricht mitteilte, sagte er: »Aber das ist ja wunderbar, Liebling. Ich bin bald mit dem Medizinstudium fertig.

Ich bleibe noch eine Zeitlang bei der Weltgesundheitsorganisation, aber in ein paar Jahren können wir dann zusammen praktizieren.«

Zusammen. Das Zauberwort.

»Paige, ich muß dich unbedingt wiedersehen. Wenn ich ein paar Tage freibekäme – könntest du mich in Hawaii treffen?«

Da gab es gar kein Zögern. »Ja.«

Und sie hatten es geschafft, alle beide, und hinterher konnte Paige sich nur ausmalen, wie schwierig die lange Reise für Alfred gewesen sein mußte – er hatte es mit keinem einzigen Wort erwähnt.

Sie verbrachten drei unglaublich schöne Tage in einem kleinen Hotel in Hawaii, Sunny Cove hieß es, und es war ganz so, als wären sie nie getrennt gewesen. Paige hätte Alfred am liebsten gebeten, sie nach Boston zu begleiten, wußte jedoch, wie egoistisch das wäre. Seine Arbeit in Afrika war doch viel wichtiger.

Als sie sich an ihrem letzten gemeinsamen Tag ankleideten, fragte Paige: »Wohin werden sie dich senden, Alfred?«

»Nach Gambia. Vielleicht auch nach Bangladesh.«

Um Leben zu retten, um Menschen zu helfen, die ihn verzweifelt brauchen. Sie drückte ihn an sich und schloß die Augen. Sie hätte ihn am liebsten nicht mehr fortgehen lassen.

Und als ob er ihre Gedanken gelesen hätte, versprach er: »Ich werde dich nie verlassen.«

Paige nahm ihr Medizinstudium auf. Sie korrespondierte regelmäßig mit Alfred. Und ganz gleich, in welchem Teil der Welt Alfred sich gerade befinden mochte – es gelang ihm immer, sie an ihrem Geburtstag und zu Weihnachten anzurufen.

»Paige?«

»Liebling! Wo bist du?«

»Im Senegal. Ich hab' mir ausgerechnet, daß ich nur etwa achttausendachthundert Meilen vom Sunny Cove entfernt bin.«

Es dauerte einen Moment, bis bei ihr der Groschen fiel.

»Soll das heißen . . .?«

»Könntest du mich zu Silvester in Hawaii treffen?«

»O ja! Ja!«

Alfred reiste fast um die halbe Welt, um bei ihr zu sein, und diesmal war der Zauber sogar noch viel stärker. Die Zeit stand für die beiden still.

»Im nächsten Jahr werde ich bei der WHO ein eigenes Team leiten«, sagte Alfred. »Ich möchte gern, daß wir heiraten, sobald du mit deinem Medizinstudium fertig bist.«

Sie hatten sich in der Zwischenzeit noch einmal wiedersehen können; und wenn sie sich nicht sehen konnten, dann überbrückten sie Raum und Zeit mit Briefen.

In all diesen Jahren hatte er wie sein eigener Vater und wie Paiges Vater als Arzt in Ländern der dritten Welt gearbeitet und den gleichen wunderbaren Dienst getan, den schon ihre beiden Väter geleistet hatten. Und nun kam er endlich heim – heim zu ihr.

Es war schon das fünfte Mal, daß Paige Alfreds Telegramm las, und sie dachte nur: *Er kommt nach San Francisco!*

Kat und Honey waren in ihren Zimmern und schliefen schon, doch Paige schüttelte sie wach. »Alfred kommt! Er kommt! Am Sonntag wird er da sein!«

»Wunderbar«, murmelte Kat. »Warum weckst du mich dann nicht erst am Sonntag auf? Ich bin gerade erst zu Bett gegangen.«

Honey zeigte sich aufgeschlossener. Sie setzte sich im Bett auf und rief spontan: »Das ist ja großartig! Ich bin so gespannt, ihn kennenzulernen. Wie lang ist es jetzt her, daß ihr euch gesehen habt?«

»Zwei Jahre«, erwiderte Paige, »wir sind aber ständig in Kontakt geblieben.«

»Du hast Glück, Mädchen«, sagte Kat. »Also, wenn wir sowieso schon alle wach sind, mach' ich uns einen Kaffee.«

Die drei ließen sich am Küchentisch nieder.

»Wie wär's, wenn wir für Alfred ein Fest geben würden?« schlug Honey vor. »Nach dem Motto ›Herzlich willkommen, Bräutigam‹?«

77

»Prima Idee«, meinte Kat.

»Wir lassen eine richtige Feier steigen – mit Kuchen und Ballons – mit allem Drum und Dran.«

»Wir werden ihn hier in der Wohnung zu einem festlichen Abendessen einladen«, erklärte Honey.

Kat schüttelte den Kopf. »Ich weiß, wie's schmeckt, wenn du kochst. Wir lassen uns das Essen kommen.«

Bis zum Sonntag waren es nur noch vier Tage. Sie sprachen dauernd von Alfred und der Begrüßung, die sie ihm bei seiner Ankunft bereiten wollten; denn wie durch ein Wunder hatten sie alle drei am Sonntag keinen Dienst. Am Samstag fand Paige sogar Zeit, einen Beautysalon aufzusuchen. Sie ging einkaufen und gab ein Heidengeld für ein neues Kleid aus.

»Wie seh' ich aus? Meint ihr, daß ihm das Kleid gefällt?«

»Sensationell siehst du aus!« versicherte ihr Honey. »Hoffentlich hat er dich auch verdient.«

Paige lächelte bescheiden. »Hoffentlich hab' ich *ihn* verdient. Ihr werdet ihn gern haben. Er ist fantastisch!«

Am Sonntag der Sonntage deckten die drei Frauen im Eßzimmer den Tisch für das köstliche Mittagessen und den Champagner, die sie bei einem Restaurant bestellt hatten, und standen dann ganz nervös herum.

Punkt zwei Uhr klingelte es, und Paige rannte los, um zu öffnen – und da stand er, Alfred, wirkte ein wenig erschöpft und erschien ihr noch ein bißchen hagerer. Und neben ihm stand eine Brünette – sie mußte in den Dreißigern sein.

»Paige!« rief Alfred aus.

Paige warf ihm die Arme um den Hals. Dann drehte sie sich um, wandte sich an Honey und Kat und sagte voller Stolz: »Das ist Alfred Turner. Alfred, das sind meine Mitbewohnerinnen Honey Taft und Kat Hunter.«

»Sehr erfreut«, sagte Alfred. Er schaute zu der Frau an seiner Seite. »Und das ist Karen Turner. Meine Frau.«

Die drei Frauen waren auf einmal wie erstarrt.

»Deine Frau?« sagte Paige ganz langsam.

»Ja.« Er runzelte die Stirn. »Hast du . . . Hast du denn meinen Brief nicht bekommen?«

»Einen Brief?«

»Doch. Ich hab' ihn vor ein paar Wochen abgeschickt.«

»Nein.«

»Oh. Ich . . . es tut mir schrecklich leid. Ich habe alles erklärt in meinem . . . aber natürlich, wenn du ihn nicht bekommen hast . . .« Seine Stimme wurde unhörbar. ». . . tut mir wirklich furchtbar leid, Paige. Wir beide sind so lange getrennt gewesen, daß ich . . . und dann habe ich Karen kennengelernt . . . du weißt doch, wie das ist . . .«

»Ich weiß, wie das ist«, wiederholte Paige ganz benommen. Sie wandte sich Karen zu und rang sich ein Lächeln ab. »Ich . . . ich hoffe, Sie werden mit Alfred glücklich sein.«

»Danke.«

Das Schweigen wurde drückend.

»Ich denke, wir sollten jetzt besser gehen, Liebling«, sagte Karen.

»Ja. Das wäre wohl wirklich besser«, sagte Kat.

Alfred strich sich mit den Fingern durchs Haar. »Es tut mir aufrichtig leid, Paige. Ich . . . also . . . dann auf Wiedersehen.«

»Auf Wiedersehen, Alfred.«

Die drei Frauen schauten dem frischvermählten Paar nach.

»So ein Schwein!« schimpfte Kat. »Wie konnte er nur so etwas tun!«

Paiges Augen füllten sich mit Tränen. »Ich . . . aber er wollte mich doch nicht . . . Ich meine . . . Er muß ja in seinem Brief alles erklärt haben.«

Honey legte Paige den Arm um den Hals. »Es müßte ein Gesetz geben, daß alle Männer kastriert werden.«

»Darauf stoße ich an«, sagte Kat.

»Entschuldigt mich bitte«, sagte Paige, verschwand in ihrem Zimmer und schloß hinter sich zu.

Sie kam den ganzen Tag nicht mehr aus dem Zimmer heraus.

5. KAPITEL

Von Kat und Honey bekam Paige während der folgenden Monate nicht viel zu sehen. Sie trafen sich bei einem raschen Frühstück in der Cafeteria oder begegneten sich gelegentlich auf den Fluren, kommunizierten jedoch hauptsächlich mittels Zetteln, die sie in der Wohnung hinterließen.

»Essen ist im Kühlschrank.«

»Mikrowellenherd ist kaputt.«

»Tut mir leid, hatte keine Zeit mehr zum Aufräumen.«

»Wie wär's, wenn wir Samstag abend zu dritt essen gingen?«

Die unmöglich langen Dienststunden waren weiterhin eine Tortur, die alle Assistenzärzte bis an die Grenzen ihres Durchstehvermögens belastete.

Paige war dieser Druck nur recht. Auf diese Weise blieb ihr keine Zeit, um an Alfred und die herrliche Zukunft zu denken, die sie gemeinsam geplant hatten. Es gelang ihr aber trotzdem nicht, ihn aus ihrem Bewußtsein zu verdrängen. Was er ihr angetan hatte, erfüllte sie mit einem tiefen Schmerz, der nicht mehr weichen wollte. Sie quälte sich mit sinnlosen Überlegungen wie »Was wäre gewesen, wenn...«

Wenn ich bei Alfred in Afrika geblieben wäre?

Wenn er mit mir zusammen nach Chicago gekommen wäre?

Wenn er Karen nicht begegnet wäre?

Was wäre gewesen, wenn...?

Als Paige an einem Freitag im Umkleideraum des Krankenhauses ihr OP-Gewand anziehen wollte, bemerkte sie das Wort »Miststück« – jemand hatte es mit schwarzem Filzstift auf den Kittel geschrieben.

Als Paige am Tag darauf ihr Notizbuch suchte, war es verschwunden. Sie hatte sämtliche Aufzeichnungen verloren! *Vielleicht habe ich es ja nur verlegt,* redete Paige sich ein. Davon konnte sie jedoch nicht einmal sich selbst überzeugen.

Es kam soweit, daß die Welt außerhalb des Krankenhauses nicht mehr für sie existierte. Paige registrierte zwar noch, daß der Irak Kuwait ausplünderte; das wurde jedoch völlig überschattet von den Bedürfnissen eines fünfzehnjährigen Patienten, der an Leukämie starb. Am Tag der Vereinigung von Ost- und Westdeutschland war Paige vollauf damit beschäftigt, das Leben einer Diabetikerin zu retten. In England trat Margaret Thatcher ab; viel wichtiger war aber, daß der Patient auf Zimmer 214 endlich wieder laufen konnte.

Erträglich wurde es nur dank der Ärzte, mit denen Paige zusammenarbeitete. Von einigen wenigen Ausnahmen abgesehen, hatten sie sich ganz der Aufgabe verschrieben, Mitmenschen zu heilen, von Schmerzen zu befreien und Leben zu retten. Paige erlebte die Wunder mit, die sie Tag für Tag bewerkstelligten; es erfüllte sie mit Stolz dazuzugehören.

Den größten Streß verursachte die Arbeit auf der Notfallstation. Dort wimmelte es immer von Patienten, die unter allen nur erdenklichen Arten von Traumata litten.

Die langen Dienststunden im Krankenhaus und der enorme Druck waren eine große Belastung für die Ärzte und Krankenschwestern. Es gab unter den Ärzten eine außergewöhnlich hohe Scheidungsrate, und Affären waren an der Tagesordnung.

Zu den Ärzten, denen das Krankenhaus Probleme verursachte, gehörte auch Tom Chang, der Paige davon bei einer Tasse Kaffee berichtete.

»Ich selber halte die langen Stunden schon aus«, gestand Chang, »aber meine Frau nicht. Sie beschwert sich, daß sie mich kaum mehr sieht und daß ich für unsere kleine Tochter ein Fremder geworden bin. Sie hat recht. Ich weiß nur nicht, was ich dagegen tun soll.«

»Hat Ihre Frau Sie schon einmal im Krankenhaus besucht?« wollte Paige wissen.

»Nein.«

»Warum laden Sie sie nicht einmal zum Mittagessen ein, Tom? Damit sie sieht, was Sie hier machen und wie wichtig Ihre Arbeit hier ist.«

Changs Miene hellte sich auf. »Das ist eine gute Idee. Danke, Paige. Genau das werde ich tun. Und ich hätte gern, daß Sie meine Frau kennenlernen. Leisten Sie uns beim Mittagessen Gesellschaft?«

»Liebend gern.«

Sye Chang war, wie sich herausstellte, eine reizende junge Frau von klassischer, zeitloser Schönheit. Chang führte sie durch das Krankenhaus, anschließend aßen die beiden gemeinsam mit Paige in der Cafeteria. Sye war, wie Paige erfuhr, in Hongkong geboren und aufgewachsen.

»Und wie gefällt Ihnen San Francisco?« erkundigte sich Paige.

Kurzes Schweigen. »San Francisco ist eine interessante Stadt«, antwortete Sye höflich, »aber ich habe das Gefühl, hier fremd zu sein. Sie ist zu groß, zu laut.«

»Aber soweit ich weiß, ist es in Hongkong doch auch laut und hektisch.«

»Ich komme aus einem kleinen Dorf eine Stunde von Hongkong entfernt. Dort gibt es keinen Lärm, keine Automobile; und dort kennen sich alle.« Sie sah ihren Mann an. »Tom und ich und unsere kleine Tochter sind dort sehr glücklich gewesen. Es ist wunderschön auf der Insel Llama. Dort gibt es weiße Strände, und ganz in der Nähe ein kleines Fischerdorf – Sak Kwu Wan. Dort ist alles so friedlich.«

Ihre Stimme klang sehnsüchtig. »Dort waren mein Mann und ich viel zusammen, so wie es sich für eine Familie gehört. Hier sehe ich ihn nie.«

Paige sagte: »Mrs. Chang, ich weiß, daß es für Sie momentan sehr schwer ist, aber in ein paar Jahren wird Tom eine eigene Praxis eröffnen können, dann werden die Arbeitszeiten viel angenehmer.«

Tom Chang nahm die Hand seiner Frau. »Siehst du?« sagte er. »Es wird schon alles gut werden, Sye. Du mußt nur etwas Geduld haben.«

»Ich verstehe«, sagte sie. Überzeugt klang sie nicht.

Während sie noch sprachen, kam ein Mann in die Cafeteria. Da er an der Tür stehenblieb, konnte Paige seinen Kopf nur von hinten sehen. Ihr Herz begann zu rasen. Er drehte sich um. Es war ein Wildfremder.

Chang beobachtete Paige. »Alles in Ordnung?«

»Ja«, log Paige. *Ich muß ihn vergessen. Es ist aus.* Und doch, die Erinnerungen an all die wundervollen Jahre, an den gemeinsamen Spaß, die Aufregungen, die Liebe, die sie füreinander empfunden hatten . . . *Wie kann ich das alles denn vergessen? Ob ich wohl einen der Ärzte am Krankenhaus überreden könnte, bei mir eine Lobotomie durchzuführen?*

Im Korridor lief Paige Honey über den Weg. Honey war ganz außer Atem. Sie wirkte besorgt.

»Alles okay?« fragte Paige.

Honey lächelte nervös. »Doch. Alles okay.« Und eilte weiter.

Honey war einem behandelnden Arzt namens Charles Isler zugewiesen worden, der im ganzen Krankenhaus als Frauenheld bekannt war.

Er hatte bereits am ersten Tag, gleich auf Honeys erster Visite, die Bemerkung fallenlassen: »Ich habe mich sehr auf unsere Zusammenarbeit gefreut, Dr. Taft. Dr. Wallace hat mir von Ihren hervorragenden Examensnoten an der Universität berichtet. Wie ich höre, wollen Sie in der inneren Medizin arbeiten.«

»Ja.«

»Gut. Na, da werden Sie uns hier ja noch drei Jahre erhalten bleiben.«

Der erste Patient war ein mexikanischer Junge. Dr. Isler übersah die übrigen Assistenzärzte und wandte sich an Honey. »Das dürfte für Sie ein interessanter Fall sein, Dr. Taft. Der Patient hat alle klassischen Anzeichen und Symptome: Inappetenz, Gewichtsverlust, Obstipation, Müdigkeit, Anämie, schwarzblaue Verfärbung des Zahnfleisches, periphere Nervenlähmung. Welche Diagnose würden Sie stellen?« Er schenkte ihr ein erwartungsvolles Lächeln.

Honey sah ihn kurz an. »Nun ja, da könnte es sich um eine Reihe von Dingen handeln, nicht wahr?«

Dr. Isler musterte sie ein wenig verwirrt. »Es handelt sich um einen eindeutigen Fall von . . .«

Einer der Assistenten schob ein: »Bleivergiftung.«

»Korrekt«, bestätigte Dr. Isler.

Honey lächelte. »Natürlich. Bleivergiftung.«

Dr. Isler wandte sich erneut an Honey. »Wie würden Sie sie behandeln?«

Honey meinte ausweichend: »Nun ja, da gibt es verschiedene Behandlungsmethoden, nicht wahr?«

Schon meldete sich ein anderer Assistent zu Wort. »Falls der Patient dem Gift längere Zeit ausgesetzt war, sollte er als potentieller Fall von Enzephalopathie behandelt werden.«

Dr. Isler nickte.

»Richtig. Genau das werden wir auch tun. Wir korrigieren die Dehydration und elektrolytischen Störungen und geben Chelatbildner.«

Er schaute Honey an. Sie nickte zustimmend.

Der nächste Patient war ein Mann in den Achtzigern mit geröteten Augen und verklebten Augenlidern.

»Wir werden uns gleich um Ihre Augen kümmern«, versprach Dr. Isler. »Wie fühlen Sie sich heute?«

»Oh, für einen alten Mann gar nicht so schlecht.«

Dr. Isler zog die Bettdecke weg, um die geschwollenen Knie und Knöchel des Patienten zu zeigen. Die Fußsohlen zeigten Verletzungen.

Dr. Isler wandte sich an die Assistenten. »Die Schwellung ist durch Arthritis verursacht worden.« Er sah Honey an. »In Verbindung mit den Verletzungen und der Bindehautentzündung ist Ihnen die Diagnose sicherlich klar.«

Honey sagte ganz langsam:»Nun ja, das könnte . . . wissen
Sie . . .«

»Es handelt sich hier um die Reiter-Krankheit«, warf ein Assistent ein.»Ausgelöst durch gramnegative Bakterien oder Chlamy-
dien. Zu Anfang besteht oft hohes Fieber.«

Dr. Isler nickte.»Sehr richtig.« Er schaute Honey an.»Wie ist
die Prognose?«

»Die Prognose?«

Der gleiche Assistent fuhr fort:»Man könnte mit Antiphlogi-
stika behandeln.«

»Sehr gut«, sagte Dr. Isler.

Sie machten bei einem Dutzend weiterer Patienten Visite; anschließend bat Honey Dr. Isler:»Könnte ich Sie wohl kurz allein
sprechen, Dr. Isler?«

»Ja. Kommen Sie zu mir ins Büro.«

Als sie in seinem Zimmer Platz genommen hatten, bemerkte
Honey:»Ich weiß, daß Sie von mir enttäuscht sind.«

»Ich muß zugeben, daß ich ein wenig überrascht war, als Sie . . .«
Honey unterbrach ihn.»Ich weiß, Dr. Isler. Ich hab' letzte Nacht
überhaupt nicht geschlafen. Um die Wahrheit zu sagen – ich war so
aufgeregt, daß ich mit Ihnen zusammenarbeiten darf . . . ich habe
einfach nicht einschlafen können.«

Er warf ihr einen erstaunten Blick zu.»Oh. Verstehe. Ich habe
gleich gewußt, daß es einen Grund geben müßte . . . Ich meine, bei
Ihren fantastischen Examensnoten. Wie sind Sie zu Ihrem Entschluß gekommen, Ärztin zu werden?«

Honey senkte kurz den Kopf, um dann mit leiser Stimme zu
erklären:»Ich hatte einen jüngeren Bruder, der bei einem Unfall
verletzt wurde. Die Ärzte haben getan, was sie konnten, um ihn zu
retten, aber . . . ich habe sein Sterben miterlebt. Es hat lange
gedauert. Ich kam mir so ohnmächtig vor. Damals habe ich beschlossen, daß ich mein Leben damit verbringen will, andern
Menschen zu helfen, wieder gesund zu werden.« Ihre Augen
füllten sich mit Tränen.

Sie ist ja so verletzlich, dachte Isler. »Ich bin froh, daß wir diese kleine Unterhaltung führen konnten.«

Honey schaute ihn an und überlegte: *Er hat mir wirklich geglaubt.*

6. KAPITEL

Auf der anderen Seite der Stadt warteten Reporter und Fernsehteams auf Lou Dinetto, der, als er das Gerichtsgebäude verließ, allen mit einem breiten Lächeln zuwinkte – ein Herrscher begrüßte sein Volk. Er wurde von zwei Leibwächtern begleitet – einem hochgewachsenen, schlanken Mann, bekannt unter dem Namen »Der Schatten«, und einem untersetzten Mann, der »Rhino«, kurz für Rhinozeros, genannt wurde. Wie immer war Lou Dinetto elegant und teuer gekleidet, in einen grauen Seidenanzug mit weißem Hemd, blauer Krawatte und Schuhen aus Krokoleder. Damit er rank und schlank wirkte, mußten seine Anzüge von Meisterhand geschneidert werden – er war klein und stämmig und hatte Säbelbeine. Für die Presse hatte er stets ein Lächeln und ein witziges Wort parat; er wurde immer gern zitiert. Dinetto war dreimal vor Gericht gebracht worden, wegen Anklagen, die von Brandstiftung und organisierter Erpressung bis hin zu Mord reichten; und jedesmal war er freigesprochen worden.

Als er das Gericht verließ, rief ihm ein Reporter laut zu: »Wußten Sie, daß Sie freigesprochen werden würden, Mr. Dinetto?«

Dinetto lachte. »Natürlich hab' ich's gewußt. Ich bin ein harmloser Geschäftsmann. Die Regierung hat nur leider nichts Wichtigeres zu tun, als mich zu verfolgen. Einer der Gründe, warum die Steuern so hoch sind.«

Eine Fernsehkamera schwenkte auf ihn zu. Lou Dinetto blieb stehen, um in die Kamera zu lächeln.

»Mr. Dinetto, können Sie uns erklären, warum zwei Zeugen, die in dem Mordprozeß gegen Sie aussagen sollten, nicht erschienen sind?«

»Aber gewiß kann ich das erklären«, sagte Dinetto. »Es sind ehrbare Bürger, die natürlich keinen Meineid leisten wollten.«

»Der Staat behauptet, Sie seien der Anführer der Westküstenmafia, und Sie hätten es arrangiert, daß...«

»Ich arrangiere überhaupt nichts... außer, wo die Gäste in meinem Restaurant sitzen. Ich sorge immer nur dafür, daß es alle bequem haben.« Er grinste den Reportern zu, die sich um ihn drängten. »Übrigens – ich lade Sie alle heute abend zu Abendessen und Drinks im Restaurant ein – kostenlos.«

Er bewegte sich auf den Straßenrand zu, wo eine schwarze Limousine auf ihn wartete.

»Mr. Dinetto...«

»Mr. Dinetto...«

»Mr. Dinetto...«

»Ich seh' euch heut abend bei mir im Restaurant, *boys and girls.* Ihr wißt ja, wo es sich befindet.«

Und schon saß Lou Dinetto in seinem Wagen, lächelte und winkte, und Rhino schloß die Tür der Limousine und nahm vorn Platz. Der Schatten setzte sich hinters Steuer.

»Das war großartig, Boß!« sagte Rhino. »Sie verstehn 's echt, mit den Typen umzugehen.«

»Wohin?« fragte der Schatten.

»Nach Hause. Ein heißes Bad und ein gutes Steak würden mir jetzt guttun.«

Der Wagen setzte sich in Bewegung.

»Diese Frage vorhin, wegen der beiden Zeugen, die gefällt mir gar nicht«, sagte Dino. »Seid ihr sicher, daß man sie nie...«

»Da müßten sie schon Aussagen unter Wasser machen können, Boß.«

Dinetto nickte. »Gut.«

Der Wagen glitt über die Fillmore Street. Dinetto sagte gerade: »Habt ihr den Ausdruck im Gesicht vom District Attorney bemerkt, als der Richter...«

Und plötzlich war wie aus dem Nichts ein kleiner Hund direkt vor die Limousine gelaufen. Der Schatten warf das Steuer herum und trat auf die Bremse, um ihn nicht zu erwischen, und der Wagen schoß über die Bordkante und krachte gegen einen Later-

nenpfosten. Rhino flog mit dem Kopf gegen die Windschutz-
scheibe.

»Was ist mit dir los, *verdammt*?« kreischte Dinetto. »Versuchst
du mich etwa *umzubringen*?«

Der Schatten kam ins Zittern. »Tut mir leid, Boß. Ein Hund ist
vors Auto gelaufen...«

»Und du hast gemeint, sein Leben sei wichtiger als meins? Du
blödes Arschloch!«

Rhino stöhnte leise vor sich hin. Er drehte sich um, und Dinetto
bemerkte die tiefe, heftig blutende Stirnwunde.

»Herrje verdammt!« kreischte Dinetto. »Sieh nur, was du angerichtet hast!«

»Mir geht's gut«, murmelte Rhino.

»Du spinnst wohl!« Dinetto drehte sich um zum Schatten.
»Bring ihn ins Krankenhaus!«

Der Schatten lenkte die Limousine vorsichtig vom Gehsteig
herunter.

»Das Embarcadero ist nur ein paar Straßen entfernt. Wir bringen ihn dort auf die Unfallstation.«

»Okay, Boß.«

Dinetto ließ sich in seinem Sitz zurücksinken. »Ein Hund!«
sagte er angewidert. »Großer Gott!«

Als Dinetto, der Schatten und Rhino auf der Unfallstation erschienen, hatte Kat Dienst. Rhino blutete stark.

Dinetto rief zu Kat herüber: »He, Sie da!«

Kat hob den Blick. »Reden Sie mit mir?«

»Mit wem denn sonst? Dieser Mann blutet. Bringen Sie ihn
sofort in Ordnung.«

»Da sind aber ein halbes Dutzend anderer vor ihm dran«,
erklärte Kat ruhig. »Er wird warten müssen, bis er an die Reihe
kommt.«

»Er wird überhaupt nicht warten«, erklärte Dinetto ihr. »Sie
werden sich jetzt sofort um ihn kümmern.«

Kat kam zu Rhino herüber und untersuchte ihn. Sie nahm ein

Stück Watte und drückte es gegen die Wunde. »Halten Sie das, bis ich zurückkomme.«

»Ich hab' gesagt, daß Sie sich *sofort* um ihn kümmern sollen«, fuhr Dinetto sie an.

Kat klärte ihn auf. »Wir befinden uns hier auf der Unfallstation eines Krankenhauses. *Ich* bin hier die verantwortliche Ärztin. Also – entweder halten Sie jetzt den Mund oder machen Sie, daß Sie wegkommen.«

Der Schatten wies sie zurecht. »Lady, Sie scheinen nicht zu wissen, mit wem Sie da reden. Sie sollten besser tun, was er Ihnen sagt. Das ist Mr. Lou Dinetto.«

»Nachdem wir uns bekannt gemacht haben«, meinte Dinetto ungeduldig, »kümmern Sie sich jetzt um meinen Mann.«

»Sie scheinen wohl schwerhörig zu sein«, sagte Kat. »Ich sage es Ihnen noch mal. Mund halten oder abhauen. Ich habe zu arbeiten.«

Rhino sagte: »So können Sie nicht mit . . .«

Dinetto fuhr ihn an. »Maul halten!« Er wandte sich wieder an Kat; sein Tonfall hatte sich verändert. »Ich wäre Ihnen sehr dankbar, wenn Sie sich baldmöglichst um ihn kümmern könnten.«

»Ich werde mein Bestes tun.« Kat ließ Rhino auf einem Bett Platz nehmen. »Legen Sie sich hin. Ich bin in ein paar Minuten wieder da.« Sie warf Dinetto einen Blick zu. »In der Ecke drüben finden Sie ein paar Stühle.«

Dinetto und der Schatten folgten Kat mit den Blicken, als sie zum anderen Ende der Station ging, um sich der wartenden Patienten anzunehmen.

»Großer Gott«, sagte der Schatten, »die hat wirklich keine Ahnung, wer Sie sind.«

»Ich glaub', das würde auch nichts ändern. Die Frau hat Mumm.«

Als Kat Rhino eine Viertelstunde später untersucht hatte, meinte sie: »Sie hatten Glück. Keine Gehirnerschütterung. Aber eine böse Wunde.«

Dinetto schaute Kat beim Vernähen der Stirnwunde zu. »Das sollte gut heilen«, meinte sie hinterher. »Kommen Sie in fünf Tagen wieder, dann ziehe ich Ihnen die Fäden heraus.« Dinetto kam herüber und betrachtete Rhinos Stirn. »Verdammt saubere Arbeit, die Sie da geleistet haben.«

»Danke«, sagte Kat. »Wenn Sie mich jetzt bitte entschuldigen würden . . .«

»Moment mal«, sagte Dino zum Schatten. »Gib ihr einen C-Schein.«

Der Schatten zog einen Hundertdollarschein aus der Tasche. »Da.«

»Die Kasse befindet sich draußen im Flur.«

»Der Schein ist nicht fürs Krankenhaus. Der ist für Sie.«

»Nein danke.«

Dinetto war sprachlos, als Kat ihn stehenließ und sich einem anderen Patienten zuwandte.

»Vielleicht war's zu wenig«, meinte der Schatten.

Dinetto schüttelte den Kopf. »Das ist ein unabhängiges Frauenzimmer. Gefällt mir.« Er schwieg einen Moment. »Doc Evans geht in Pension, oder?«

»Yeah.«

»Okay. Ich will alles über diese Ärztin wissen.«

»Wozu?«

»Damit ich was in der Hand habe. Ich glaube, wir könnten sie gut gebrauchen.«

7. KAPITEL

Krankenhäuser werden von den Schwestern regiert. Margaret Spencer, die Oberschwester, arbeitete seit zwanzig Jahren im Embarcadero County Hospital und wußte, wo die Leichen, alle Leichen – und zwar im wörtlichen wie im übertragenen Sinne – begraben lagen. Schwester Spencer hielt das Krankenhaus in Schwung; Ärzte, die das nicht beachteten, hatten es schwer. Sie wußte ganz genau, welche Ärzte Drogen nahmen oder dem Alkohol verfallen waren; welche Ärzte untüchtig waren; welche Ärzte Unterstützung verdienten. Sie hatte alle Lernschwestern, ausgebildeten Krankenschwestern und OP-Schwestern unter ihrer Kontrolle. Es war Margaret Spencer, die bestimmte, welche Schwester welcher Abteilung zugewiesen wurde. Und da es sowohl unersetzliche als auch völlig inkompetente Schwestern gab, zahlte es sich für die Ärzte aus, mit ihr auf gutem Fuß zu stehen. Es lag in ihrer Macht, eine unfähige OP-Schwester zu einer komplizierten Nierenoperation zu schicken. Wenn sie den Arzt mochte, dann teilte sie ihm die kompetenteste Schwester für eine einfache Mandeloperation zu. Zu den vielen Vorurteilen Margaret Spencers gehörte auch ein Widerwillen gegen Ärztinnen und Schwarze.

Kat Hunter war eine schwarze Ärztin.

Kat machte eine schwere Zeit durch. Nicht, daß sie es offen in Worten oder Taten gespürt hätte, und doch war etwas gegen sie am Werk, ein Vorurteil, das sich auf eine Art und Weise äußerte, die so raffiniert war, daß sie nie den Finger darauf legen konnte. Die Schwestern, die sie anforderte, waren nicht verfügbar, die Schwestern, die man ihr zuteilte, waren nahezu unbrauchbar. Kat wurde häufig zur Untersuchung männlicher Klinikpatienten mit

Geschlechtskrankheiten losgeschickt. Die ersten Fälle nahm sie als Routine hin; als sie es jedoch an einem Tage gleich mit einem halben Dutzend solcher Fälle zu tun bekam, wurde sie mißtrauisch.

Während einer Mittagspause fragte sie Paige: »Hast du schon viele Männer mit Geschlechtskrankheiten untersucht?«

Paige mußte einen Augenblick lang nachdenken. »Einen, in der vergangenen Woche. Einen Krankenpfleger.«

Ich werde etwas unternehmen müssen, dachte Kat.

Schwester Spencer hatte geplant, Dr. Hunter dadurch loszuwerden, daß sie ihr das Leben so schwermachte, bis ihr am Ende nichts übrig bliebe, als zu kündigen. Dabei hatte sie allerdings sowohl Kats Entschlossenheit als auch ihre Fähigkeiten außer acht gelassen. Schritt für Schritt gewann Kat ihre Mitarbeiter für sich; sie hatte eine natürliche Begabung, die Kollegen wie Patienten beeindruckte. Der eigentliche Durchbruch kam jedoch im Zusammenhang mit einem Vorfall, der im ganzen Krankenhaus als »der Trick mit dem Schweineblut« berühmt wurde.

Auf einer Morgenvisite, bei der Kat einem Oberassistenten namens Dundas assistierte, stand man am Bett eines bewußtlosen Patienten.

»Mr. Levy hatte einen Autounfall«, informierte Dundas die jüngeren Assistenten. »Er hat viel Blut verloren und braucht deswegen sofort eine Bluttransfusion. Das Krankenhaus hat momentan aber nicht genug Blut zur Verfügung, und der Mann hat Familie, nur weigern sich die Angehörigen, ihm Blut zu spenden. Es ist zum Wahnsinnigwerden.«

»Wo sind die Angehörigen?« fragte Kat.

»Im Wartezimmer«, erwiderte Dr. Dundas.

»Macht es Ihnen etwas aus, wenn ich mit den Verwandten rede?« fragte Kat.

»Bringt nichts. Ich habe bereits mit ihnen gesprochen. Sie haben ihre Entscheidung gefällt.«

Nach Beendigung der Visite begab Kat sich ins Besucherzimmer, wo sie die Ehefrau mit den erwachsenen Söhnen und Töchtern antraf. Die Söhne trugen beide eine Jarmulke, und unter ihren Jacken schaute der rituelle Tallit hervor.

»Mrs. Levy?« fragte Kat mit Blick auf die Frau, die sich sofort erhob.

»Wie geht's meinem Mann? Wird der Doktor ihn operieren?«

»Ja«, entgegnete Kat.

»Also, da dürfen Sie uns aber nicht bitten, unser Blut zu spenden. Heutzutage, mit Aids und all diesen Sachen, ist das viel zu gefährlich.«

»Mrs. Levy«, sagte Kat eindringlich, »durch Blutspenden können Sie kein Aids bekommen. Das ist einfach unmög...«

»Machen Sie mir doch nichts weis! Ich lese Zeitung. Ich weiß genau Bescheid.«

Kat musterte die Frau kurz. »Davon bin ich überzeugt. Das ist auch ganz in Ordnung, Mrs. Levy. Im Krankenhaus sind die Blutvorräte momentan knapp, das stimmt tatsächlich, aber wir haben das Problem gelöst.«

»Gut.«

»Wir werden Ihrem Mann Schweineblut übertragen.«

Mutter und Sohn schauten Kat entsetzt an.

»*Was?*«

»Schweineblut«, wiederholte Kat flott. »Es wird ihm wahrscheinlich nicht schaden.« Sie ging zur Tür.

»Warten Sie!« rief Mrs. Levy. Kat blieb stehen. »Ja?«

»Ich, äh... lassen Sie uns nur eine Minute Zeit zum Nachdenken, ja?«

»Aber gewiß.«

Eine Viertelstunde später suchte Kat Dr. Dundas auf.

»Wegen der Familie von Mr. Levy brauchen Sie sich keine Sorgen mehr zu machen. Die Angehörigen sind bereit, Blut zu spenden.«

Die Geschichte verbreitete sich wie ein Lauffeuer im ganzen Krankenhaus. Ärzte und Schwestern, die Kat bisher nicht beachtet hatten, suchten plötzlich das Gespräch mit ihr.

Wenige Tage später betrat Kat das Privatkrankenzimmer von Tom Leonard, einem Patienten mit Magengeschwüren. Er war gerade dabei, sich ein riesiges Mittagessen einzuverleiben, das er von einem nahegelegenen Delikatessengeschäft hatte kommen lassen. Kat trat zu ihm ans Bett. »Was machen Sie da?«

Er hob den Blick. Er grinste sie an. »Ich gönne mir zur Abwechslung mal was Anständiges zum Essen. Wollen Sie mir Gesellschaft leisten? Es ist genug da.«

Kat läutete nach der Schwester.

»Ja, Doktor?«

»Hier, bitte entfernen Sie das. Mr. Leonard hat strenge Diät verordnet bekommen. Haben Sie sein Krankenblatt etwa nicht gelesen?«

»Ja, aber er hat darauf bestanden...«

»Entfernen Sie das bitte.«

»He! Moment mal!« Leonard erhob lauten Protest. »Der Krankenhausfraß ist absolut ungenießbar!«

»Wenn Sie Ihr Geschwür loswerden wollen, werden Sie den ›Krankenhausfraß‹ essen.« Kat fixierte die Schwester. »Tragen Sie das Zeug hinaus.«

Eine halbe Stunde später wurde Kat zum Verwaltungsdirektor bestellt.

»Sie möchten mich sprechen, Dr. Wallace?«

»Ja. Setzen Sie sich. Sie haben einen Patienten namens Tom Leonard, nicht wahr?«

»Korrekt. Und ich habe ihn heute dabei erwischt, wie er zu Mittag ein pikantes Pastramisandwich mit Gewürzgurken und Kartoffelsalat aß, also ein scharfes Essen, und...«

»Und Sie haben es ihm weggenommen.«

»Selbstverständlich.«

Wallace lehnte sich auf seinem Stuhl vor. »Frau Doktor, Sie sind sich wohl der Tatsache nicht bewußt gewesen, daß Tom Leonard dem Aufsichtsrat unseres Krankenhauses angehört. Da wollen wir doch bestimmt alles tun, damit er sich bei uns wohl fühlt. Sie verstehen, worauf ich hinauswill?«

95

Kat schaute ihn ungerührt an und erklärte stur: »Nein, Sir.«
Er blinzelte. »Wie bitte?«

»Ich habe den Eindruck, daß wir nur auf eine einzige Weise
dafür sorgen können, daß Tom Leonard sich wohl fühlt – indem
wir nämlich alles tun, damit er gesund wird. Wenn er sich den
Magen aufreißt, wird er bestimmt nicht gesund.«

Benjamin Wallace zwang sich zu einem Lächeln. »Warum lassen wir ihn das nicht selber entscheiden?«

Kat stand auf. »Weil *ich* seine Ärztin bin. Gibt es sonst noch
etwas?«

»Ich... ähem... nein. Das ist alles.«

Kat verließ das Büro.

Benjamin Wallace blieb sprachlos zurück. *Frauen! Ärztinnen!*

Kat hatte Nachtdienst, als sie einen Anruf erhielt. »Dr. Hunter,
ich glaube, es wäre besser, wenn Sie auf Zimmer 320 kämen.«

»Bin schon unterwegs.«

Der Patient auf Zimmer 320 war eine Mrs. Molloy, eine Krebskranke in den Achtzigern mit geringen Überlebenschancen. Als
Kat sich der Tür näherte, vernahm sie von drinnen lautes Gezeter
und trat rasch ein.

Mrs. Molloy lag im Bett. Sie hatte zwar starke Sedativa bekommen, war aber bei Bewußtsein. Außer ihr befanden sich im Zimmer noch ihr Sohn und ihre zwei Töchter.

Der Sohn erklärte gerade: »Und ich sage euch, daß das Erbe
gedrittelt wird!«

»Nein!« widersprach eine der beiden Töchter. »Laurie und ich,
wir sind's gewesen, die Mama gepflegt haben. Wer hat denn wohl
für sie gekocht und sich um sie gekümmert? Laurie und ich, nur
wir beide! Also, da haben wir auch ein Recht auf ihr Geld und...«

»Ich bin genausogut ihr Fleisch und Blut wie ihr!« brüllte der
Mann aufgebracht.

Mrs. Molloy lag hilflos in ihrem Bett und mußte sich alles
mitanhören.

Kat war außer sich vor Wut. »Entschuldigung«, sagte sie.

Eine der beiden Töchter warf ihr einen flüchtigen Blick zu. »Kommen Sie später wieder, Schwester. Wir sind beschäftigt.« Kat gab keinen Pardon. »Mrs. Molloy ist meine Patientin. Ich gebe Ihnen zehn Sekunden, um das Zimmer zu verlassen. Sie können im Besucherraum warten. Und jetzt raus mit Ihnen – oder ich rufe die Sicherheitsbeamten und lasse Sie hinauswerfen.« Der Sohn öffnete schon den Mund, aber als er Kats Blick auffing, zog er es doch vor zu schweigen. Er drehte sich zu seinen Schwestern um und zuckte mit den Achseln. »Wir können uns ja draußen weiter unterhalten.«

Kat behielt die drei im Auge, bis sie durch die Tür verschwunden waren, wandte sich Mrs. Molloy zu und streichelte ihr den Kopf. »Sie haben es nicht so gemeint«, sagte sie leise, setzte sich ans Bett, hielt die Hand der alten Frau und wartete, bis sie eingeschlafen war.

Wir müssen alle einmal sterben, dachte Kat. *Was Dylan Thomas dazu gesagt hat, kannst du vergessen. In Wirklichkeit kommt es darauf an, ruhig in jene gute Nacht zu gehen.*

Kat war gerade dabei, einen Patienten zu behandeln, als ein Pfleger ins Krankenzimmer trat. »Ein dringender Anruf für Sie im Schwesternzimmer, Doktor.«

Kat zog die Stirn unmutig in Falten. »Danke.« Sie wandte sich an den Patienten, dessen Körper völlig eingegipst war, die Beine lagen in einem Streckapparat.

Kat nahm das Gespräch vor dem Schwesternzimmer an. »Hallo?«

»Hi, Schwesterchen.«

»Mike!« Sie war froh, von ihm zu hören, doch die Freude schlug rasch in Besorgnis um. »Mike, ich hab' dich gebeten, mich nie im Krankenhaus anzurufen. Du hast die Nummer meiner Wohnung, falls . . .«

»He, tut mir leid. Aber die Sache kann nicht warten. Ich hab' da ein kleines Problem.«

97

Da wußte Kat schon, was kommen würde.

»Ich hab' mir etwas Geld von einem Kerl geborgt, um in ein Geschäft zu investieren...«

Kat machte sich gar nicht erst die Mühe zu fragen, um was für eine Sache es sich da gehandelt habe. »Und das Geschäft ist in die Binsen gegangen.«

»Yeah. Und jetzt will er sein Geld zurück.«

»Wieviel, Mike?«

»Also, wenn du mir fünftausend schicken könntest...«

»Was sagst du da?«

Die Stationsschwester beobachtete Kat neugierig.

Fünftausend Dollar! Kat senkte die Stimme. »Soviel habe ich nicht. Ich... ich kann dir die Hälfte gleich schicken und den Rest in ein paar Wochen. Ist das in Ordnung?«

»Glaub' schon. Ich hasse es, dich zu belästigen, Schwesterchen, aber du weißt ja, wie es ist.«

Kat wußte genau, wie es war: Ihr zweiundzwanzigjähriger Bruder war andauernd in zwielichtige Geschäfte verwickelt. Er gehörte irgendwelchen Banden an, die weiß Gott was trieben; aber Kat fühlte sich für ihn verantwortlich. *Wenn ich nicht von zu Hause weggerannt wäre und ihn verlassen hätte...* »Halt dich aus dem Ärger heraus, Mike. Ich hab' dich lieb.«

»Ich hab' dich auch lieb, Kat.«

Ich werde ihm das Geld irgendwie beschaffen müssen, dachte Kat. *Mike ist alles, was ich auf der Welt habe.*

Dr. Isler hatte sich darauf gefreut, wieder mit Honey Taft zusammenzuarbeiten. Ihre schlechte Leistung auf der ersten Visite hatte er ihr längst verziehen; im Grunde fühlte er sich sogar geschmeichelt, weil sie ja aus Respekt vor ihm nervös geworden war. Aber bei den nächsten Visiten versteckte sie sich hinter den anderen Assistenzärzten und meldete sich nie zu Wort, um auf eine Frage zu antworten.

Eine halbe Stunde nach Abschluß einer Visite saß Dr. Isler bei Benjamin Wallace im Büro.

»Wo liegt das Problem?« fragte Wallace.

»Dr. Taft.«

Wallace betrachtete ihn aufrichtig überrascht. »Dr. Taft? Sie hat die besten Referenzen, die ich in meinem ganzen Leben zu sehen bekommen habe.«

»Genau das ist es ja, was mich so verunsichert«, meinte Dr. Isler. »Ich habe von einigen anderen Assistenten gehört, daß sie falsche Diagnosen stellt und gravierende Fehler macht. Ich hätte gern gewußt, was zum Teufel da eigentlich los ist.«

»Das verstehe ich nicht. Sie hat an einer guten Universität studiert.«

»Vielleicht sollten Sie einmal bei dem Dekan der Fakultät nachfragen«, schlug Dr. Isler vor.

»Das ist Jim Pearson. Ein ausgezeichneter Mann. Ich werde ihn anrufen.«

Wenige Minuten später hatte Wallace Jim Pearson in der Leitung. Die beiden machten ein bißchen Konversation. Dann erklärte Wallace: »Ich rufe wegen Betty Lou Taft an.«

Nach kurzem Schweigen: »Ja?«

»Es gibt hier mit ihr offensichtlich ein paar Probleme, Jim. Und wir haben sie aufgrund Ihrer hervorragenden Empfehlungen aufgenommen.«

»Richtig.«

»Ich habe Ihr Empfehlungsschreiben zufällig gerade vor mir liegen. Sie erklären, daß Sie nicht viele Studenten kennengelernt haben, die so brillant sind wie Dr. Taft.«

»Korrekt.«

»Und daß Sie dem Arztberuf alle Ehre machen wird.«

»Ja.«

»Hat es bei Ihnen nie Bedenken gegeben, was...«

»Nicht die geringsten«, erklärte Dr. Pearson mit fester Stimme. »Überhaupt keine. Wahrscheinlich ist sie nur ein bißchen nervös. Sie ist hochsensibel. Aber wenn Sie ihr eine Chance geben, wird sie sich bestimmt bewähren. Da bin ich mir ganz sicher.«

»Nun, ich bin Ihnen dankbar, daß Sie mich in diesem Punkt

beruhigen können. Wir werden ihr ganz bestimmt eine Chance geben. Nochmals vielen Dank.«

»Gern geschehen.« Er legte auf.

Jim Pearson blieb noch eine Weile am Schreibtisch sitzen und verachtete sich selbst.

Aber zuallererst muß ich an meine Frau und an meine Kinder denken.

8. Kapitel

Honey Taft hatte das Pech, in eine Familie hineingeboren zu werden, in der nur Supererfolge zählten. Ihr blendend aussehender Vater war Gründer und Vorsitzender einer großen Computerfirma in Memphis, Tennessee; ihre Mutter eine Wissenschaftlerin, die sich in der Genetik einen Namen gemacht hatte; und ihre beiden älteren Schwestern waren keinen Deut weniger attraktiv, intelligent und ehrgeizig als die Eltern. Die Tafts gehörten in Memphis zur Prominenz.

Honey war eine Nachzüglerin. Sie war auf die Welt gekommen, ungebeten und unerwünscht, als ihre Schwestern bereits sechs Jahre alt waren. »Honey war unser kleines Mißgeschick«, erzählte die Mutter unbekümmert vor Freundinnen. »Ich hätte ja gern eine Abtreibung machen lassen, aber Fred war dagegen. Heute tut es ihm leid.«

Da, wo Honeys Schwestern überwältigend waren, erwies Honey sich als eher schlicht. Wo sie brillant waren, blieb Honey durchschnittlich. Die Schwestern hatten mit neun Monaten angefangen zu sprechen; als Honey ihr erstes Wort hervorbrachte, war sie fast zwei Jahre alt.

»Wir nennen sie ›Dummchen‹«, meinte der Vater lachend. »In unserer Familie ist Honey das häßliche Entlein. Ich glaube allerdings nicht, daß aus ihr je ein Schwan werden wird.«

Nicht, daß Honey häßlich gewesen wäre; sie war aber auch nicht gerade hübsch. Sie sah normal und gewöhnlich aus mit ihrem dünnen, spitzen Gesicht, dem mausblonden Haar und ihrer keineswegs beneidenswerten Figur. Es gab jedoch etwas, das für Honey sprach: Sie hatte ein ungewöhnlich liebes, sonniges Gemüt – eine Eigenschaft, die bei den Tafts allerdings nicht in besonders hohem Kurs stand.

Soweit sie zurückdenken konnte, hatte Honey nichts mehr am Herzen gelegen, als ihren Eltern und Schwestern Freude zu bereiten und von ihnen geliebt zu werden. Leider war jede Liebesmühe vergebens. Beide Eltern gingen ganz in ihrer Karriere auf, und die Schwestern waren vollauf damit beschäftigt, Schönheitswettbewerbe zu gewinnen und Stipendien zu ergattern. Und Honeys übertriebene Schüchternheit – die Familie hatte ihr, bewußt oder unbewußt, ein tiefsitzendes Minderwertigkeitsgefühl eingeflößt – machte die Sache nicht eben besser.

Auf der Highschool galt Honey als Mauerblümchen. Schulbälle und Feste besuchte sie allein, ohne Begleitung, und lächelte tapfer, weil sie nicht zeigen wollte, wie miserabel sie sich fühlte – sie wollte doch den anderen die Freude nicht verderben. Sie erlebte, wie ihre Schwestern daheim von den beliebtesten Jungen der Schule abgeholt wurden, während sie auf ihr Zimmer schlich, um sich einsam und allein mit den Hausaufgaben abzuplagen.

Und sich Mühe gab, nicht zu weinen.

An Wochenenden und während der Sommerferien verdiente sich Honey zusätzlich Taschengeld mit Babysitten. Sie kümmerte sich gern um Kinder, und die Kinder beteten sie an.

Wenn Honey nicht arbeitete, zog sie auf eigene Faust los und entdeckte Memphis für sich. Sie besuchte Graceland, wo Elvis Presley gewohnt hatte, spazierte über Beale Street, wo der Blues seinen Ursprung gehabt hatte, wanderte durch das Pink Palace Museum mit seinem brüllenden, stampfenden Dinosaurier, besichtigte das Aquarium . . .

Und war immer allein.

Sie ahnte nicht einmal im Traum, daß ihr Leben bald eine dramatische Wende nehmen sollte.

Sie wußte, daß viele Mädchen aus ihrer Klasse Liebesgeschichten hatten. Davon redeten sie in der Schule ja die ganze Zeit.

»Bist du schon einmal mit Ricky im Bett gewesen? Er ist der beste . . .«

»Joe versteht wirklich was von Orgasmus . . .«

»Gestern abend war ich mit Tony aus. Ich bin total erschöpft. So tierisch wie der . . .! Ich seh' ihn heut abend wieder . . .«

Honey stand daneben, hörte die Gespräche mit und verspürte im Bewußtsein, daß sie selber so etwas nie erleben würde, bittersüße Neidgefühle. *Wer würde mich schon wollen?* fragte sich Honey.

An einem Freitagabend gab es einen Schulball. Honey hatte nicht die Absicht hinzugehen. Ihr Vater sprach sie darauf an:»Weißt du, ich mache mir langsam Sorgen. Ich habe von deinen Schwestern erfahren, daß du ein Mauerblümchen bist und nicht zum Schulball willst, weil du keinen Begleiter finden kannst.«

Honey errötete.»Das ist nicht wahr«, wehrte sie sich.»Ich *habe* einen Freund, natürlich geh' ich hin.« *Bitte gib, lieber Gott, daß er nicht fragt, wer mein Freund ist,* betete Honey.

Und er fragte sie dann tatsächlich nicht.

Und so saß Honey auf dem Schulball wie gewöhnlich in ihrer Ecke und mußte zuschauen, wie die andern tanzten und den Abend genossen.

Da geschah das Wunder.

Roger Merton, Kapitän der Fußballmannschaft und der begehrteste Junge der ganzen Schule, bekam auf der Tanzfläche Streit mit seiner Freundin. Er war angetrunken.

»Du nutzloses, egoistisches Schwein!« schimpfte sie.

»Und du bist ein doofes Miststück!«

»Dann geh' dich doch selber ficken.«

»Ich muß mich aber nicht selber ficken, Sally. Ich kann ein anderes Mädchen ficken – wen ich will.«

»Dann mach doch!« Und sie stürmte von der Tanzfläche.

Es war gar nicht zu vermeiden, daß Honey alles mithörte.

Roger bemerkte ihren Blick.»Warum starrst du mich so an?« Er bekam die Worte nicht mehr ganz klar heraus.

»Nur so«, sagte Honey.

»Der werd' ich's zeigen! Glaubst du vielleicht, daß ich's der nicht zeigen werde?«

»Ich . . . Nein.«

»Da hast du verdammt recht. Komm, trink'n wa'n Schlück-
chen.«

Honey zögerte. Roger war sichtlich betrunken. »Also, ich . . .«

»Großartig. Ich hab' 'ne Flasche bei mir im Auto.«

Und schon nahm er Honey am Arm und steuerte sie aus dem
Saal hinaus, und sie ging mit ihm mit, weil sie keine Szene machen
und ihn nicht öffentlich blamieren wollte.

Als sie im Freien ankamen, versuchte sich Honey ihm zu entziehen. »Roger, ich glaube, das ist keine gute Idee. Ich . . .«

»Biste vielleicht 'n . . . Feigling?«

»Nein, ich . . .«

»Also gut. Komm schon.«

Er führte sie zu seinem Wagen und öffnete die Tür. Honey blieb
einen Augenblick lang unschlüssig stehen.

»Steig ein.«

»Ich kann aber nur ganz kurz bleiben«, sagte Honey.

Sie stieg ein, weil sie Roger nicht verärgern wollte. Er setzte
sich neben sie.

»Der blöden Kuh werden wir beide es aber zeigen, oder?« Er
hielt ihr eine Flasche Bourbon hin. »Hier!«

Honey hatte in ihrem Leben erst ein einziges Mal ein Glas
Alkohol getrunken – und scheußlich gefunden. Weil sie Roger
aber nicht beleidigen wollte, trank sie widerstrebend einen kleinen
Schluck.

»Bist in Ordnung«, sagte Roger. »Bist neu an der Schule, wie?«

Honey war mit ihm in drei Fächern in der gleichen Klasse.
»Nein«, sagte Honey. »Ich . . .«

Er beugte sich über sie und begann, mit ihren Brüsten zu
spielen.

Honey bekam einen Schreck und rückte von ihm ab.

»He! Komm schon. Willst mir keine Freude machen?« sagte er.

Und das war das Zauberwort – Honey wollte doch allen nur
Freude machen, und wenn man mit dieser Sache jemandem eine
Freude machen könnte . . .

So hatte Honey denn auf dem unbequemen Rücksitz in Rogers Auto ihr erstes sexuelles Erlebnis, und es öffnete ihr die Tür zu einer völlig neuen Welt. Der Geschlechtsverkehr selbst machte ihr nicht besonders viel Spaß; das war aber nicht wichtig. Für Honey war nur wichtig, daß es Roger Spaß machte. Und Honey war ehrlich überrascht, welch *großen* Spaß es ihm machte. Es schien ihn geradezu in Ekstase zu versetzen. Sie hatte noch nie erlebt, daß einem Menschen etwas *so* viel Spaß machte. *So macht man also einen Mann glücklich,* dachte Honey. Es war eine Offenbarung.

Es gelang Honey einfach nicht mehr, das Wunder dieser Erfahrung aus dem Bewußtsein zu verdrängen. Sie konnte nicht schlafen, erinnerte sich an Rogers männliche Härte – wie er in sie eingedrungen war und immer und immer schneller gestoßen hatte, und an sein Stöhnen: »O ja, ja, ja... Mein Gott, du bist fantastisch, Sally...«

Honey nahm ihm nicht einmal das übel. Sie hatte dem Kapitän der Fußballmannschaft gefallen! Dem begehrtesten Jungen an der ganzen Schule hatte sie eine Freude gemacht. *Und dabei hab' ich eigentlich gar nicht mal gewußt, was ich da tue,* überlegte Honey. *Wenn ich nun aber richtig lernen würde, wie man einem Mann gefällt...*

Und auf diese Weise kam Honey zu ihrer zweiten Offenbarung.

Am nächsten Morgen suchte Honey den Pleasure Chest auf, einen Pornobuchladen an der Poplar Street, kaufte sich ein halbes Dutzend Bücher über Erotik, schmuggelte sie ins Elternhaus und studierte sie in der Abgeschlossenheit ihres Zimmers. Was sie da las, versetzte sie in atemloses Erstaunen.

Sie verschlang die Seiten des *Perfumed Garden* und des *Kamasutra,* die *Tibetanischen Liebeskünste,* die *Alchimie der Ekstase* und beschaffte sich weitere Bücher. Sie las die Worte von Gedun Chopel und die geheimnisvollen Berichte des Kanchinatha.

Sie betrachtete die aufregenden Fotos der siebenunddreißig Stellungen des Liebesspiels und lernte die Bedeutung von Halbmond und Kreis, Lotosblüte und Wolkenstücken und den Weg der schäumenden Erregung.

Honey wurde Expertin – für die acht Arten oralen Sex und die Wege der sechzehn Freuden und die Ekstase der Murmelkette. Sie wußte, wie sie einen Mann, um seine Lust zu steigern, *karuna* lehren könnte. Jedenfalls theoretisch.

Honey spürte, daß die Zeit gekommen war, die Theorie in die Praxis umzusetzen.

Das *Kamasutra* enthielt einige Kapitel über Aphrodisiaka, die die sexuelle Erregung des Mannes steigerten; da Honey jedoch nicht wußte, wo sie sich *Hedysarum gangeticum*, die *kshirika*-Pflanze oder *Xanthochymus pictorius* beschaffen könnte, dachte sie sich dafür Ersatz aus.

Als Honey in der folgenden Woche Roger Merton im Unterricht begegnete, trat sie auf ihn zu und erklärte: »Das hat richtig Spaß gemacht letzte Woche. Können wir's noch mal machen?«

Er brauchte einen Moment, um sich an Honey zu erinnern. »Oh. Klar. Warum nicht? Meine Eltern sind heut abend aus. Warum kommst du nicht um acht Uhr zu mir?«

Als Honey an diesem Abend um acht vor dem Haus der Mertons stand, hatte sie ein kleines Glas Ahornsirup bei sich.

»Wofür soll 'n das gut sein?« fragte Roger.

»Ich werd's dir gleich zeigen«, antwortete Honey.

Und sie zeigte es ihm.

Am nächsten Morgen erzählte Roger allen Schulfreunden von Honey.

»Die ist einfach unglaublich«, sagte er. »Ihr würdet es nie glauben, was dieses Mädchen mit 'm bißchen warmen Sirup fertigbringt!«

Am Nachmittag wollten sich gleich fünf oder sechs Jungen mit Honey verabreden. Von da an ging sie Abend für Abend aus. Die Jungen waren überglücklich; das wiederum machte Honey überglücklich.

Honeys Eltern waren über die plötzliche Beliebtheit ihrer Tochter entzückt. »Unser Mädchen hat eine Weile gebraucht, bis sie aufblühte«, erklärte der Vater voller Stolz. »Nun ist aus ihr doch noch eine echte Taft geworden!«

In Mathematik hatte Honey immer nur schlechte Noten nach Hause gebracht, und ihr war klar, daß sie in der letzten Prüfungsarbeit versagt hatte. Ihr Mathematiklehrer, Mr. Janson, war Junggeselle und wohnte ganz in der Nähe der Schule. Honey stattete ihm eines Abends einen Besuch ab. Er machte ein erstauntes Gesicht, als er die Haustür öffnete.

»Honey! Was machst du denn hier?«

»Ich brauche Ihre Hilfe«, sagte Honey. »Mein Vater bringt mich um, wenn ich Ihren Kurs nicht schaffe. Ich hab' ein paar Mathematikaufgaben mitgebracht – würde es Ihnen etwas ausmachen, sie mit mir durchzugehen?«

Er zögerte einen Augenblick. »Das *ist* etwas ungewöhnlich, aber ... Nun gut.«

Mr. Janson mochte Honey gern. Sie war anders als die übrigen Mädchen der Klasse, die rauh und gleichgültig waren, während Honey mitfühlend und empfindsam war und immer gefällig sein wollte. Er hätte sich nur gewünscht, daß sie ein bißchen mehr Verständnis für Mathematik aufbringen würde.

Mr. Janson saß auf der Couch neben Honey und begann, ihr die Rätsel und Geheimnisse der Logarithmen zu erläutern.

An Logarithmen hatte Honey kein Interesse. Während Mr. Janson sprach, rückte sie immer näher an ihn heran. Sie begann, ihm auf den Hals und in die Ohren zu atmen, und bevor Mr. Janson merkte, wie ihm geschah, war der Reißverschluß seiner Hose auch schon offen.

Er sah Honey erstaunt an. »Aber was machst du da?«

»Ich habe Sie schon gewollt, als ich Sie zum erstenmal sah«, erklärte Honey. Sie öffnete ihre Handtasche und holte einen kleinen Becher Schlagsahne heraus.

»Und was ist das?«

»Ich werd's Ihnen zeigen . . .«

Honey bekam in Mathematik eine Eins.

Daß Honey unheimlich beliebt wurde, lag keineswegs nur an den Accessoires, die sie verwendete; es hatte auch mit dem Wissen zu tun, daß sie sich aus den vielen alten Büchern über Erotik angelesen hatte. Sie entzückte ihre Partner mit Techniken, die ihnen nicht einmal im Traum eingefallen wären, Techniken, die Jahrtausende alt und längst vergessen waren. Dank Honey gewann das Wort »Ekstase« eine neue Bedeutung.

Honeys Noten besserten sich radikal. Auf einmal war sie in der Highschool noch viel beliebter als ihre Schwestern vor ihr. Honey bekam Einladungen zum Abendessen im Restaurant Private Eye und im Bombay Bicycle Club; sie wurde in die Ice Capades im Einkaufszentrum von Memphis ausgeführt. Die Jungen gingen mit ihr in Cedar Cliff Ski fahren und nahmen sie zum Fallschirmspringen zum Landis Airport mit.

Auf dem College konnte Honey die gleichen gesellschaftlichen Erfolge verbuchen wie auf der Highschool. Eines Tages meinte der Vater beim Abendessen: »Du wirst jetzt bald dein Examen machen. Es wird Zeit, an deine Zukunft zu denken. Weißt du eigentlich schon, was du mit deinem Leben anfangen willst?«

Darauf hatte Honey prompt eine Antwort parat. »Ich möchte Krankenschwester werden.«

Der Vater lief rot im Gesicht an. »Du meinst wohl – Ärztin.«

»Nein, Vater. Ich . . .«

»Du bist eine Taft. Wenn du in die Medizin willst, wirst du Ärztin. Hast du verstanden?«

»Ja, Vater.«

Honey hatte es ehrlich gemeint – sie hatte wirklich Krankenschwester werden wollen. Sie kümmerte sich leidenschaftlich gern um Menschen; liebte es, ihnen zu helfen, sie zu pflegen. Die Vorstellung, Ärztin zu werden, die Verantwortung für das Leben anderer Menschen übernehmen zu müssen, jagte ihr einen heillosen Schrecken ein. Ihr war aber auch klar, daß sie ihren Vater nicht enttäuschen durfte. »*Du bist eine Taft.*«

Ihr Abschlußzeugnis war nicht gut genug, um ihr einen Studienplatz für Medizin zu verschaffen; der Einfluß des Vaters war aber mehr als ausreichend. Er war ein maßgebliches Mitglied des Förderkreises einer medizinischen Hochschule in Knoxville, Tennessee, mit deren Dekan er sich zu einem Gespräch verabredete.

»Sie bitten mich da wirklich um einen großen Gefallen«, erklärte Pearson. »Ich will Ihnen sagen, was ich machen werde. Ich werde Honey zunächst zur Probe aufnehmen. Sollten wir allerdings nach sechs Monaten den Eindruck gewonnen haben, daß ihr für das Studium die Voraussetzungen fehlen, werden wir sie ziehen lassen müssen.«

»Einverstanden. Sie werden eine Überraschung erleben.«

Damit behielt er recht.

Taft hatte es so eingerichtet, daß seine Tochter in Knoxville bei seinem Vetter, dem Reverend Douglas Lipton, wohnen konnte.

Douglas Lipton war der Pfarrer der Baptistengemeinde, ein Mann in den Sechzigern, verheiratet mit einer zehn Jahre älteren Frau. Der Pfarrer war von Honeys Anwesenheit im Haus sehr angetan.

»Sie ist wie ein frischer Wind«, sagte er zu seiner Frau.

Nie zuvor war Douglas Lipton jemandem begegnet, der so eifrig darauf bedacht war, seinen Mitmenschen alles recht zu machen.

Im Medizinstudium schlug Honey sich einigermaßen gut, war aber irgendwie nicht ganz bei der Sache – sie studierte ja auch schließlich nur ihrem Vater zu Gefallen.

Die Professoren fanden Honey sympathisch und wünschten ihr aus ganzem Herzen Erfolg, weil sie ein natürliches und aufrichtig freundliches Wesen hatte.

Die größten Schwächen zeigte sie – Ironie des Schicksals – in Anatomie, so daß der Anatomieprofessor sie nach dem zweiten

Studienmonat zu sich bestellte. »Sosehr ich es bedaure, aber ich werde Sie durchfallen lassen müssen«, erklärte er sichtlich betroffen.

Ich darf aber nicht durchfallen, dachte Honey. *Das kann ich meinem Vater nicht antun,* und überlegte: *Was hätte wohl Boccaccio in solch einer Situation empfohlen?*

Honey rückte dem Professor ein wenig näher. »Ich bin Ihretwegen zum Studium an diese Hochschule gekommen. Ich hatte ja schon so viel von Ihnen gehört.« Sie rückte immer näher. »Ich möchte so werden wie Sie.« Noch dichter. »Ärztin sein – das bedeutet mir alles.« Ganz dicht. »Bitte helfen Sie mir...«

Als Honey das Büro eine Stunde später wieder verließ, waren ihr die Antworten auf alle Fragen der anstehenden Prüfung bekannt.

Bis Studienende hatte Honey eine ganze Reihe von Professoren verführt. Honey hatte etwas Hilfloses an sich, dem keiner zu widerstehen vermochte. Dabei standen alle unter dem Eindruck, daß sie die Verführer und Honey die Verführte war, und alle hatten ein schlechtes Gewissen, weil sie glaubten, Honeys Naivität und Unschuld ausgenutzt zu haben.

Der letzte unter den Professoren, der Honey zum Opfer fiel, war Dr. Jim Pearson. Er hatte viel von ihr gehört; die Geschichten, die ihm zu Ohren kamen, machten ihn ziemlich neugierig – Gerüchte über außergewöhnliche sexuelle Praktiken waren in Umlauf. Eines Tages ließ er Honey zu sich rufen, um ihre Noten zu besprechen. Sie brachte eine kleine Schachtel Puderzucker mit, und als der Nachmittag sich dem Ende zuneigte, war Dr. Pearson ihr ebenso verfallen wie die anderen auch. Sie gab ihm das Gefühl, daß er ein König war und sie seine ergebene Sklavin.

Er versuchte, nicht an seine Frau und seine Kinder zu denken.

Für den Reverend Douglas Lipton empfand Honey echte Zuneigung; sie litt darunter, daß er mit einer kalten, frigiden Frau verheiratet war, die ihn immer nur kritisierte. Der Pfarrer tat

Honey leid. *Das hat er nicht verdient*, dachte Honey. *Er braucht Trost.*

Als Mrs. Lipton eines Tages zu ihrer Schwester verreist war, kam Honey mitten in der Nacht ins Schlafzimmer des Pfarrers – nackt. »Douglas...«

Er machte große Augen. »Honey? Ist dir nicht gut?«

»Nein«, sagte sie. »Kann ich mit dir reden?«

»Natürlich.« Er streckte die Hand nach der Lampe aus.

»Bitte kein Licht machen.« Sie kroch zu ihm ins Bett.

»Was ist denn? Fühlst du dich nicht wohl?«

»Ich mach' mir Sorgen.«

»Worüber?«

»Über dich. Du hast es verdient, geliebt zu werden. Ich möchte dich liebhaben.«

Er war plötzlich hellwach. »O mein Gott!« sagte er. »Du bist ja noch ein Kind. Das kann doch nicht dein Ernst sein.«

»Ich meine es aber ernst. Deine Frau schenkt dir überhaupt keine Liebe...«

»Honey, das ist völlig ausgeschlossen! Du gehst jetzt bitte sofort wieder auf dein Zimmer und...«

Er spürte ihren nackten Körper, der sich an ihn schmiegte.

»Honey, wir dürfen nicht. Ich bin...«

Da lagen ihre Lippen bereits auf seinen Lippen, war ihr Körper über ihm. Er wurde mitgerissen. Sie blieb die ganze Nacht bei ihm im Bett.

Um sechs Uhr morgens wurde die Schlafzimmertür geöffnet, und Mrs. Lipton marschierte herein. Als sie die beiden im Bett bemerkte, drehte sie sich auf dem Absatz um und verließ wortlos das Zimmer.

Zwei Stunden später beging der Reverend Douglas Lipton in seiner Garage Selbstmord.

Honey war völlig verstört, als sie es in den Nachrichten hörte. Sie konnte es nicht fassen.

Der Sheriff führte nach der Untersuchung des Tatorts eine Unterredung mit Mrs. Lipton.

Anschließend machte er sich auf die Suche nach Honey. »Aus Achtung vor der Familie werden wir den Tod des Reverend als ›Selbstmord aus unbekannten Gründen‹ registrieren. *Ihnen* kann ich nur empfehlen, daß Sie Ihre verdammten Sachen packen und sich hier nie wieder blicken lassen.«

Deshalb war Honey nach San Francisco gekommen, ins Embarcadero County Hospital.

Mit wärmsten Empfehlungen von Dr. Jim Pearson.

9. Kapitel

Für Paige hatte die Zeit jede Bedeutung verloren, gab es keinen Anfang und kein Ende mehr. Die Tage und Nächte gingen nahtlos ineinander über. Das Krankenhaus war ihr ein und alles, war ihr Leben geworden, die Welt draußen ein fremder, ferner Planet. Weihnachten kam und ging vorüber. Ein neues Jahr begann. In der Welt außerhalb des Krankenhauses hatten US-Truppen Kuwait von den Irakern befreit.

Von Alfred kein Wort. *Er wird bestimmt entdecken, daß er einen Fehler gemacht hat,* dachte Paige. *Er wird zu mir zurückkommen.* Die verrückten morgendlichen Anrufe hatten so plötzlich aufgehört, wie sie angefangen hatten. Paige war erleichtert, als keine neuen mysteriösen, bedrohlichen Dinge mehr geschahen. Im nachhinein kam ihr das Ganze vor wie ein böser Traum – aber die Anrufe *waren* kein Traum gewesen.

Es ging weiterhin hektisch zu. Nie war genug Zeit, um die Patienten persönlich kennenzulernen. Sie waren bloß Gallenblasen und Leberrisse, Oberschenkelbrüche und Rückenverletzungen.

Das Krankenhaus war wie ein Urwald voller mechanischer Dämonen – Beatmungsgeräte, Monitore für die Herzfrequenz, Geräte für Computertomographie, Röntgenapparate. Und jedes Gerät hatte sein eigenes Geräusch, es gab Pfeifen, Summen, Surren und dazu das unaufhörliche Geplapper der Lautsprecheranlage. Das alles vermengte sich zu einer lauten, wahnsinnigen Kakophonie.

Das zweite Jahr als Assistenzarzt war eine Übergangsphase. Die Assistenten rückten auf, bekamen schwierigere Aufgaben und beobachteten die nächste Gruppe von Neuankömmlingen, denen sie ein leichtes Gefühl von Verachtung und Arroganz entgegenbrachten.

»Die armen Teufel«, meinte Kat zu Paige. »Haben ja keine Ahnung, auf was sie sich da eingelassen haben.«

»Werden's früh genug herausfinden.«

Paige und Honey machten sich wegen Kat Sorgen. Sie nahm ständig ab und wirkte deprimiert. Schaute während eines Gesprächs plötzlich ins Leere und war nicht mehr ansprechbar. Bekam von Zeit zu Zeit einen geheimnisvollen Anruf, der ihre Depression jedesmal verschlimmerte.

Paige und Honey versuchten, mit ihr darüber zu sprechen.

»Ist alles in Ordnung?« fragte Paige. »Du weißt, daß wir dich mögen und dir gern helfen würden, falls du ein Problem hast.«

»Danke. Ich weiß es zu schätzen, aber ihr könnt nichts für mich tun. Es ist ein finanzielles Problem.«

Honey musterte sie erstaunt. »Aber wozu brauchst du denn Geld? Wir gehen doch nie aus. Wir haben nicht mal *Zeit,* uns etwas zu kaufen. Wir...«

»Es geht nicht um mich. Es betrifft meinen Bruder.« Ihren Bruder hatte Kat bisher nie erwähnt.

»Ich hab' gar nicht gewußt, daß du einen Bruder hast«, warf Paige ein.

»Lebt er in San Francisco?« wollte Honey wissen.

Kat zögerte. »Nein. Er lebt in unserer alten Gegend. In Detroit. Ihr werdet ihn aber bestimmt eines Tages kennenlernen.«

»Sehr gern. Und was macht er beruflich?«

»Er ist so was wie ein Unternehmer«, entgegnete Kat ausweichend. »Im Moment hat er eine Pechsträhne. Aber Mike wird die Kurve schon wieder kriegen. Hat er noch immer.« *O Gott, hoffentlich hab' ich recht,* dachte Kat.

Harry Bowman war als Assistenzarzt vom städtischen Krankenhaus versetzt worden, ein gutmütiger, lebenslustiger Typ, der keine Anstrengung scheute, allen gegenüber nett zu sein.

Eines schönen Tages sagte Bowman zu Paige: »Ich gebe morgen abend ein kleines Fest. Wenn Sie und Dr. Hunter und Dr. Taft nichts vorhaben, könnten Sie doch kommen. Es wird sicher lustig werden.«

»In Ordnung«, sagte Paige. »Was sollen wir mitbringen?«
Bowman lachte. »Nichts.«
»Bestimmt?« fragte Paige. »Eine Flasche Wein vielleicht? Oder...«
»Lassen Sie nur! Wir feiern übrigens in meiner kleinen Wohnung.«

Bowmans kleine Wohnung entpuppte sich als Penthouse mit zehn Zimmern und antiken Möbeln.

Den drei Frauen verschlug es beim Eintreten die Sprache.
»Mein Gott!« sagte Kat. »Wo haben Sie denn das alles her?«
»Ich war so klug, mir einen cleveren Mann als Vater auszusuchen«, sagte Bowman, »und der hat mir sein ganzes Geld hinterlassen.«

»Und da *arbeiten* Sie?« fragte Kat verwundert.
Bowman lächelte. »Ich bin gern Arzt.«

Das Buffet bestand aus Beluga-Malossol-Kaviar, *paté de campagne*, schottischem Räucherlachs, Austern, erlesenen Krabben, köstlichen Salaten mit einer Schalotten-Vinaigrette und Cristal-Champagner. Bowman hatte nicht zuviel versprochen. Es wurde tatsächlich ein lustiger Abend.

»Ich kann Ihnen gar nicht genug danken«, erklärte Paige zum Abschied.

»Haben Sie Sonntag frei?« fragte er.
»Ja.«
»Mir gehört ein kleines Motorboot. Ich werd' Sie ein bißchen ausfahren.«

»Hört sich großartig an.«

Morgens um vier wurde Kat im Bereitschaftsraum aus dem Tiefschlaf gerissen. »Dr. Hunter, Notfallraum 3... Dr. Hunter, Notfallraum 3.«

Kat drängte ihre Erschöpfung zurück, stand auf, rieb sich den Schlaf aus den Augen und fuhr mit dem Lift zur Notaufnahme nach unten.

An der Tür wurde sie von einem Pfleger empfangen. »Er liegt auf dem Rollbett dort, in der Ecke. Er hat starke Schmerzen.«

Kat ging zu ihm. »Ich bin Dr. Hunter«, stellte sie sich mit verschlafener Stimme vor.

Er stöhnte. »O Gott, Doc. Tun Sie was. Der Rücken. Ich halt's nicht mehr aus.«

Kat unterdrückte ein Gähnen. »Wie lange haben Sie schon Schmerzen?«

»Etwa zwei Wochen.«

Kat sah ihn verwundert an. »Seit zwei Wochen? Warum sind Sie dann nicht früher gekommen?«

Er versuchte sich zu bewegen und verzog das Gesicht. »Um die Wahrheit zu sagen – ich *hasse* Krankenhäuser.«

»Warum kommen Sie dann jetzt zu uns?«

Seine Miene hellte sich auf. »Weil ein wichtiges Golfturnier ansteht, und wenn Sie mir nicht den Rücken in Ordnung bringen, werd' ich's schwer haben.«

Kat holte tief Luft. »Ein Golfturnier.«

»Yeah.«

Sie konnte kaum an sich halten. »Ich will Ihnen was sagen. Gehen Sie nach Hause. Nehmen Sie zwei Aspirin, und wenn Sie sich am Morgen nicht besser fühlen, rufen Sie mich wieder an.« Sprach es, drehte sich um und stürmte aus dem Zimmer. Dem Mann wäre fast das Kinn aus dem Gesicht gefallen.

Harry Bowmans sogenanntes »kleines Motorboot« entpuppte sich als schnittige Jacht von mindestens fünfzehn Meter Länge.

»Willkommen an Bord!« rief er Paige, Kat und Honey zur Begrüßung im Hafen zu.

Honey machte aus ihrer Bewunderung für das Schiff gar kein Hehl.

»Es ist wunderschön!« sagte auch Paige.

Sie kreuzten drei Stunden lang in der Bucht und genossen den warmen, sonnigen Tag. Es war seit Wochen überhaupt das erste Mal, daß die drei sich entspannten.

Während sie vor Angel Island vor Anker lagen und einen köstlichen Lunch zu sich nahmen, meinte Kat: »Das nenn' ich Leben. Wir sollten gar nicht wieder an Land gehen.«

»Gute Idee«, meinte Honey.

Es war, alles in allem, ein geradezu himmlischer Tag.

»Ich kann Ihnen gar nicht sagen, wie gut mir das getan hat«, sagte Paige bei der Rückkehr zum Hafen.

»Das Vergnügen war ganz meinerseits.« Bowman tätschelte ihr leicht den Arm. »Werden wir wiederholen. Ihr drei seid mir stets willkommen.«

Was für ein toller Mann! dachte Paige.

Die Arbeit auf der Entbindungsstation sagte Honey zu. Sie war Teil eines zeitlosen, freudespendenden Rituals, und die Abteilung war voll neuen Lebens und neuer Hoffnung.

Die Mütter, die zum erstenmal ein Kind zur Welt brachten, waren erwartungsvoll und besorgt. Die Veteraninnen konnten es gar nicht abwarten, bis sie es hinter sich hatten.

Eine Hochschwangere sagte unmittelbar vor der Niederkunft zu Honey: »Gott sei Dank! Jetzt werde ich endlich wieder meine Zehen sehen können!«

Wenn Paige Tagebuch geführt hätte, wäre der fünfzehnte August als ein besonderer Glückstag vermerkt worden. Es war der Tag, an dem Jimmy Ford in ihr Leben trat.

Jimmy war Krankenpfleger und hatte das freundlichste Lächeln und das sonnigste Gemüt, das man sich überhaupt wünschen konnte. Er war klein, sehr schlank, sah wie siebzehn aus, war jedoch fünfundzwanzig Jahre alt und bewegte sich wie ein heiterer Tornado durchs Krankenhaus. Es gab nichts, was ihm zuviel Mühe gemacht hätte.

Er war Laufbote für alle. Ihm fehlte jeglicher Sinn für Standesunterschiede. Er behandelte alle gleich – Ärzte und Krankenschwestern wie Hausmeister.

Jimmy erzählte gern Witze.

»Habt ihr den schon gehört vom Patienten, der ganz in Gips war? Der Kerl im Bett neben ihm hat ihn gefragt, wie er seinen Lebensunterhalt verdiente. Hat der im Gips geantwortet: ›Ich war Fensterputzer beim Empire State Building.‹ Fragt der andere: ›Wann haben Sie aufgehört?‹ – ›Auf halber Höhe.‹«

Und dann begann Jimmy zu grinsen und eilte fort, um jemandem auszuhelfen.

Für Paige hatte er nur Bewunderung übrig. »Eines Tages werde ich auch Arzt. Ich möchte so werden wie Sie.«

Er machte ihr kleine Geschenke – Süßigkeiten, Spielzeug –, und mit jedem Geschenk kam ein Witz.

»In Houston hielt ein Mann einen Fußgänger an und fragte: ›Wie komme ich am schnellsten zum Krankenhaus?‹ – ›Sagen Sie etwas Schlechtes über Texas.‹«

Die Witze waren abscheulich, doch aus Jimmys Mund klangen sie lustig.

Er traf morgens zur gleichen Zeit wie Paige auf dem Krankenhausparkplatz ein und raste auf seinem Motorrad heran.

»Der Patient will wissen: ›Ist die Operation gefährlich?‹ Der Chirurg antwortet: ›Nein. Für zweihundert Dollar gibt's keine gefährliche Operation.‹«

Und weg war er.

Wann immer Paige, Kat und Honey am gleichen Tag dienstfrei hatten, gingen sie in San Francisco auf Entdeckungstour. Sie besichtigten Dutch Mill und den japanischen Teegarten, schauten zum Fisherman's Wharf und fuhren Cable Car. Sie besuchten das Curran Theater und aßen im Maharani an der Post Street zu Abend, wo nur indische Kellner bedienten, die Paige zur großen Überraschung von Kat und Honey auf hindi ansprach.

»*Hum Hindustani baht bahut ocho bolta hi.*« Von dem Augenblick an lag ihnen das ganze Restaurant zu Füßen.

»Wo hast du bloß gelernt, Indisch zu sprechen?« fragte Honey.
»*Hindi*«, verbesserte Paige. Sie zögerte. »Wir ... ich habe eine
Zeitlang in Indien gelebt.« Es war alles noch so lebendig.
In Agra hatte sie zusammen mit Alfred staunend vor dem Taj-Mahal
gestanden. *›Das Gebäude hat Shah Jahan für seine Frau errichtet.
Die Bauzeit hat zwanzig Jahre gedauert, Alfred.‹*
*›Ich werde dir auch ein Taj-Mahal bauen. Es ist mir völlig gleich,
wie lange es dauert!‹*
›Das ist Karen Turner. Meine Frau.‹
Sie hörte, wie jemand ihren Namen sagte, und hob den Kopf.
»Paige ...« Sie sah den besorgten Ausdruck auf Kats Gesicht.
»Ist dir nicht gut?«
»Alles in Ordnung.«

Die unmöglich lange Arbeitszeit hielt an. Wieder ein Silvester,
das kam und ging; das zweite Assistenzjahr glitt hinüber ins
dritte. Das Krankenhaus blieb weiterhin von der Außenwelt un-
berührt. Die Kriege und Hungersnöte und Katastrophen in fernen
Ländern verblaßten im Vergleich mit den Krisen um Leben und
Tod, mit denen sie täglich vierundzwanzig Stunden lang konfrontiert wurden.

Wenn Kat und Paige sich auf den Krankenhausfluren über den
Weg liefen, verzog Kat oft das Gesicht und fragte: »Macht's
Spaß?«

»Wann hast *du* das letzte Mal geschlafen?« gab Paige zurück.

Kat seufzte. »Wer kann sich daran noch erinnern?«

Sie taumelten durch die langen Tage und Nächte, versuchten,
sich dem unaufhörlichen, anstrengenden Druck gewachsen zu
zeigen, schnappten sich, wenn sie gerade mal Zeit hatten, zum
Essen ein Sandwich und tranken kalten Kaffee aus Pappbechern.

Die sexuellen Belästigungen schienen ein fester Bestandteil von
Kats Leben geworden zu sein. Dauernd bekam sie Anzüglichkei-
ten zu hören, nicht nur von den Ärzten, sondern auch von den
Patienten, die versuchten, sie ins Bett zu kriegen, und sie gab

ihnen die gleiche Antwort wie den Ärzten. *Es gibt auf der Welt keinen Mann, von dem ich mich anfassen lassen würde.*

Und davon war sie wirklich fest überzeugt.

Mitten im morgendlichen Trubel auf der Station kam erneut ein Anruf von Mike.

»Hi, Schwesterchen.«

Und Kat wußte sofort, was kommen würde. Sie hatte ihm das ganze Geld geschickt, das sie entbehren konnte, und wußte doch tief im Innersten, daß sie ihm schicken konnte, soviel sie wollte – es würde nie reichen.

»Ich will dich wirklich nicht belästigen, Kat. Ehrlich nicht. Aber ich sitze da in einem kleinen Schlamassel.« Er klang bedrückt.

»Mike . . . ist was nicht in Ordnung?«

»Doch. Nichts Ernstes. Es ist nur so, daß ich jemand Geld schulde, und er braucht es sofort zurück, und da hab' ich mir gedacht . . .«

»Ich will sehen, was ich machen kann«, sagte Kat müde.

»Danke. Ich weiß ja, daß ich immer auf dich zählen kann. Kann ich doch, nicht wahr, Schwesterchen? Ich hab' dich lieb.«

»Ich dich auch.«

Eines Tages sagte Kat zu Paige und Honey: »Wißt ihr, was wir alle drei jetzt bräuchten?«

»Einen Monat Schlaf.«

»Ferien. Wir sollten auf Urlaub sein, auf den Champs Elysées bummeln gehen und uns dort die teuren Schaufenster ansehen.«

»In Ordnung. Und das alles nur erster Klasse!« Paige kicherte. »Wir werden die Tage durchschlafen und uns nachts vergnügen.«

Honey lachte. »Gut klingt das.«

»In ein paar Monaten kommen die ersten Ferien auf uns zu«, bemerkte Paige. »Warum schmieden wir keine Pläne? Wir könnten zusammen irgendwohin verreisen.«

»Eine großartige Idee!« meinte Kat begeistert. »Am Samstag werden wir bei einem Reisebüro vorbeischauen.«

Während der folgenden drei Tage wurden sie richtig aufgeregt vom Pläneschmieden.

»Ich würde wahnsinnig gern einmal London kennenlernen. Vielleicht laufen wir dort ja der Queen über den Weg.«

»Und ich möchte nach Paris. Soll ja für romantische Liebe *die* Stadt überhaupt sein.«

›*Wir könnten unsere Flitterwochen in Venedig verbringen, Paige*‹, hatte Alfred gesagt. ›*Was würdest du davon halten?*‹

›*O ja!*‹

Sie überlegte, ob Alfred mit Karen wohl Flitterwochen in Venedig gemacht hatte.

Am Samstagmorgen machten sie auf dem Weg zum Krankenhaus halt beim Reisebüro Corniche in der Powell Street.

Die Frau hinter dem Schalter war nett und zuvorkommend. »Welche Art von Reise würde Sie denn interessieren?«

»Wir würden gern nach Europa reisen – London, Paris, Venedig...«

»Schön. Wir haben da einige günstige Pauschalreisen im Angebot...«

»Nein, nein, nein.« Paige grinste Honey an. »Erster Klasse bitte!«

»Richtig. Flugtickets erster Klasse«, warf Kat ein.

»Und nur erstklassige Hotels«, ergänzte Honey.

»Nun, da kann ich Ihnen das Ritz in London, das Crillon in Paris und in Venedig das Cipriani empfehlen, und...«

»Dürfen wir uns ein paar Prospekte mitnehmen? Die können wir dann gründlich studieren, bevor wir uns entscheiden.«

»Kein Problem«, sagte die Dame des Reisebüros.

Paige betrachtete einen Prospekt. »Man kann über Sie auch eine Jacht chartern?«

»Ja.«

»Gut. Wir möchten eventuell eine Jacht chartern.«

»Ausgezeichnet.« Die Verkäuferin stellte Paige eine Handvoll Prospekte zusammen. »Wenn Sie soweit sind, sagen Sie mir einfach Bescheid. Ich werde dann gern für Sie buchen.«

»Sie hören von uns«, versprach Honey.

Als sie wieder draußen waren, lachte Kat laut auf. »Wenn man träumt, dann am besten gleich ganz groß, nicht wahr?«

»Sei unbesorgt«, versicherte Paige. »Irgendwann werden wir uns das alles bestimmt anschauen können.«

10. Kapitel

Seymour Wilson, Chefarzt am Embarcadero County Hospital, war ein vielgeplagter Mensch mit einem unmöglichen Job. Es gab zu viele Patienten, zu wenig Ärzte und nicht genug Schwestern; außerdem hatten die Tage nicht genügend Stunden. Er kam sich vor wie der Kapitän eines sinkenden Schiffes, der überall zugleich sein mußte und sich – absolut vergeblich – abmühte, die Lecks zu stopfen.

Dr. Wilsons unmittelbare Sorge galt im Augenblick Honey Taft, die von manchen anscheinend sehr geschätzt wurde, während andererseits verläßliche Ärzte und Schwestern meldeten, daß Dr. Taft völlig unfähig sei.

Wilson suchte schließlich Ben Wallace auf. »Ich möchte eine unserer Ärztinnen loswerden«, erklärte er. »Die Ärzte, die mit ihr zusammen Visite machen, berichten, daß sie inkompetent ist.«

Wallace dachte sofort an Honey – die Kollegin mit den außergewöhnlich guten Examensnoten und der wärmsten Empfehlung. »Das ist mir unbegreiflich«, sagte er. »Irgend etwas kann da nicht stimmen.« Er dachte kurz nach. »Ich sag' dir, was wir tun werden, Seymour. Wer von deinem Personal ist der gemeinste Typ?«

»Ted Allison.«

»Gut. Morgen früh schickst du Honey Taft mit Dr. Allison auf Visite. Laß dir von ihm eine schriftliche Stellungnahme geben. Wenn er sie für inkompetent erklärt, werde ich sie entlassen.«

»Einverstanden«, sagte Dr. Wilson. »Danke, Ben.«

Beim Mittagessen teilte Honey Paige mit, daß sie Dr. Allison für die Visite am nächsten Morgen zugeteilt worden sei.

»Den kenn' ich«, sagte Paige, »der hat einen lausigen Ruf.«

»Hab' ich auch schon gehört«, meinte Honey nachdenklich.

Zur gleichen Zeit, in einem anderen Teil des Krankenhauses, sprach Seymour Wilson mit Ted Allison. Allison war ein hartgesottener alter Kämpe mit fünfundzwanzig Dienstjahren. Er hatte als Marinearzt gedient und war noch immer stolz darauf, Leute auf Trab halten zu können.

»Ich möchte Sie bitten«, sagte Seymour Wilson, »Dr. Taft gut im Auge zu behalten. Wenn sie's nicht packt, ist sie draußen. Verstanden?«

»Verstanden.«

So etwas machte ihm Spaß. Unfähige Ärzte konnte er genausowenig leiden wie Seymour Wilson. Außerdem war er fest davon überzeugt, daß Frauen, die unbedingt in die Medizin gehen wollten, Krankenschwester werden sollten; was für Florence Nightingale gut genug gewesen war, müßte doch auch für alle anderen reichen.

Als sich am folgenden Morgen um sechs Uhr die Assistenzärzte auf den Krankenhausgängen zur Visite einfanden, lernte Honey Taft in der Gruppe von Dr. Allison den Oberassistenzarzt Tom Benson und fünf weitere Assistenzärzte kennen.

Allison dachte beim Anblick von Honey: *Okay, Schwester, dann zeig uns mal, was du kannst.* Er wandte sich an die Gruppe. »Auf geht's.«

Der erste Patient war ein junges Mädchen, das unter schweren Decken im Bett lag und schlief.

»Gut«, sagte Dr. Allison. »Bitte alle die Krankengeschichte der Patientin anschauen!«

Die Assistenzärzte begannen, die Unterlagen zu studieren. Dr. Allison sprach Honey an. »Diese Patientin leidet unter Glieder-, Kopf- und Kreuzschmerzen, sie hat Fieber, Husten und Lungenentzündung. Wie lautet Ihre Diagnose, Dr. Taft?«

Honey blieb stirnrunzelnd stumm.

»*Nun?*«

»Nun«, sagte Honey nachdenklich. »Meiner Meinung nach hat sie wahrscheinlich Psittakose – die Papageienkrankheit.«

Dr. Allison musterte sie mit einem Ausdruck ehrlichen Erstaunens. »Wie... kommen Sie darauf?«

»Ihre Symptome sind typische Symptome von Psittakose, und ich habe außerdem bemerkt, daß sie als Teilzeitkraft in einem Tiergeschäft arbeitet. Psittakose wird von infizierten Papageien auf Menschen übertragen.«

Allison nickte bedächtig. »Das ist... das ist sehr gut. Und Sie kennen die Therapie?«

»Ja. Zehn Tage lang Tetrycyclin, strikte Bettruhe und viel trinken.«

Dr. Allison wandte sich an die ganze Gruppe. »Haben Sie das gehört? Dr. Taft hat vollkommen recht.«

Sie begaben sich zum nächsten Patienten.

»Bei der Betrachtung der Krankengeschichte«, bemerkte Dr. Allison, »werden Sie feststellen, daß der Patient an einem Mesotheliom, Bluterguß und Erschöpfung leidet. Wie ist die Diagnose?«

Ein Assistent meinte hoffnungsvoll: »Das klingt nach einer Form von Lungenentzündung.«

Ein zweiter Assistent meldete sich zu Wort. »Es könnte Krebs sein.«

Dr. Allison wandte sich an Honey. »Und wie lautet Ihre Diagnose, Doktor?«

Honey setzte eine nachdenkliche Miene auf. »So aus dem Stand, da würde ich meinen, daß es sich um faserige Pneumokoniose handelt, und zwar um eine Asbestvergiftung. Sein Krankenblatt hält fest, daß er in einer Teppichfabrik arbeitet.«

Ted Allison konnte seine Bewunderung nicht verhehlen. »Ausgezeichnet! Ausgezeichnet! Wissen Sie zufällig auch, wie man das behandeln muß?«

»Leider ist bis heute keine spezifische Heilmethode bekannt.«

Es kam noch eindrucksvoller. In den anschließenden zwei Stunden diagnostizierte Honey einen seltenen Fall von Reiters-Krankheit, die Knochenentzündung *Osteitis deformans* und Malaria.

Dr. Allison schüttelte Honey nach Ende der Visite demonstrativ die Hand. »Ich bin nicht leicht zu beeindrucken, Doktor, aber ich möchte Ihnen versichern, daß Sie eine große Zukunft vor sich haben!«

Honey wurde ganz rot. »Ich danke Ihnen, Dr. Allison.«

»Und das werde ich auch Ben Wallace mitteilen«, sagte er noch im Weggehen.

Tom Benson, Allisons Oberassistenzarzt, sah Honey an und lächelte. »Wir sehen uns in einer halben Stunde, Schätzchen.«

Paige tat, was sie nur konnte, um Dr. Arthur Kane – 007 – aus dem Wege zu gehen, doch Kane nutzte jede Gelegenheit, um Paige bei Operationen als Assistentin anzufordern, und wurde mit jedem Mal beleidigender.

»Was soll das heißen – Sie wollen nicht mit mir ausgehen? Da muß es Ihnen wohl jemand anders besorgen.«

Und: »Ich bin vielleicht kleingewachsen, Süße, aber bestimmt nicht überall. Sie wissen, was ich meine?«

Es kam soweit, daß sie sich zu fürchten begann, wenn sie wieder einmal mit ihm zusammenarbeiten mußte. Außerdem fiel Paige zunehmend auf, daß Kane völlig unnötige Operationen durchführte und Körperorgane entfernte, die völlig gesund waren.

Als Paige eines Tages mit Kane zum OP-Saal unterwegs war, fragte Paige: »Was operieren wir heute, Doktor?«

»Seine Brieftasche!« Kane bemerkte den Ausdruck auf Paiges Gesicht. »War ja nur ein Scherz, Schätzchen.«

»In einer Metzgerei sollte der Kerl arbeiten!« schimpfte Paige später in Gegenwart Kats. »Er hat kein Recht, Menschen zu operieren.«

Nach einer besonders ungeschickten Leberoperation wandte sich Kane mit einem Kopfschütteln an Paige. »Pech. Ich bin nicht sicher, ob er durchkommen wird.«

Paige wußte nicht mehr, wie sie mit ihrer Wut fertig werden sollte – sie beschloß, mit Tom Chang zu sprechen. Es war alles, was sie tun konnte.

»Irgend jemand sollte wegen Dr. Kane Meldung erstatten«, meinte Paige. »Er ermordet seine Patienten.«

»Nehmen Sie's nicht so schwer.«

»Das ist unmöglich! Es ist doch nicht richtig, daß sie so einen Mann in den Operationssaal lassen. Er müßte vor ein Ehrengericht gestellt werden.«

»Und was würde das bringen? Dann müßten Sie andere Ärzte finden, die gegen ihn aussagen, und dazu wäre niemand bereit. Das Krankenhaus ist eine Gemeinschaft, die eng zusammenhält, damit müssen wir alle leben, Paige. Es ist praktisch unmöglich, einen Arzt dazu zu bewegen, gegen einen Kollegen auszusagen. Jeder von uns ist verwundbar, deswegen sind wir alle aufeinander angewiesen. Beruhigen Sie sich. Kommen Sie, gehen wir aus. Ich lade Sie zum Mittagessen ein.«

Paige seufzte. »In Ordnung, aber es ist ein lausiges System.«

Während des Essens erkundigte sich Paige: »Und wie kommen Sie mit Ihrer Frau zurecht?«

Er antwortete nicht gleich. »Ich... Wir haben Probleme. Die Arbeit ruiniert meine Ehe. Ich weiß nicht, was ich tun soll.«

»Es wird bestimmt eine Lösung geben.«

Chang reagierte heftig. »Hoffentlich!«

Paige schaute ihn prüfend an.

»Wenn sie mich verläßt, bring' ich mich um.«

Am folgenden Morgen war Arthur Kane für eine Nierenoperation eingeteilt. Der Chef der chirurgischen Abteilung teilte Paige mit: »Dr. Kane hat Sie als Assistenz für den OP-Saal angefordert.«

Paige hatte plötzlich einen ganz trockenen Mund. Der Gedanke an seine Nähe war ihr verhaßt.

»Könnten Sie nicht vielleicht jemand anderen...«, fragte Paige.

»Er wartet schon auf Sie, Doktor.«

Als Paige sich umgezogen hatte, war die Operation bereits im Gange.

»Gehen Sie mir zur Hand, Liebling«, sagte Kane zu Paige.

Der Bauch des Patienten war mit einer Jodlösung bestrichen; im rechten oberen Quadranten des Bauches, unmittelbar unter dem Brustkorb, war ein Einschnitt gemacht worden. *So weit, so gut,* dachte Paige.

»Das Skalpell!«

Die OP-Schwester reichte Dr. Kane ein Skalpell.

Er schaute auf. »Schalten Sie Musik ein.«

Gleich darauf begann eine CD zu spielen.

Dr. Kane schnitt weiter. »Bitte ein bißchen was Schwungvolles.« Kane warf Paige einen Blick zu. »Den Kauterisator anstellen, mein Herz.«

Mein Herz. Paige biß sich auf die Lippen, nahm das elektrische Ätzgerät und brannte die Arterien aus, um die Blutmenge im Bauch zu reduzieren. Die Operation verlief gut.

Gott sei Dank, dachte Paige.

»Den Schwamm.«

Die OP-Schwester reichte Kane einen Schwamm.

»Gut. Absaugen.« Er schnitt, bis die Niere freilag. »Da hätten wir den kleinen Teufel«, erklärte Dr. Kane. »Stärker absaugen.« Er hob die Niere mit der Zange heraus. »Gut. Dann wollen wir ihn mal wieder zunähen.«

Diesmal war tatsächlich alles gutgegangen, doch irgend etwas ließ Paige keine Ruhe. Sie sah sich die Niere genauer an. Die Niere wirkte gesund. Paige runzelte die Stirn, überlegte . . .

Während Dr. Kane den Patienten wieder zunähte, eilte Paige zum Röntgenbild vor dem Leuchtkasten, betrachtete es einen Moment lang und stöhnte leise auf: »O mein Gott!«

Das Röntgenbild war seitenverkehrt aufgehängt worden. Dr. Kane hatte die falsche Niere entfernt.

Dreißig Minuten später befand Paige sich im Büro von Ben Wallace.

»Er hat die gesunde Niere herausgenommen und die kranke im Körper gelassen!« Ihre Stimme bebte. »Der Mann gehört hinter Gitter!«

»Paige«, tönte Benjamin Wallace besänftigend, »ich gebe Ihnen recht, jawohl, der Vorfall ist bedauerlich. Aber Kane hat es bestimmt nicht mit Absicht getan. Es war ein Irrtum, und...«

»Ein *Irrtum?* Der Patient muß ab jetzt ständig und für immer mit der Dialyse leben! Jemand muß dafür zur Rechenschaft gezogen werden!«

»Glauben Sie mir – wir werden die Sache von einer Kommission von Kollegen untersuchen lassen.«

Was das hieß, wußte Paige nur zu genau: Eine Gruppe von Ärzten würde den Vorfall begutachten – streng vertraulich. Das Ergebnis würde der Öffentlichkeit und dem Patienten vorenthalten werden.

»*Herr* Dr. Wallace...«

»Sie gehören unserem Team an, Paige. Sie müssen sich solidarisch verhalten.«

»Er hat an diesem Krankenhaus nichts zu suchen. An keinem Krankenhaus!«

»Sie müssen die Sache in einem größeren Rahmen betrachten. Wenn wir ihn entlassen, würde die Presse über uns herfallen – es würde dem Ansehen des Krankenhauses schaden. Wir müßten wahrscheinlich mit einer ganzen Reihe von Prozessen wegen ärztlicher Kunstfehler rechnen.«

»Und was ist mit den Patienten?«

»Wir werden Dr. Kane im Auge behalten.« Er beugte sich vor. »Und ich möchte Ihnen einen guten Rat geben. Wenn Sie eine Privatpraxis eröffnen wollen, sind Sie auf das Wohlwollen der anderen Ärzte angewiesen – damit Patienten an Sie überwiesen werden. Ohne das werden Sie nichts erreichen – und falls Sie in den Ruf einer Einzelgängerin geraten, die ihre Kollegen verpfeift, wird Ihnen niemand Patienten überweisen. Das kann ich Ihnen garantieren.«

Paige stand auf. »Sie werden also nichts unternehmen?«

»Ich habe Ihnen doch gesagt – wir werden ein Kollegengutachten erstellen lassen.«

»Und damit hat sich's?«

»Damit hat sich's.«

»Es ist unfair!« sagte Paige mittags beim Essen zu Honey und Kat.

Kat schüttelte den Kopf. »Hat auch niemand behauptet, daß es im Leben fair zugehen muß.«

Paige sah sich in dem sterilen, weißgefliesten Raum um. »Diese ganze Umgebung macht mich krank. Hier sind doch alle krank.«

»Sonst wären sie ja auch nicht hier«, meinte Kat.

»Warum veranstalten wir kein Fest?« schlug Honey vor.

»Ein Fest? Wovon redest du eigentlich?«

Honeys Stimme verriet plötzlich helle Begeisterung. »Wir könnten uns Essen und ein paar Getränke kommen lassen und feiern! Ich meine, ein bißchen Stimmung könnte uns allen nur guttun.«

Paige dachte einen Augenblick nach. »Wißt ihr«, sagte sie dann, »das ist gar keine schlechte Idee!«

»Abgemacht. Ich werde alles organisieren«, versprach Honey. »Morgen mittag nach Ende der Visiten!«

Im Flur kam Kane auf Paige zu. Seine Stimme war eisig. »Sie sind ein unartiges Mädchen. Irgendwer sollte Ihnen beibringen, das Maul zu halten!« Und marschierte davon.

Paige schaute ihm nach. Sie konnte es nicht fassen. *Wallace hat ihm mitgeteilt, was ich gesagt habe. Das hätte er nicht tun dürfen. ›Falls Sie in den Ruf einer Einzelgängerin geraten, die ihre Kollegen verpfeift...‹ Ob ich es noch einmal tun würde?* Paige grübelte. *Verflixt! Und ob!*

Die Nachricht von der bevorstehenden Party verbreitete sich in Windeseile. Es gab keinen Assistenzarzt, der sich nicht beteiligte. Von Ernie's Restaurant wurde ein üppiges Buffet geordert, bei einem nahe gelegenen Laden Alkohol bestellt. Das Fest war auf fünf Uhr im Ärzteraum angesetzt. Und was für ein Fest: Es gab Meeresfrüchteplatten mit Hummer und Shrimps, verschiedene *patés*, schwedische Fleischbällchen, warme Pasta, Obst und Dessert. Als Paige zusammen mit Honey und Kat um Viertel nach fünf in den Aufenthaltsraum kam, drängten sich dort bereits die

erwartungsvollen Assistenten, Krankenhausärzte und Schwestern, taten sich an den Speisen gütlich und waren bester Laune.
»Das war eine blendende Idee!« sagte Paige zu Honey.

Honey quittierte es mit einem strahlenden »Danke schön«. Über den Lautsprecher kam eine Durchsage. »Dr. Finley und Dr. Ketler auf die Notfallstation. Stat.« Und die beiden Ärzte, die sich gerade über die Shrimps hermachen wollten, wechselten seufzend einen Blick und eilten davon.

Tom Chang kam auf Paige zu. »So etwas sollten wir jede Woche machen.«

»Genau. Es ist...«

Der Lautsprecher meldete sich erneut. »Dr. Chang... Station 7... Dr. Chang... Station 7.«

Und eine Minute später: »Dr. Smythe... Notfallraum 2... Dr. Smythe zum Notfallraum 2.«

Der Lautsprecher hörte gar nicht mehr auf. Binnen dreißig Minuten waren fast alle Ärzte und Schwestern zu irgendeinem Notfall gerufen worden. Honey hörte, wie ihr eigener Name über Lautsprecher kam. Dann Paige. Zuletzt auch Kat.

»Ich kann's nicht fassen«, meinte Kat. »Alle reden von ihrem Schutzengel. Also, ich habe allmählich den Eindruck, daß wir drei hier unter dem Zauber eines Schutzteufels stehen.«

Die Worte sollten sich als prophetisch erweisen.

Als Paige am darauffolgenden Morgen nach Dienstende zu ihrem Auto ging, waren zwei Reifen zerstochen. Sie starrte sie ungläubig an. *›Irgendwer sollte Ihnen beibringen, das Maul zu halten!‹*

In der Wohnung warnte sie Kat und Honey. »Nehmt euch vor Arthur Kane in acht. Er ist verrückt.«

11. Kapitel

Kat wurde durch das Läuten des Telefons geweckt. Sie griff blind, ohne die Augen aufzumachen, nach dem Hörer und hielt ihn ans Ohr.

»H'lo?«

»Kat? Hier ist Mike.«

Ihr Herz begann zu klopfen, und sie setzte sich im Bett auf.

»Mike, geht's dir gut?«

»Wie noch nie, Schwesterchen. Dank dir und deinem Freund.«

»Welchem Freund?«

»Mr. Dinetto.«

»Wer?« Kat versuchte, sich zu sammeln. Sie war todmüde.

Kat hatte keine Ahnung, von wem er da redete. »Mike...«

»Du erinnerst dich an die Typen, denen ich Geld geschuldet habe? Mr. Dinetto hat sie mir vom Hals geschafft. Er ist ein richtiger Gentleman. Und er hält große Stücke auf dich, Kat.«

Kat hatte den Vorfall mit Dinetto total vergessen; jetzt fiel ihr alles blitzschnell wieder ein. ›Lady, Sie wissen nicht, mit wem Sie da reden. Sie sollten lieber tun, was der Mann sagt. Dies ist Mr. Dinetto.‹

Mike redete weiter. »Ich schick' dir Geld, Kat. Dein Freund hat mir einen Job besorgt. Und er zahlt echt gut.«

›Dein Freund!‹ Kat wurde ganz nervös. »Mike, jetzt hör mir gut zu. Sei bitte vorsichtig.«

Sie hörte ihn lachen.

»Um mich brauchst du dir keine Sorgen zu machen. Hab' ich dir nicht versprochen, daß alles prima ausgehen würde? Also, ich hab' doch recht gehabt.«

»Nimm dich in acht, Mike. Laß dich...«

Er hatte bereits aufgelegt.

Kat konnte nicht mehr einschlafen. *Dinetto! Wie hat er bloß herausgefunden, daß Mike mein Bruder ist – und warum hilft er ihm?*

Als Kat am Abend darauf das Krankenhaus verließ, wartete am Straßenrand eine schwarze Limousine auf sie, daneben der Schatten und Rhino. Als sie vorbeigehen wollte, sprach Rhino sie an. »Steigen Sie ein, Doktor. Mr. Dinetto möchte mit Ihnen sprechen.« Sie musterte den Mann kurz. Schon Rhino hatte etwas Bedrohliches an sich, aber der Schatten jagte Kat wirklich Angst ein. Seine Ruhe und Stille hatte etwas Tödliches. Normalerweise wäre Kat nie eingestiegen – aber da war Mikes rätselhafter Anruf gewesen; sie machte sich seinetwegen Sorgen.

Sie wurde zu einer kleinen Wohnung am Rande der Stadt gebracht, wo Dinetto schon auf sie wartete.

»Danke, daß Sie gekommen sind, Dr. Hunter«, sagte Dinetto. »Ich weiß es zu schätzen. Einer meiner Freunde hat einen kleinen Unfall gehabt. Ich möchte Sie bitten, ihn zu untersuchen.«

»Was haben Sie mit Mike vor?« wollte Kat wissen.

»Nichts«, erwiderte Dinetto mit Unschuldsmiene. »Ich hab' gehört, daß er Schwierigkeiten hat, und hab' dafür gesorgt, daß sie aus der Welt geschafft werden.«

»Wie... wie sind Sie auf ihn aufmerksam geworden? Ich meine, wie haben Sie erfahren, daß er mein Bruder ist und...«

Dinetto lächelte. »In meinem Geschäft sind wir alle Freunde. Wir helfen uns gegenseitig. Mike hat es mit ein paar bösen Leuten zu tun bekommen, da hab' ich ihm ausgeholfen. Sie sollten mir dafür dankbar sein.«

»Bin ich auch«, sagte Kat. »Bin ich wirklich.«

»Gut! Sie kennen doch den Spruch – ›Eine Hand wäscht die andere‹?«

Kat schüttelte den Kopf. »Mit illegalen Sachen will ich nichts zu tun haben.«

»Illegale Sachen?« sagte Dinetto. Er schien beleidigt. »Um so etwas würde ich Sie doch nie bitten. Dieser Freund von mir hat einen kleinen Unfall gehabt, aber er kann Krankenhäuser nicht ausstehen. Würden Sie ihn untersuchen?«

Worauf lasse ich mich da bloß ein? überlegte Kat. »Nun gut.«

»Er befindet sich im Schlafzimmer.«

Dinettos Freund war übel zugerichtet worden. Er lag bewußtlos auf dem Bett.

»Was ist passiert?« fragte Kat.

Dinetto hielt ihrem forschenden Blick stand. »Er ist eine Treppe heruntergefallen.«

»Er sollte in einem Krankenhaus liegen.«

»Ich hab' Ihnen doch gesagt, daß er Krankenhäuser nicht mag. Ich kann Ihnen hier alles beschaffen, was Sie brauchen. Bisher hat sich ein anderer Arzt um meine Freunde gekümmert – der hatte jedoch einen kleinen Unfall.«

Die Worte jagten Kat eine Gänsehaut über den Rücken. Sie wäre am liebsten aus der Wohnung gerannt und nach Hause gelaufen. Sie wollte Dinettos Stimme nie wieder hören, doch im Leben war nun einmal nichts umsonst. *Quid pro quo.* Kat streifte den Mantel ab und machte sich an die Arbeit.

12. Kapitel

Zu Beginn ihres vierten Jahres im Krankenhaus hatte Paige bei Hunderten von Operationen assistiert, so daß ihr sämtliche Handgriffe in Fleisch und Blut übergegangen waren. Sie war mit den chirurgischen Abläufen bei Gallenblase, Milz, Leber, Blinddarm und – am alleraufregendsten – Herz vertraut. Aber Paige war frustriert, weil sie selbst noch immer keine Operationen durchführen durfte. *Was ist aus dem Leitwort geworden: ›Zuschauen, selber machen, andere lehren‹?* fragte sie sich.

Die Antwort auf diese Frage kam, als sie bald darauf zum Chef der chirurgischen Abteilung bestellt wurde.

»Paige«, teilte ihr George Englund mit, »für morgen um sieben Uhr dreißig ist im OP-Saal 3 eine Leistenbruchoperation angesetzt.«

Sie notierte. »In Ordnung. Wer operiert?«

»Sie.«

»In Ordnung. Ich . . .« Plötzlich wurde ihr bewußt, was diese Worte bedeuteten. »*Ich* operiere?«

»Ja. Gibt's da ein Problem?«

Paige strahlte, daß es im ganzen Zimmer hell wurde. »Nein, Sir! Ich . . . Danke!«

»Sie sind inzwischen soweit. Ich finde, der Patient hat Glück, daß Sie ihn operieren. Er heißt Walter Herzog. Liegt auf Zimmer 314.«

»Herzog. Zimmer 314. In Ordnung.«

Und schon war Paige auf und davon.

So aufgeregt war Paige noch nie gewesen. *Ich werde meine erste Operation durchführen! Ich werde das Leben eines Menschen in der Hand haben. Und was ist, wenn ich dafür noch nicht bereit bin? Was, wenn ich einen Fehler mache? Es kann doch immer etwas schiefgehen. Das ist Murphys Gesetz.* Als Paige schließlich am Ende ihrer Überlegungen angelangt war, befand sie sich in einem Panikzustand.

Sie begab sich in die Cafeteria, um einen schwarzen, starken Kaffee zu trinken. *Es wird schon alles gutgehen,* sagte sie sich. *Immerhin hab' ich bei Dutzenden von Leistenbruchoperationen assistiert. Ist gar nichts dabei. Er hat Glück, daß ich operiere.* Als sie ihren Kaffee ausgetrunken hatte, war sie innerlich gefaßt genug, um ihrem ersten Patienten gegenüberzutreten.

Walter Herzog war ein Mann in den Sechzigern, schlank, glatzköpfig und äußerst nervös. Als Paige mit einem Blumenstrauß eintrat, lag er im Bett und hielt sich die Lenden.

»Schwester ... Ich möchte mit einem Arzt sprechen.«

Paige trat zu ihm ans Bett und reichte ihm die Blumen. »Ich bin Ihre Ärztin. Ich werde Sie operieren.«

Er betrachtete erst die Blumen, dann sie. »Sie sind *was*?«

»Seien Sie ganz unbesorgt«, tröstete ihn Paige. »Sie befinden sich in guten Händen.« Sie nahm das Krankenblatt am Fußende des Betts und studierte es eingehend.

»Was steht da?« fragte der Mann unruhig. *Warum hat sie mir Blumen geschenkt?*

»Daß Sie bald wieder wohlauf sein werden.«

Er schluckte. »Und die Operation werden *Sie* durchführen?«

»Ja.«

»Sie wirken so schrecklich ... schrecklich jung.«

Paige tätschelte ihm beruhigend den Arm. »Ich habe noch keinen Patienten verloren.« Sie schaute sich im Zimmer um. »Sie haben alles, was Sie brauchen? Kann ich Ihnen etwas zu lesen bringen? Ein Buch oder eine Zeitschrift? Süßigkeiten?«

Er hörte ihr mit wachsender Unruhe zu. »Nein, ich bin ganz okay.« *Warum war sie bloß so nett zu ihm? Gab es etwas, das sie ihm verschwieg?*

»Also gut, dann auf Wiedersehen bis morgen früh«, sagte Paige fröhlich. Sie schrieb etwas auf einen Zettel, den sie ihm dann reichte. »Da, meine Privatnummer. Falls Sie mich in der Nacht brauchen, rufen Sie an. Das Telefon ist bei mir immer in Reichweite.«

Sie ließ ihn als nervöses Wrack zurück.

Wenige Minuten später entdeckte Jimmy Paige im Aufenthaltsraum. Er näherte sich mit einem breiten Grinsen. »Herzlichen Glückwunsch! Wie ich höre, übernehmen Sie im OP.«

Die Nachricht verbreitet sich ja wie ein Buschfeuer, dachte Paige. »Ja.«

»Wer es auch sein mag – hat der ein Glück!« rief Jimmy. »Falls mir mal etwas passieren sollte – ich würd' mich nur von Ihnen operieren lassen.«

»Danke, Jimmy.«

Und natürlich gab Jimmy einen Witz zum besten.

»Kennen Sie den schon von dem Mann, der plötzlich so komische Schmerzen in den Knöcheln hatte? Er war zu geizig, um einen Arzt aufzusuchen, und als ihm sein Freund erzählte, daß er unter den gleichen Schmerzen litt, da hat er zu ihm gesagt: ›Du solltest sofort zum Arzt gehen. Und mir hinterher genau erzählen, was er sagt.‹ Am nächsten Tag erfährt er, daß sein Freund tot ist. Er rast ins Krankenhaus und läßt sich für fünftausend Dollar untersuchen. Man findet nichts. Er ruft die Witwe seines Freundes an und fragt: ›Hat Chester große Schmerzen gelitten, als er starb?‹ – ›Nein‹, sagte sie. ›Er hat den Lkw nicht mal gesehn, der ihn überfuhr.‹«

Paige war viel zu aufgeregt, um essen zu können. Sie verbrachte den ganzen Abend damit, an Tischbeinen und Lampenständern chirurgische Knoten zu üben. *Ich werde heute nacht tief und fest schlafen,* dachte sie, *damit ich morgen früh auch ganz munter bin.*

Dann lag sie aber die ganze Nacht wach und ging im Geiste die Operation durch, immer wieder von vorn.

Es gab drei Arten von Leistenbruch; reponible Hernie, bei der es möglich ist, den Bruchsack wieder in den Unterleib zurückzuschieben; irreponible Hernie, bei der die Substanz wegen einer Verwachsung nicht in den Unterleib zurückgeführt werden kann; und die dritte, die gefährlichste Art, nämlich die eingeklemmte Hernie, bei der der Blutstrom durch die Leisten abgeschnitten wird, was zu einer Verletzung der Gedärme führt. Walter Herzog hatte einen rückführbaren Bruch.

Paige fuhr ihren Wagen um sechs Uhr morgens auf den Krankenhausparkplatz und wunderte sich über den roten Ferrari neben ihrem Platz – so ein Auto konnte doch nur einem Reichen gehören.

Um sieben Uhr half Paige Walter Herzog den Pyjama gegen ein blaues Krankenhaushemd zu vertauschen. Die Schwester hatte ihm bereits ein Sedativum gegeben, damit er sich vor der Operation auf dem Rollbett entspannte, das ihn zum OP-Saal bringen würde.

»Es ist die erste Operation in meinem Leben«, erklärte Walter Herzog.

In meinem auch, dachte Paige.

Das Rollbett kam und holte Walter Herzog in den OP-Saal. Paige ging unterwegs neben ihm her. Ihr Herz schlug so laut, daß sie Angst bekam, er könnte es hören.

Der OP 3 zählte zu den größeren Operationssälen und war geräumig, um einen Herzmonitor, eine Herz-Lungen-Maschine und ein ganzes Arsenal von technischem Zubehör unterzubringen. Außer Paige waren ein weiterer Arzt, ein Anästhesist, zwei Assistenzärzte und drei OP-Schwestern anwesend.

Das Personal konnte es kaum erwarten, Paige bei ihrer ersten Operation zu beobachten.

Paige schritt zum Operationstisch. Walter Herzogs Unterleib war rasiert und mit einer antiseptischen Lösung eingerieben worden. Sterile Tücher deckten die unmittelbare Umgebung ab.

Herzog öffnete die Augen und fragte Paige schläfrig: »Sie bringen mich auch bestimmt nicht um?«

Paige lächelte. »Wie könnte ich denn? Da würde ich ja meine bisher makellose Karriere beflecken!«

Sie schaute zum Narkosearzt herüber, der dem Patienten die Epiduralanästhesie verabreichen würde. Paige atmete einmal tief durch und nickte.

Die Operation begann.

»Skalpell!«

Paige wollte eben den ersten Schnitt durch die Haut führen, als die Schwester eine Bemerkung machte.

»Bitte?«

»Soll ich Musik einschalten, Doktor?«

Es war das erste Mal, daß ihr diese Frage gestellt wurde. Sie lächelte. »Gut. Hören wir uns Jimmy Buffet an.«

In dem Augenblick, als Paige den ersten Schnitt tat, fiel jegliche Nervosität von ihr ab. Es war, als ob sie das alles schon ihr Leben lang getan hätte. Mit großem Geschick fuhr sie durch die oberen Fett- und Muskelschichten bis hinunter zur Leiste und nahm währenddessen die vertraute Litanei wahr, die durch den Raum hallte.

»Schwamm...«

»Kauterisator...«

»Hier...«

»Scheint, daß wir gerade rechtzeitig...«

»Klammer...«

»Absaugen bitte...«

Paige war voll auf das konzentriert, was sie tat. Den Bruchsack lokalisieren... freilegen... den Inhalt in die Bauchhöhle zurückverlegen... die Basis des Sackes abbinden... das übrige abtrennen... den Leistenring... vernähen...

Die Operation war genau eine Stunde und zwanzig Minuten nach dem ersten Einschnitt beendet.

Paige hätte sich ausgelaugt fühlen sollen; statt dessen spürte sie eine ungeheure Beschwingtheit.

Als Walter Herzog wieder zugenäht war, wandte sich die OP-Schwester an Paige. »Dr. Taylor ...«

Paige hob den Kopf. »Ja?«

Die Schwester grinste. »Das war wundervoll, Doktor.«

Es war ein Sonntag, und die drei hatten dienstfrei.

»Was sollen wir uns für heute vornehmen?« fragte Kat.

Paige hatte eine Idee. »Es ist ein so herrlicher Tag, warum fahren wir da nicht hinaus zum Tree Park? Wir könnten zum Mittag ein Picknick mitnehmen und im Freien essen.«

»Hört sich fantastisch an«, meinte Honey.

»Dann ist es beschlossen«, stimmte Kat zu.

Und in eben diesem Moment läutete das Telefon. Sie starrten es mit feindseligen Blicken an.

»Gott im Himmel!« schimpfte Kat. »Und ich hatte gedacht, Abraham Lincoln hätte uns aus der Sklaverei befreit. Lassen wir es klingeln! Wir haben heut unseren freien Tag.«

»Für uns gibt es keine *freien* Tage«, rief Paige ihnen ins Gedächtnis.

Kat trat ans Telefon und nahm ab. »Hier Dr. Hunter.« Sie horchte und gab an Paige weiter. »Für dich, Dr. Taylor.«

»Na schön«, sagte Paige resigniert und nahm den Hörer. »Hier Dr. Taylor ... Hallo, Tom ... *Was?* ... Nein, ich wollte gerade ausgehen ... Verstehe ... In Ordnung. In einer Viertelstunde bin ich da.« Sie legte auf. *Wieder nichts mit dem Picknick*, dachte sie.

»Etwas Schlimmes?« fragte Honey.

»Ja. Wir sind dabei, einen Patienten zu verlieren. Ich tue, was ich kann, damit ich zum Abendessen zurück bin.«

Als Paige beim Krankenhaus ankam und ihren Wagen auf dem Parkplatz für Ärzte abstellte, stand der funkelnagelneue rote Ferrari schon wieder neben ihrem Platz. *Ich frag' mich, wie viele Operationen nötig waren, um den zu bezahlen*, dachte Paige.

Als Paige zwanzig Minuten später das Wartezimmer betrat, saß dort ein Mann im dunklen Anzug und schaute aus dem Fenster.

»Mr. Newton?«

Er erhob sich. »Ja.«

»Ich bin Dr. Taylor. Ich habe mir gerade Ihren kleinen Sohn angesehen. Er ist mit Bauchschmerzen eingeliefert worden.«

»Jawohl. Ich werde ihn wieder nach Hause bringen.«

»Bedaure, nein. Peter hat einen Milzriß. Er braucht jetzt sofort eine Blutübertragung und muß danach gleich operiert werden. Sonst wird er sterben.«

Mr. Newton schüttelte den Kopf. »Wir sind Zeugen Jehovas. Der Herr wird nicht zulassen, daß er stirbt, und ich werde nicht zulassen, daß er mit dem Blut eines anderen Menschen befleckt wird. Es war meine Frau, die ihn hergebracht hat. Dafür wird sie Rechenschaft ablegen müssen.«

»Mr. Newton, ich glaube, Sie verstehen nicht, in welch ernster Lage Ihr Sohn sich befindet. Falls wir nicht unverzüglich operieren, wird Ihr Sohn sterben.«

Der Mann sah sie nur lächelnd an. »Sie kennen nicht die Wege des Herrn.«

Paige wurde böse. »Ich mag nicht viel von den Wegen Gottes verstehen, ich weiß aber eine Menge über Milzrisse.« Sie zog ein Stück Papier hervor. »Peter ist minderjährig, deshalb müssen Sie Ihre Einwilligung geben und hier unterzeichnen.« Sie streckte es ihm hin.

»Und wenn ich es nicht unterschreibe?«

»Nun... dann können wir auch nicht operieren.«

Er nickte. »Halten Sie sich wirklich für mächtiger als Gott?«

Paige fixierte ihn. »Sie wollen nicht unterschreiben, nicht wahr?«

»Nein. Meinem Sohn wird eine größere Macht helfen, als Sie es sind. Sie werden schon sehen.«

Als Paige auf die Station zurückkehrte, war der sechsjährige Peter inzwischen bewußtlos.

»Er wird nicht durchkommen«, sagte Chang. »Er hat zuviel Blut verloren. Was wollen Sie jetzt machen?«

Paige faßte einen Entschluß. »Bringen Sie ihn in den OP-Saal 1. Stat.«

Chang sah sie erstaunt an. »Sein Vater hat es sich anders überlegt?«

Paige nickte. »Ja. Er hat seine Meinung geändert. Packen wir's an.«

»Gut gemacht! Ich hab' eine ganze Stunde lang auf ihn eingeredet und ihn nicht dazu bringen können. Er hat behauptet, daß Gott sich seines Jungen annimmt.«

»Gott *hat* sich des Kindes angenommen«, versicherte Paige.

Zwei Stunden und zwei Liter Blut später war die Operation erfolgreich abgeschlossen. Sämtliche Lebenszeichen des Jungen waren kräftig.

Paige streichelte ihm die Stirn. »Er wird's schaffen.«

Da kam ein Pfleger in den Operationssaal gerannt. »Dr. Taylor? Dr. Wallace will Sie auf der Stelle sprechen.«

Benjamin Wallace war dermaßen verärgert, daß ihm die Stimme versagte. »Wie konnten Sie es wagen? Wie konnten Sie nur etwas so Ungeheuerliches tun? Sie haben dem Jungen Blut übertragen und ihn ohne die Zustimmung seiner Eltern operiert? Sie haben sämtliche Gesetze gebrochen!«

»Ich habe dem Jungen das Leben gerettet.«

Wallace holte tief Luft. »Sie hätten sich vorher eine gerichtliche Verfügung besorgen müssen.«

»Dazu war keine Zeit«, erklärte Paige. »Noch zehn Minuten und der Junge wäre tot gewesen. Gott war nämlich gerade anderweitig beschäftigt.«

Wallace schritt ruhelos im Zimmer auf und ab. »Und was machen wir nun?«

»Uns eine gerichtliche Verfügung besorgen.«

»Wozu? Sie *haben* ja bereits operiert.«

»Ich werde die gerichtliche Verfügung um ein paar Tage zurückdatieren. Das wird doch niemand bemerken.«

Wallace kam ins Schwitzen. »Herrgott noch mal!« Er wischte sich die Stirn ab. »Das könnte mich meine Stellung kosten.«

Paige musterte ihn lange Zeit. Dann drehte sie sich auf dem Absatz um und ging zur Tür.

»Paige . . . ?«

Sie blieb stehen. »Ja?«

»So etwas werden Sie nie wieder tun, nicht wahr?«

»Nur wenn ich unbedingt muß«, versicherte ihm Paige.

13. Kapitel

Mit Medikamentendiebstahl haben alle Krankenhäuser ihre Probleme. Laut Gesetz muß für jedes Narkotikum, das der Apotheke entnommen wird, eine Unterschrift geleistet werden; doch ganz gleich, wie streng die Sicherheitsmaßnahmen auch sein mögen, Drogensüchtige finden fast immer einen Weg, sie zu umgehen.

Das Embarcadero County Hospital hatte damit allerdings ein großes Problem – so groß, daß Margaret Spencer deswegen Ben Wallace aufsuchte.

»Ich weiß nicht mehr, was ich machen soll, Doktor. Bei uns verschwindet laufend Fentanyl.«

Fentanyl ist ein stark suchterregendes Anästhetikum.

»Um welche Mengen geht es denn?«

»Um beträchtliche Mengen. Wenn es sich nur gelegentlich um ein paar Flaschen handeln würde, könnte man dafür möglicherweise eine harmlose Erklärung finden. Inzwischen verschwinden aber regelmäßig größere Mengen, in jeder Woche mehr als ein Dutzend Flaschen.«

»Haben Sie eine Vermutung, wer da eventuell dahinterstecken könnte?«

»Nein, Sir. Ich habe mit der Sicherheitsabteilung gesprochen. Dort weiß man auch nicht weiter.«

»Wer hat Zugang zu der Apotheke?«

»Da liegt ja das Problem. Die meisten Anästhesisten haben ziemlich ungehindert Zugang. Und die meisten Schwestern und Chirurgen auch.«

Wallace war nachdenklich geworden. »Ich danke Ihnen, daß Sie mich davon in Kenntnis gesetzt haben. Ich werde mich darum kümmern.«

Das kann ich jetzt wirklich nicht gebrauchen, dachte Wallace verärgert. Ihm stand eine Sitzung des Krankenhausaufsichtsrates bevor; es gab bereits mehr als genug Probleme, die unbedingt angepackt werden mußten. Die Statistiken waren Wallace bekannt: In den Vereinigten Staaten wurden über zehn Prozent aller Ärzte früher oder später mindestens zeitweilig alkohol- oder drogenabhängig. Drogen stellten für Ärzte eine besondere Versuchung dar, weil sie ihnen so leicht zugänglich waren. Einem Arzt war es ein leichtes, einen Arzneischrank zu öffnen, das gewünschte Mittel herauszunehmen und es sich mittels Aderpresse und Spritze zu injizieren. Ein Süchtiger könnte alle zwei Stunden eine neue Dosis benötigen.

Und das jetzt, an seinem Krankenhaus! Da mußte etwas geschehen, sofort – noch vor der Aufsichtsratssitzung. *Die Sache würde meinem Ansehen schaden.*

Ben Wallace dachte angestrengt darüber nach, wem er bei der Suche nach dem Schuldigen vertrauen könnte. Er kam zu dem Schluß, daß weder Dr. Taylor noch Dr. Hunter irgend etwas mit den Diebstählen zu tun haben könnten, und rang sich nach reiflichem Überlegen dazu durch, die beiden um ihre Mithilfe zu bitten.

Er ließ sie zu sich rufen. »Ich muß Sie um einen Gefallen bitten«, sagte er und klärte sie über das Problem mit dem gestohlenen Fentanyl auf. »Ich möchte Sie bitten, die Augen offenzuhalten. Falls irgendein Arzt, mit dem Sie zusammenarbeiten, im Verlauf einer Operation den OP-Saal verlassen oder sonstige suchtverdächtigen Anzeichen erkennen lassen sollte, bitte ich Sie, es mir persönlich mitzuteilen. Halten Sie Ausschau nach Persönlichkeitsveränderungen – Depressionen, Stimmungsumschwünge – oder nach Saumseligkeit und Unzuverlässigkeit. Und ich wäre Ihnen sehr verbunden, wenn Sie diese Angelegenheit streng vertraulich behandeln würden.«

»Das Embarcadero ist ein riesiges Krankenhaus«, meinte Kat hinterher auf dem Flur, »da werden wir einen Sherlock Holmes brauchen.«

»Werden wir nicht«, erwiderte Paige tief betroffen. »Ich kenne den Täter.«

Zu den Ärzten, die Paige ganz besonders schätzte, gehörte auch Mitch Campbell – ein liebenswerter, ergrauter Mann in den Fünfzigern, stets gutgelaunt und einer der besten Chirurgen am Krankenhaus. Paige hatte in jüngster Zeit bemerkt, daß er bei Operationen stets ein paar Minuten zu spät kam und ein merkliches Zittern entwickelt hatte. Er wählte, wann immer möglich, Paige als Assistentin, und überließ ihr auch gewöhnlich einen Großteil des operativen Eingriffs. Wenn bei ihm, etwa nach der ersten Hälfte einer Operation, das Händezittern einsetzte, reichte er Paige das Skalpell.

»Ich fühle mich nicht wohl«, murmelte er dann. »Würden Sie bitte übernehmen?«

Paige hatte sich schon besorgt gefragt, was wohl mit ihm los war. Nun wußte sie plötzlich Bescheid. Aber wie sollte sie vorgehen? Eins war klar: Wenn sie Wallace informierte, würde Dr. Campbell gefeuert werden oder, noch schlimmer, mit seiner Laufbahn am Ende sein. Andererseits würde sie, falls sie nichts unternähme, das Leben von Patienten gefährden. *Vielleicht sollte ich mit ihm reden*, dachte Paige, *und ihm zu verstehen geben, daß ich seine Schwierigkeiten bemerkt habe, und ihn drängen, sich in Behandlung zu begeben.* Sie beriet sich mit Kat.

»Das ist ein Problem«, meinte Kat. »Er ist ein feiner Kerl und ein guter Arzt. Wenn du Alarm schlägst, ist er erledigt. Tust du's nicht, mußt du aber bedenken, wieviel Schaden er Patienten zufügen könnte. Was meinst du – wie wird er reagieren, wenn du ihn zur Rede stellst?«

»Er wird's wahrscheinlich bestreiten, Kat. Das ist doch immer die übliche Taktik.«

»Yeah. Was für eine unangenehme Aufgabe!«

Hoffentlich irre ich mich, betete Paige kurz vor Beginn der Operation, die am folgenden Tag für Dr. Campbell und sie angesetzt war. *Bitte, lieber Gott, mach, daß er sich nicht verspätet. Und gib, daß er während der Operation nicht den OP-Saal verläßt.*

Campbell traf mit viertelstündiger Verspätung ein und bat sie mitten in der Operation: »Sie übernehmen, Paige. Ja? Ich bin gleich wieder da.«

Ich werde mit ihm reden müssen, beschloß Paige. *Ich kann seine Karriere nicht ruinieren.*

Als Paige und Honey am Morgen danach auf den Ärzteparkplatz gefahren waren und gerade aus dem Wagen steigen wollten, kam neben ihnen der rote Ferrari an – Harry Bowman.

»Ist das aber ein schönes Auto!« sagte Honey. »Was kostet so eins?«

»Wenn Sie sich danach erkundigen müssen«, lachte Bowman, »können Sie ihn sich bestimmt nicht leisten.«

Paige hörte nicht hin. Ihr stach der Ferrari ins Auge, und plötzlich kam ihr auch Bowmans Penthouse in den Sinn, sie mußte an seine üppigen Feste und an sein schnittiges Schiff denken. *›Ich war so klug, mir einen cleveren Mann als Vater auszusuchen. Und der hat mir sein ganzes Geld hinterlassen.‹* Und trotzdem arbeitete Bowman ausgerechnet an einem Bezirkskrankenhaus. Wieso eigentlich?

Es vergingen keine zehn Minuten, bis Paige im Personalbüro auftauchte und die zuständige Sekretärin ansprach.

»Bitte, tun Sie mir einen Gefallen, Linda? Ganz im Vertrauen – Harry Bowman hat mich eingeladen, er will mit mir ausgehen, und ich hab' das dumpfe Gefühl, daß er verheiratet sein könnte. Dürfte ich nur mal rasch einen Blick in seine Akte werfen?«

»Aber klar. Diese geilen Böcke! Können nie genug kriegen, oder? Da haben Sie völlig recht. Natürlich dürfen Sie einen Blick hineinwerfen.« Sie lief zu einem Schrank, fand sofort, was sie suchte, und brachte einen Stoß Papiere zu Peige herüber.

Paige überflog sie blitzschnell. Aus dem Bewerbungsschreiben ging hervor, daß Dr. Harry Bowman an einer unbedeutenden Universität im Mittleren Westen studiert und sein ganzes Medizinstudium durch Nebenjobs finanziert hatte. Er war Facharzt für Anästhesie.

Sein Vater war Friseur.

Den meisten Ärzten im Embarcadero County Hospital war Honey Taft ein Rätsel. Während der Morgenvisiten machte sie einen ziemlich unsicheren Eindruck. Bei den Visiten am Nachmittag schien sie ein völlig anderer Mensch zu sein. Sie wußte über jeden einzelnen Patienten erstaunlich gut Bescheid und lieferte ebenso rasche wie präzise Diagnosen.

Es kam deswegen zwischen zwei Oberassistenzärzten zu einer Diskussion.

»Ich will verdammt sein, wenn ich das kapiere«, erklärte der eine. »An den Morgen häufen sich die Beschwerden über Dr. Taft. Sie macht fortwährend Fehler. Sie kennen doch den Witz über die Krankenschwester, die alles falsch macht? Also – ein Arzt beklagt sich über eine Krankenschwester. Er hatte sie angewiesen, dem Patienten auf Zimmer 4 drei Tabletten zu bringen, statt dessen hat sie aber dem Patienten auf Zimmer 3 vier Tabletten gegeben. Und während er von ihr spricht, sieht er sie mit einem Topf heißen Wasser in der Hand auf dem Flur einem nackten Patienten hinterherjagen. Sagt der Arzt: ›Sieh dir das an! Ich hab' ihr gesagt, daß sie ihm sein heißes Geschwür aufstechen soll!‹«

Der Kollege lachte.

»Also – das ist ein Witz, der genau auf Dr. Taft paßt. Aber an den Nachmittagen ist sie dann absolut brillant. Ihre Diagnosen sind korrekt, ihre Berichte sind hervorragend, und sie denkt messerscharf. Sie muß irgendeine Wunderpille einnehmen, die nur mittags wirkt.« Er kratzte sich am Kopf. »Das verstehe, wer will – ich komme da nicht mit.«

Dr. Nathan Ritter war ein Pedant – ein Mensch, der sich im Leben wie in der Arbeit stets an die Regeln hielt. Zwar fehlte ihm das Fünkchen Brillanz; aber tüchtig und gewissenhaft war er, und diese zwei Eigenschaften erwartete er auch von seinen Mitarbeitern.

Honey hatte das Pech, ausgerechnet seinem Team zugeordnet worden zu sein.

Die Visite begann in einem Krankensaal mit zwölf Patienten,

von denen einer gerade sein Frühstück beendete. Ritter warf einen Blick auf das Krankenblatt am Bettende. »Dr. Taft, laut dieser Karte ist er Ihr Patient.«

Honey nickte. »Ja.«

»Er bekommt an diesem Morgen eine Bronchoskopie.«

Honey nickte. »Das ist korrekt.«

»Und da erlauben Sie ihm, etwas zu *essen*?!« fuhr Dr. Ritter sie an. »Vor einer *Bronchoskopie*?!«

»Aber der arme Kerl«, sagte Honey, »hat doch nichts zu essen bekommen, seit . . .«

Nathan Ritter wandte sich an seinen Assistenten. »Verschieben Sie die Bronchoskopie.« Er wollte zu Honey noch etwas sagen, beherrschte sich aber im letzten Moment. »Weiter.«

Der nächste Patient war ein Puertoricaner mit einem bösen Husten.

»Wessen Patient ist das?« fragte Dr. Ritter nach seiner Untersuchung.

»Meiner«, sagte Honey.

Er legte die Stirn in Falten. »Die Entzündung müßte doch eigentlich längst rückläufig sein.« Er studierte das Krankenblatt. »Sie geben ihm viermal täglich fünfzig Milligramm Ampicillin?«

»Das ist richtig.«

»Das ist *nicht* richtig. Das ist *falsch!* Er müßte viermal täglich *fünfhundert* Milligramm bekommen. Sie haben eine Null vergessen.«

»Es tut mir leid, ich . . .«

»Kein Wunder, daß bei dem Patienten keine Besserung eintritt! Ich will das sofort korrigiert wissen!«

»Jawohl, Doktor.«

Als man bei Honeys nächstem Patienten ankam, stellte Dr. Ritter gereizt fest: »Er ist für eine Darmspiegelung vorgemerkt. Wo ist der Röntgenbericht?«

»Der Röntgenbericht? Oh. Tut mir leid, ich habe ganz vergessen, einen Bericht anzufordern.«

Ritter bedachte Honey mit einem langen, forschenden Blick.

Von da an ging es an diesem Morgen für sie vollends bergab. Der Patient, den sie anschließend besuchten, war den Tränen nahe. »Ich habe solche Schmerzen! Was habe ich denn für eine Krankheit?«

»Das wissen wir nicht«, erwiderte Honey.

Dr. Ritter warf ihr einen vernichtenden Blick zu. »Dr. Taft, kann ich Sie kurz einmal draußen sprechen?«

»Sie dürfen einem Patienten gegenüber niemals zugeben – *nie und nimmer* –, daß Sie etwas nicht wissen. Er schaut zu Ihnen auf, von Ihnen erwartet er Hilfe! Wenn Sie keine Antwort wissen, erfinden Sie eine. Verstehen Sie mich?«

»Aber das scheint mir nicht richtig...«

»Ob Ihnen das richtig scheint oder nicht, ist völlig uninteressant. Tun Sie, was Ihnen gesagt wird!«

Sie untersuchten einen Leistenbruch, eine Hepatitispatientin, einen Patienten mit der Alzheimerschen Krankheit und noch zwei Dutzend andere Fälle. Unmittelbar nach der Visite suchte Dr. Ritter Benjamin Wallace auf.

»Es gibt ein Problem«, sagte Ritter.

»Und das wäre, Nathan?«

»Eine von unseren Assistenzärztinnen. Honey Taft.«

Schon wieder! »Was ist denn mit ihr?«

»Sie ist eine Katastrophe.«

»Sie hatte aber doch so ein hervorragendes Empfehlungsschreiben.«

»Ben, es wäre besser, du schickst sie in die Wüste, bevor sie das Krankenhaus ernsthaft in Schwierigkeiten bringt – ich meine, bevor sie ein oder zwei Patienten umbringt.«

Wallace dachte einen Moment nach und traf seine Entscheidung. »Gut. Ich werde ihr kündigen.«

Paige, die den ganzen Morgen über in der Chirurgie alle Hände voll zu tun hatte, nutzte den ersten freien Augenblick, um Dr. Wallace von ihren Zweifeln Harry Bowman betreffend zu berichten.

»Bowman? Sind Sie sicher? Ich meine... Ich habe an ihm keinerlei Anzeichen von Sucht bemerkt.«

»Er braucht das Fentanyl nicht für sich«, erläuterte Paige. »Er verkauft es. Er hat das Gehalt einer Assistenzarztes und lebt wie ein Millionär.«

Ben Wallace nickte. »Na schön. Ich werde die Sache überprüfen. Vielen Dank, Paige.«

Wallace bestellte Bruce Anderson zu sich. »Wir haben den Medikamentendieb möglicherweise identifiziert«, teilte er dem Sicherheitschef mit. »Ich muß Sie bitten, Dr. Harry Bowman im Auge zu behalten.«

»Bowman?« Anderson gab sich Mühe, sein Erstaunen zu verbergen. Dr. Bowman schenkte dem Wachpersonal andauernd kubanische Zigarren und andere Kleinigkeiten. Er war bei ihnen äußerst beliebt. »Falls er unsere Apotheke betritt, durchsuchen Sie ihn, sobald er wieder herauskommt.«

»Jawohl, Sir.«

Harry Bowman steuerte auf die Krankenhausapotheke zu. Er hatte Rezepte auszufüllen. Eine *Menge* von Rezepten. Das Ganze hatte ganz zufällig begonnen – sozusagen als glückliche Fügung. Er hatte in einem kleinen Krankenhaus in Ames, Iowa, gearbeitet und sich mit dem Gehalt eines Assistenzarztes durchgeschlagen, was sehr mühsam gewesen war. Ihm stand nämlich, trotz seiner spärlich gefüllten Brieftasche, der Sinn nach höheren Dingen. Dann hatte plötzlich das Schicksal auf ihn herabgelächelt.

Eines Morgens hatte ihn ein Patient angerufen, der soeben aus dem Krankenhaus entlassen worden war.

»Herr Doktor, ich leide unter furchtbaren Schmerzen. Sie müssen mir etwas dagegen geben.«

»Wollen Sie vorbeikommen?«

»Ich möchte lieber nicht aus dem Haus. Könnten Sie es mir nicht bringen?«

Bowman dachte darüber nach. »In Ordnung. Ich schau' nach Dienstschluß bei Ihnen vorbei.«

Er hatte dem Patienten ein Fläschchen Fentanyl gebracht.

Der Patient hatte es ihm fast aus der Hand gerissen. »Das ist ja fantastisch!« Er zog eine Handvoll Banknoten aus der Tasche. »Hier – und vielen Dank!«

Bowman hatte ihn verdutzt angeschaut. »Sie haben mir dafür doch nichts zu zahlen.«

»Sie machen wohl Witze! Dieses Zeug ist das reinste Gold. Ich hab' einen Haufen Freunde, die Ihnen ein Vermögen zahlen würden, wenn Sie es ihnen besorgen.«

Und damit hatte es angefangen. Innerhalb von zwei Monaten verdiente Harry Bowman mehr Geld, als er je für möglich gehalten hätte. Leider bekam der Direktor des Krankenhauses dann aber Wind von der Sache. Um einen öffentlichen Skandal zu vermeiden, riet er Bowman, keinen Ärger zu machen und freiwillig zu kündigen – dann würde von alldem nichts in seinen Papieren erscheinen.

Bin ich froh, daß ich darauf eingegangen bin, dachte Bowman. *In San Francisco gibt es für mich einen viel größeren Markt.*

Er hatte die Krankenhausapotheke erreicht, bemerkte in der Nähe Bruce Anderson und nickte ihm freundlich zu. »Hi, Bruce.«

»Guten Tag, Dr. Bowman.«

Als Bowman die Apotheke fünf Minuten später wieder verließ, sprach Anderson ihn an: »Ich bitte um Entschuldigung, aber ich muß Sie leider durchsuchen.«

Harry Bowman musterte ihn durchdringend. »Mich durchsuchen? Was reden Sie da, Bruce?«

»Tut mir leid, Doktor. Wir haben Anweisung, alle Benutzer der Apotheke zu durchsuchen«, log Anderson.

Bowman war empört. »Das ist eine bodenlose Unverschämtheit. Ich lasse mich nicht durchsuchen. Niemals!«

»Dann muß ich Sie auffordern, mich zum Büro von Dr. Wallace zu begleiten.«

»Wunderbar! Er wird toben, wenn er diese Geschichte erfährt!«

Bowman stürmte in Wallaces Büro. »Was geht hier vor, Ben? Verdammt, dieser Kerl hat mich durchsuchen wollen!«

»Und haben Sie sich geweigert, sich durchsuchen zu lassen?«

»Absolut.«

»Gut.« Wallace griff nach dem Telefonhörer. »Wenn es Ihnen lieber ist, werde ich diese Angelegenheit der Polizei von San Francisco überlassen.«

Bowman geriet in Panik. »Moment mal! Dafür gibt's doch gar keinen Grund.« Plötzlich hellte sich seine Miene auf. »Ach so! Ich weiß schon, worum es geht!« Er griff in seine Tasche und holte eine Flasche Fentanyl heraus. »Das Zeug habe ich mir für eine Operation geholt und...«

»Leeren Sie Ihre Taschen«, befahl Wallace leise.

Auf Bowmans Gesicht zeigte sich ein Ausdruck schierer Verzweiflung. »Es gibt keinerlei Anlaß...«

»Leeren Sie die Taschen!«

Zwei Stunden später hatte das Rauschgiftdezernat von San Francisco ein unterzeichnetes Geständnis und eine Liste mit den Namen der Leute in der Hand, denen Bowman Drogen verkauft hatte.

Als Paige die Nachricht erfuhr, suchte sie Mitch Campbell auf. Er saß untätig in einem Büro. Als Paige eintrat, lagen seine Hände auf der Schreibtischplatte. Sie konnte das Zittern erkennen.

Campbell versteckte seine Hände mit einer raschen Bewegung auf dem Schoß. »Tag, Paige. Wie geht's Ihnen?«

»Gut, Mitch. Ich möchte mit Ihnen reden.«

»Nehmen Sie Platz.«

Sie ließ sich ihm gegenüber nieder. »Wie lange haben Sie die Parkinsonsche Krankheit schon?«

Sein Gesicht wurde noch einen Ton blasser. »Wie bitte?«

»Darum geht's doch, nicht wahr? Sie versuchen dauernd, es zu vertuschen.«

Das Schweigen wurde geradezu drückend. »Ich... ich... ja. Aber ich... Ich kann nicht aufhören, Arzt zu sein. Ich... ich kann einfach nicht. Es ist mein Leben.«

Paige beugte sich vor und sagte mit ernster Stimme: »Das

bedeutet doch nicht, daß Sie kein Arzt mehr sein können, Sie sollten nur nicht länger operieren.«

Er wirkte auf einmal furchtbar alt. »Ich weiß. Ich wollte letztes Jahr mit dem Operieren aufhören.« Er lächelte traurig. »Aber jetzt werde ich's tatsächlich tun müssen, nicht wahr? Sie werden es Dr. Wallace melden.«

»Nein«, widersprach Paige leise und freundlich, aber bestimmt. »*Sie* werden es Dr. Wallace mitteilen.«

Paige aß zu Mittag in der Cafeteria. Tom Chang setzte sich zu ihr.

»Ich hab's schon gehört«, sagte er. »Bowman! Unglaublich. Gut gemacht.«

Sie schüttelte den Kopf. »Ich hatte schon den Falschen verdächtigt.«

Chang saß schweigend da.

»Stimmt etwas nicht, Tom?«

»Was wollen Sie von mir hören? Das übliche ›Alles in Ordnung‹ – oder die Wahrheit?«

»Wir sind doch Freunde. Ich möchte die Wahrheit hören.«

»Meine Ehe ist am Ende.« Ihm standen plötzlich die Tränen in den Augen. »Sye hat mich verlassen. Sie ist in die Heimat zurückgekehrt.«

»Das tut mir ja so leid.«

»Es ist nicht ihre Schuld. Das war doch zwischen uns keine Ehe mehr. Sie fand, daß ich mit dem Krankenhaus verheiratet sei. Und damit hat sie recht. Ich verbringe hier wirklich meine ganze Zeit. Ich heile wildfremde Menschen, statt mit denen zusammenzusein, die ich liebe.«

»Sie wird bestimmt wiederkommen. Es wird alles wieder gut«, sagte Paige beruhigend.

»Nein. Diesmal nicht.«

»Haben Sie schon einmal daran gedacht, eine Eheberatung aufzusuchen, oder . . .«

»Sie weigert sich.«

»Es tut mir leid, Tom. Wenn ich Ihnen auf irgendeine Weise helfen kann . . .« Sie hörte ihren Namen über Lautsprecher.

»Dr. Taylor, Zimmer 410 . . .«

Paige überkam ein starkes Gefühl der Unruhe. »Ich muß fort«, sagte sie. Zimmer 410. Das war Sam Bernsteins Zimmer. Er war einer ihrer Lieblingspatienten, ein sanfter Mensch in den Siebzigern, der mit einem nicht mehr operierbaren Magenkrebs eingeliefert worden war und im Gegensatz zu den meisten Patienten nie klagte. Paige bewunderte ihn wegen seiner Tapferkeit und seiner Würde. Er hatte eine Frau und zwei erwachsene Söhne, die ihn regelmäßig besuchten. Paige hatte auch sie liebgewonnen.

Er war an lebenserhaltende Geräte angeschlossen worden, mit dem Vermerk NW – Nicht wiederbeleben – für den Fall, daß sein Herz aussetzte.

Eine Schwester stand an seinem Bett. Als Paige eintrat, hob sie den Kopf. »Er ist von uns gegangen, Doktor. Ich habe die Geräte nicht in Gang gesetzt, weil . . .« Ihre Stimme wurde zu einem undeutlichen Murmeln.

»Sie haben recht getan«, sagte Paige langsam. »Ich danke Ihnen.«

»Gibt es irgend etwas, das ich . . .«

»Nein. Ich werde alles Nötige veranlassen.« Paige blieb neben dem Bett stehen und schaute auf die Leiche eines Menschen herab, der voller Leben und Lachen gewesen war, der für eine Familie gesorgt und immer für seine Freunde dagewesen war, eines Menschen, der sein Leben lang hart gearbeitet hatte, für den Unterhalt derer, die er liebte. Und jetzt . . .

Sie zog die Schublade heraus, wo er seine Habseligkeiten aufbewahrte. Eine ganz gewöhnliche Taschenuhr, ein Schlüsselbund, fünfzehn Dollar in bar, ein Gebiß und ein Brief an seine Frau. War das alles, was vom Leben eines solchen Mannes übrig blieb?

Paige vermochte ihre Niedergeschlagenheit nicht abzuschütteln. »Er war ein so lieber Mensch. Warum...«

»Du darfst dich mit deinen Patienten nicht identifizieren, Paige«, mahnte Kat. »Es würde dich innerlich zerreißen.«

»Ich weiß ja, daß du recht hast, Kat. Es ist nur so... es ging alles so schnell. Heute morgen haben wir noch miteinander gesprochen. Und morgen wird er bereits begraben.«

»Du denkst doch nicht etwa daran, zu seiner Beerdigung zu gehen?«

»Nein.«

Das Begräbnis fand im Friedhof Hills of Eternity statt.

Nach dem religiösen Brauch der Juden muß ein Toter so rasch wie möglich begraben werden; gewöhnlich bereits am Tag nach seinem Tod.

Sam Bernsteins Leiche war in die Tachrichin – die Sterbekleider – und in einen Tallit gehüllt. Die Angehörigen standen am Grab. Der Rabbi richtete ein Trostwort an die Trauernden auf hebräisch.

Als der Mann, der neben Paige stand, den verwirrten Ausdruck in ihrem Gesicht bemerkte, übersetzte er die Worte für sie: »›Möge der Allmächtige euch trösten mit denen, die um Zion und Jerusalem trauern!‹«

Zum Erstaunen von Paige begannen die Familienmitglieder an ihrer Kleidung zu reißen, während sie rezitierten. »*Ki atar ata weel atar taschuw.*«

»Was...«

»Sie tun es, um ihre Ehrfurcht zu bekunden«, flüsterte der Mann Paige zu. »Denn du bist Erde, und zur Erde kehrst du zurück.«

Kat begegnete am folgenden Morgen zufällig Honey auf dem Flur. Honey wirkte nervös.

»Irgendwas nicht in Ordnung?« fragte Kat.

»Dr. Wallace hat mich zu sich bestellt. Ich muß um zwei Uhr bei ihm sein.«

»Kennst du den Grund?«

»Ich glaub', ich hab' gestern die Visite vermasselt. Dr. Ritter ist
ein Monster.«

»Manchmal schon«, sagte Kat. »Aber es wird schon alles gutgehen.«

»Hoffentlich. Ich hab' irgendwie ein schlechtes Gefühl.«

Sie trat pünktlich um zwei ins Büro von Benjamin Wallace. In der
Tasche hatte sie ein Gläschen Honig. Die Sekretärin war in der
Mittagspause. Die Tür zum Zimmer von Dr. Wallace war offen.

»Nur herein, Dr. Taft«, rief er.

Honey betrat den Raum.

»Machen Sie bitte die Tür hinter sich zu.«

Honey schloß die Tür.

»Setzen Sie sich.«

Honey setzte sich ihm gegenüber. Sie zitterte am ganzen Körper.

Benjamin Wallace schaute zu ihr herüber und dachte: *Das ist ja,
als ob ich ein Junges mit Füßen träte. Aber was getan werden muß,
muß getan werden.* »Ich habe Ihnen leider eine unerfreuliche
Mitteilung zu machen«, erklärte er.

Als Honey Kat eine Stunde später im Solarium begegnete, ließ sie
sich mit einem erleichterten Lächeln in den Stuhl neben ihr
sinken.

»Bist du bei Dr. Wallace gewesen?« fragte Kat.

»Ach so, ja. Wir haben uns lange unterhalten. Hast du gewußt,
daß seine Frau ihn im vergangenen September verlassen hat?
Fünfzehn Jahre ist er mit ihr verheiratet gewesen. Aus seiner
ersten Ehe hat er zwei erwachsene Kinder, die er aber so gut wie
nie sieht. Der Arme ist schrecklich einsam.«

Zweites Buch

14. KAPITEL

Und wieder ging ein Jahr zu Ende, und Paige, Kat und Honey feierten den Rutsch ins Jahr 1994 im Embarcadero County Hospital und hatten den Eindruck, daß sich, bis auf die Namen ihrer Patienten, in ihrem Leben überhaupt nichts veränderte.

Auf dem Weg über den Parkplatz mußte Paige plötzlich an Harry Bowman und seinen roten Ferrari denken. *Wie viele Menschenleben sind durch das Gift, das Harry Bowman verkauft hat, wohl zerstört worden?* überlegte sie. Drogen waren eine große Verführung. Und wirkten am Ende tödlich.

Jimmy Ford brachte Paige einen kleinen Blumenstrauß.
»Aber wofür, Jimmy?« Er wurde rot. »Einfach so. Haben Sie schon gewußt, daß ich heiraten werde?«
»Nein! Das ist ja wunderbar! Und wer ist die Glückliche?«
»Betsy heißt sie. Arbeitet in einem Kleidergeschäft. Und wir wünschen uns ein halbes Dutzend Kinder. Das erste Mädchen werden wir Paige nennen. Sie haben hoffentlich nichts dagegen.«
»Ich was dagegen haben? Ich fühle mich sehr geehrt.«
Er wurde auf einmal ganz verlegen. »Kennen Sie den schon? Von dem Arzt, der einem Patienten nach der Untersuchung noch zwei Wochen zu leben gibt? ›Ich kann aber die Rechnung nicht sofort bezahlen‹, sagt der Mann. ›Okay‹, sagt der Doktor, ›dann geb' ich Ihnen noch zwei Wochen mehr.‹«
Und schon war Jimmy wieder verschwunden.

Wegen Tom Chang machte sich Paige große Sorgen. Er litt unter entsetzlichen Stimmungsschwankungen, die von irrer Euphorie bis zu tiefer Depression reichten.

Während eines morgendlichen Gesprächs erklärte ihr Tom in einem Ton glücklicher Überzeugung: »Ist Ihnen eigentlich schon bewußt geworden, daß die meisten Menschen, die hier im Krankenhaus liegen, ohne uns sterben würden? Es liegt in unserer Macht, ihre Körper zu heilen und die Menschen wieder gesund zu machen.«

Und dann am folgenden Morgen völlig verzweifelt: »Wir machen uns bloß etwas vor, Paige. Ohne uns würden die Patienten viel schneller wieder gesund. Wir sind die reinsten Heuchler, wenn wir so tun, als ob wir auf alles eine Antwort wüßten. Wissen wir nämlich *nicht*.«

Paige sah ihn scharf an. »Haben Sie etwas von Sye gehört?«

»Ich habe gestern mit ihr gesprochen. Sie wird nicht nach Amerika zurückkommen. Sie will die Scheidung einreichen.«

Paige legte ihm die Hand auf den Arm. »Das tut mir leid, Tom.«

Er hob die Schultern. »Warum? Macht mir nichts aus. Nicht mehr. Ich werd' schon eine andere finden.« Er grinste. »Und wieder ein Kind haben. Warten Sie's ab!«

Das Gespräch hatte plötzlich etwas seltsam Unwirkliches bekommen.

»Tom macht mir angst«, gestand sie Kat an diesem Abend. »Hast du in letzter Zeit mit ihm gesprochen?«

»Doch.«

»Ist er dir ganz normal vorgekommen?«

»Ich kenne überhaupt keinen Mann, der mir normal vorkommt«, entgegnete Kat.

Das konnte Paige auch nicht beruhigen. »Warum laden wir ihn nicht morgen zum Abendessen ein?«

»Einverstanden.«

Als Paige am nächsten Morgen ihren Dienst antrat, wurde sie mit der Nachricht begrüßt, ein Hausmeister habe Tom Changs Leiche in einem Lagerraum im Keller entdeckt. Er hatte eine Überdosis Schlaftabletten genommen.

Paige reagierte beinah hysterisch. »Ich hätte ihn retten können!« Sie weinte. »Er hat die ganze Zeit um Hilfe geschrien, und ich habe es nicht gehört.«

»Du hättest ihn ganz bestimmt nicht retten können, Paige«, widersprach Kat mit fester Stimme. »Seine Probleme hatten nichts mit dir zu tun, du hättest ihm nicht helfen können. Er hat nicht ohne seine Frau und sein Kind leben wollen. Das ist alles.« Paige wischte sich die Tränen aus den Augen. »Zum Teufel mit diesem Krankenhaus!« rief sie. »Wenn der Druck und diese unmenschlichen Dienststunden nicht gewesen wären, wäre ihm seine Frau nie davongelaufen.«

»Sie ist ihm aber davongelaufen«, meinte Kat leise. »Und daran läßt sich jetzt nichts mehr ändern.«

An einer chinesischen Beerdigung hatte Paige noch nie teilgenommen. Es war ein unglaubliches Schauspiel. Frühmorgens versammelte sich vor dem Leichenhaus in der Green Street in Chinatown eine größere Menschenmenge, die sich zu einem Trauerzug mit einer großen Blaskapelle formierte. An der Spitze des Zuges trugen Trauernde die riesige Vergrößerung eines Fotos von Tom Chang.

Der Zug begann, sich zur lauten Musik der Kapelle in Bewegung zu setzen und sich, mit dem Leichenwagen am Schluß, durch die Straßen von San Francisco zu winden, die meisten Trauergäste zu Fuß, nur Ältere in Autos.

Paige kam es so vor, als ob der Trauerzug ganz beliebig und willkürlich durch die Stadt zöge. Sie war ratlos. »Wohin geht der Zug?« fragte sie einen Chinesen.

Er machte eine leichte Verbeugung und erklärte: »Es ist bei uns Sitte, den Entschlafenen an einigen der Orte vorbeizuführen, die in seinem Leben Bedeutung hatten – Restaurants, wo er gern aß, Geschäfte, in denen er einkaufte, Plätze, die er häufig besuchte . . .«

»Ich verstehe.«

Letzte Station war das Embarcadero County Hospital.

Der Trauergast wandte sich an Paige, um ihr zu erklären: »In diesem Gebäude hat Tom Chang gearbeitet. Hier hat er sein Glück gefunden.«

Irrtum, dachte Paige. *Hier hat er sein Glück verloren.*

Während eines Morgenspaziergangs auf der Market Street sah Paige plötzlich Alfred Turner. Sie bekam Herzklopfen. Sie hatte ihn noch immer nicht aus ihrem Bewußtsein verdrängen können. Er überquerte die Straße, als die Ampel eben umschaltete. Als Paige die Straßenecke erreichte, zeigte die Ampel bereits Rot. Sie mißachtete das Signal, lief auf die Straße, ohne das Hupen und das empörte Rufen der Autofahrer überhaupt zu hören.

Paige erreichte die andere Straßenseite und begann dem Mann nachzurennen. Sie zupfte ihn am Ärmel. »Alfred...«

Der Mann drehte sich um. »Wie bitte?«

Es war ein völlig Fremder.

In ihrem vierten Assistenzjahr führten Paige und Kat natürlich laufend selbst Operationen durch.

Kat arbeitete in der Neurochirurgie. Ihr Staunen über die Wunderwelt im menschlichen Gehirn, mit seinen Hundertmilliarden von hochkomplexen Digitalcomputern namens Neuronen, ließ nie nach. Es war eine aufregende Arbeit.

Für die meisten Kollegen, mit denen sie zusammenarbeitete – brillante, geschickte Chirurgen –, empfand Kat Hochachtung. Es gab allerdings einige wenige, die ihr das Leben schwermachten, die dauernd mit ihr ausgehen wollten und nur noch lästiger wurden, je öfter Kat sich weigerte, darauf einzugehen.

»Da kommt der alte Eisenhans«, hörte sie einmal einen Arzt murmeln.

Sie assistierte bei einer Gehirnoperation, die Dr. Kibler durchführte. In die Hirnrinde war ein winziger Einschnitt gemacht worden. Dr. Kibler schob die Gummikanüle in die linksseitige Hirnkammer – die Höhle im Zentrum der linken Gehirnhälfte –, während Kat den Einschnitt mit einem kleinen Wundhaken offenhielt und sich voll auf das Geschehen vor ihr konzentrierte.

Dr. Kibler warf ihr, während er seine Arbeit fortsetzte, einen flüchtigen Blick zu und sagte: »Haben Sie den schon gehört vom Säufer, der in eine Bar torkelt und ruft: ›Einen Drink! Schnell!‹ – ›Unmöglich‹, sagt der Barmann, ›Sie sind ja schon betrunken.‹« Der Bohrer schnitt tiefer und tiefer.

»›Wenn Sie mir jetzt keinen Drink geben, bring' ich mich um.‹« Durch die Kanüle floß Gehirn-Rückenmark-Flüssigkeit aus der Höhle.

»›Ich sag' Ihnen, was ich tun werde‹, erklärt der Barmann. ›Ich habe drei Wünsche. Wenn Sie mir die erfüllen, kriegen Sie von mir einen Drink.‹« Während Dr. Kibler erzählte, wurden fünfzehn Milliliter Luft in die Höhle injiziert und Röntgenaufnahmen von vorn, hinten und der Seite gemacht.

»›Sehen Sie den Fußballspieler drüben in der Ecke? Ich schaff's einfach nicht, ihn an die Luft zu setzen. Bitte schmeißen Sie ihn raus. Und dann hab' ich in meinem Büro ein Krokodil mit 'nem kaputten Zahn, aber das stellt sich so bös an, daß kein Tierarzt es behandeln will. Und zu guter Letzt gibt's da im Gesundheitsamt eine Ärztin, die will meine Bar dichtmachen lassen. Gehen Sie die ficken, dann kriegen Sie Ihre Flasche.‹« Eine OP-Schwester schaltete den Sauger ein, um die Blutmenge im Operationsbereich zu reduzieren.

»Der Säufer setzt den Fußballspieler vor die Tür, geht zum Krokodil ins Büro und kommt eine Viertelstunde später mit zerrissener Kleidung ganz blutverschmiert wieder heraus und fragt: ›Und wo finde ich die Ärztin mit dem Zahnweh?‹« Dr. Kibler brüllte vor Lachen. »Haben Sie den Witz kapiert? Er hat statt der Ärztin das Krokodil gefickt. Wahrscheinlich das schönere Erlebnis.«

Kat hätte ihm am liebsten eine geknallt.

Sie verschwand nach der Operation im Bereitschaftsraum, um ihren Ärger und Zorn zu überwinden. *Ich werde mich von diesen Mistkerlen nicht unterkriegen lassen. Mich schaffen die nie.*

Paige ging hin und wieder mit einem Kollegen aus, wollte aber mit keinem eine feste Beziehung eingehen. Alfred Turner hatte sie im Innersten getroffen, und sie war fest entschlossen, sich das kein zweites Mal antun zu lassen.

Paige verbrachte ihre Tage und Nächte meist im Krankenhaus. Sie hatte einen brutalen, total erschöpfenden Dienstplan. Aber sie war in der allgemeinen Chirurgie tätig, und die Arbeit machte ihr Spaß.

Eines Tages ließ George Englund, der Chef der Chirurgie, sie zu sich rufen.

»In diesem Jahr beginnt für Sie die Spezialisierung. Herzchirurgie.«

Sie nickte. »Richtig.«

»Also, da habe ich etwas Besonderes für Sie. Haben Sie schon einmal von Dr. Barker gehört?«

Paige schaute ihn erstaunt an. »Dr. *Lawrence* Barker?«

»Genau der.«

»Selbstverständlich.«

Von Lawrence Barker hatten alle gehört. Er gehörte zu den berühmtesten Herzchirurgen der Welt.

»Nun denn, er ist in der vergangenen Woche aus Saudi-Arabien zurückgekehrt, wo er den König operiert hat. Und Dr. Barker hat sich aufgrund unserer langen Freundschaft bereit erklärt, uns drei Tage in der Woche zur Verfügung zu stehen. Umsonst. Nur um der Sache willen.«

»Aber das ist ja fantastisch!« rief Paige.

»Ich teile Sie seinem Team zu.«

Paige war völlig sprachlos. »Ich . . . Ich weiß gar nicht, was ich sagen soll. Ich bin Ihnen sehr dankbar.«

»Eine großartige Chance für Sie – Sie können eine Menge von ihm lernen.«

»Bestimmt! Danke sehr, George. Ich weiß es wirklich zu schätzen.«

»Morgen früh um sechs fängt es an – mit den Visiten.«

»Ich freu' mich darauf.«

Das war eine echte Untertreibung – es war schon immer ihr Traum gewesen, mit jemandem wie Dr. Lawrence Barker zusammenarbeiten zu dürfen. *Was sag' ich da – ›mit jemandem wie Dr. Lawrence Barker!‹* dachte Paige. *Es gibt nur einen Dr. Lawrence Barker.* Sie hatte nie ein Foto von ihm gesehen. Sie hatte jedoch eine genaue Vorstellung von ihm – groß, eindrucksvoll, mit silbergrauem Haar und schlanken, feinfühligen Händen; ein warmherziger, ein freundlicher Mensch. *Ich werde mit ihm eng zusammenarbeiten,* überlegte Paige, *ich werde mich für ihn absolut unentbehrlich machen. Ob er wohl verheiratet ist?*

In dieser Nacht hatte Paige von Dr. Barker einen erotischen Traum: Sie führten gemeinsam eine Operation durch und waren beide nackt, und während der Operation sagte Dr. Barker auf einmal zu ihr:»Ich will dich«, und eine OP-Schwester nahm den Patienten vom Operationstisch, und Dr. Barker hob Paige hoch und legte sie auf den Tisch und liebte sie.

Mitten im Traum wachte sie auf. Sie wäre fast aus dem Bett gefallen.

Am folgenden Morgen wartete Paige mit dem Oberassistenzarzt Joel Philips und fünf Kollegen im Flur des zweiten Stockes, als ein kleiner, sauertöpfisch dreinblickender Mann auf sie zueilte, den Oberkörper schräg nach vorne gelehnt, als ob er gegen eine steife Brise ankämpfen müßte.

»Zum Teufel, stehen Sie nicht untätig rum!« knurrte er.»An die Arbeit!«

Paige war so schockiert, daß sie eine Weile brauchte, um sich zu fangen, und dann mußte sie rennen, um die Gruppe einzuholen.

»Sie haben sich täglich um dreißig bis fünfunddreißig Patienten zu kümmern«, raunzte Dr. Barker im Flur weiter unten.»Machen Sie sich über jeden ausführliche Notizen. Ist das klar?«

Allgemeines Gemurmel:»Ja, Sir.«

Als Dr. Barker dann im ersten Krankenzimmer ans Bett des Patienten trat, war sein barsches, abweisendes Wesen auf einen

Schlag wie weggeblasen. Er streichelte dem Patienten freundlich über die Schulter. »Guten Morgen. Ich bin Dr. Barker.«

»Guten Morgen, Doktor.«

»Und wie fühlen Sie sich heute morgen?«

»Die Brust tut mir weh.«

Dr. Barker las aufmerksam das Krankenblatt am Fußende des Bettes und wandte sich an Dr. Philips. »Was zeigen die Röntgenaufnahmen?«

»Keine Veränderung. Die Heilung verläuft gut.«

»Wir machen ein zweites Brustbild.«

Dr. Philips notierte es.

Dr. Barker tätschelte dem Mann den Arm. »Es sieht gut aus. In einer Woche werden wir Sie soweit haben, daß Sie wieder nach Hause können.« Er drehte sich zu den Assistenzärzten um. »Weiter. Wir haben noch eine Menge Patienten vor uns.«

Mein Gott! dachte Paige. *Und da reden die Leute über Dr. Jekyll und Mr. Hyde!*

Die nächste Patientin, eine fettsüchtige Frau, hatte einen Herzschrittmacher bekommen. »Guten Morgen, Mrs. Shelby«, grüßte Dr. Barker, nachdem er ihr Krankenblatt studiert hatte, in einem beruhigenden Ton. »Ich bin Dr. Barker.«

»Wie lange werden Sie mich hier festhalten?«

»Also, Sie sind so charmant, daß ich Sie ja am liebsten für immer hierbehalten möchte – nur bin ich leider verheiratet.«

Mrs. Shelby kicherte. »Ihre Frau hat wirklich Glück!«

Barker sah sich das Krankenblatt ein zweites Mal gründlich an. »Ich denke, daß Sie bald heim können.«

»Wunderbar!«

»Ich werde heute nachmittag noch einmal vorbeischauen.«

Und schon herrschte Lawrence Barker die Assistenten wieder an. »Weiter.«

Sie liefen folgsam hinter ihm her, in ein Privatkrankenzimmer, wo der Patient, ein guatemaltekischer Junge, von besorgten Verwandten umringt war.

»Guten Morgen«, grüßte ihn Dr. Barker fröhlich, während er

bereits die Krankengeschichte des Jungen las. »Wie fühlst du dich heute morgen?«

»Ich fühl' mich wohl, Herr Doktor.«

An die Assistenten: »Irgendwelche Veränderungen bei den Elektrolyten?«

»Nein, Doktor.«

»Das ist eine gute Nachricht.« Er klopfte dem Jungen ermutigend auf die Schulter. »Du bleibst mir schön brav im Bett, Juan.«

»Wird mein Sohn wieder gesund?« erkundigte sich die Mutter bang.

Dr. Barker strahlte. »Wir werden alles für ihn tun, was in unserer Macht steht.«

»Danke, Herr Doktor.«

Dr. Barker trat auf den Flur, die andern folgten ihm. Er blieb stehen. »Der Patient hat eine Herzmuskelentzündung, Fieber, Kopfschmerzen und ein lokal begrenztes Ödem. Kann mir einer von euch Genies die häufigste Ursache für diese Symptome sagen?«

Schweigen.

»Ich glaube«, Paige meldete sich nach sichtlichem Zögern zu Wort, »das ist angeboren... Erblich.«

Dr. Barker warf ihr einen aufmunternden Blick zu.

Paige, hocherfreut, fuhr fort: »Die Krankheit überspringt... Augenblick...« Sie suchte in ihrem Gedächtnis. »Sie überspringt eine Generation und wird mit den Genen der Mutter übertragen.« Sie brach ab. Sie war richtig stolz auf sich.

Dr. Barker durchbohrte sie mit einem Blick. »Bockmist! Es handelt sich um die sogenannte Chagas-Krankheit. Sie trifft Menschen aus Lateinamerika.« Er musterte Paige ablehnend. »Mein Gott! Wer hat Ihnen erlaubt, sich Arzt zu nennen?«

Paige lief knallrot an.

Während der restlichen Visite war Paige wie benommen; sie gewann so den Eindruck, als ob Dr. Barker sie den ganzen Morgen über nur zu demütigen versuchte. Er richtete seine Fragen immer nur an sie, hakte nach, bohrte und gab nie ein Zeichen von

Anerkennung, wenn sie recht hatte; sagte sie jedoch einmal etwas Falsches, brüllte er sie an. Einmal fuhr er sie mit Stentorstimme an: »Ich würde nicht mal meinen Hund von Ihnen operieren lassen!«

Als schließlich alles vorbei war, teilte der Oberassistenzarzt mit: »Die nächste Visite beginnt um zwei Uhr. Bringen Sie Ihre Notizbücher mit, machen Sie zu jedem Patienten Aufzeichnungen. Und lassen Sie kein Detail weg.«

Er schenkte Paige einen mitleidigen Blick, setzte an, um etwas zu sagen, drehte sich dann jedoch sofort um und folgte Dr. Barker.

Diesen Fiesling will ich nie mehr sehen! schoß es Paige durch den Kopf.

Paige hatte Nachtdienst. Sie rannte von einer Krise zur nächsten und mühte sich verzweifelt, die Flut von Katastrophen einzudämmen, die in die Räume der Notfallstation hereingeschwemmt wurde.

Als sie endlich zum Schlafen kam, war es ein Uhr nachts. Sie hörte weder das Gellen der Sirene noch die Ambulanz, die vor den Eingang der Unfallaufnahme brauste. Zwei Sanitäter rissen die Tür auf, hoben den bewußtlosen Patienten von der Bahre auf ein Rollbett und schoben ihn im Eilschritt in den Notfallraum 1.

Das Personal der Unfallaufnahme war bereits über Funk verständigt worden. Eine Schwester lief an der Seite des Patienten mit; eine zweite wartete schon oben an der Rampe. Sechzig Sekunden später wurde der Patient vom Rollbett auf den Untersuchungstisch gehoben.

Der Patient, ein junger Mann, war so blutüberströmt, daß sein Gesicht kaum zu erkennen war.

Eine Schwester machte sich an die Arbeit: Sie schnitt ihm mit einer großen Schere die zerrissenen Kleider vom Leib.

»Bei dem scheint alles gebrochen.«

»Er blutet wie ein abgestochenes Schwein.«

»Ich kann seinen Puls nicht spüren.«

»Wer hat Bereitschaftsdienst?«

»Dr. Taylor.«

»Ruft sie. Wenn sie sich beeilt, ist er vielleicht noch am Leben, wenn sie kommt.«

Paige wurde vom Läuten des Telefons geweckt.

»H'lo...«

»Ein Unfallopfer in Notfallraum 1, Doktor. Ich glaube, er kommt nicht durch.«

Paige richtete sich im Bett auf. »Okay. Bin gleich da.« Sie schaute auf ihre Uhr. Es war halb zwei. Sie taumelte vom Feldbett und stürzte zum Lift.

Eine Minute später betrat sie den Notfallraum 1, wo der blutverschmierte Patient in der Mitte des Raums auf dem Untersuchungstisch lag.

»Ursache?« fragte Paige.

»Motorradunfall. Von einem Bus angefahren. Trug keinen Helm.«

Paige trat auf die bewußtlose Gestalt zu, und sie wußte es irgendwie schon, noch bevor sie sein Gesicht sah.

Sie war plötzlich hellwach. »Legt ihm drei IV-Leitungen!« befahl Paige. »Versorgt ihn mit Sauerstoff. Ich brauche Blutkonserven, stat. Rufen Sie im Archiv an und erfragen Sie seine Blutgruppe.«

Die Schwester hob erstaunt den Kopf. »Sie kennen ihn?«

»Ja.« Sie mußte sich zwingen, es auszusprechen: »Er heißt Jimmy Ford.«

Paige ließ ihre Finger über seine Schädeldecke gleiten. »Hier ist ein schweres Ödem. Ich brauch' eine Ultraschalluntersuchung des Kopfes. Und eine Röntgenaufnahme. Wir tun alles, was wir nur können. Ich will, daß er am Leben bleibt.«

»Jawohl, Doktor.«

Und Paige sorgte während der nächsten zwei Stunden dafür, daß bei Jimmy Ford nichts unversucht blieb. Die Röntgenaufnahmen zeigten einen Schädelbasisbruch, eine Gehirnquetschung, einen Oberarmknochenbruch und zahlreiche Platzwunden. Das alles mußte warten, bis sein Allgemeinzustand stabilisiert worden war.

Um halb vier kam Paige zu der Erkenntnis, daß sie vorerst weiter nichts für ihn tun konnte. Er atmete regelmäßiger; der Puls hatte sich gebessert. Sie schaute auf die bewußtlose Gestalt herab. ›Wir wünschen uns ein halbes Dutzend Kinder. Das erste Mädchen werden wir Paige nennen. Sie haben hoffentlich nichts dagegen.‹

»Keine Angst, Doktor«, sagte eine der Schwestern. »Wir werden gut für ihn sorgen.«

Irgendwie schaffte Paige es dann bis zum Bereitschaftsraum. Sie war total erschöpft und konnte doch nicht schlafen; der Gedanke an Jimmy Ford ließ sie innerlich nicht zur Ruhe kommen.

Das Telefon läutete von neuem. Sie hatte kaum mehr die Kraft, den Hörer abzuheben. »H'lo.«

»Doktor, Sie sollten besser in den dritten Stock kommen. Stat. Ich glaube, eine von Dr. Barkers Patientinnen hat einen Herzanfall.«

»Schon unterwegs«, sagte Paige. *Eine von Dr. Barkers Patientinnen.* Paige holte tief Luft, kletterte ganz benommen aus dem Bett, klatschte sich kaltes Wasser ins Gesicht und eilte in den dritten Stock.

Vor einem Privatzimmer wurde sie von einer Schwester erwartet. »Es ist Mrs. Hearns. Sieht ganz so aus, als ob sie wieder einen Anfall hat.«

Paige trat ins Zimmer.

Mrs. Hearns war in den Fünzigern. Das Gesicht zeigte noch Spuren früherer Schönheit; der Körper war jedoch fett und aufgeschwemmt. Sie griff sich stöhnend an die Brust. »Ich sterbe«, jammerte sie. »Ich sterbe. Ich krieg' keine Luft.«

»Sie werden bald wieder wohlauf sein«, versicherte ihr Paige. Zur Schwester gewandt: »Haben Sie ein EKG gemacht?«

»Sie läßt mich nicht an sich heran. Behauptet, sie wäre zu nervös.«

»Wir müssen aber ein EKG machen«, beschwor Paige Mrs. Hearns.

»Nein! Ich will nicht sterben! Bitte, lassen Sie mich nicht sterben...«

»Rufen Sie bei Dr. Barker an«, wies Paige die Schwester an. »Bitten Sie ihn, sofort zu kommen.«

Die Schwester eilte davon.

Paige horchte Mrs. Hearns' Brust mit einem Stethoskop ab. Der Herzschlag schien normal – Paige konnte es sich aber in diesem Fall nicht leisten, ein Risiko einzugehen.

»Dr. Barker wird in wenigen Minuten da sein«, erklärte sie Mrs. Hearns. »Versuchen Sie, sich zu entspannen.«

»Ich hab' mich noch nie so elend gefühlt. So ein Druck auf der Brust. Bitte, lassen Sie mich jetzt nicht allein.«

»Ich bleibe bei Ihnen«, versprach Paige.

Während sie auf Dr. Barker wartete, telefonierte Paige kurz mit der Intensivstation: Der Zustand von Jimmy Ford war unverändert, er lag noch immer im Koma.

Eine halbe Stunde später traf Dr. Barker ein. Dem Aussehen nach mußte er sich in großer Eile angezogen haben. »Was geht hier vor?« wollte er wissen.

Paige antwortete: »Ich glaube, Mrs. Hearns hat wieder einen Herzanfall.«

Dr. Barker begab sich ans Krankenbett. »Haben Sie ein EKG gemacht?«

»Hat sie uns nicht machen lassen.«

»Puls?«

»Normal. Kein Fieber.«

Dr. Barker legte Mrs. Hearns das Stethoskop an den Rücken. »Tief atmen.«

Sie tat, was er sagte.

»Noch einmal.«

Mrs. Hearns gab einen lauten Rülpser von sich. »Verzeihung.« Sie lächelte. »Ach, nun geht's mir schon besser.«

Er musterte sie kurz. »Was haben Sie zu Abend gegessen, Mrs. Hearns?«

»Einen Hamburger.«

173

»Nur einen Hamburger? Mehr nicht? Einen?«

»Zwei.«

»Sonst noch etwas?«

»Nun ja, wissen Sie... Zwiebeln und Pommes frites.«

»Und zu trinken?«

»Einen Schokoladenmilchshake.«

Dr. Barker blickte auf die Patientin herab. »Ihr Herz ist in Ordnung. Was uns Sorgen machen muß, ist Ihr Appetit.« Er drehte sich um. »Sie haben es hier mit einem Fall von Sodbrennen zu tun. Ich würde Sie gern draußen sprechen.«

Sie waren kaum auf dem Flur, da brüllte er los. »Was haben Sie im Medizinstudium eigentlich gelernt? Können Sie nicht einmal zwischen Sodbrennen und einem Herzanfall unterscheiden?«

»Ich habe gedacht...«

»Das Problem ist, daß Sie *nicht* gedacht haben. Wenn Sie mich noch einmal mitten in der Nacht wegen Sodbrennen wecken, sind Sie dran. Haben Sie mich verstanden?«

Paige stand stocksteif mit verbissener Miene da und gab keinen Ton von sich.

»Geben Sie ihr ein Antazidum, *Doktor*«, ordnete Barker in sarkastischem Ton an, »und Sie werden sehen: Mrs. Hearns ist im Handumdrehen kuriert. Ich seh' Sie um sechs zur Visite.«

Er stürmte davon. Paige schaute ihm nach.

Als Paige zum Feldbett im Bereitschaftsraum taumelte, dachte sie: *Diesen Lawrence Barker bring' ich um. Ganz, ganz langsam. Er liegt mit einem Dutzend Schläuchen im Körper im Krankenhaus und wird mich anflehen, daß ich seinem Elend ein Ende mache, aber ich werde es nicht tun. Ich werde ihn leiden lassen. Und dann, wenn er sich etwas besser fühlt... dann bring' ich ihn um!*

15. KAPITEL

Paige befand sich auf Morgenvisite mit dem »Biest«, wie sie Dr. Barker insgeheim nannte. Sie hatte ihm bei drei Herzoperationen assistiert und konnte trotz ihrer persönlichen Verbitterung nicht umhin, ihn wegen seiner geradezu unglaublichen Fähigkeiten zu bewundern. Sie erlebte ehrfürchtig mit, wie er einen Patienten aufschnitt, das alte Herz gekonnt durch ein Spenderherz ersetzte und ihn wieder zunähte. Die Operation hatte keine fünf Stunden gedauert.

Binnen weniger Wochen, überlegte Paige, *wird dieser Patient wieder in der Lage sein, ein normales Leben zu führen. Kein Wunder, daß Chirurgen sich wie Götter vorkommen. Sie bringen die Toten wieder zum Leben.*

Paige erlebte es immer wieder mit, wie ein Herz aufhörte zu schlagen und zu einem trägen Stück Fleisch wurde, und dann geschah das Wunder, und ein lebloses Organ begann, von neuem zu pulsieren und Blut durch einen Körper zu schicken, der im Sterben gelegen hatte.

Als eines Morgens ein Patient zu einer perkutanen Angioplastie im OP-Saal auf dem Tisch lag und Paige Dr. Barker wieder assistieren sollte, bellte er sie unmittelbar vor Operationsbeginn plötzlich an: »Machen Sie's!«

Paige hob den Kopf. »Wie bitte?«

»Es ist ein einfacher Vorgang. Glauben Sie, daß Sie damit zurechtkommen?« Es klang fast verächtlich.

»Ja«, erwiderte Paige mit zusammengepreßten Lippen.

»Na schön, dann an die Arbeit!«

Er war nicht zum Aushalten.

Barker sah zu, als Paige fachgerecht einen Schlauch in die Arterie des Patienten einführte und ihn bis zum Herzen hochschob. Alles verlief reibungslos, aber Dr. Barker stand bloß da und gab keinen Ton von sich.

Zum Teufel mit ihm, dachte Paige. *Ich kann machen, was ich will – er wird doch nie mit mir zufrieden sein.*

Paige injizierte durch das Röhrchen einen strahlenundurchlässigen Farbstoff. Sie beobachteten am Bildschirm, wie der Farbstoff in die Koronararterien floß. Auf einem fluoreszierenden Bildschirm wurden Grad und Ort der Verengung in den Arterien sichtbar; eine automatische Filmkamera hielt die Röntgenstrahlen für eine permanente Aufzeichnung fest.

Der Oberassistenzarzt nickte Paige beifällig zu. »Saubere Arbeit.«

»Danke.« Paige drehte sich zu Dr. Barker um.

»Zu verdammt langsam«, knurrte er.

Und marschierte davon.

Paige war dankbar für jeden Tag, an dem Dr. Barker nicht ins Krankenhaus kam, sondern in seiner Privatpraxis blieb. »Ein Tag ohne Barker ist wie eine Ferienwoche auf dem Land«, gestand sie Kat.

»Du haßt ihn wirklich, nicht wahr?«

»Er ist ein brillanter Arzt, aber ein Scheusal. Wenn Dr. Barker so weitermacht und alle anbellt, wird ihn noch der Schlag treffen.«

»Du solltest mal ein paar von den Herzchen kennenlernen, die ich aushalten muß.« Kat lachte verächtlich. »Die betrachten sich tatsächlich als Gottesgeschenk für jede Muschi. Wenn's doch bloß keine Männer auf der Welt gäbe!«

Paige musterte sie verstohlen, sagte aber nichts.

Paige und Kat gingen sich nach Jimmy Ford erkundigen. Er lag immer noch im Koma. Die beiden wußten nicht mehr, was für ihn noch getan werden könnte.

Kat seufzte. »Verdammt. Warum muß es ausgerechnet die netten Kerls treffen?«

»Wenn ich das wüßte!«

»Glaubst du, daß er durchkommt?«

Paige zögerte. »Wir haben getan, was wir konnten. Ihm kann jetzt nur noch Gott helfen.«

»Komisch – und ich hatte gemeint, daß wir hier die Götter wären.«

Am folgenden Tag war Paige für die Nachmittagsvisite verantwortlich. Auf dem Flur hielt der Oberassistenzarzt Kaplan sie an. »Heute ist Ihr Glückstag.« Er feixte. »Sie dürfen auf Ihrer Visite einen neuen, jungen Mediziner einweisen.«

»Wirklich?«

»Jawohl, den I. N.«

»Den I. N.?«

»Den idiotischen Neffen. Die Frau von Dr. Wallace hat einen Neffen, der unbedingt Arzt werden will. Zwei Universitäten haben ihn rausgeworfen. Der bleibt keinem von uns erspart. Heute sind Sie an der Reihe.«

Paige stöhnte auf. »Für so was habe ich wirklich keine Zeit. Ich stecke sowieso schon bis zum Hals . . .«

»Sie haben keine Wahl. Nun seien Sie ein liebes Mädchen, dann wird Dr. Wallace Ihnen auch bestimmt Zusatzpunkte für gutes Pfadfinderverhalten geben.« Kaplan ging weiter.

Seufzend machte Paige sich wieder auf den Weg zu den frischgebackenen jungen Assistenzärzten, die bereits auf sie warteten. *Wo bleibt der I. N.?* Sie schaute auf die Uhr. *Eine Minute noch, dann kann er sich zur Hölle scheren!* Und da sah sie ihn auch schon kommen – ein hochgeschossener, ausgesprochen schlanker Mann.

Er war ganz außer Atem, als er Paige erreichte und stieß hervor: »Ich bitte um Verzeihung. Dr. Wallace hat mich gebeten . . .«

»Sie kommen zu spät«, erklärte Paige spitz.

»Ich weiß. Tut mir leid. Ich bin aufgehalten worden . . .«

»Macht nichts. Wie heißen Sie?«

»Jason. Jason Curtis.«

»Und wo ist Ihr weißer Kittel?«

»Mein weißer Kittel?«

»Hat Ihnen etwa niemand gesagt, daß Sie zur Visite einen weißen Kittel tragen müssen?«

Er wirkte ratlos. »Nein. Ich fürchte, Sie...«

Paige bemerkte gereizt: »Gehen Sie zum Dienstzimmer der Oberschwester und lassen Sie sich dort einen weißen Kittel geben. Aber Sie haben ja auch kein Notizbuch!«

»Nein.«

Idiotisch ist überhaupt kein Ausdruck. »Sie werden uns dann auf Station 1 finden.«

»Sind Sie sicher? Ich...«

»Tun Sie, was ich Ihnen sage!« Und damit ließ Paige Jason Curtis stehen, der ihr erstaunt nachblickte, als sie sich mit der übrigen Gruppe in Bewegung setzte.

Sie untersuchten bereits den dritten Patienten, als sich Jason Curtis, jetzt im weißen Kittel, ihnen wieder anschloß. Paige erläuterte: »... Tumore am Herzen können, was nur selten vorkommt, primär sein, oder aber, und das ist häufiger zu beobachten, sekundär.«

Sie sprach Jason Curtis an. »Können Sie die drei Arten von Tumor nennen?«

Er war perplex. »Ich fürchte, ich... Kann ich nicht.«

Natürlich nicht. »Epikardial. Myokardial. Endokardial.«

Er lächelte Paige sonnig an: »Das ist ja richtig interessant!«

Herrgott noch mal! dachte Paige. *Dr. Wallace hin, Dr. Wallace her, diesen Curtis werde ich mir aber ganz schnell vom Hals schaffen müssen.*

Sie gingen weiter zum nächsten Patienten, nach dessen Untersuchung Paige die Gruppe auf dem Flur außer Hörweite brachte. »Wir haben es hier mit einem Fall von starker Schilddrüsenüberfunktion, Fieber und Herzjagen zu tun. Die Symptome sind nach einer Operation aufgetreten.« Sie fixierte Jason Curtis. »Wie würden Sie den Patienten behandeln?«

Er blieb einen Augenblick regungslos stehen und dachte nach. »Mit Fingerspitzengefühl?« meinte er dann.

Paige vermochte nur mit größter Anstrengung, die Fassung zu wahren. »Sie sind doch nicht seine Mutter! Sie sind sein Arzt! Er braucht eine kontinuierliche intravenöse Flüssigkeitszufuhr gegen die Dehydration, dazu intravenöse Gaben von Jod, Schilddrüsenhormonen sowie Sedativa gegen Krämpfe.« Jason nickte. »Das klingt irgendwie plausibel.« Es wurde auch danach nicht besser. Nach Beendigung der Visite nahm Paige ihn beiseite. »Würde es Ihnen etwas ausmachen, wenn ich ganz offen zu Ihnen spreche?«

»Nein. Ganz und gar nicht«, erwiderte er höflich. »Ich wäre Ihnen sogar dankbar.«

»Suchen Sie sich einen anderen Beruf aus.«

Er wurde nachdenklich. »Sie meinen, ich sei für so etwas ungeeignet?«

»Offen gesagt – ja. Diese Arbeit macht Ihnen doch auch keinen Spaß, oder?«

»Eigentlich nicht.«

»Warum haben Sie's dann aber getan?«

»Um die Wahrheit zu sagen – ich bin dazu gedrängt worden.«

»Also, dann sagen Sie Dr. Wallace, daß er da einen Fehler begeht. Ich meine, Sie sollten mit Ihrem Leben etwas anderes anfangen.«

»Ich bin Ihnen für diesen Rat aufrichtig dankbar«, entgegnete Jason Curtis mit ernster Miene, »und würde mich darüber mit Ihnen gern ausführlicher unterhalten. Falls Sie heute abend noch nichts vorhaben...«

»Da gibt es weiter nichts zu bereden«, erwiderte Paige brüsk. »Erzählen Sie Ihrem Onkel...«

In genau diesem Moment tauchte Dr. Wallace auf der Bildfläche auf. »Jason!« rief er. »Ich habe überall nach dir gesucht.« Er wandte sich an Paige. »Sie haben sich also bereits kennengelernt, wie ich sehe.«

»Ja, wir haben uns kennengelernt«, bemerkte Paige grimmig.

»Gut. Jason ist der Architekt, der für die Planung des neuen Krankenhausflügels verantwortlich ist.«

Paige blieb regungslos stehen. »Er ist ... *was?*«

»Aber ja. Hat er's Ihnen denn nicht gesagt?«

Sie spürte, wie sie errötete. *›Hat Ihnen etwa niemand gesagt, daß Sie zur Visite einen weißen Kittel tragen müssen?‹ – ›Um die Wahrheit zu sagen – ich bin dazu gedrängt worden.‹*

Von mir nämlich!

Paige wäre am liebsten im Boden versunken. Er hatte sie zum Narren gehalten. Sie wandte sich an Jason. »Warum haben Sie mir nicht gesagt, wer Sie sind?«

Er betrachtete sie amüsiert. »Na ja, dazu haben Sie mir doch gar keine Gelegenheit gegeben.«

»Wozu hat sie dir keine Gelegenheit gegeben?« fragte Dr. Wallace.

»Wenn Sie mich jetzt bitte entschuldigen würden ...«, sagte Paige knapp.

»Wie ist das mit dem Essen heute abend?«

»Zum Essen hab' ich keine Zeit. Ich bin zu beschäftigt.« Paige war auf und davon.

Jason schaute ihr voller Bewunderung nach. »Was für eine Frau!«

»Nicht wahr? Warum gehen wir jetzt nicht in mein Büro, um die Pläne zu diskutieren?«

»Prima.« Aber in Gedanken war er bei Paige.

Es war Juli geworden, und damit auch wieder Zeit für das alljährliche Ritual, mit dem das Eintreffen neuer Hochschulabsolventen in allen amerikanischen Krankenhäusern begangen wurde.

Die Krankenschwestern hatten ihrer Ankunft erwartungsvoll entgegengeblickt, in der Hoffnung, unter ihnen den idealen Liebhaber oder Ehemann zu finden. Im Embarcadero County Hospital richteten sich die Augen des weiblichen Personals in diesem Jahr auf Dr. Ken Mallory.

Warum Ken Mallory von einer exklusiven Privatklinik in Washington, D. C. zum Embarcadero in San Francisco wechselte, das wußte niemand. Er war Assistenzarzt im fünften Jahr; ein Chirurg. Einem Gerücht zufolge hatte er Washington wegen einer Affäre mit der Frau eines Kongreßabgeordneten verlassen müssen. Ein anderes Gerücht besagte, eine Krankenschwester habe seinetwegen Selbstmord begangen, und man hatte ihn deshalb aufgefordert zu kündigen. Nur eins wußten die Schwestern im Embarcadero mit Sicherheit – daß Ken Mallory ohne jeden Zweifel der attraktivste Mann war, der ihnen je untergekommen war. Er war groß und athletisch gebaut und hatte lockiges blondes Haar und ein Gesicht, das eine Bereicherung für jede Kinoleinwand gewesen wäre.

Mallory fügte sich in die Krankenhausroutine ein, als ob er schon immer dazugehört hätte. Er war ein Charmeur; die Schwestern kämpften fast vom ersten Augenblick an um seine Gunst. Nacht für Nacht beobachteten Kollegen gespannt, wie Mallory mit wieder einer anderen Schwester in einen unbenutzten Bereitschaftsraum verschwand. Sein Ruf als scharfer Bock wurde im Krankenhaus zu einer wahren Legende.

Es war daher vollkommen natürlich, daß auch Paige, Kat und Honey sich über ihn unterhielten.

»Wie findest du's, daß sich ihm alle Schwestern an den Hals werfen?« Kat lachte. »Sie kämpfen ja förmlich darum, wer das Häschen der Woche sein darf.«

»Ihr müßt doch zugeben, daß er ausgesprochen verführerisch wirkt«, meinte Honey.

Kat schüttelte den Kopf. »Finde ich gar nicht.«

Eine Handvoll Assistenten hielt sich im Umkleideraum für Ärzte auf, als Mallory hereinmarschierte.

»Über Sie haben wir gerade gesprochen«, sagte einer. »Sie müßten eigentlich sehr erschöpft sein.«

Mallory grinste. »Die Nacht war nicht übel.« Er hatte die Nacht mit zwei Krankenschwestern verbracht.

Grundy flachste: »Im Vergleich mit Ihnen wirken wir wie Eunuchen. Gibt's denn in diesem Krankenhaus keine Frau, die Sie nicht ins Bett kriegen?«

Mallory lachte. »Scheint mir fraglich.«

Grundy dachte nach. »Wetten, daß ich eine weiß?«

»Wirklich? Wen denn?«

»Eine Oberassistenzärztin. Sie heißt Kat Hunter.«

Mallory nickte. »Die schwarze Puppe. Ist mir schon aufgefallen – sehr reizend. Aber wie kommen Sie auf die Idee, daß ich sie nicht rumkriegen könnte?«

»Weil wir alle miteinander bei ihr abgeblitzt sind. Ich glaube, sie hat was gegen Männer.«

»Vielleicht liegt's ja auch nur daran, daß ihr der Richtige noch nicht begegnet ist.«

Grundy schüttelte den Kopf. »Nein. Bei der hätten Sie keine Chance.«

Das war eine glatte Herausforderung. »Da liegen Sie bestimmt falsch.«

Ein Kollege griff den Ball auf. »Sie würden eine Wette darauf eingehen?«

Mallory schmunzelte. »Klar. Warum denn nicht?«

»In Ordnung.« Mallory war plötzlich von allen umringt. »Ich wette fünfhundert Dollar, daß Sie sie nicht ins Bett kriegen.«

»Angenommen.«

»Ich wette dreihundert.«

Ein anderer meldete sich. »Laßt mich mitmachen. Ich wette sechshundert.«

Am Ende hatte der Einsatz fünftausend Dollar erreicht.

»Wieviel Zeit habe ich?« wollte Mallory wissen.

Grundy überlegte. »Sagen wir dreißig Tage. Ist das fair?«

»Mehr als fair. So lang werd' ich sicher nicht brauchen.«

»Aber wir verlangen einen klaren Beweis«, warnte Grundy. »Sie muß dann auch zugeben, daß sie mit Ihnen geschlafen hat.«

»Kein Problem.« Mallory schaute siegesbewußt in die Runde. »Ihr Spanner!«

Es war keine Viertelstunde vergangen, als Grundy in der Cafeteria auftauchte und sich nach Kat, Paige und Honey umsah, die dort frühstückten. Er kam zu ihrem Tisch herüber. »Darf ich den Damen – Entschuldigung: den *Doctores* – einen Augenblick Gesellschaft leisten?«

Paige hob den Kopf. »Selbstverständlich.«

Grundy nahm Platz, sah Kat an und meinte entschuldigend: »Ich finde es gräßlich, Ihnen gegenüber davon sprechen zu müssen, aber ich habe eine furchtbare Wut im Bauch und fände es unfair, wenn Sie's nicht wüßten...«

Kat war leicht perplex: »Was denn?«

Grundy seufzte. »Es betrifft diesen neuen Oberassistenzarzt, der gerade bei uns angefangen hat – Ken Mallory.«

»Ja. Was ist mit ihm?«

»Also, ich...«, begann Grundy. »Mensch, ist das peinlich. Er hat gegen ein paar Kollegen fünftausend Dollar gewettet, daß er Sie innerhalb der nächsten dreißig Tage ins Bett kriegt.«

Kat machte ein grimmiges Gesicht. »So. Hat er das?!«

Grundy tat scheinheilig. »Ich kann's Ihnen wirklich nicht verübeln, wenn Sie das wütend macht. Mir ist fast schlecht geworden, als ich's vorhin hörte. Also gut, ich hab' Sie nur warnen wollen. Er wird Sie zum Ausgehen einladen, und ich finde es richtig, daß Sie wissen, mit welcher Absicht er Sie einlädt.«

»Danke«, sagte Kat. »Ich bin Ihnen sehr verpflichtet.«

»Es war das Mindeste, was ich tun konnte.«

Sie folgten Grundy mit ihren Blicken, als er die Cafeteria verließ.

Im Flur draußen warteten die Kollegen auf ihn.

»Wie ist's gelaufen?« wollten sie wissen.

Grundy lachte. »Glänzend. Die ist fuchsteufelswild. Bei der hat dieser Scheißangeber null Chance.«

Drinnen, am Tisch in der Cafeteria, erklärte im gleichen Augenblick Honey: »Ich finde das einfach furchtbar.«

Kat nickte. »Bei dem Kerl wäre eine Schwanzotomie angezeigt. Bevor ich mit dem Scheißkerl ausgehe, laufen die Teufel in der Hölle Schlittschuh.«

Paige dachte nach. »Weißt du was, Kat?« sagte sie dann. »Vielleicht *solltest* du mit ihm ausgehen.«

Kat war baff. *»Wie bitte?«*

Paiges Augen blitzten. »Was spricht eigentlich dagegen? Helfen wir ihm doch bei dem Jux – nur, daß *wir* uns den Jux machen, auf seine Kosten.«

Kat lehnte sich vor. »Weiter!«

»Er hat dreißig Tage Zeit, ja? Also, wenn er mit dir ausgeht, wirst du warmherzig und liebevoll und zärtlich sein. Ich meine, du wirst ganz *verrückt* sein nach ihm. Tust alles, um ihn anzumachen, bis er richtig schön durchdreht. Nur eins wirst du natürlich nicht tun – du gehst mit ihm nicht ins Bett. *Dem* werden wir eine Fünftausenddollarlektion erteilen.«

Kat kam wieder ihr Stiefvater in den Sinn. Hier bot sich eine Gelegenheit zur Rache. »Gefällt mir gut«, sagte Kat.

»Soll das heißen, daß du's machen wirst?« fragte Honey.

»Genau das.«

Was Kat nicht wußte, als sie diese Worte aussprach – sie hatte damit ihr eigenes Todesurteil unterzeichnet.

16. Kapitel

Jason Curtis kam vom Gedanken an Paige Taylor nicht mehr los. Er rief bei Ben Wallaces Sekretärin an. »Hallo, hier Jason Curtis. Ich brauche die Privatnummer von Dr. Paige Taylor.«
»Aber gewiß, Mr. Curtis. Einen Moment bitte.« Und dann nannte sie ihm die Nummer.
Honey nahm ab. »Hier Dr. Taft.«
»Hier Jason Curtis. Ist Dr. Taylor daheim?«
»Nein, sie ist nicht da. Sie hat im Krankenhaus Bereitschaftsdienst.«
»Schade.«
Die Enttäuschung war seiner Stimme anzuhören. »Wenn es dringend ist«, meinte Honey, »könnte ich...«
»Nein, nein.«
»Sie könnten eine Nachricht hinterlassen, damit sie zurückruft.«
»Sagen Sie ihr, daß ich angerufen habe.« Jason nannte seine Telefonnummer.
»Ich werd's ihr ausrichten.«
»Danke.«

»Jason hat angerufen«, berichtete Honey, als Paige heimkam. »Scheint intelligent zu sein. Hier, seine Nummer.«
»Wirf sie ins Feuer.«
»Willst du ihn denn nicht zurückrufen?«
»Nie im Leben.«
»Du kommst noch immer nicht von Alfred los, ja?«
»Den kannst du vergessen.«
Mehr war aus Paige nicht herauszubekommen.

Jason wartete zwei Tage, dann rief er wieder an.

Diesmal nahm Paige ab. »Hier Dr. Taylor.«

»Hallo!« sagte Jason. »Hier Dr. Curtis.«

»Doktor . . . ?«

»Vielleicht erinnern Sie sich an mich«, erklärte Jason leichthin. »Ich habe Sie neulich auf der Visite begleitet und Sie zum Abendessen eingeladen, aber Sie . . .«

»Ich hab' Ihnen erklärt, daß ich beschäftigt sei. Bin ich immer noch. Auf Wiedersehen, Mr. Curtis.«

»Wer war das?« wollte Honey wissen.

»Ach, niemand.«

Als die Assistenzärzte am darauffolgenden Tag morgens um sechs unter Paiges Führung die Visite beginnen wollten, erschien Jason Curtis – im weißen Kittel.

»Hoffentlich komme ich nicht zu spät«, rief er gut gelaunt. »Ich habe mir erst noch einen weißen Kittel besorgen müssen. Ich weiß doch, wie ungehalten Sie sind, wenn ich keinen trage.«

Paige wurde wütend. »Kommen Sie mit!« Sie führte Jason in den menschenleeren Umkleideraum. »Was haben Sie hier zu suchen?«

»Um die Wahrheit zu sagen – ich mache mir Sorgen wegen einiger Patienten, die wir neulich untersucht haben«, antwortete er mit todernster Miene. »Ich wollte schauen, ob es ihnen besser geht.«

Der Kerl ist unmöglich.

»Warum sind Sie nicht unterwegs, um etwas aufzubauen?«

Jason sah sie an und sagte leise: »Das versuche ich doch gerade.« Er zog eine Handvoll Karten aus der Tasche. »Hören Sie, ich kann ja nicht wissen, wofür Sie sich interessieren, und habe deshalb – zur Auswahl – Karten besorgt fürs Match der Giants, für Theater, Oper und Konzert. Entscheiden Sie, wohin wir heute abend gehen. Ich kann die Karten übrigens nicht zurückgeben.«

Der Kerl ist echt eine Zumutung. »Werfen Sie das Geld immer so zum Fenster hinaus?«

»Nur, wenn ich verliebt bin«, erwiderte Jason.

»Moment mal...!«

Er hielt ihr die Karten hin. »Wählen Sie!«

Paige streckte die Hand aus und nahm alle. »Danke schön«, erklärte sie süß. »Ich werde die Karten an meine ambulanten Patienten weitergeben – wann kommen die sonst ins Theater oder in die Oper?«

»Wunderbar!« Er strahlte. »Hoffentlich wird's ihnen Freude machen. Essen Sie mit mir zu Abend?«

»Nein.«

»Aber essen müssen Sie doch sowieso. Wollen Sie sich's nicht überlegen?«

Paige beschlich wegen der Karten ein leises Schuldgefühl. »Ich würde Ihnen wohl kaum eine angenehme Gesellschaft sein. Ich hatte letzte Nacht Bereitschaftsdienst und...«

»Es muß ja nicht schrecklich spät werden. Großes Pfadfinderehrenwort!«

Sie seufzte. »Also gut, aber...«

»Großartig! Wo soll ich Sie abholen?«

»Ich bin um sieben hier fertig.«

»Dann hol' ich Sie hier um sieben Uhr ab.« Er gähnte. »Und jetzt geh' ich heim und leg' mich wieder ins Bett. Was für eine barbarische Zeit, um auf den Beinen zu sein! Was veranlaßt Sie nur dazu?«

Paige schaute ihm nach; ein leises Lächeln konnte sie nicht unterdrücken.

Als Jason Paige abends um sieben Uhr im Krankenhaus abholen wollte, teilte ihm die aufsichtführende Krankenschwester mit: »Dr. Taylor werden Sie vermutlich im Bereitschaftsraum antreffen.«

»Danke.« Jason begab sich über den Flur zum Bereitschaftsraum. Die Tür war zu. Er klopfte. Er bekam keine Antwort. Er klopfte noch einmal – wieder rührte sich nichts. Er öffnete die Tür und spähte hinein. Paige lag auf dem Feldbett in tiefem Schlaf.

Jason trat neben das Bett und blieb in die Betrachtung von Paige versunken. *Ich werde dich heiraten, Lady,* sagte er im stillen und schlich sich auf Zehenspitzen wieder hinaus und machte die Tür sachte hinter sich zu.

Jason befand sich am nächsten Morgen in einer Konferenz, als die Sekretärin ihm einen Blumenstrauß hereinbrachte, mit einer Begleitkarte und dem Text: »Tut mir leid. RIP.« Da mußte Jason laut lachen. Er rief Paige im Krankenhaus an. »Hier meldet sich Ihre Verabredung.«

»Ich bitte aufrichtig um Entschuldigung wegen gestern abend«, sagte Paige. »Die Sache ist mir äußerst peinlich.«

»Dazu besteht gar keine Ursache. Aber ich muß Sie etwas fragen.«

»Ja?«

»Was hat RIP nun zu bedeuten – *Requiescat in pace* oder Rip van Winkle?«

Da mußte Paige lachen. »Sie haben die Wahl.«

»Dann entscheide ich mich für ein gemeinsames Essen heute abend. Könnten wir's noch einmal versuchen?«

Sie reagierte zurückhaltend. *Ich möchte mich nicht binden. Du kommst noch immer nicht von Alfred los, ja?*

»Hallo. Sind Sie noch da?«

»Ja.« *Ein Abend kann doch nicht schaden,* dachte Paige. »Ja, wir können heute abend zusammen essen gehen.«

»Großartig.«

Als Paige sich an diesem Abend zum Ausgehen fertigmachte, bemerkte Kat: »Das sieht ganz nach einer wichtigen Verabredung aus. Wen triffst du denn?«

»Er ist ein Arztitekt«, antwortete Paige.

»Er ist *was*?«

Paige erzählte ihr die Geschichte.

»Scheint ein lustiger Typ zu sein. Bist du an ihm interessiert?«

»Eigentlich nicht.«

Es wurde ein angenehmer Abend. Jason erwies sich als unproblematisch. Sie sprachen über alles und nichts. Die Zeit verging wie im Fluge.

»Erzählen Sie mir etwas von sich«, bat Jason. »Wo sind Sie aufgewachsen?«

»Sie würden mir doch nicht glauben.«

»Ich werde Ihnen bestimmt glauben.«

»Na schön. Also – im Kongo, in Indien, Burma, Nigeria, Kenia...«

»Das glaub' ich Ihnen nicht.«

»Es stimmt aber trotzdem. Mein Vater hat als Doktor bei der WHO gearbeitet.«

»Doktor Who? Ich gebe auf. Sie wollen mich nur auf den Arm nehmen.«

»Für die WHO – die Weltgesundheitsorganisation. Er war Arzt. Ich habe meine Kindheit bei ihm verbracht. Wir sind in vielen Ländern der dritten Welt gewesen.«

»Das war bestimmt nicht leicht für Sie.«

»Aufregend ist es gewesen. Mir ist eigentlich nur eins schwergefallen – daß ich nirgendwo lang genug bleiben konnte, um Freunde zu gewinnen.« *›Aber wir beide brauchen doch keine Freunde, Paige. Wir haben einander... Dies ist meine Frau, Karen.‹* Sie schüttelte die Erinnerung ab. »Ich habe eine Menge fremde Sprachen und exotische Bräuche gelernt.«

»Zum Beispiel?«

»Also, ich habe zum Beispiel...« Sie dachte einen Augenblick lang nach. »In Indien glauben die Menschen an ein Leben nach dem Tod und daran, daß das nächste Leben dadurch bestimmt wird, wie man sich im gegenwärtigen Dasein verhält. Ist man ein böser Mensch gewesen, kommt man als Tier wieder zur Welt. Ich kann mich noch erinnern, daß wir in einem Dorf einen Hund hatten und ich mir die ganze Zeit überlegte, wer der Hund wohl in seinem früheren Leben gewesen war und was er wohl Böses getan haben mochte.«

»Wahrscheinlich hat er den falschen Baum angebellt.«

Paige lächelte versonnen. »Und dann hat's da die *gherao* gegeben.«

»Die *gherao*?«

»Das ist eine sehr schwere Form von Bestrafung, bei der ein Mensch von einer Menschenmenge umzingelt wird.« Paige schwieg.

»Und dann?«

»Das ist alles.«

»Das ist alles?«

»Die Leute sprechen nicht mit ihm, und sie tun ihm auch nichts. Er kann sich nur nicht frei bewegen. Er kann auch nicht fort. Er sitzt in der Falle, so lange, bis er bereit ist nachzugeben. Das kann viele, viele Stunden dauern. Er sitzt in dem Kreis fest. Aber die Leute in der Menge wechseln sich ab, in Schichten. Ich habe einmal miterlebt, wie ein Mann versuchte, aus der *gherao* auszubrechen. Er ist zu Tode geprügelt worden.«

Bei der Erinnerung lief Paige ein Schauder über den Rücken – Menschen, die sonst immer nur freundlich gewesen waren, hatten sich auf einmal in einen wilden, tobenden Mob verwandelt. Alfred hatte gerufen: »Los, weg«, sie am Arm gefaßt und in eine stille Seitengasse geführt.

»Das ist ja furchtbar«, meinte Jason.

»Mein Vater ist gleich am nächsten Tag mit uns weitergereist.«

»Ich hätte Ihren Vater gern kennengelernt.«

»Er war ein ausgezeichneter Arzt und hätte an der Park Avenue bestimmt großen Erfolg gehabt, aber Geld hat ihn nie interessiert. Er war nur daran interessiert, Menschen zu helfen. *Wie Alfred auch*, dachte sie.

»Was ist aus ihm geworden?«

»Er ist bei einem Stammeskrieg ums Leben gekommen.«

»Das tut mir leid.«

»Er hat mit leidenschaftlicher Hingabe an seiner Arbeit gehangen. Anfangs haben die Eingeborenen ihm Widerstand entgegengebracht. Sie waren äußerst abergläubisch. In entlegenen indischen Dörfern beispielsweise lassen sich alle Bewohner vom Dorf-

astrologen ein *jantak*, ein Horoskop, stellen, nach dem sie ihr
Leben ausrichten.« Sie lächelte. »Ich hab' mir immer gern die
Zukunft voraussagen lassen.«

»Und hat Ihnen der Astrologe damals auch gesagt, daß Sie einen
gutaussehenden jungen Architekten heiraten würden?«
Paige musterte ihn streng. »Nein.« Sie bemerkte auf einmal,
daß das Gespräch ein bißchen zu persönlich geworden war. »Als
Architekt wird Sie folgendes interessieren: Ich bin in Hütten
aufgewachsen, die aus lehmverschmiertem Flechtwerk gebaut
wurden, Hütten mit festgetretenen Lehmfußböden und Strohdä-
chern, wo Mäuse und Fledermäuse nisteten. Ich habe in fensterlosen *tikuls* mit Grasdach gelebt. Es war damals mein Traum, in
einem komfortablen, zweistöckigen Haus mit Veranda zu wohnen, umgeben von grünem Rasen und einem weißen Lattenzaun
und . . .« Paige brach ab. »Verzeihung. Das alles hab' ich eigentlich gar nicht sagen wollen. Aber Sie haben danach gefragt.«
»Ich bin froh, daß ich die Frage gestellt habe«, erwiderte Jason.
Paige sah auf die Armbanduhr. »Ich habe gar nicht bemerkt,
daß es so spät geworden ist.«

»Könnten wir den Abend wiederholen?«
Ich will ihn aber nicht an der Nase herumführen, dachte Paige.
Aus der Sache kann nichts werden. Ihr fiel ein, was Kat ihr gesagt
hatte. *Du klammerst dich an ein Gespenst. Du mußt loslassen.* Sie
schaute Jason kurz an. »Ja«, sagte sie.

Am nächsten Morgen läutete es in aller Frühe. Paige öffnete. Es
war ein Kurier.
»Ich habe etwas abzugeben für Dr. Taylor.«
»Das bin ich.«
Der Kurier konnte sein Staunen nicht verbergen. »*Sie* sind
Ärztin?«
»Doch«, erwiderte Paige geduldig. »Ich bin Ärztin. Haben Sie
was dagegen?«
Er zuckte die Schultern. »Nein, Lady. Überhaupt nicht. Wür-
den Sie bitte hier unterschreiben?«

Das Paket war verblüffend schwer – *merkwürdig*, dachte Paige. Sie trug es auf den Wohnzimmertisch und machte es auf. Es war das Miniaturmodell eines wunderschönen weißen, zweigeschossigen Hauses mit Veranda und grünem Rasen im Vorgarten und einem weißen Lattenzaun. Sie dachte: *Es muß ihn die ganze Nacht gekostet haben, das zu modellieren.* Dem Haus lag ein Kärtchen bei mit den Worten:

Mein Haus (   )
Unser Haus (   )
Zutreffendes bitte ankreuzen.

Sie ließ sich am Tisch nieder, um das Haus zu betrachten – sie betrachtete es eine lange, lange Zeit. Das Haus war genau richtig. Aber es war der falsche Mann.

Was ist eigentlich mit mir los? fragte sich Paige. *Er ist klug, er ist anziehend, er ist charmant.* Sie wußte jedoch genau, was der springende Punkt war. Er war eben nicht Alfred.

Das Telefon läutete. Es war Jason. »Haben Sie Ihr Haus bekommen?« erkundigte er sich.

»Es ist wundervoll!« sagte Paige. »Das war sehr lieb von Ihnen.«

»Ich würde gern das große, echte Haus bauen. Haben Sie das Kärtchen ausgefüllt?«

»Nein.«

»Ich kann warten, ich bin ein geduldiger Mensch. Haben Sie heute abend frei?«

»Ja, aber ich muß Sie warnen. Ich habe den ganzen Tag über zu operieren, da werde ich am Abend ziemlich erschöpft sein.«

»Es muß ja nicht spät werden. Übrigens – wir werden bei meinen Eltern essen.«

Paige zögerte. »Ach ja?«

»Ich habe meinen Eltern von Ihnen erzählt.«

»Na schön«, meinte Paige. Aber ihr ging alles viel zu schnell. Es machte sie richtig nervös.

Beim Auflegen überlegte sie: *Eigentlich hätte ich nicht zusagen dürfen. Ich werde hundemüde sein. Ich werde doch nur schlafen wollen und zu nichts zu gebrauchen sein.* Sie war versucht, Jason anzurufen und die Verabredung rückgängig zu machen. *Dafür ist es jetzt zu spät. Ich werde dann eben früh heimgehen.*

»Du wirkst total übermüdet«, bemerkte Kat, als Paige sich am Abend zum Ausgehen anzog.
»Bin ich auch.«
»Warum gehst du dann aus? Du solltest dich hinlegen und schlafen. Oder kannst du inzwischen auf Schlaf verzichten?«
»Nein. Und heute abend ganz bestimmt nicht.«
»Schon wieder Jason?«
»Ja. Ich werde seine Eltern kennenlernen.«
»Olala.« Kat schüttelte den Kopf.
»Damit hat das nichts zu tun«, sagte Paige. *Es hat damit wirklich nichts zu tun.*

Jasons Eltern wohnten in einem reizenden alten Haus in den Pacific Heights. Der Vater war ein durch und durch aristokratisch wirkender Herr in den Siebzigern, die Mutter eine warmherzige, offene, unkomplizierte Frau. Paige fühlte sich bei ihnen sofort wie zu Hause.
»Jason hat uns ja so viel von Ihnen erzählt«, sagte Mrs. Curtis. »Aber er hat uns verschwiegen, wie schön Sie sind.«
»Danke für das Kompliment.«
Sie begaben sich in die Bibliothek. Sie war voller Gebäudemodelle, die von Jason und seinem Vater entworfen worden waren.
»Wenn man zusammenrechnet, was Jason, sein Urgroßvater und ich alles geplant haben, darf man getrost behaupten, daß wir für einen recht großen Teil der Gestaltung San Franciscos verantwortlich sind«, sagte Jasons Vater. »Mein Sohn ist ein Genie.«
»Genau das versuche ich Paige dauernd klarzumachen«, sagte Jason.

Paige lachte. »Ich glaube es gern.« Die Augen wurden ihr schwer, sie hatte Mühe, gegen den Schlaf anzukämpfen.

Jason beobachtete sie mit besorgter Anteilnahme. »Wir sollten mit dem Essen beginnen.«

Sie begaben sich in das große Eßzimmer mit Eichenpaneelen, reizvollen Antiquitäten und Porträts an den Wänden. Ein Hausmädchen trug auf.

»Das Bild dort oben«, erklärte Mr. Curtis, »ist Jasons Urgroßvater. Kein einziger seiner Bauten hat das Erdbeben von 1906 überstanden. Wirklich ein Jammer. Sie waren von unschätzbarem Wert. Nach dem Essen werde ich Ihnen einige Fotos zeigen, falls Sie . . .«

Paiges Kopf war auf den Tisch gesunken. Sie schlief.

»Ich bin nur froh, daß ich keine Suppe serviert habe«, meinte Jasons Mutter.

Ken Mallory hatte ein Problem. Die Geschichte von seiner Wette hatte sich im Krankenhaus herumgesprochen, und der Einsatz war inzwischen auf zehntausend Dollar gestiegen. Mallory hatte sich darauf eingelassen, im sicheren Gefühl, bei Kat die besten Chancen zu haben. Aber, falls er doch verlieren sollte, säße er bös in der Tinte – die Summe überstieg seine finanziellen Mittel bei weitem.

Wenn ich's nicht schaffe, sitze ich im Schlamassel, dachte er. *Aber ich werde es bestimmt schaffen. Es wird Zeit, daß der Meister sich an die Arbeit macht.*

Kat aß gerade mit Paige und Honey zu Mittag, als Mallory sich ihrem Tisch näherte.

»Darf ich den Ärztinnen Gesellschaft leisten?«

Nicht etwa Damen, auch nicht Mädchen, nein, Ärztinnen. Der einfühlsame Typ, dachte Kat zynisch und sagte: »Natürlich. Nehmen Sie doch Platz.«

Paige und Honey wechselten einen Blick.

»Herrje, ich muß mich sputen«, sagte Paige.

»Ich mich auch«, rief Honey. »Also bis später.«

Mallory schaute Paige und Honey nach.

»Arbeitsreicher Morgen gewesen?« fragte Mallory in einem Ton, als ob es ihn wirklich interessieren würde.

»Ist das nicht jeder Morgen?« gab Kat mit einem freundlichen, einladenden Lächeln zurück.

Mallory hatte sein strategisches Vorgehen sorgfältig geplant. *Ich werde ihr zu verstehen geben, daß sie mich menschlich interessiert – nicht bloß als Frau. Sie hassen es, wenn man ihnen das Gefühl gibt, ein pures Sexobjekt für einen zu sein. Du mußt mit ihr über medizinische Dinge diskutieren. Ich werd's langsam angehen lassen, ohne Krampf. Ich hab' ja einen ganzen Monat Zeit, um sie aufs Kreuz zu legen.*

»Haben Sie das von der Autopsie an Mrs. Turnbull gehört?« fing Mallory an. »Die Frau hatte eine Colaflasche im Magen! Können Sie sich vorstellen, wie...«

Kat beugte sich über den Tisch. »Haben Sie Samstag abend was vor, Ken?«

Die Frage traf Mallory gänzlich unvorbereitet. »Was?«

»Ich hatte mir gedacht, daß Sie mich vielleicht zum Essen einladen könnten.«

Beinahe wäre er errötet. *Mein Gott!* dachte er. *Haben die Kerls einen Quatsch über sie erzählt! Diese Frau ist doch keine Lesbe! Die Kerls haben ihr das bloß angehängt, weil sie kein Glück bei ihr hatten. Also, ich komm' an sie heran. Mann, sie fordert mich ja gerade auf!* Er versuchte sich zu erinnern, mit wem er für Samstag abend verabredet war. *Mit Sally, der kleinen Schwester im OP. Die kann warten.*

»Ich hab' nichts Wichtiges vor«, erwiderte Mallory. »Ich würde Sie nur zu gern zum Essen einladen.«

Kat legte ihre Hand auf die seine. »Großartig!« sagte sie. »Ich freu' mich riesig.«

Er grinste sie an. »Ich mich auch.« *Du hast ja keine Ahnung, wie sehr ich mich freue. Zehntausend Dollar!*

Kat erstattete Paige und Honey noch am gleichen Nachmittag Bericht.

»Dem ist fast der Mund offengeblieben!« Kat lachte. »Das Gesicht hättet ihr sehen sollen – wie der Kater, der den Wellensittich verschluckt hat – so sah er aus.«

»Vergiß nicht«, warnte Paige, »*du* bist der Kater. Der Wellensittich ist er.«

»Und wo geht ihr Samstag abend essen?« fragte Honey. »Irgendwelche Vorschläge?«

»In der Tat«, antwortete Paige. »Ich hab' schon einen Plan für den Abend gemacht...«

Kat und Mallory aßen am Samstag abend bei Emilio, einem Restaurant an der Bucht. Sie hatte sich für ihn extra schick gemacht und trug ein weißes, schulterfreies Baumwollkleid.

»Umwerfend sehen Sie aus«, kommentierte Mallory, wobei er darauf achtete, genau den richtigen Ton zu treffen. *Aufmerksam, aber nicht drängend. Bloß nicht mit der Tür ins Haus fallen.* Mallory hatte beschlossen, ganz auf liebenswürdig charmant zu machen, das war jedoch gar nicht nötig. Wie er bald feststellen konnte, tat Kat ihrerseits alles, um *ihn* zu becircen.

Beim Aperitif ließ sie die Bemerkung fallen: »Ich höre von allen Seiten, was Sie für ein guter Arzt sind, Ken.«

»Nun ja«, entgegnete Mallory bescheiden, »ich habe eine gute Ausbildung genossen, und mir liegt natürlich viel an meinen Patienten. Sie sind mir sehr wichtig.« Er sagte das in einem Ton, der Aufrichtigkeit ausstrahlte.

Kat legte ihm die Hand auf den Arm. »Davon bin ich überzeugt. Wo kommen Sie her? Ich möchte alles über Sie wissen. Über den *echten* Ken Mallory.«

Himmelnocheins! dachte Mallory. *Genau die gleiche Taktik, die ich mir für sie überlegt hatte.* Er konnte es kaum fassen, wie spielend leicht ihm hier alles zufiel. Aber da gab es keinen Zweifel; was Frauen anging, da war er Fachmann. Sein Radar kannte all ihre Signale; sie konnten mit einem Blick ja sagen, durch ein gewisses Lächeln oder auch durch den Tonfall der Stimme. Kats Signale waren absolut klar und unmißverständlich.

Sie rückte näher. Ihre Stimme wurde rauchig. »Ich will alles über Sie wissen.«

Er redete während des Essens nur von sich selbst; wenn er das Thema wechseln und das Gespräch auf Kat lenken wollte, sagte sie jedesmal: »Nein, nein, ich will mehr hören. Ihr Leben ist ja so faszinierend!«

Sie ist absolut verrückt nach mir, folgerte Mallory und bedauerte plötzlich, nicht noch mehr Wetten angenommen zu haben. *Vielleicht schaff' ich's sogar schon heut nacht,* dachte er und war sich dessen dann auf einmal ganz sicher, als Kat ihn beim Kaffee fragte: »Möchten Sie noch auf einen letzten Drink zu mir in die Wohnung kommen?«

Volltreffer! Mallory tätschelte ihren Arm. »Nichts lieber als das.« *Die Kerls müssen ja alle blöd gewesen sein,* überlegte er. *So ein geiles Weib hab' ich überhaupt noch nie erlebt.* Er hatte den Eindruck, daß sie ihn im nächsten Augenblick vergewaltigen würde.

Eine halbe Stunde später betraten sie Kats Wohnung.

»Sehr schön.« Mallory schaute sich um. »Wirklich schön. Und Sie wohnen hier ganz für sich allein?«

»Nein. Ich teile die Wohnung mit den Kolleginnen Taylor und Taft.«

»Ach so.« Ein Ton des Bedauerns war nicht zu überhören.

Kat schenkte ihm ein verführerisches Lächeln. »Die beiden werden heute aber erst sehr spät nach Hause kommen.«

Mallorys Gesicht hellte sich wieder auf. »Prima.«

»Darf ich Ihnen etwas zu trinken anbieten?«

»Unbedingt.« Er folgte Kat mit den Blicken. Kat ging zur kleinen Bar und mixte zwei Cocktails. *Hat die einen Busen!* dachte Mallory. *Sieht überhaupt hübsch aus. Und ich krieg' obendrein noch zehntausend Dollar, wenn ich sie flachlege.* Er lachte laut auf.

Kat drehte sich um. »Was ist denn so lustig?«

»Nichts. Ich mußte nur dran denken, was ich für ein Glück habe, hier mit Ihnen allein zu sein.«

»Das Glück ist ganz meinerseits«, erklärte sie freundlich und reichte ihm seinen Drink.

Mallory hob das Glas. »Auf...«

Aber Kat war schneller. »Auf uns!« sagte sie rasch.

Er nickte ihr zu. »Darauf stoße ich mit an!«

Er wollte sagen: »Wie wär's mit ein bißchen Musik« und öffnete schon den Mund, als Kat fragte: »Möchten Sie vielleicht ein wenig Musik hören?«

»Sie können ja Gedanken lesen.«

Kat legte eine alte Cole-Porter-Platte auf, schaute verstohlen auf die Armbanduhr, wandte sich Mallory zu und fragte: »Tanzen Sie gern?«

Mallory kam näher. »Das hängt ganz davon ab, mit wem ich tanze. Mit Ihnen würd' ich bestimmt gern tanzen.«

Kat begab sich in seine Arme. Sie begannen, sich zu der träumerisch langsamen Musik zu bewegen. Kat schmiegte sich an ihn, ganz eng, er spürte ihren Körper, er spürte die Erregung, die seinen eigenen Körper erfaßte, er drückte sie fester an sich, er sah das Lächeln, das sich über ihr Gesicht breitete.

Das ist der Zeitpunkt zum Abschuß.

»Du bist richtig lieb, weißt du«, raunte Mallory heiser. »Ich hab' dich vom ersten Augenblick an begehrt.«

Kat sah ihm in die Augen. »Mir ist's mit dir genauso ergangen, Ken.« Seine Lippen suchten ihre Lippen. Er küßte sie lang und leidenschaftlich.

»Komm ins Schlafzimmer!« Mallory wurde auf einmal drängend.

»Oh, ja!«

Er nahm sie beim Arm. Sie führte ihn zum Schlafzimmer. Und genau in diesem Moment öffnete sich die Wohnungstür. Paige und Honey waren zurück.

»Hallo!« rief Paige fröhlich und trat ein. Da bemerkte sie plötzlich Ken Mallory. Sie blieb erstaunt stehen. »Dr. Mallory! Sie habe ich hier nicht erwartet.«

»Also, ich... ich...«

»Wir waren zusammen aus, essen«, erklärte Kat.

In Mallory stieg eine kalte Wut empor. Er hatte Mühe, sie zu unterdrücken.»Ich sollte jetzt wohl besser gehen.« Er sprach mit Kat. »Es ist spät geworden, und ich habe einen anstrengenden Tag vor mir.«

»Oh. Das tut mir aber leid, daß du schon gehen mußt«, sagte Kat mit einem Blick, der ihm alles versprach.

»Wie wär's mit morgen abend?« schlug Mallory vor.

»Ich würde gerne...«

»Großartig!«

»...aber morgen kann ich nicht.«

»Oh. Na gut und Freitag?«

Kat machte ein finsteres Gesicht. »Oje. Freitag geht leider auch nicht.«

Mallory wirkte schon fast verzweifelt. »Samstag?«

Kat strahlte. »Samstag würde mir passen.«

Er nickte erleichtert. »Gut. Dann also Samstag.«

Er wandte sich kurz an Paige und Honey. »Gute Nacht.«

»Gute Nacht.«

Kat begleitete Mallory zur Haustür. »Träume süß«, flüsterte sie zärtlich. »Ich träum' ganz bestimmt von dir.«

Mallory drückte ihr die Hand. »Ich bin immer dafür, Träume wahrzumachen. Der Samstag wird uns für heute abend entschädigen.«

»Ich kann's gar nicht erwarten.«

In dieser Nacht lag Kat lange wach und dachte an Mallory. Sie haßte den Kerl. Und doch, zu ihrer eigenen Überraschung, hatte ihr der Abend mit ihm gefallen, und sie war überzeugt, daß er auch Mallory gefallen hatte, selbst wenn es für ihn nur ein Spiel war. Und sie dachte: *Wenn's doch bloß echt wäre und nicht nur ein Spiel.* Wie gefährlich dieses Spiel war, konnte sie nicht ahnen.

17. KAPITEL

Vielleicht ist es das Wetter, dachte Paige müde. Draußen war es kalt und trüb; der graue, peitschende Regen drückte auf die Stimmung. Für sie hatte der Tag früh um sechs angefangen und pausenlos Probleme gebracht. Es schien im Krankenhaus nur mehr nörglerische Patienten zu geben, die sich alle zur gleichen Zeit beschwerten. Die Schwestern waren mißmutig und achtlos, nahmen den falschen Patienten Blut ab, verschlampten Röntgenbilder, die dringend benötigt wurden, und schnauzten die Patienten an. Um dem allem die Krone aufzusetzen, herrschte wegen einer Grippeepidemie auch noch Personalmangel. So ein Tag war das.

Einen einzigen Lichtblick hatte es gegeben – den Anruf von Jason Curtis.

»Hallo, hallo«, rief er munter. »Hab' nur gedacht, ich melde mich mal, um zu fragen, wie's unseren Patienten denn so geht.«

»Sie überleben.«

»Irgendeine Chance, daß wir zusammen zu Mittag essen könnten?«

Da mußte Paige lachen. »Mittagessen – was ist das? Mit ein bißchen Glück schaff' ich's gerade noch, daß ich mir nachmittags um vier ein vertrocknetes Sandwich schnappe. Momentan ist es hier ziemlich hektisch.«

»Schon gut. Ich will Sie ja nicht von der Arbeit abhalten. Darf ich trotzdem wieder anrufen?«

»Okay.« *Hat ja nichts zu bedeuten.*

»Adieu.«

Paige arbeitete ohne Unterbrechung durch, bis Mitternacht, und war dann, als sie endlich abgelöst wurde, fast zu erschöpft, um nach Hause zu gehen. Sie überlegte kurz, ob sie vielleicht auf dem Feldbett im Bereitschaftsraum übernachten sollte, doch der Gedanke an das warme, gemütliche Bett daheim war schließlich zu verlockend.

»Mein Gott!« sagte Dr. Peterson, der ihr entgegenkam. »Wer hat denn Sie aus der Höhle geschleift?«

Paige lächelte müde. »Sehe ich so furchtbar aus?«

»Noch viel schlimmer.« Peterson grinste. »Sie gehen heim?«

Paige nickte.

»Sie haben's gut. Mein Dienst fängt erst an.«

Der Fahrstuhl traf ein. Paige war im Flur bereits halb eingeschlafen.

»Paige!« rief Peterson leise.

Sie schüttelte sich, um wach zu werden. »Ja?«

»Können Sie überhaupt noch fahren?«

»Klar«, murmelte Paige. »Und wenn ich zu Hause bin, werde ich die nächsten vierundzwanzig Stunden durchschlafen.«

Sie ging auf den Parkplatz und stieg ins Auto. Sie war so müde, daß sie völlig ausgelaugt dasaß und nicht einmal in der Lage war, den Zündschlüssel umzudrehen. *Ich darf jetzt nicht einschlafen. Ich will zu Hause schlafen.*

Sie fuhr vom Parkplatz herunter und Richtung Wohnung, ohne zu merken, wie regelwidrig und leichtsinnig sie fuhr, bis ein anderer Fahrer sie anbrüllte: »He, mach, daß du von der Straße runterkommst, du besoffene Schlampe!«

Sie zwang sich zur Konzentration. *Ich darf nicht einschlafen... Ich darf nicht einschlafen.* Sie stellte das Radio an und drehte auf volle Lautstärke. Vor dem Wohnblock blieb sie dann eine Weile im Wagen sitzen, bis sie genügend Kraft aufbrachte, um nach oben zu gehen.

Kat und Honey schliefen tief und fest. Paige sah auf die Uhr neben dem Bett. *Ein Uhr morgens.* Sie taumelte ins eigene Schlafzimmer und wollte sich noch entkleiden, aber dazu reichte die Kraft nicht mehr. Sie fiel angezogen aufs Bett und schlief sofort ein.

Es war das schrille Läuten eines Telefons, das von einem fernen Planeten herüberzudringen schien, das sie weckte. Paige kämpfte gegen den Lärm an, wollte weiterschlafen, aber das Schrillen arbeitete sich wie ein Bohrer in ihr Gehirn. Sie war völlig fertig, als sie sich im Bett aufsetzte und nach dem Hörer griff. »H'lo?«

»Dr. Taylor?«

»Am Apparat.« Ihre Stimme klang heiser und rauh.

»Dr. Barker braucht Sie als Assistenz im OP 4. Stat.«

Paige räusperte sich. »Da muß ein Irrtum vorliegen«, sagte sie ganz langsam. »Ich komme gerade vom Dienst.«

»OP 4. Dr. Barker erwartet Sie.« Und schon war die Leitung tot.

Paige saß benommen auf dem Bettrand. Ihr Bewußtsein war schlafumwölkt. Sie schaute zur Uhr auf dem Nachttisch. Viertel nach vier. Warum forderte Dr. Barker sie eigentlich mitten in der Nacht an? Auf die Frage konnte es nur eine einzige Antwort geben. Einem ihrer Patienten mußte etwas zugestoßen sein.

Paige torkelte ins Badezimmer. Sie klatschte sich Wasser ins Gesicht. Sie warf einen Blick in den Spiegel und dachte: *O mein Gott! Ich seh' ja aus wie meine Mutter. Nein. So gräßlich hat meine Mutter nie ausgesehn.*

Zehn Minuten später war Paige wieder zum Krankenhaus unterwegs. Als sie mit dem Lift in den vierten Stock fuhr, war sie immer noch nicht richtig wach. Sie lief zum Umkleideraum, zog sich um, wusch sich für die Operation und betrat den OP-Saal.

Dort befanden sich außer Dr. Barker drei Schwestern und ein Assistent.

Dr. Barker sah Paige eintreten und bellte: »Herrje, Sie haben ja einen Krankenhauskittel an. Sind Sie nie darüber aufgeklärt worden, daß Sie im Operationssaal ein OP-Gewand tragen müssen?«

Paige, wie vom Blitz getroffen, blieb stehen. Sie war auf einmal hellwach. Ihre Augen funkelten. »Jetzt hören Sie mir mal zu«, legte sie empört los. »Erstens habe ich überhaupt keinen Dienst. Zweitens bin ich überhaupt nur Ihnen zu Gefallen gekommen. Ich werde nicht...«

»Keine Widerrede!« unterbrach Dr. Barker sie scharf. »Kommen Sie! Halten Sie mir den Wundhaken!«

Paige trat an den Operationstisch und blickte nach unten. Der Mann dort war gar nicht ihr Patient. Sie hatte ihn noch nie gesehen. *Barker hatte keinen Grund, mich zu holen. Er macht das alles nur, um mich aus diesem Krankenhaus wegzuekeln. Aber, verflixt noch mal, ich lasse mich nicht rausekeln.* Sie warf ihm einen giftigen Blick zu, nahm den Wundhaken und machte sich an die Arbeit.

Es handelte sich um eine Bypass-Operation – die Überbrückung eines kranken Abschnitts der Koronararterie durch Einpflanzung eines Venenstücks. Der Einschnitt zum Brustbein, das mit einer elektrischen Säge geteilt worden war, war bereits vollzogen. Der Herzbeutel und die Hauptblutgefäße waren freigelegt.

Paige führte den Wundhaken ein und zwang die Ränder auseinander. Sie beobachtete, wie Dr. Barker äußerst geschickt den Herzbeutel öffnete und das Herz freilegte.

Er deutete auf die Koronararterien. »Da liegt das Problem«, erläuterte er. »Wir werden jetzt die Transplantation vornehmen.«

Er hatte einem Bein bereits einen längeren Venenstreifen entnommen, von dem er nun das eine Ende in die Hauptarterie einnähte, die aus dem Herzen führte. Das andere Ende befestigte er an einer der Koronararterien hinter der schadhaften Zone. Die verstopfte Stelle war umgangen worden, das Blut floß ungehindert durch das eingepflanzte Venenstück.

Es war eine Meisterleistung, der Paige da beiwohnte. *Wenn er doch nur nicht so ein Mistkerl wäre!*

Die Operation nahm drei Stunden in Anspruch. Am Ende war Paige nur mehr halbwach. Als der Einschnitt wieder verschlossen worden war, wandte Dr. Barker sich mit Worten des Dankes an die Mitarbeiter. Paige würdigte er dabei keines Blickes.

Sie schwankte wortlos aus dem OP-Saal und begab sich direkt zum Büro von Dr. Benjamin Wallace.

Wallace war gerade erst eingetroffen. »Sie wirken erschöpft«, stellte er fest. »Sie sollten sich ein wenig Ruhe gönnen.«

Paige atmete einmal tief durch, um nicht die Selbstbeherrschung zu verlieren, bevor sie hervorstieß: »Ich möchte zu einem anderen Chirurgenteam versetzt werden.«

Wallace betrachtete sie. »Sie sind Dr. Barker zugeteilt, nicht wahr?«

»Korrekt.«

»Wo liegt das Problem?«

»Das sollten Sie *ihn* fragen. Er kann mich nicht leiden. Er wird froh sein, wenn er mich loswird. Ich bin zur Zusammenarbeit mit jedem andern Kollegen bereit – mit jedem.«

»Ich werde mit ihm reden«, versprach Wallace.

»Danke.«

Paige drehte sich auf dem Absatz um und verließ das Büro. *Sie sollten mich wirklich aus seiner Nähe entfernen. Wenn ich ihn noch einmal sehe, bring' ich ihn um.*

Paige fuhr nach Hause. Sie schlief zwölf Stunden lang durch und wachte auf mit dem Gefühl, daß etwas Wunderbares geschehen war. Dann fiel es ihr wieder ein. *Ich muß das Biest nicht mehr sehen!* Auf der Fahrt zum Krankenhaus pfiff sie fröhlich vor sich hin.

Auf dem Flur kam ihr ein Pfleger entgegen. »Dr. Taylor...«

»Ja?«

»Dr. Wallace möchte Sie gern in seinem Büro sprechen.«

»Danke«, sagte Paige und überlegte, wer ihr neuer Chefarzt wohl sein könnte, dachte: *Er kann jedenfalls nur angenehmer als Dr. Barker sein,* und trat bei Benjamin Wallace ein.

»Nun, Paige, heute sehen Sie schon viel besser aus.«

»Danke. Ich fühle mich auch viel besser.« Und das entsprach voll und ganz der Wahrheit. Sie spürte ein Gefühl unendlicher Erleichterung.

»Ich habe mit Dr. Barker gesprochen.«

Paige lächelte ihm freundlich zu. »Vielen Dank. Ich weiß es zu schätzen.«

»Er will Sie nicht gehen lassen.«

Ihr Lächeln erlosch. *Was!?*

»Er hat mir kategorisch erklärt: ›Sie ist meinem Team zugewiesen worden, und jetzt bleibt sie da.‹«

Paige wollte es nicht glauben. »Aber *warum*?« Doch sie wußte den Grund. Dieses sadistische Biest brauchte eine Frau, ein »Prügelmädchen«, jemanden, den er demütigen könnte. »Das akzeptiere ich nicht.«

»Tut mir leid, aber Sie haben keine andere Wahl«, stellte Dr. Wallace betrübt fest. »Außer Sie wollen das Krankenhaus verlassen. Wollen Sie es überdenken?«

Darüber mußte Paige jedoch gar nicht erst nachdenken. »Nein.« Aus dem Krankenhaus würde sie sich von Dr. Barker nicht drängen lassen – den Gefallen wollte sie ihm wirklich nicht tun! »Nein«, wiederholte sie. »Ich bleibe hier.«

»Gut. Dann wäre das Problem ja gelöst.«

Ganz und gar nicht! Und Paige schwor sich: *Ich werde eine Möglichkeit finden, um ihm das heimzuzahlen.*

Im Ärzteumkleideraum machte Ken Mallory sich eben für die Visite fertig, als Dr. Grundy mit drei Kollegen eintrat.

»Da ist unser Mann ja!« rief Grundy. »Wie kommen Sie voran, Ken?«

»Gut«, erwiderte Mallory.

Grundy wandte sich an die Kollegen. »Er macht aber nicht den Eindruck, als ob er gerade vernascht worden wäre, oder?« Und wieder an Mallory gewandt: »Ich hoffe, Sie haben das Geld bereitgelegt. Ich will mir nämlich ein kleines Auto kaufen.«

»Und ich mir eine neue Garderobe«, warf ein anderer ein.

Mallory schüttelte mitleidsvoll den Kopf. »Darauf würde ich an Ihrer Stelle nicht bauen, ihr Anfänger. Ihr solltet euch darauf einstellen, daß ihr *mir* zahlen müßt.«

Grundy musterte ihn argwöhnisch. »Was wollen Sie damit sagen?«

»Wenn *die* Frau eine Lesbe ist, bin ich ein Eunuch. Sie ist das geilste Stück, das mir je untergekommen ist. Ich habe sie neulich abend fast bremsen müssen!«

Die Männer tauschten besorgte Blicke.

»Aber ins Bett haben Sie sie nicht gekriegt?«

»Das lag wirklich nur daran, meine Freunde, daß wir auf dem Weg ins Schlafzimmer gestört worden sind. Ich bin für Samstag abend wieder mit ihr verabredet, dann wird's passieren.« Mallory war mit dem Ankleiden fertig. »Und wenn die Herren mich jetzt bitte entschuldigen würden . . .«

Als Grundy Kat etwa eine Stunde später auf dem Flur begegnete, zeigte er ein böses Gesicht.

»Ich habe Sie gesucht«, sagte er verärgert.

»Stimmt was nicht?«

»Dieser Mistkerl Mallory – der ist sich seiner Sache inzwischen so sicher, daß er angeboten hat, weitere Wetten anzunehmen. Ich kann's einfach nicht glauben!«

»Keine Sorge«, stieß Kat grimmig hervor. »*Die* Wette verliert er.«

Als Mallory Kat am Samstag abend abholte, trug sie ein Kleid mit tiefem Dekolleté, das ihre ohnehin üppigen Formen noch herausstrich.

»Du siehst fantastisch aus«, erklärte er in einem Ton offener Bewunderung.

Sie legte den Arm um ihn. »Für dich will ich doch besonders gut aussehen.« Sie schmiegte sich an ihn.

Mein Gott, wirklich, sie will mich! Und Mallorys Stimme war ganz rauchig geworden, als er sagte: »Hör zu, Kat. Mir kommt plötzlich eine Idee. Warum schlüpfen wir nicht jetzt vor dem Essen rasch ins Schlafzimmer und . . .«

Sie streichelte sein Gesicht. »Ach, Schatz, wenn's doch nur möglich wäre! Aber Paige ist zu Hause.« In Wirklichkeit hatte Paige im Krankenhaus Dienst.

»Ach so.«

»Aber anschließend, nach dem Essen . . .« Sie ließ den Vorschlag unausgesprochen in der Luft schweben.

»Ja?«

»Wir könnten doch zu dir.«

Mallory nahm sie in die Arme und gab ihr einen Kuß. »Ein herrlicher Gedanke!«

Er lud sie ein ins Iron Horse, wo sie köstlich dinierten und Kat den Abend trotz allem genoß. Mallory war liebenswürdig und amüsant, und er hatte eine unglaublich erotische Ausstrahlung. Und er schien aufrichtig daran interessiert, alles über sie zu erfahren. Sie wußte natürlich, daß er ihr schmeichelte; andererseits hatte sie aber den Eindruck, daß er die Komplimente, die er ihr machte, ernst meinte.

Wenn ich nicht genau wüßte...

Mallory hatte das Essen kaum angerührt. Ihm ging immer nur ein Gedanke durch den Kopf: *In zwei Stunden werde ich zehntausend Dollar gewinnen... In einer Stunde werde ich zehntausend Dollar gewinnen... In dreißig Minuten...*

Sie hatten ihren Kaffee ausgetrunken.

»Bist du bereit?« fragte Mallory.

Kat legte ihm die Hand auf den Arm. »Wenn du wüßtest, wie bereit... Komm, gehen wir.«

Sie fuhren mit dem Taxi zu Mallorys Wohnung. »Ich bin absolut verrückt nach dir«, murmelte Mallory. »Eine Frau wie dich hab' ich noch nie erlebt.«

Da klang ihr plötzlich wieder Grundys Stimme im Ohr: *Der ist sich seiner Sache inzwischen so sicher, daß er angeboten hat, weitere Wetten anzunehmen.*

Sie kamen an, Mallory zahlte für das Taxi und ließ Kat in den Fahrstuhl vorangehen, der, wie es Mallory schien, eine Ewigkeit brauchte. Mallory öffnete die Tür. »Da wären wir«, sagte Mallory voller Ungeduld.

Kat trat ein. Es war eine ganz gewöhnliche Junggesellenwohnung, der man sofort ansah, daß ihr die Hand einer Frau fehlte.

»Wie schön«, hauchte Kat und strahlte Mallory an. »Das bist *du*!«

Er grinste. »Komm, ich zeige dir *unser* Zimmer. Ich leg' nur noch rasch ein wenig Musik auf.«

Während er zum CD-Regal ging, schaute Kat kurz auf die Armbanduhr.

Barbra Streisands Stimme erfüllte den Raum.

Mallory nahm Kat bei der Hand. »Komm, Liebling.«

»Einen Augenblick!« bat Kat weich.

Er sah sie überrascht an. »Wozu?«

»Ich möchte diesen Augenblick mit dir genießen, weißt du, bevor wir ...«

»Warum genießen wir ihn denn nicht im Schlafzimmer?«

»Ich hätte gern etwas zu trinken.«

»Einen Drink?« Er hatte Mühe, seine Ungeduld zu verbergen. »Gut. Was hättest du gern?«

»Einen Wodka und Tonic bitte.«

»Das werden wir gerade noch hinkriegen.« Er lächelte, ging hinüber zur kleinen Bar und mixte eilig zwei Drinks.

Kat warf noch einmal rasch einen Blick auf die Armbanduhr.

Mallory kam mit den Gläsern zurück; eins reichte er Kat. »Auf dich, Baby.« Er hob sein Glas. »Auf die Zweisamkeit.«

»Auf die Zweisamkeit«, wiederholte Kat und nahm einen Schluck. »O mein Gott!«

Er reagierte nervös. »Was ist los?«

»Das ist ja Wodka!«

»Du hast mich ja auch um Wodka gebeten.«

»Hab' ich das? Verzeih. Aber ich hasse Wodka!« Sie streichelte seine Wange. »Könnte ich bitte einen Scotch mit Soda haben?«

»Natürlich.« Er schluckte seinen Ärger hinunter und kehrte zur Bar zurück, um einen neuen Drink zu mixen.

Kat blickte wieder auf die Armbanduhr.

Ken Mallory kam zurück. »Hier, bitte sehr.«

»Dank dir, Liebling.«

Sie trank zwei Schlucke. Mallory nahm ihr das Glas aus der Hand und setzte es auf dem Tisch ab. Er legte beide Arme um Kat und zog sie an sich. Sie konnte seine Erregung spüren.

»Und jetzt«, sagte Ken suggestiv, »wollen wir zusammen Geschichte machen.«

»O ja!« sagte Kat. »Ja!«

Sie ließ sich von ihm ins Schlafzimmer führen.

Ich hab's geschafft! jubilierte Mallory. *Ich hab's geschafft Die Mauern Jerichos fallen!* »Zieh dich aus, Baby.«

»Du zuerst, Liebling. Ich möchte sehen, wie du dich ausziehst. Es erregt mich.«

»Ach ja? Also gut.«

Während Kat still zuschaute, zog Mallory seine Sachen aus, ganz langsam, zuerst das Jackett, dann Hemd und Krawatte, danach Schuhe und Strümpfe, anschließend die Hose. Er hatte die feste, schlanke Figur eines Sportlers.

»Erregt es dich, Baby?«

»O ja. Und jetzt zieh die Unterhose aus.«

Mallory ließ die Unterhose langsam zu Boden fallen. Er hatte eine volle Erektion.

»Wunderbar!« rief Kat.

»Jetzt bist du an der Reihe.«

»In Ordnung.«

In genau diesem Moment legte Kats Piepser los.

Mallory zuckte zusammen. »Was zum Teufel...«

»Ich werde gerufen«, sagte Kat. »Darf ich dein Telefon benützen?«

»Jetzt?«

»Ja. Es muß ein Notfall sein.«

»Jetzt? Kann das nicht warten?«

»Aber Liebling, du kennst doch die Regeln.«

»Aber...«

Mallory sah sie zum Telefon gehen und wählen. »Hier Dr. Hunter.« Sie horchte. »Wirklich? Selbstverständlich. Ich bin gleich da.«

Mallory starrte sie entgeistert an. »Was geht da vor?«

»Ich muß sofort ins Krankenhaus, mein Engel.«

»Jetzt?«

»Ja. Ein Patient von mir liegt im Sterben.«

»Kann das nicht warten, bis...«

»Tut mir leid. Wir holen's an einem anderen Abend nach.«
Ken Mallory stand splitterfasernackt da und schaute Kat nach,
als sie aus der Wohnung ging, und als die Tür hinter ihr ins Schloß
fiel, nahm er ihren Drink und schleuderte ihn gegen die Wand.
Die Hexe ... diese Hexe ... die Hexe ...

Als Kat in ihre Wohnung zurückkehrte, warteten Paige und Honey bereits aufgeregt auf sie.
»Wie war's?« fragte Paige. »Kam mein Ruf rechtzeitig?«
Kat lachte. »Genau im richtigen Moment.«
Sie begann, ihnen von ihrem Abend zu erzählen. Als sie an dem
Punkt angelangt war, als Mallory nackt im Schlafzimmer stand,
mit seiner schönen Erektion, lachten sie, bis ihnen die Tränen in
die Augen schossen.
Beinahe hätte Kat ihnen erzählt, wie sehr sie das Zusammen-
sein mit Ken Mallory genoß, aber sie kam sich blöd vor. Schließ-
lich traf er sich nur mit ihr, um seine Wette zu gewinnen.
Paige schien irgendwie zu spüren, was in Kat vorging. »Nimm
dich vor ihm in acht, Kat.«
Kat lächelte. »Keine Sorge. Aber ich muß zugeben, wenn ich
nichts von dieser Wette wüßte ... Er ist eine Schlange, aber eine
charmante.«
»Wann wirst du ihn wiedersehen?« fragte Honey.
»Ich geb' ihm eine Woche, damit er wieder etwas abkühlt.«
Paige betrachtete sie eingehend. »Soll er sich wieder beruhigen
– oder du?«

Kat sah Dinettos schwarze Limousine vor dem Krankenhaus warten. Der Schatten war allein. Kat wünschte sich, daß Rhino dabei-
gewesen wäre – der Schatten hatte etwas an sich, das sie gewissermaßen versteinerte. Er lächelte nie. Er sprach selten. Er war eine
wandelnde Drohung.
»Einsteigen«, stieß er hervor, als Kat näher kam.
»Hören Sie«, sagte Kat empört, »bestellen Sie Mr. Dinetto, daß
ich mich von ihm nicht herumkommandieren lasse. Ich bin nicht

bei ihm angestellt. Nur, weil ich ihm mal einen Gefallen getan habe...«

»Steigen Sie ein. Erzählen Sie ihm das selber.«

Kat zauderte. Es wäre für sie leicht genug gewesen, jetzt einfach davonzugehen und sich nicht weiter in die Sache hineinziehen zu lassen – ob das aber nicht Mike schaden würde? Kat stieg ein. Diesmal war das Opfer böse zusammengeschlagen worden – man hatte ihm mit einer Kette zugesetzt. Lou Dinetto war bei ihm.

Kat brauchte nur einen Blick auf den Patienten zu werfen. »Er muß sofort ins Krankenhaus«, sagte Kat.

»Kat«, sagte Dinetto, »Sie werden ihn hier behandeln müssen.«

»Warum?« wollte Kat wissen. Doch sie kannte die Antwort – und diese Antwort jagte ihr Angst und Schrecken ein.

18. Kapitel

Es war einer von diesen Tagen, an denen in San Francisco ein Zauber in der Luft liegt. Der Nachtwind hatte die Regenwolken vertrieben und der Stadt einen frischen, sonnigen Sonntagmorgen beschert. Jason hatte mit Paige vereinbart, sie von ihrer Wohnung abzuholen. Als er läutete, war Paige selbst überrascht, wie sehr sie das Wiedersehen mit ihm freute.

»Guten Morgen«, sagte Jason zur Begrüßung. »Schön sehen Sie heute aus.«

»Danke für das Kompliment.«

»Und was würden Sie gern unternehmen?«

»Es ist Ihre Heimatstadt«, erwiderte Paige. »Ich folge Ihnen, wohin Sie mich auch führen.«

»Nichts dagegen.«

»Wenn es Ihnen nichts ausmacht«, warf Paige ein, »würde ich nur gern auf einen Sprung beim Krankenhaus vorbeischauen.«

»Ich dachte, Sie hätten heute Ihren freien Tag.«

»Hab' ich auch. Es gibt da aber einen Patienten, der mir Sorgen bereitet.«

»Kein Problem.« Jason fuhr sie zum Krankenhaus.

»Wird nicht lang dauern«, versprach Paige beim Aussteigen.

»Ich warte hier auf Sie.«

Paige fuhr in den dritten Stock und ging zum Zimmer von Jimmy Ford, der nach wie vor im Koma lag und an einem Gewirr von Schläuchen und Röhrchen hing, mit deren Hilfe er künstlich ernährt wurde.

Im Krankenzimmer hielt sich eine Schwester auf, die den Kopf hob, als Paige durch die Tür trat. »Guten Morgen, Doktor.«

»Guten Morgen.« Paige stellte sich neben das Bett des jungen Mannes. »Irgendwelche Veränderungen?«

»Leider nein.«

Paige fühlte Jimmy den Puls und horchte nach seinem Herzschlag.

»So geht das nun schon seit ein paar Wochen«, bemerkte die Schwester. »Sieht nicht gut aus, oder?«

»Er wird durchkommen«, versicherte Paige mit fester Stimme. Sie beugte sich über die bewußtlose Gestalt auf dem Bett und sprach lauter. »Hören Sie mich? Sie werden bestimmt gesund!« Keine Reaktion. Sie schloß die Augen und sprach ein stilles Gebet.

»Bei der geringsten Veränderung verständigen Sie mich über Piepser.«

»Jawohl, Doktor.«

Er wird nicht sterben, dachte Paige. *Ich werde nicht zulassen, daß er stirbt...*

Als Jason Paige kommen sah, stieg er aus. »Alles klar?«

Es gab keinen Anlaß, ihn mit ihren Problemen zu belasten. »Alles klar«, bestätigte sie.

»Dann wollen wir uns heute mal wie waschechte Touristen benehmen«, schlug Jason vor. »In Kalifornien gibt es ein Gesetz, demzufolge alle Besichtigungen am Fisherman's Wharf zu beginnen haben.«

Paige quittierte es mit einem Lächeln. »Gesetze sind dazu da, befolgt zu werden.«

Am Fisherman's Wharf war es wie bei einem Straßenkarneval. Die Künstler – Mimen, Clowns, Tänzer und Musikanten – waren in voller Stärke angetreten. An Imbißbuden wurden in dampfenden Töpfen Krabben und Fischsuppe angeboten, dazu frisches Sauerteigbrot.

»Das gibt es auf der ganzen Welt kein zweites Mal«, erklärte Jason begeistert.

Seine Begeisterung war so rührend, daß Paige, die Fisherman's Wharf und die meisten anderen touristischen Sehenswürdigkeiten San Franciscos natürlich schon kannte, ihm die Freude nicht verderben wollte.

»Sind Sie schon einmal Cable Car gefahren?« wollte Jason wissen.

»Nein.« *Jedenfalls nicht seit letzter Woche.*

»Dann haben Sie wirklich etwas versäumt. Kommen Sie!«

Sie liefen zur Powell Street, bestiegen einen Wagen, und nach Fahrtbeginn erklärte Jason: »Die Straßenbahn ist 1873 von Halliday erbaut worden und hieß damals im Volksmund Halliday's Folly.«

»Bestimmt hat man ihr ein frühzeitiges Ende prophezeit.«

Jason lachte. »Genau. In meiner Highschoolzeit bin ich übrigens an Wochenenden Touristenführer gewesen.«

»Das haben Sie bestimmt gut gemacht.«

»Ich war natürlich der Beste. Wollen Sie ein bißchen was von meinem Blabla hören?«

»Schrecklich gern.«

Jason ahmte die nasale Stimme eines typischen Touristenführers nach. »Meine Damen und Herren, zu Ihrer Information – die älteste Straße San Franciscos ist Grant Avenue, die längste – siebeneinhalb Meilen –, ist Mission Street, die breiteste ist Van Ness Avenue mit 41 Meter Breite, und es wird Sie überraschen zu erfahren, daß die schmalste, nämlich DeForest Street, nur anderthalb Meter breit ist, jawohl, meine Damen und Herren – anderthalb Meter. Als steilste Straße können wir Ihnen Filbert Street mit einunddreißigeinhalb Grad Steigung anbieten.« Er schaute Paige an und grinste. »Ich bin überrascht, daß ich das alles behalten habe.«

Als sie aus dem Wagen ausstiegen, blickte Paige zu Jason auf und fragte: »Und was jetzt?«

»Jetzt werden wir Kutsche fahren.«

Und bald darauf saßen sie in einer Pferdekutsche, die sie von der Fisherman's Wharf über den Ghirardelli Square nach North Beach brachte. Unterwegs zeigte Jason auf alles, was irgendwie von Interesse war, und Paige war ehrlich erstaunt, wieviel Spaß ihr das alles machte. *Laß dich bloß nicht hinreißen.*

Sie waren gerade auf den Coit Tower gestiegen und genossen

den Ausblick auf die Stadt, als Jason plötzlich fragte:»Haben Sie eigentlich keinen Hunger?«

Die frische Luft hatte Paige allerdings sehr hungrig gemacht.

»Doch.«

»Gut. Dann werde ich Sie jetzt mit einem der besten chinesischen Restaurants der Welt bekannt machen – Tommy Toy's.« Es war ein Restaurant, von dem Paige die Chefärzte im Krankenhaus schwärmen gehört hatte.

Es wurde ihnen ein wahres Festmahl serviert, das mit Hummerspießchen mit Chilisauce und Sauerscharfsuppe mit Meeresfrüchten begann, gefolgt von Hühnerfilet mit Zuckerschotenerbsen und Pekanüssen, Kalbsfilet mit Szechuansauce und gebratenem Reis mit viererlei Gewürzen. Zum Dessert bestellten sie eine Pfirsichmousse. Das Essen war himmlisch.

»Kommen Sie oft her?« fragte Paige.

»So oft wie nur möglich.«

Jason hatte etwas Jungenhaftes an sich, das sehr anziehend auf Paige wirkte.

»Sagen Sie«, meinte Paige,»haben Sie eigentlich immer Architekt werden wollen?«

»Ich hatte gar keine andere Wahl.« Jason grinste spitzbübisch. »Mein erstes Spielzeug waren Bauklötze. Es ist wirklich toll, sich etwas vorzustellen und dann zu erleben, wie ein Traum mit Hilfe von Beton und Stein und Ziegeln Wirklichkeit wird, in den Himmel emporwächst und Teil der Stadt wird, in der man lebt.«

Ich werde ein Taj-Mahal für dich bauen. Es ist mir ganz egal, wie lange ich dafür brauche.

»Ich zähle zu den glücklichen Menschen, Paige, die im Leben tun dürfen, was ihnen Spaß macht. Wie hat doch jemand so schön gesagt: ›Die meisten Menschen führen ein Leben voll stiller Verzweiflung‹?«

Das trifft auf die Mehrzahl meiner Patienten zu, dachte Paige.

»Ich wüßte nicht, was ich sonst machen möchte. Ich kenne auch keine andere Stadt, in der ich leben möchte. San Francisco ist eine herrliche Stadt.« Er sprach überschwenglich. »Die Stadt hat alles, was man sich nur wünschen kann. Ich werde ihrer nie überdrüssig.«

Paige musterte ihn. Ihr gefiel seine Begeisterung. »Und Sie sind nie verheiratet gewesen?«

Jason zuckte mit den Schultern. »Einmal. Wir waren beide zu jung. Hat nicht geklappt.«

»Tut mir leid.«

»Dazu besteht gar kein Anlaß. In zweiter Ehe hat sie einen äußerst wohlhabenden Fleischfabrikanten geheiratet. Und Sie? Sind Sie schon einmal verheiratet gewesen?«

Ich will auch Arzt werden, wenn ich groß bin. Wir werden heiraten und zusammenarbeiten.

Auf einer Hafenrundfahrt fuhren sie unter der Golden Gate und der Bay Bridge durch. Jason nahm wieder seine Touristenführerstimme an. »Und dort, meine Damen und Herren, sehen Sie das befestigte Alcatraz, ehemals Heim der berüchtigtsten Verbrecher der Welt – Machine Gun Kelly, Al Capone und Robert Stroud, bekannt als der Vogelmensch. ›Alcatraz‹ ist ein spanisches Wort und bedeutet ›Pelikan‹. Es hat ursprünglich ›Isla de los Alcatraces‹ geheißen, nach den Vögeln, damals ihren einzigen Bewohnern. Wissen Sie, warum die Gefangenen dort früher jeden Tag heiß geduscht worden sind?«

»Nein.«

»Damit sie sich nicht an das kalte Wasser in der Bucht gewöhnen konnten, für den Fall, daß sie einen Fluchtversuch unternahmen.«

»Ist das wahr?« wollte Paige wissen.

»Habe ich Sie schon mal angelogen?«

Es war bereits Spätnachmittag, als Jason sie fragte: »Sind Sie schon einmal in Noe Valley gewesen?«

Paige schüttelte den Kopf. »Nein.«

»Ich würde es Ihnen gern zeigen. Ganz früher gab es dort nur

Farmen und Flüsse. Heute stehen dort bunte Häuser und Gärten aus dem neunzehnten Jahrhundert. Die Häuser sind sehr alt – es ist praktisch das einzige Gebiet, das vom Erdbeben des Jahres 1906 verschont geblieben ist.«

»Hört sich gut an.«

Jason zögerte. »Ich wohne dort. Möchten Sie mein Haus sehen?«

Er spürte Paiges innere Abwehr. »Paige, ich liebe Sie.«

»Aber wir kennen uns doch kaum. Wie könnten Sie denn...«

»Es war mir klar, von dem Augenblick an, als Sie sagten: ›Hat Ihnen etwa niemand gesagt, daß Sie zur Visite einen weißen Kittel tragen müssen?‹ In dem Augenblick habe ich mich in Sie verliebt.«

»Jason...«

»Ich glaube fest an die Liebe auf den ersten Blick. Mein Großvater hat meine Großmutter zum erstenmal gesehen, als sie mit dem Fahrrad im Park spazierenfuhr, und ist ihr gefolgt – drei Monate später haben sie geheiratet und sind fünfzig Jahre zusammen gewesen, bis zu seinem Tod. Mein Vater hat meine Mutter zum erstenmal beim Überqueren der Straße bemerkt und sofort gewußt, daß sie seine Frau werden würde. Sie sind inzwischen fünfundvierzig Jahre verheiratet. Sie sehen, das liegt bei uns in der Familie. Ich möchte Sie heiraten.«

Es war die Stunde der Wahrheit.

Paige schaute Jason an und dachte: *Er ist seit Alfred der erste Mann, zu dem ich mich hingezogen fühle. Er ist bewundernswert und klug und natürlich. Er hat alles, was eine Frau sich von einem Mann nur wünschen kann. Was ist mit mir los? Ich klammere mich an ein Gespenst.* Doch tief im Innersten hatte sie immer noch das überwältigende Gefühl, daß Alfred eines Tages zu ihr zurückkommen würde.

Sie schaute Jason an und traf ihren Entschluß.

»Jason...«

In diesem Moment rührte sich Paiges Piepser. Es klang dringend. Ominös.

»Ich muß sofort ein Telefon finden.« Zwei Minuten später war sie mit dem Krankenhaus verbunden.

Jason sah Paige erblassen.

Sie schrie in den Hörer hinein: »Nein! Nie und nimmer! Sagen Sie denen, daß ich sofort komme.« Sie knallte den Hörer auf die Gabel.

»Worum geht's?« fragte Jason.

Als sie sich zu ihm umdrehte, standen ihre Augen voller Tränen. »Um meinen Patienten Jimmy Ford. Sie wollten ihn vom Beatmungsgerät abtrennen. Sie wollen ihn sterben lassen.«

In Jimmy Fords Zimmer standen neben dem Bett des Bewußtlosen drei Männer: George Englund, Benjamin Wallace und ein Unbekannter.

»Was geht hier vor?« fuhr Paige die drei sofort an.

Die Antwort gab Benjamin Wallace. »Auf der Sitzung des Ethikkomitees hier im Krankenhaus ist heute morgen festgestellt worden, daß Jimmy Fords Zustand hoffnungslos ist. Wir haben beschlossen, ihn...«

»Nein!« rief Paige. »Dazu sind Sie nicht berechtigt. Ich bin seine Ärztin, und ich sage: Er *hat* noch eine Chance, aus dem Koma aufzuwachen! Wir werden ihn *nicht* sterben lassen.«

»Das ist nicht Ihre Entscheidung, Frau Doktor«, schaltete sich der Fremde ein.

Paige musterte ihn herausfordernd. »Und wer sind Sie?«

»Sylvester Damone. Der Anwalt der Familie.« Er zog ein Dokument hervor, das er Paige überreichte. »Jimmy Fords Testament, in dem ausdrücklich festgehalten wird, daß er nicht mit mechanischen Hilfsmitteln am Leben gehalten werden soll, falls er ein lebensgefährliches Trauma erleiden sollte.«

»Aber ich habe seinen Zustand genau beobachtet«, flehte Paige. »Sein Zustand hat sich in den letzten Wochen stabilisiert. Er könnte jeden Moment aus dem Koma erwachen.«

»Können Sie das garantieren?« wollte Damone wissen.

»Nein, aber...«

»Dann werden Sie sich an die Ihnen gegebene Anweisung halten müssen, Frau Doktor.«

Paige blickte auf die Gestalt von Jimmy herab. »Nein! Sie müssen noch etwas länger warten!«

Der Anwalt bemerkte ölig: »Ich bin mir, Frau Doktor, durchaus darüber im klaren, daß es im Interesse des Krankenhauses liegt, einen Patienten so lang wie möglich am Leben zu halten, aber die Familie kann sich die Kosten für die medizinische Versorgung nicht mehr länger leisten. Ich befehle Ihnen hiermit, den Patienten vom Beatmungsgerät abzutrennen.«

»Nur noch ein bis zwei Tage«, bat Paige verzweifelt, »ich bin sicher, daß...«

»Nein«, widersprach Damone bestimmt. »Heute.«

George Englund wandte sich an Paige. »So leid es mir tut – ich fürchte, daß uns keine andere Wahl bleibt.«

»Ich danke Ihnen, Doktor«, sagte der Anwalt. »Ich werde die Sache Ihnen überlassen. Ich werde die Angehörigen benachrichtigen, daß die Angelegenheit unverzüglich erledigt wird, damit sie die Beerdigung vorbereiten können.« Er wandte sich an Benjamin Wallace. »Danke für Ihre Kooperation. Guten Tag.«

Ihre Blicke folgten ihm auf dem Weg nach draußen.

»Das dürfen wir Jimmy nicht antun!« sagte Paige.

Dr. Wallace räusperte sich. »Paige...«

»Und wenn wir ihn von hier wegschaffen und in einem anderen Zimmer verstecken würden? Es muß doch etwas geben, woran wir noch nicht gedacht haben. Etwas...«

Benjamin Wallace erklärte: »Es handelt sich nicht um eine Bitte. Es ist ein Befehl.« Er sah George Englund an. »Wollen Sie...«

»Nein!« rief Paige. »Ich... ich werde es selber tun.«

»Also gut.«

»Wenn es Ihnen recht ist, möchte ich gern mit ihm allein sein.«

George Englund drückte ihren Arm. »Tut mir leid, Paige.«

»Ich weiß.«

Die beiden Männer verließen den Raum.

Sie war mit dem bewußtlosen Jungen allein. Sie betrachtete das Beatmungsgerät, das ihn am Leben hielt, und die intravenösen

Schläuche, über die sein Körper ernährt wurde. Es wäre im Grunde ein leichtes, das Gerät abzuschalten, ein Lebenslicht auszublasen. Aber er hatte so viele wunderbare Träume gehabt und so große Hoffnungen.

Eines Tages werde ich auch Arzt. Ich möchte so werden wie Sie. Haben Sie schon gewußt, daß ich heiraten werde? . . . Betsy heißt sie . . . Wir wünschen uns ein halbes Dutzend Kinder. Das erste Mädchen werden wir Paige nennen.

Er hatte so viel, für das sich zu leben lohnte.

Paige stand still vor ihm. Tränen trübten ihren Blick. »Verdammt«, schimpfte sie laut. »Du bist ein Drückeberger!« Sie schluchzte. »Was ist aus deinen Träumen geworden? Ich hatte gedacht, du willst Arzt werden! Antworte mir! Hörst du mich? Mach die Augen auf!« Sie blickte auf die bleiche Gestalt. Keine Reaktion. »Es tut mir leid«, sagte Paige. »Verzeih mir.« Und sie beugte sich über ihn, um ihm die Wange zu küssen, und als sie sich ganz langsam wieder aufrichtete, blickte sie in seine geöffneten Augen.

»Jimmy! *Jimmy!*«

Er blinzelte und schloß die Augen wieder. Paige drückte ihm die Hand. Sie beugte sich über ihn und stieß unter heftigem Schluchzen die Worte hervor: »Jimmy, hast du den schon gehört vom Patienten, der künstlich ernährt wird? Er bittet den Arzt um eine zweite Flasche. Er erwartet einen Gast zum Mittagessen.«

19. Kapitel

So glücklich war Honey in ihrem Leben noch nie gewesen. Sie hatte zu den Patienten eine so persönliche Beziehung, wie das nur bei ganz wenigen Ärzten der Fall war; die Patienten lagen ihr wirklich sehr am Herzen. Sie arbeitete in der Geriatrie, in der Pädiatrie und einigen anderen Stationen, wobei Dr. Wallace fürsorglich darauf achtete, daß ihr nur harmlose Aufgaben übertragen wurden. Er tat alles, damit sie am Krankenhaus bleiben und ihm weiterhin zur Verfügung stehen konnte.

Honey beneidete die Krankenschwestern, die ihre Patienten pflegen durften, ohne sich um größere medizinische Entscheidungen sorgen zu müssen. *Ich wollte ja gar nicht Ärztin werden*, dachte Honey, *ich hab' immer nur davon geträumt, Krankenschwester zu sein. Aber eine Taft wird ja nicht Krankenschwester.*

Wenn Honey nachmittags das Krankenhaus verließ, ging sie gern einkaufen, etwa in der Bay Company oder beim Musikgeschäft Streetlight Records, um Geschenke für die Kinder in der Pädiatrie zu besorgen.

»Ich hab' Kinder gern«, erklärte sie Kat.

»Möchtest du selbst mal viele Kinder haben?«

»Irgendwann schon«, antwortete Honey melancholisch. »Erst muß ich aber mal einen Vater für sie finden.«

Einer von Honeys Lieblingspatienten in der geriatrischen Abteilung war Daniel McGuire, ein fröhlicher, alter Mensch über Neunzig mit einem Leberleiden, der in seinen jungen Jahren Glücksspieler gewesen war und gern mit Honey wettete.

»Ich wette fünfzig Cents, daß der Pfleger sich mit meinem Frühstück verspätet.«

»Ich wette einen Dollar, daß es heut nachmittag regnet.«

»Ich wette, daß die Giants das Spiel gewinnen werden.«

Honey nahm jede Wette an.

»Ich wette zehn zu eins, daß ich diese Geschichte überstehe.«

»Diesmal wette ich nicht mit Ihnen«, erklärte ihm Honey. »Ich stehe auf Ihrer Seite.«

Er nahm ihre Hand. »Weiß ich ja.« Er grinste. »Und wenn ich ein paar Monate jünger wäre...«

Honey lachte. »Keine Sorge. Ich mag ältere Männer.«

Als eines Morgens für ihn ein Brief im Krankenhaus eintraf, brachte Honey ihn auf sein Zimmer.

»Lesen Sie ihn mir vor, ja?« Seine Sehkraft hatte nachgelassen.

»Natürlich«, sagte Honey, öffnete den Umschlag, warf einen Blick auf das Schreiben und stieß einen Jubelruf aus. »Sie haben in der Lotterie gewonnen! Fünfzigtausend Dollar! Herzlichen Glückwunsch!«

»Was sagen Sie nun?« rief er. »Ich hab's ja gewußt, daß ich einmal das große Los ziehen würde! Geben Sie mir einen Kuß!«

Honey beugte sich über ihn und zog ihn an sich.

»Wissen Sie was, Honey? Ich bin der glücklichste Mensch auf der Welt.«

Als Honey ihn am Nachmittag wieder besuchen kam, war er friedlich entschlafen.

Honey saß im Aufenthaltsraum der Ärzte, als Dr. Stevens hereinkam und laut fragte: »Ist einer von Ihnen Jungfrau?«

Ein Kollege lachte anzüglich. »Noch Jungfrau? Ich glaube kaum, daß Sie hier jemanden finden, der noch Jungfrau ist.«

»Das Sternzeichen«, erklärte Stephens ungeduldig. »Ich brauche eine Jungfrau.«

»Ich bin Jungfrau«, antwortete Honey. »Was ist los?«

Er ging zu ihr. »Eine verdammte Irre ist los. Sie will keinen an sich heranlassen, der nicht im Zeichen der Jungfrau geboren wurde.«

Honey erhob sich. »Ich geh' zu ihr.«

»Danke. Die Patientin heißt Frances Gordon.«

Frances Gordon hatte gerade eine neue Hüfte bekommen. Sie hob den Blick, als Honey das Zimmer betrat, und sagte ihr prompt auf den Kopf zu:

»Sie sind eine Jungfrau. Geboren in der ersten Dekade, stimmt's?«

»Richtig«, antwortete Honey schmunzelnd.

»All diese Wassermänner und Löwen hier – ahnungslos, völlig unbrauchbar. Die behandeln uns so, als ob wir Hackfleisch wären.«

»Wir haben in diesem Krankenhaus gute Ärzte«, widersprach Honey. »Sie...«

»Ha! Die meisten sind doch nur wegen des Geldes Arzt geworden.« Sie schaute Honey prüfend an. »Aber auf Sie trifft das nicht zu. Sie sind anders.«

Honey überflog das Krankenblatt am Fußende des Bettes. Ihr Gesicht verriet Erstaunen.

»Was ist los? Was sehen Sie sich da an?«

Honey machte große Augen. »Hier steht, unter Beruf, daß Sie... Medium sind.«

Frances Gordon nickte. »Das stimmt. Glauben Sie etwa nicht an Parapsychologie?«

»Tut mir leid.« Honey schüttelte den Kopf. »Nein.«

»Wie schade. Kommen Sie, setzen Sie sich einen Moment zu mir.«

Honey nahm auf dem Stuhl neben dem Bett Platz.

»Erlauben Sie – lassen Sie mich bitte einmal Ihre Hand sehen.«

Honey schüttelte den Kopf. »Ich glaube wirklich nicht...«

»Bitte, geben Sie mir Ihre Hand.«

Mit einigem Widerstreben überließ Honey ihr die Hand.

Frances Gordon betrachtete sie eine Weile, schloß für längere Zeit die Augen und stellte anschließend fest: »Sie haben es im Leben nicht leicht gehabt, stimmt's?«

Das trifft doch auf fast alle Menschen zu, dachte Honey geringschätzig. *Gleich wird sie mir prophezeien, daß ich eine weite Reise unternehmen werde.*

»Sie haben eine Menge Männer benutzt, nicht wahr?«

Honey spürte, wie sie sich plötzlich verkrampfte.

»Sie haben sich verändert – kürzlich erst – hab' ich recht?«

Honey wäre am liebsten davongestürzt. Die Frau machte sie ganz nervös. Sie wollte ihre Hand wegziehen.

»Sie werden sich verlieren.«

»Bedaure«, sagte Honey, »aber jetzt muß ich wirklich...«

»Er ist Künstler.«

»Ich kenne aber keine Künstler.«

»Sie *werden* einen Künstler kennenlernen.« Frances Gordon ließ Honeys Hand los. »Kommen Sie mich wieder besuchen!« befahl sie.

»Bestimmt.«

Honey ergriff die Flucht.

Unterwegs schaute Honey rasch bei Mrs. Owens vorbei, die neu eingeliefert worden war, eine magere Frau, die wie fünfzig aussah, dem Krankenblatt zufolge jedoch erst achtundzwanzig Jahre alt war. Sie hatte eine gebrochene Nase und zwei blaue Augen; das verweinte Gesicht wies Prellungen auf.

Honey trat zu ihr ans Bett. »Ich bin Dr. Taft.«

Die Frau sah sie aus trüben, ausdruckslosen Augen schweigend an.

»Was ist Ihnen zugestoßen?«

»Ich bin die Treppe runtergefallen.« Beim Sprechen zeigte sich eine Lücke im Mund; zwei Vorderzähne fehlten.

Honey warf einen Blick auf das Krankenblatt der Patientin. »Hier steht, daß Sie sich zwei Rippen und das Becken gebrochen haben.«

»Yeah. Es war ein schlimmer Sturz.«

»Und wie sind Sie an die blauen Augen gekommen?«

»Beim Sturz.«

»Sind Sie verheiratet?«

»Yeah.«

»Kinder?«

»Zwei.«

»Was ist Ihr Mann von Beruf?«

»Lassen wir meinen Mann aus dem Spiel, okay?«

»Das ist leider überhaupt nicht okay«, sagte Honey. »Hat *er* Sie zusammengeschlagen?«

»Niemand hat mich zusammengeschlagen.«

»Ich werde die Sache der Polizei melden müssen.«

Da geriet Mrs. Owens auf einmal in Panik. »Nein! Bitte nicht!«

»Warum nicht?«

»Er würde mich umbringen! Sie kennen ihn nicht.«

»Hat er Sie schon öfter geschlagen?«

»Ja. Aber er... es hat gar nichts zu bedeuten. Er trinkt, und dann wird er wütend.«

»Warum haben Sie ihn dann nicht verlassen?«

Mrs. Owens zuckte mit den Schultern. Die Bewegung verursachte ihr Schmerzen. »Wo sollen wir denn hingehen, die Kinder und ich?«

Honey hörte ihr mit wachsendem Zorn zu. »Das müssen Sie sich nicht gefallen lassen, wissen Sie. Es gibt Frauenhäuser und Organisationen, die sich um Sie kümmern werden und Sie und die Kinder beschützen.«

Die Frau wurde ganz verzweifelt. »Ich habe aber doch kein Geld. Meine Stellung als Sekretärin habe ich verloren, als er anfing zu...« Ihr versagte die Stimme.

Honey drückte ihr die Hand. »Es wird alles gut. Ich werde sehen, daß für Sie gesorgt wird.«

Als Honey fünf Minuten später zu Dr. Wallace ins Büro kam, war er hocherfreut, sie wiederzusehen. Er fragte sich gespannt, was sie wohl diesmal für ihn mitgebracht hatte. Sie hatte verschiedentlich warmen Honig, heißes Wasser, geschmolzene Schokolade und – sein Lieblingsmittel – Ahornsirup angewendet. Sie war unglaublich erfinderisch.

»Schließ die Tür zu, Baby.«

»Ich kann nicht bleiben, Ben. Ich muß gleich wieder zurück.«

Sie erzählte ihm von ihrer Patientin.

»Du wirst die Polizei verständigen müssen«, meinte Wallace. »Das Gesetz will es so.«

»Aber das Gesetz hat sie schon vorher nicht beschützt. Sieh mal, sie will doch nur von ihrem Mann loskommen, mehr will sie ja gar nicht. Sie hat als Sekretärin gearbeitet. Du hast doch neulich mal erwähnt, daß du eine neue Registratorin brauchst?«

»Also, ja, aber . . . He, nicht so schnell!«

»Danke schön«, sagte Honey. »Wir bringen diese Frau wieder auf die Beine, wir besorgen ihr eine Wohnung, und sie bekommt eine Anstellung!«

Wallace seufzte. »Ich will sehen, was sich machen läßt.«

»Ich hab' ja gewußt, daß du's tun würdest«, sagte Honey.

Am folgenden Morgen besuchte Honey Mrs. Owens erneut.

»Wie fühlen Sie sich heute?« erkundigte sich Honey.

»Besser, danke. Wann darf ich nach Hause? Mein Mann sieht es nicht gern, wenn . . .«

»Ihr Mann wird Sie nicht mehr belästigen«, machte Honey ihr mit fester Stimme klar. »Sie bleiben bei uns, bis wir für Sie und die Kinder eine Unterkunft gefunden haben – und wenn Sie sich hinreichend erholt haben, bekommen Sie einen Job im Krankenhaus.«

Mrs. Owens starrte sie ungläubig an. »Ist . . . Ist das Ihr Ernst?«

»Mein völliger Ernst. Sie werden mit Ihren Kindern eine eigene Wohnung haben. Sie werden den ganzen Schrecken los sein, den Sie bisher haben durchmachen müssen, und Sie werden eine anständige Arbeit bekommen.«

Mrs. Owens griff nach Honeys Hand. »Ich weiß gar nicht, wie ich Ihnen danken soll«, schluchzte sie. »Sie können ja gar nicht wissen, wie schlimm alles gewesen ist.«

»Ich kann's mir denken«, sagte Honey. »Aber nun wird alles gut.«

Die Frau nickte. Ihr saß ein so großer Kloß im Hals, daß sie nicht sprechen konnte.

Als Honey tags darauf wiederkam, war das Zimmer leer.
»Wo ist denn Mrs. Owens?« fragte Honey.
»Oh«, entgegnete die Schwester, »sie hat das Krankenhaus heute morgen verlassen. Ihr Mann hat sie abgeholt.«

Ihr Name wurde schon wieder über Lautsprecher ausgerufen.
»Dr. Taft... Zimmer 215... Dr. Taft... Zimmer 215.«
Auf dem Flur lief sie Kat über den Weg. »Angenehmer Tag heute?« fragte Kat.
»Man würd's fast nicht glauben wollen!« rief Honey.
Auf Zimmer 215 wurde sie von Dr. Ritter erwartet. Auf dem Bett lag ein Inder; ein Mann Ende Zwanzig.
»Ist das Ihr Patient?« fragte Dr. Ritter.
»Ja.«
»Hier ist vermerkt, daß er kein Englisch kann. Richtig?«
»Ja.«
Dr. Ritter zeigte ihr das Krankenblatt. »Und das hier ist Ihre Handschrift – Erbrechen, Krämpfe, starker Durst, Dehydration...?«
»Ja, das stimmt«, sagte Honey.
»... Ausbleiben des peripheren Pulses...«
»Ja.«
»Und wie lautete Ihre Diagnose?«
»Darmgrippe.«
»Haben Sie eine Stuhlprobe entnommen?«
»Nein. Weshalb?«
»Weil Ihr Patient die Cholera hat! *Deshalb!*« Er schrie. »Jetzt werden wir das ganze verdammte Krankenhaus zusperren müssen!«

20. KAPITEL

»*Cholera*? Wollen Sie mir erzählen, daß es in meinem Krankenhaus einen *Cholera*patienten gibt?« brüllte Benjamin Wallace.

»So leid es mir tut, ja.«

»Sie sind sich *absolut* sicher?«

»Keine Frage«, erwiderte Dr. Ritter. »In seinem Stuhl wimmelt
es nur so vor Cholerabakterien. Außerdem weist er Hypotonie,
Tachykardie und Zyanose auf.«

Laut Gesetz muß jeder Fall von Cholera oder einer anderen
ansteckenden Krankheit unverzüglich der staatlichen Gesund-
heitsbehörde und dem Center for Disease Control in Atlanta
gemeldet werden.

»Wir werden es melden müssen, Ben.«

»Man wird das Krankenhaus dichtmachen!« Wallace stand auf
und begann, unruhig im Zimmer auf und ab zu schreiten. »Das
können wir uns überhaupt nicht leisten. Ich will einen Besen
fressen, wenn ich alle Patienten in diesem Krankenhaus unter
Quarantäne stelle!« Er blieb einen Moment stehen. »Weiß der
Patient, was er hat?«

»Nein. Er spricht kein Englisch. Er kommt aus Indien.«

»Wer hat Kontakt mit ihm gehabt?«

»Zwei Krankenschwestern und Dr. Taft.«

»Und Dr. Taft hat die Sache als Darmgrippe diagnostiziert?«

»Korrekt. Sie werden sie jetzt vermutlich entlassen.«

»Also nein«, sagte Wallace. »Ein Fehler kann doch jedem mal
passieren. Wir sollten jetzt nicht übereilt handeln. Wie lautet der
Eintrag auf dem Krankenblatt des Patienten – Darmgrippe?«

»Ja.«

Wallace traf seine Entscheidung. »Wir wollen es dabei belassen.
Ich möchte Sie um folgendes bitten. Beginnen Sie mit einer

intravenösen Rehydrierung – verwenden Sie dafür Ringer-Lösung. Und geben Sie ihm außerdem Tetracyclin. Wenn wir bei ihm das natürliche Blutvolumen und die Flüssigkeitsmenge sofort wiederherstellen können, dürfte er in ein paar Stunden so gut wie normal sein.«

»Wir wollen den Fall nicht melden?« fragte Dr. Ritter.

Wallace blickte ihm fest in die Augen. »Einen Fall von Darmgrippe?«

»Und was ist mit den Krankenschwestern und Dr. Taft?«

»Denen geben Sie ebenfalls Tetracyclin. Wie lautet der Name des Patienten?«

»Pandit Jawah.«

»Stellen Sie ihn für achtundvierzig Stunden unter Quarantäne. Dann ist er entweder kuriert oder tot.«

Honey befand sich in einem Zustand heilloser Aufregung. Sie suchte Paige auf.

»Ich brauche deine Hilfe.«

»Wo brennt's denn?«

Honey erzählte. »Bitte – könntest du nicht mit ihm sprechen? Er kann kein Englisch, und du kannst doch Indisch.«

»Hindi.«

»Ist doch egal. Wirst du mit ihm sprechen?«

»Selbstverständlich.«

Es dauerte keine zehn Minuten, und Paige unterhielt sich mit Pandit Jawah.

»Aap ki tabyat kaisi hai?«

»Karabhai.«

»Aap jald acha ko hum kardenge.«

»Bhagwan aap ki soney ga.«

»Aap ka ilaj hum jalb shurro kardenge.«

»Shukria.«

»Dost kiss liay hain?«

Paige nahm Honey auf dem Flur beiseite. »Was hat er gesagt?«

»Er hat gesagt, daß er sich furchtbar elend fühlt. Ich hab' ihm erklärt, daß es ihm bald bessergehen wird. Er sagte, das sollte ich mal Gott erzählen. Ich habe ihm gesagt, daß wir sofort mit der Behandlung beginnen werden. Er sagte, er sei mir dankbar.«

»Bin ich dir auch.«

»Wozu hat man Freunde?«

Cholera ist eine Krankheit, die innerhalb von vierundzwanzig Stunden durch Austrocknung des Körpers den Tod herbeiführen kann oder auch binnen weniger Stunden geheilt werden kann.

Pandit Jawah war fünf Stunden nach Beginn der Behandlung schon fast wieder gesund.

Paige schaute bei Jimmy Ford vorbei.

Bei ihrem Anblick leuchtete sein Gesicht auf. »Hallo.« Die Stimme war noch schwach; insgesamt hatte er sich jedoch wie durch ein Wunder rasch erholt.

»Wie fühlen Sie sich?« fragte Paige.

»Großartig. Haben Sie den schon gehört, über den Arzt, der seinem Patienten erklärt: ›Es wäre für Sie das beste, das Rauchen und Trinken ganz aufzugeben und Sex einzuschränken.‹ Darauf sagt der Patient: ›Das Beste ist für mich viel zu gut. So viel Gutes habe ich nicht verdient. Was ist das Zweitbeste?‹«

Da wußte Paige, daß Jimmy auf dem Weg der Besserung war.

Ken Mallory hatte Dienstschluß, und er war mit Kat verabredet. Da hörte er über Lautsprecher seinen Namen. Er zögerte. Sollte er sich nun melden, oder sollte er rasch und unauffällig verduften? Sein Name wurde ein zweites Mal ausgerufen. Widerwillig nahm er den Hörer ab. »Hier Dr. Mallory.«

»Doktor, könnten Sie bitte zum Notfallraum 2 kommen? Wir haben hier einen Patienten, der . . .«

»Bedaure«, erwiderte Mallory. »Ich habe mich gerade abgemeldet. Suchen Sie sich jemand anderen.«

»Es ist sonst niemand verfügbar, der mit dieser Sache zurechtkäme. Es handelt sich um ein blutendes Magengeschwür, der Zustand des Patienten ist kritisch. Ich fürchte, daß wir ihn verlieren könnten, wenn...«

Verdammt! »In Ordnung. Bin gleich da.« *Ich muß Kat anrufen und ihr mitteilen, daß ich mich verspäten werde.*

Der Patient im Notfallraum war ein Mann in den Sechzigern, nur halb bei Bewußtsein und leichenblaß. Er schwitzte. Der Atem ging schwer. Er litt offensichtlich unter entsetzlichen Schmerzen. Mallory warf nur einen Blick auf den Mann und sagte: »Bringen Sie ihn in einen OP-Saal. Stat.«

Eine Viertelstunde später hatte Mallory den Patienten auf einem Operationstisch vor sich; der Anästhesist überwachte den Blutdruck. »Er sinkt rasch.«

»Pumpen Sie mehr Blut in ihn hinein!«

Ken Mallory begann mit der Operation. Es war ein Wettlauf gegen die Zeit. Blitzschnell schnitt er durch die Haut, die Fettschicht, die Muskelhaut, den Muskel selbst und schließlich durch das glatte, durchsichtige Bauchfell. Das Blut ergoß sich in den Magen.

»Den Kauterisator!« rief Mallory. »Besorgen Sie mir von der Blutbank vier Einheiten Blut.« Er begann mit dem Ausbrennen der blutenden Gefäße.

Die Operation dauerte ganze vier Stunden. Mallory war total erschöpft. Er blickte auf den Patienten herab und stellte fest: »Er wird es überleben.«

Eine der Schwestern schenkte Mallory ein überaus warmes Lächeln. »Gott sei Dank, daß *Sie* da waren, Dr. Mallory.«

Er schaute sie an. Sie war ein hübsches, junges Ding und einer Einladung offensichtlich nicht abgeneigt. *Dich hol' ich mir später, Baby,* dachte er und wandte sich an den jüngeren Assistenten. »Machen Sie ihn wieder zu und bringen Sie ihn in den Aufwachraum. Ich werde ihn mir morgen früh anschauen.«

Mallory überlegte, ob er Kat anrufen sollte. Es war Mitternacht geworden. Er beschloß, ihr zwei Dutzend Rosen zu schicken.

Als Mallory am folgenden Tag um sechs seinen Dienst aufnahm, schaute er im Aufwachraum nach seinem neuen Patienten.

»Er ist bei Bewußtsein«, sagte die Schwester.

Mallory trat ans Bett. »Ich bin Dr. Mallory. Wie fühlen Sie sich?«

»Wenn ich die Alternative bedenke, geht's mir gut«, erwiderte der Patient mit schwacher Stimme. »Wie ich höre, haben Sie mir das Leben gerettet. Das war eine verrückte Geschichte. Ich war im Wagen unterwegs zu einer Abendgesellschaft, da krieg' ich plötzlich diese Schmerzen. Ich muß wohl das Bewußtsein verloren haben. Es war ein Glück, daß wir nur ein paar Straßen vom Krankenhaus entfernt waren. Man hat mich hier in die Notaufnahme eingeliefert.«

»Sie haben Glück gehabt. Sie hatten viel Blut verloren.«

»Man hat mir gesagt, daß ich zehn Minuten später nicht mehr zu retten gewesen wäre. Ich möchte Ihnen danken, Doktor.«

»Ich habe nur meine Pflicht getan.«

Der Patient musterte ihn gründlich. »Ich heiße Alex Harrison.«

Der Name bedeutete Mallory gar nichts. »Freut mich, Sie kennenzulernen, Mr. Harrison.« Er fühlte ihm den Puls. »Spüren Sie jetzt Schmerzen?«

»Wenig. Ich nehme allerdings an, daß ich mit Medikamenten vollgestopft worden bin.«

»Die Narkose wird nachlassen«, versicherte ihm Mallory. »Und die Schmerzen auch. Es wird Ihnen wieder gutgehen.«

»Wie lange werde ich im Krankenhaus bleiben müssen?«

»Wir werden Sie in ein paar Tagen entlassen können.«

Ein Verwaltungsangestellter kam mit Krankenhausformularen herein. »Mr. Harrison, nur für unsere Unterlagen – das Krankenhaus muß wissen, ob Sie versichert sind.«

»Sie meinen, Sie wollen wissen, ob ich meine Rechnung bezahlen kann.«

»Nun ja, so würde ich es nicht ausdrücken, Sir.«

»Sie können sich bei der San Francisco Fidelity Bank nach mir erkundigen«, bemerkte er trocken. »Die gehört mir nämlich.«

Alex Harrison war nicht allein, als Mallory am Nachmittag wieder bei ihm hereinschaute. An seinem Bett saß eine reizende Frau Anfang Dreißig – blond, schlank, elegant. Sie trug ein Kleid von Adolfo, das, wie Mallory vermutete, mehr gekostet haben mußte, als er im Monat verdiente.

»Ah, da kommt ja unser Held«, sagte Alex Harrison. »Dr. Mallory, nicht wahr?«

»Richtig. Ken Mallory.«

»Dr. Mallory, darf ich Sie mit meiner Tochter Lauren bekannt machen?«

Sie reichte ihm eine schmale, sehr gepflegte Hand. »Vater berichtete mir, daß Sie ihm das Leben gerettet haben.«

Er lächelte. »Dafür sind Ärzte schließlich da.«

Lauren musterte ihn wohlwollend. »Das läßt sich keineswegs von allen Ärzten behaupten.«

Es war Mallory klar, daß die zwei normalerweise nicht in einem Bezirkskrankenhaus anzutreffen wären. »Ihre Genesung verläuft ausgezeichnet«, bemerkte er. »Vielleicht wäre es Ihnen aber angenehmer, Ihren Hausarzt anzurufen.«

Alex Harrison schüttelte den Kopf. »Das ist nicht nötig. Er hat mir nicht das Leben gerettet. Das sind Sie gewesen. Gefällt es Ihnen hier?«

Eine merkwürdige Frage. »Es ist interessant hier. Doch. Warum fragen Sie?«

Harrison richtete sich im Bett auf. »Na ja, ich habe nur mal so überlegt. Ein gutaussehender, tüchtiger Kerl wie Sie müßte doch eigentlich eine verdammt glänzende Zukunft vor sich haben. Ich kann mir aber nicht vorstellen, daß Ihnen ein Krankenhaus wie dieses hier eine tolle Karriere bieten kann.«

»Nun ja, ich...«

»Vielleicht hat mich ja die Vorsehung hierhergebracht.«

Da schaltete sich Lauren ein. »Ich glaube, mein Vater will damit sagen, daß er sich Ihnen gegenüber gern dankbar erweisen möchte.«

»Lauren hat völlig recht. Wenn ich hier heraus bin, sollten wir beide uns einmal ernsthaft unterhalten. Ich möchte Sie gern zum Abendessen einladen.«

Mallory warf einen Blick auf Lauren und meinte langsam: »Ich würde gern kommen.«

Es sollte sein Leben verändern.

Ken Mallory fand es erstaunlich schwer, sich mit Kat zu verabreden.

»Wie wär's mit Montag, Kat?«

»Wunderbar.«

»Gut. Ich werd' dich abholen...«

»Einen Augenblick! Da fällt mir gerade ein, daß an dem Abend ein Cousin aus New York kommen wollte.«

»Dann Dienstag.«

»Dienstag hab' ich Bereitschaftsdienst.«

»Und Mittwoch?«

»Ich hab' Paige und Honey versprochen, daß wir am Mittwoch gemeinsam etwas unternehmen werden.«

Mallory wurde richtig nervös. Ihm blieb immer weniger Zeit. Die Sache wurde langsam knapp.

»Donnerstag?«

»Donnerstag ist prima.«

»Großartig. Soll ich dich abholen?«

»Nein. Warum treffen wir uns nicht bei Chez Panisse?«

»Ausgezeichnet. Um acht?«

»Wunderbar.«

Mallory saß allein im Restaurant und wartete bis neun Uhr. Dann rief er bei Kat an. Dort nahm niemand ab. Er wartete noch eine halbe Stunde. *Vielleicht hat sie sich verhört,* überlegte Mallory. *Sie würde mich bestimmt nicht mit Absicht sitzenlassen.*

Als Kat ihn am nächsten Morgen im Krankenhaus sah, lief sie auf ihn zu.

»Ach, Ken, bitte, verzeih mir! So etwas Dummes. Ich hab' vor unserer Verabredung nur rasch ein Nickerchen halten wollen, und da bin ich richtig eingeschlafen, und als ich aufwachte, war's schon nach Mitternacht. Armer Schatz! Hast du lang auf mich gewartet?«

»Nein, nein. Ist schon in Ordnung.« *So eine blöde Kuh!* Er kam näher. »Ich möchte nur, daß wir recht bald da weitermachen, wo wir aufgehört haben, Baby. Ich bin ganz verrückt nach dir.«

»Und ich nach dir«, sagte Kat. »Ich kann's gar nicht erwarten.«

»Vielleicht könnten wir am Wochenende...«

»O je. Am Wochenende bin ich beschäftigt.«

Und so ging das immerzu.

Die Zeit lief ihm davon.

Kat berichtete Paige gerade das Neueste, als ihr Piepser ein Zeichen gab. »Entschuldige.« Kat ging zum nächsten Telefon. »Hier Dr. Hunter.« Sie hörte einen Moment lang schweigend zu. »Danke. Ich bin gleich da.« Sie legte den Hörer auf. »Ich muß gehen. Ein Notfall.«

Paige seufzte. »Was gibt's hier sonst schon Neues?«

Kat marschierte im Eiltempo den Flur hinunter und fuhr mit dem Lift zur Notfallstation. Alle zwölf Liegen waren belegt. Kat sah in ihm nur den Raum der Leiden – Tag und Nacht füllte er sich ununterbrochen mit Opfern von Verkehrsunfällen, Schießereien oder Messerstechereien. Für Kat war es ein Stückchen Hölle.

Ein Pfleger eilte ihr entgegen. »Dr. Hunter...«

»Was gibt's denn?« fragte Kat. Sie machten sich auf den Weg zu einer Liege am anderen Ende des Raums.

»Er ist bewußtlos. Sieht aus, als ob er zusammengeschlagen worden wäre. Gesicht und Kopf sind arg mitgenommen, die Nase ist gebrochen, die Schulter ausgerenkt, und mindestens zwei Brüche im rechten Arm und...«

»Warum haben Sie ausgerechnet mich gerufen?«

»Die Sanitäter meinen, daß er eine Kopfverletzung hat. Könnte Gehirnschaden bedeuten.«

Sie hatten die Liege mit dem Opfer erreicht. Das Gesicht war blutverkrustet, wies Schwellungen und Prellungen auf. Die Schuhe des Mannes waren aus Krokoleder und ... Kats Herz setzte einen Schlag lang aus. Sie beugte sich vor und schaute genauer hin. Es *war* Lou Dinetto.

Kats Finger glitten ihm geschickt über die Schädeldecke und untersuchten die Augen. Eine Gehirnerschütterung. Da gab es gar keinen Zweifel.

Sie rannte zu einem Telefon und wählte. »Hier spricht Dr. Hunter. Ich brauche ein Computertomogramm. Der Name des Patienten lautet Dinetto. Lou Dinetto. Schicken Sie ein Rollbett herunter. Stat.«

Kat legte auf und wandte ihre Aufmerksamkeit wieder Dinetto zu. »Bleiben Sie bei ihm«, wies sie den Pfleger an. »Wenn das Rollbett eintrifft, bringen Sie den Mann in den dritten Stock. Ich warte dort.«

Eine halbe Stunde später untersuchte Kat im dritten Stock das bestellte Tomogramm. »Er hat Gehirnblutungen, hohes Fieber und steht unter Schock. Ich will, daß er die nächsten vierundzwanzig Stunden lang stabilisiert wird. Danach werde ich entscheiden, wann wir operieren.«

Kat überlegte, ob das, was Dinetto zugestoßen war, Mike in Mitleidenschaft ziehen könnte.

Und in welcher Form.

Paige schaute auf einen Sprung bei Jimmy vorbei. Er fühlte sich schon viel besser.

»Haben Sie den vom Exhibitionisten im Textilviertel schon gehört? Er trat auf eine kleine, alte Dame zu und knöpfte sich den Regenmantel auf. Sie musterte ihn kurz und sagte: ›Und *das* nennen Sie Futter?‹«

Kat aß mit Mallory in einem kleinen, intimen Restaurant in der Nähe der Bucht zu Abend, und wie sie ihm da so gegenübersaß und ihn betrachtete, überkam sie ein Gefühl von Schuld. *Ich hätte nie damit anfangen dürfen,* überlegte sie. *Ich weiß, was er für einer ist, trotzdem genieße ich die Zeit mit ihm. Aber zur Hölle mit dem Kerl! Ich kann unsern Plan doch jetzt nicht fallenlassen.*

Die beiden hatten den Kaffee nach der Mahlzeit bereits getrunken.

Kat beugte sich vor. »Können wir zu dir in die Wohnung gehn, Ken?«

»Und ob!« *Na endlich,* dachte Mallory.

Da begann Kat plötzlich nervös auf ihrem Stuhl herumzurutschen und machte ein unglückliches Gesicht.

»Ist was nicht in Ordnung?« fragte Mallory.

»Ich weiß nicht. Würdest du mich bitte einen Augenblick entschuldigen?«

»Selbstverständlich.« Er beobachtete, wie sie sich erhob und auf die Damentoilette zusteuerte.

Als sie wieder zurückkam, teilte sie ihm mit: »Das ist wirklich schlechtes Timing, Schatz. Es tut mir leid. Du solltest mich besser nach Hause fahren.«

Er fixierte sie. Er wollte sich die Enttäuschung nicht anmerken lassen, aber ihm war, als ob sämtliche Schicksalsgötter sich gegen ihn verschworen hätten.

»Okay«, sagte Mallory spitz. Er hätte vor Wut platzen können.

Kat war noch keine fünf Minuten daheim, als die Türglocke läutete. Kat mußte innerlich lächeln – da hatte Mallory gewiß irgendeinen Vorwand gefunden, um noch einmal vorbeizukommen. Dann merkte sie, wie dieser Gedanke sie freute, und wurde auf sich selbst wütend. Sie lief zur Tür, um zu öffnen.

»Ken...«

Draußen standen Rhino und der Schatten. Kat spürte auf einmal Gefahr. Die beiden Männer drängten sich an ihr vorbei in die Wohnung.

Es war Rhino, der sprach. »Sie werden Mr. Dinetto operieren?«

Kats Mund war wie ausgetrocknet. »Ja.«

»Wir wollen nicht, daß ihm etwas zustößt.«

»Ich auch nicht«, erwiderte Kat. »Und wenn Sie mich jetzt bitte entschuldigen würden. Ich bin müde und . . .«

»Kann es passieren, daß er stirbt?«

Kat zauderte. »Bei Gehirnoperationen besteht immer ein gewisses Risiko, daß . . .«

»Sie sollten dafür sorgen, daß es nicht dazu kommt.«

»Sie dürfen mir glauben, ich . . .«

»Passen Sie auf, daß ihm nichts passiert.« Der Schatten und Rhino wechselten einen merkwürdigen Blick. »Gehen wir.«

Sie gingen zur Tür. Kat sah ihnen nach.

An der Tür drehte der Schatten sich noch einmal zu ihr um und sagte nur: »Und bestellen Sie Mike einen Gruß von uns.«

Kat wurde plötzlich steif. »Soll das . . . Ist das so etwas wie eine Drohung?«

»Wir drohen niemandem, Doc. Wir sagen nur Bescheid. Falls Mr. Dinetto stirbt, werden Sie und Ihr verdammter Bruder ausradiert.«

20. KAPITEL

Im Ankleideraum der Ärzte wurde Ken Mallory von einer Handvoll Kollegen sehnsüchtig erwartet. Als er eintrat, rief Grundy: »Heil dem Held, dem Eroberer! Wir wollen aber alles ganz genau wissen. Sie dürfen kein einziges Detail auslassen!« Er feixte. »Der springende Punkt ist allerdings der, Kumpel – wir wollen es von *ihr* hören.«

»Mir ist leider eine Kleinigkeit dazwischengekommen.« Mallory grinste. »Aber Sie können schon einmal anfangen, das Geld zu zählen.«

Kat und Paige schlüpften ins OP-Gewand.

»Hast du schon mal einen Arzt operiert?« wollte Kat wissen.

»Nein.«

»Dein Glück. Ärzte sind die schlimmsten Patienten überhaupt. Sie wissen einfach zuviel.«

»Wen mußt du denn operieren?«

»Dr. Mervyn ›Tumirnichtweh‹ Franklin.«

»Viel Glück.«

»Werd' ich brauchen können.«

Dr. Mervyn Franklin war in den Sechzigern, dürr, kahl und ungemein reizbar.

Als Kat sein Zimmer betrat, fuhr er sie an: »Höchste Zeit, daß Sie kommen. Sind die verdammten Elektrolytenberichte eingetroffen?«

»Ja«, erwiderte Kat. »Alles normal.«

»Wer sagt das? Dem verdammten Labor trau' ich nicht. Die wissen doch die Hälfte der Zeit überhaupt nicht, was sie tun. Und geben Sie acht, daß es bei der Bluttransfusion keine Verwechslung gibt.«

»Ich werde dafür sorgen«, versprach Kat ruhig.

»Wer wird die Operation durchführen?«

»Dr. Jurgensen und ich. Dr. Franklin, ich gebe Ihnen mein Wort, daß Sie sich keine Sorgen machen müssen.«

»Wessen Gehirn wird denn operiert – Ihres oder meins? Alle Operationen sind riskant. Wissen Sie auch, warum? Weil fünfzig Prozent aller Chirurgen den Beruf verfehlt haben. Sie hätten Metzger werden sollen.«

»Dr. Jurgensen ist ein sehr fähiger Mann.«

»Weiß ich. Sonst würde ich mich doch auch nicht von ihm anfassen lassen. Wer ist der Anästhesist?«

»Dr. Miller, glaub' ich.«

»Dieser Scharlatan? Den will ich nicht. Besorgen Sie mir einen anderen.«

»Dr. Franklin...«

»Beschaffen Sie mir einen anderen! Sehen Sie mal nach, ob Haliburton verfügbar ist.«

»Okay.«

»Und besorgen Sie mir die Namen der Schwestern im OP-Saal. Ich möchte sie überprüfen.«

Kat sah ihm in die Augen. »Möchten Sie die Operation lieber selbst durchführen?«

»*Was?*« Er schaute sie perplex an, dann grinste er verlegen. »Wohl kaum.«

»Wär's dann nicht besser, Sie würden die Operation uns überlassen?«

»Okay. Wissen Sie was? Ich mag Sie.«

»Ich mag Sie auch. Hat die Schwester Ihnen ein Sedativum gegeben?«

»Ja.«

»In Ordnung. In ein paar Minuten ist es soweit. Gibt's noch etwas, was ich für Sie tun kann?«

»Yeah. Erklären Sie der blöden OP-Schwester, wo meine Venen liegen.«

Im OP-Saal 4 lief beim Eingriff an Dr. Mervyn Franklins Gehirn alles wie geschmiert. Auf dem Weg vom Krankenzimmer zum Operationssaal hatte er ununterbrochen genörgelt.

»Und denkt daran«, sagte er, »eine minimale Narkose. Das Gehirn fühlt nichts, wenn Sie also erst mal drin sind, ist gar nicht mehr viel Betäubung notwendig.«

»Dessen bin ich mir bewußt«, sagte Kat geduldig.

»Und achten Sie darauf, daß die Temperatur vierzig Grad nicht übersteigt. Das ist das Maximum.«

»Okay.«

»Und lassen Sie während der Operation ein bißchen flotte Musik laufen. Das wird Sie alle auf Trab halten.«

»Okay.«

»Und sehen Sie zu, daß Sie eine exzellente OP-Schwester bekommen.«

»Okay.«

So war das ununterbrochen weitergegangen.

Als die Öffnung in Dr. Franklins Schädel gebohrt worden war, sagte Kat: »Ich kann das Gerinnsel sehen. Sieht nicht sehr schlimm aus.« Sie machte sich an die Arbeit.

Als sie drei Stunden später begannen, den Einschnitt zu schließen, kam der Chef der Chirurgie in den OP-Saal und sprach Kat an.

»Kat – sind Sie damit bald fertig?« wollte George Englund wissen.

»Nur noch ein paar Handgriffe.«

»Lassen Sie Dr. Jurgenson übernehmen. Wir brauchen Sie dringend. Es gibt einen Notfall.«

Kat nickte. »Schon unterwegs.« Sie wandte sich an Jurgenson. »Bringen Sie das zu Ende?«

»Kein Problem.«

Kat verließ den OP-Saal gemeinsam mit George Englund. »Was ist denn geschehen?«

»Laut Plan war Ihre Operation später angesetzt, aber der Patient hat Blutungen bekommen. Sie bringen ihn gerade auf OP-

Saal 3. Sieht nicht so aus, als ob er durchkommen würde. Sie werden sofort operieren müssen.«

»Und wer ist der Patient?«

»Ein gewisser Mr. Dinetto.«

Kat blickte ihn entsetzt an. »Dinetto?«

Falls Mr. Dinetto stirbt, werden Sie und Ihr verdammter Bruder ausradiert.

Kat eilte über den Korridor zu OP-Saal 3. Rhino und der Schatten kamen ihr entgegen.

»Was geht hier vor?« wollte Rhino wissen.

Kat war der Mund wie ausgetrocknet. Sie konnte kaum mehr sprechen. »Mr. Dinetto hat angefangen zu bluten. Wir werden jetzt gleich operieren.«

Der Schatten packte sie am Arm. »Dann los! Aber vergessen Sie nicht, was ich Ihnen gesagt habe. Halten Sie ihn am Leben!«

Kat riß sich los und rannte in den OP-Saal.

Wegen der Planänderung assistierte ihr Dr. Vance – ein guter Chirurg. Kat begann mit der üblichen Reinigungsprozedur: eine halbe Minute für jeden Arm, danach eine halbe Minute für jede Hand. Danach alles noch einmal; anschließend schrubbte sie ihre Fingernägel.

Dr. Vance trat an ihre Seite und begann ebenfalls, sich zu waschen. »Wie fühlen Sie sich?«

»Prima«, log Kat.

Lou Dinetto wurde halb bewußtlos in den Operationssaal gerollt und behutsam auf den Operationstisch gehoben. Sein rasierter Schädel wurde gewaschen und mit einer Desinfektionslösung eingerieben, die unter den Operationslampen in einem leuchtenden Orange glänzte. Sein Gesicht war totenblaß.

Das Team war in Position: Dr. Vance, ein weiterer Assistenzarzt, ein Anästhesist, drei OP-Schwestern. Kat überprüfte alles ein letztes Mal – sämtliche eventuell benötigten Instrumente und Mittel waren zur Stelle. Sie warf einen Blick auf die Monitore an der Wand – Sauerstoffsättigung, Kohlendioxid, Körpertemperatur, Muskelstimulatoren, präkordiales Stethoskop, EKG, Blutdruck und Alarmlampe. Alles in Ordnung.

Der Anästhesist streifte Dinetto eine Blutdruckmanschette über den rechten Arm und legte ihm eine Gummimaske übers Gesicht. »In Ordnung. Jetzt. Atmen Sie tief ein. Holen Sie dreimal tief Luft.«

Vor dem dritten Atemzug war Dinetto bereits eingeschlafen. Die Operation begann.

Kat berichtete laut und deutlich: »Der Schaden befindet sich in der Mitte des Gehirns. Verursacht wurde er von einem Gerinnsel, das sich von der Aortenklappe gelöst hat. Es blockiert jetzt ein kleines Blutgefäß an der rechten Gehirnhälfte und zieht sich ein klein wenig auf die linke Seite hinüber.« Sie ging tiefer. »Es befindet sich am unteren Rand des Sylviuskanals. Bitte das Skalpell.«

Mit einem elektrischen Bohrer wurde ein winziges Loch von der Größe eines 10-Cent-Stückes gedrillt, um die Dura mater freizulegen. Dann schnitt Kat die Dura auf, um einen Teil der darunter liegenden Großhirnrinde freizulegen. »Die Zange!«

Die OP-Schwester reichte ihr die elektrische Zange.

Der Einschnitt wurde mit Hilfe eines kleinen Retraktors offengehalten, der seine Stellung selbsttätig wahrte.

»Er verliert verdammt viel Blut«, bemerkte Vance.

Kat nahm den Kauterisator und begann, die blutenden Stellen auszubrennen. »Die Blutungen werden wir schon unter Kontrolle bekommen.«

Dr. Vance plazierte Wattebäusche auf die Dura mater, die das Blut aufnehmen sollten. Die blutenden Venen auf der Oberfläche der Dura wurden lokalisiert und koaguliert.

»Sieht gut aus«, bemerkte Vance. »Er wird's packen.«

Kat stieß einen Seufzer der Erleichterung aus.

Und in genau dem Augenblick bäumte sich Lou Dinetto plötzlich auf, und gleich darauf wurde sein Körper von einem Krampf erfaßt. Der Anästhesist schrie: »Blutdruck fällt!«

»Führt ihm mehr Blut zu!« ordnete Kat an.

Aller Augen hingen am Monitor. Die Kurve flachte rapide ab. Es kamen zwei rasche Herzschläge, gefolgt von Herzkammerflattern.

»Verpaßt ihm einen Schock!« stieß Kat hervor. Sie brachte die Elektroden am Körper an und schaltete das Gerät ein.

Dinettos Brustkorb hob sich ein einziges Mal und sank in sich zusammen.

»Injiziert ihm Epinephrin! Schnell!«

»Keine Herztätigkeit!« rief der Anästhesist einen Augenblick später.

Kat versuchte es noch einmal; sie erhöhte die Frequenz.

Und wieder folgte eine rasche Konvulsion.

»Keine Herztätigkeit!« schrie der Anästhesist. »Asystolie. Aussetzen der Herztätigkeit.«

In ihrer Verzweiflung versuchte es Kat ein letztes Mal. Der Körper hob sich diesmal noch höher. Und sank auch diesmal wieder in sich zusammen. Nichts.

»Er ist tot«, sagte Vance.

22. Kapitel

Der rote Alarm mobilisiert unverzüglich sämtliche verfügbaren Mittel zur Lebensrettung eines Patienten. Als Lou Dinettos Herz während der Operation stehenblieb, kam das Alarmsystem des OP-Saals sofort in Gang.

Kat hörte, wie die Lautsprecheranlage einsetzte: »Alarm Rot OP 3 ... Alarm Rot ...« *Rot,* dachte Kat, *reimt sich auf tot.*

Kat geriet in Panik. Sie versuchte es noch einmal mit Elektroschocks. Es war ja nicht nur sein Leben, das sie retten mußte – es ging auch um Mike und um ihr eigenes Leben. Dinettos Körper schnellte nach oben und fiel wieder reglos zurück.

»Versuchen Sie es noch einmal!« drängte Dr. Vance.

Wir drohen niemand, Doc. Wir sagen nur Bescheid. Falls Mr. Dinetto stirbt, werden Sie und Ihr verdammter Bruder ausradiert.

Kat betätigte den Schalter und setzte das Gerät ein weiteres Mal auf Dinettos Brustkorb an. Und wieder hob sich der Körper zehn, fünfzehn Zentimeter, und wieder fiel er zurück.

»Noch einmal!«

Es klappt nicht, schoß es der verzweifelten Kat durch den Sinn. *Und sein Tod wird auch mein Tod sein.*

Der Operationssaal war plötzlich voller Ärzte und Schwestern.

»Worauf warten wir noch?« fragte einer.

Kat holte tief Luft und versuchte es noch einmal. Im ersten Moment tat sich nichts. Dann erschien auf dem Monitor plötzlich ein schwacher Impuls, fiel kurz aus, tauchte wieder auf, verschwand und wurde dann immer stärker, bis er sich zu einem kräftigen, regelmäßigen Rhythmus entwickelte.

Kat konnte den Blick nicht vom Monitor lösen. Sie konnte es nicht fassen. Im überfüllten Raum kam Beifall auf. »Er wird durchkommen!« schrie einer ganz laut.

»Mein Gott, das war knapp!«

Die haben ja gar keine Ahnung, wie knapp, dachte Kat.

Zwei Stunden später wurde Lou Dinetto vom Operationstisch auf ein Rollbett gehoben und auf die Intensivstation gebracht. Kat ging neben ihm her. Auf dem Flur warteten Rhino und der Schatten.

»Die Operation war erfolgreich«, teilte Kat ihnen mit. »Er wird bald gesund sein.«

Ken Mallory befand sich in größter Not. Am Ende des Tages lief die Wettfrist aus. Das Problem war so langsam und allmählich entstanden, daß es ihm kaum bewußt geworden war. Er war sich vom ersten Abend an sicher gewesen, daß es ihm nicht schwerfallen würde, Kat ins Bett zu kriegen. *Die und schwierig? Die ist doch scharf drauf!* Und nun war die Frist plötzlich fast abgelaufen. Er stand vor einer Katastrophe.

Mallory dachte daran, was ihm alles einen Strich durch die Rechnung gemacht hatte – Kats Mitbewohnerinnen waren just in dem Augenblick heimgekommen, als er gerade mit ihr ins Bett wollte; immerfort hatte es Schwierigkeiten gegeben, einen gemeinsamen freien Abend zu finden; Kat war über ihren Piepser ins Krankenhaus gerufen worden und hatte ihn nackt allein im Zimmer stehenlassen; ihr Cousin war zu Besuch gekommen; sie hatte verschlafen; hatte ihre Periode. Da fiel bei ihm auf einmal der Groschen. *Moment mal! Das alles konnte doch gar nicht reiner Zufall gewesen sein! Dahinter konnte nur Absicht stecken!* Irgendwie mußte Kat von der Wette Wind bekommen und sich entschlossen haben, ihn zum Narren zu halten: Zur Strafe wollte sie sich nun einen Jux mit ihm machen – einen Jux, für den er zehntausend Dollar würde zahlen müssen, die er gar nicht besaß. *Dieses Miststück!* Er war von seinem Ziel genauso weit entfernt wie an jenem Abend, als sie zum erstenmal zusammen ausgegangen waren. Sie hatte ihn ganz bewußt an der Nase herumgeführt. *Wie habe ich darauf bloß reinfallen können?* Und er wußte genau, daß er das Geld nie und nimmer würde aufbringen können.

Im Ärzteumkleideraum warteten schon alle auf ihn.

»Zahltag!« rief Grundy.

Mallory rang sich ein müdes Lächeln ab. »Ich hab' doch Zeit bis Mitternacht, ja? Glaubt mir, sie ist soweit, Jungs.«

Ein Kichern lief durch den Raum. »Klar doch«, meinte einer. »Wir glauben Ihnen, natürlich – aber erst wollen wir's von der Dame selbst hören. Und vergessen Sie nicht, morgen früh das Geld mitzubringen.«

Mallory lachte schallend auf. »Sorgt lieber dafür, daß *ihr* die Moneten parat habt!«

Er *mußte* einen Weg finden. Und nun fiel ihm die Lösung ein.

Ken Mallory entdeckte Kat im Aufenthaltsraum. Er setzte sich ihr gegenüber an den Tisch. »Du hast das Leben eines Patienten gerettet, wie ich höre.«

»Und mein eigenes dazu.«

»Wie bitte?«

»Ach, nichts.«

»Wie wär's, wenn du *mein* Leben retten würdest?«

Kat warf ihm einen fragenden Blick zu.

»Iß heut mit mir zu Abend.«

»Ich bin zu erschöpft, Ken.« Und sie war das Spiel, das sie mit ihm trieb, leid. *Ich hab's satt,* überlegte Kat. *Und es wird außerdem höchste Zeit für mich, dieses Spiel zu beenden. Ich kann nicht mehr. Ich bin in die eigene Falle getappt. Wenn er doch bloß ein anderer Mensch wäre! Wenn er offen und ehrlich gewesen wäre. Ich hätte ihn wirklich gern haben können,* dachte Kat.

Mallory dachte jedoch nicht einmal im Traum daran, Kat entwischen zu lassen. »Es muß ja nicht spät werden«, schmeichelte er. »Und irgendwo wirst du schließlich essen müssen.«

Widerstrebend, im Bewußtsein, daß es das letzte Rendezvous mit ihm sein würde, willigte Kat ein. Sie würde ihm sagen, daß sie über die Wette Bescheid wußte. Sie würde dem Spiel ein Ende machen.

»In Ordnung.«

Honeys Schicht ging um vier zu Ende. Sie schaute auf die Uhr und kam zu dem Schluß, daß sie gerade Zeit genug hatte, um noch rasch ein paar Einkäufe zu machen. Im Candelier kaufte sie ein paar Kerzen für die Wohnung; anschließend ging sie zur San Francisco Tea and Coffee Company, damit sie zum Frühstück genießbaren Kaffee hätten; dann weiter zu Chris Kelly, um Wäsche zu kaufen.

Mit Paketen beladen machte sie sich auf den Heimweg. *Ich werd' mir zu Hause rasch ein Häppchen machen*, beschloß Honey. Sie wußte, daß Kat mit Mallory verabredet war und Paige Notdienst hatte.

Sie fummelte ungeschickt mit den Einkaufspaketen, trat ein und schloß die Wohnungstür hinter sich zu. Sie machte Licht. Aus dem Bad kam ein riesiger schwarzer Mann. Er hinterließ auf dem weißen Teppich eine Blutspur. Er richtete einen Revolver auf sie.

»Ein Laut, und ich puste dir den verdammten Kopf weg!«
Honey schrie auf.

23. KAPITEL

Mallory saß Kat im Restaurant Schroeder in der Front Street gegenüber.

Kurz vor zwölf, dachte er, *und noch immer außen vor.* Und die Folgen? Wenn er die zehntausend Dollar nicht zahlen könnte? Wie ein Lauffeuer würde sich die Nachricht im Krankenhaus verbreiten. Man würde ihn als falschen Fuffziger brandmarken und faule Witze über ihn reißen.

Kat erzählte von einem ihrer Patienten. Mallory schaute ihr in die Augen und hörte kein einziges Wort. Er hatte an Wichtigeres zu denken.

Die Mahlzeit war fast beendet. Der Kellner brachte den Kaffee.

»Ich habe morgen früh einen wichtigen Termin, Ken. Ich meine, wir sollten jetzt aufbrechen.«

Er hatte den Blick gesenkt. »Kat...« Er hob den Kopf. »Ich muß dir etwas sagen.«

»Ja?«

»Ich habe ein Geständnis abzulegen.« Er holte ganz tief Luft. »Es fällt mir nicht leicht.«

Sie musterte ihn prüfend. »Worum geht es denn?«

»Es ist mir sehr peinlich, es dir zu sagen.« Er suchte nach Worten. »Ich... Ich habe mit ein paar Ärzten eine dumme Wette abgeschlossen, daß... daß ich dich ins Bett kriegen würde.«

Kat sah ihn entgeistert an. »Du...«

»Bitte, warte noch einen Moment, bevor du mich verurteilst. Ich schäme mich ja so wegen meines Verhaltens. Es hat gewissermaßen als Scherz angefangen, als Witz, aber nun hat er sich gegen mich gewendet. Es ist etwas passiert, womit ich nicht gerechnet habe. Ich habe mich in dich verliebt.«

»Ken...«

»Ich habe bisher noch nie eine Frau geliebt, Kat. Ich habe viele Frauen gekannt, ja, aber so habe ich noch nie empfunden. Ich denke dauernd an dich.« Sein Atem war zittrig, als er Luft schöpfte. »Ich möchte dich heiraten.«

Um Kat drehte sich plötzlich alles. Sie verlor den Boden unter den Füßen. »Ich . . . Ich weiß gar nicht, was ich dazu . . .«

»Es ist das erste Mal, daß ich einer Frau einen Heiratsantrag mache. Sag bitte ja. Willst du mich heiraten, Kat?«

Dann hatte er die vielen schönen Worte also doch ernst gemeint! Kat klopfte das Herz bis zum Hals. Ihr war, als ob ein herrlicher Traum auf einmal in Erfüllung gehen würde. Ehrlichkeit – mehr hatte sie von ihm ja gar nicht verlangt. Und jetzt war er offen und ehrlich. Und hatte die ganze Zeit über wegen seines Verhaltens ihr gegenüber unter Schuldgefühlen gelitten. Er war gar nicht wie die anderen Männer. Er war echt und rücksichtsvoll.

Als Kat den Blick hob, leuchteten ihre Augen. »Ja, Ken. O ja!«

Sein strahlendes Lächeln schien den ganzen Raum zu erhellen. »Kat . . .« Er beugte sich über den Tisch und gab ihr einen Kuß. »Die Sache mit dieser albernen Wette tut mir ja so leid.« Er schüttelte selbstkritisch den Kopf. »Zehntausend Dollar. Mit dem Geld hätten wir in die Flitterwochen fahren können. Aber es ist es mir wert, das Geld zu verlieren, wenn ich dadurch dich gewinne.«

Kat überlegte. *Zehntausend Dollar!*

»Ich bin ja so ein Idiot gewesen!«

»Wann läuft die Frist ab?«

»Heute um Mitternacht. Aber das ist jetzt völlig unwichtig. Wichtig sind jetzt nur wir beide. Daß wir heiraten werden. Wir . . .«

»Ken?«

»Ja, Liebling?«

»Komm, wir gehen zu dir.« In Kats Augen zeigte sich ein spitzbübisches Funkeln. »Es ist ja noch nicht zu spät, um die Wette zu gewinnen.«

Kat war im Bett eine Löwin.

Mein Gott! Es ist das Warten wert gewesen, dachte Mallory. All die Gefühle, die Kat während der langen Jahre unterdrückt hatte, brachen plötzlich durch. Solche Leidenschaft hatte Ken Mallory noch bei keiner Frau erlebt, nach zwei Stunden war er völlig erschöpft. Er hielt Kat in seinen Armen. »Du bist fantastisch«, flüsterte er.

Sie stützte sich auf die Ellbogen und blickte von oben auf ihn herab. »Du aber auch, Liebling. Ich bin ja so glücklich.«

Mallory lächelte. »Und ich erst.« *Ein Zehntausend-Dollar-Glück!* jubelte er. *Und dazu noch großartigen Sex.*

»Versprich mir, daß es zwischen uns immer so sein wird, Ken.«

»Versprochen«, sagte Mallory im aufrichtigsten Ton, dessen er fähig war.

Kat schaute auf die Armbanduhr. »Jetzt muß ich mich aber anziehen.«

»Kannst du nicht die Nacht über hierbleiben?«

»Nein. Ich fahr' morgen früh mit Paige ins Krankenhaus.« Sie gab ihm einen langen Kuß. »Mach dir keine Sorgen. Wir haben ja ein ganzes Leben vor uns.«

Er beobachtete sie beim Ankleiden.

»Ich kann es gar nicht abwarten, meinen Gewinn zu kassieren. Damit finanzieren wir uns himmlische Flitterwochen.« Er wurde plötzlich nachdenklich. »Aber was ist, wenn mir die Jungs nicht glauben? Und sie werden es mir bestimmt nicht abnehmen wollen.«

Kat überlegte kurz. Dann erklärte sie: »Sei unbesorgt. *Ich werd's ihnen sagen.*«

Mallory grinste verschmitzt. »Komm wieder ins Bett.«

24. Kapitel

Der schwarze Mann zielte mit dem Revolver auf Honey und brüllte: »Ich hab' dir doch gesagt, daß du den Mund halten sollst!«

»Ich... Verzeihung«, sagte Honey. Sie zitterte am ganzen Körper. »Wa... Was wollen Sie hier?«

Er preßte die Hand gegen seine Seite, um die Blutung aufzuhalten. »Ich brauche meine Schwester.«

Das kam Honey vollends rätselhaft vor. Der Mann mußte ja verrückt sein. »Ihre Schwester?«

»Kat.« Seine Stimme wurde schwächer.

»O mein Gott! Du bist Mike!«

»Yeah.«

Der Revolver fiel ihm aus der Hand. Mike sackte zusammen. Honey stürzte zu ihm. Das Blut floß in Strömen. Es schien aus einer Schußwunde zu kommen.

»Bleib still liegen«, sagte Honey. Sie eilte ins Badezimmer und holte etwas Peroxid und ein großes Handtuch. »Es wird weh tun«, warnte sie ihn, als sie zurückkam.

Er war zu geschwächt, um sich zu rühren.

Sie goß Peroxid auf die Wunde und preßte ihm das Handtuch an die Seite. Er biß sich in die Hand, um nicht laut zu schreien.

»Ich rufe jetzt eine Ambulanz und bring' dich ins Krankenhaus«, sagte Honey.

Er packte ihren Arm. »Nein! Bloß kein Krankenhaus. Keine Polizei.« Er konnte kaum mehr sprechen. »Wo ist Kat?«

»Ich weiß nicht«, sagte Honey hilflos. Daß Kat mit Mallory ausgegangen war, wußte sie zwar; sie hatte jedoch keine Ahnung, wohin. »Laß mich eine Freundin anrufen.«

»Paige?«

Honey nickte. »Ja.« *Kat hat ihm also von uns erzählt.*

Es dauerte zehn Minuten, bis man Paige gefunden hatte.
»Du mußt ganz schnell heimkommen«, sagte Honey.
»Ich habe Notdienst, Honey. Ich bin mitten in einer...«
»Kats Bruder ist da.«
»Ach so. Dann sag ihm...«
»Man hat auf ihn geschossen.«
»Man hat *was*?«
»Auf ihn geschossen.«
»Ich schicke die Sanitäter und...«
»Keine Krankenhäuser und keine Polizei, sagt er. Ich weiß nicht, was ich machen soll.«
»Wie schlimm steht's um ihn?«
»Ziemlich schlimm.«
Schweigen. Dann: »Ich muß erst jemand finden, der für mich einspringt. In einer halben Stunde bin ich da.«
Honey legte den Hörer auf und drehte sich zu Mike um. »Paige kommt.«

Kat war auf dem Heimweg von einem Gefühl geradezu himmlischen Wohlbefindens beseelt. Sie hatte Angst vor der körperlichen Liebe gehabt, Angst, daß es ihr nach den fürchterlichen Erfahrungen in ihrer frühen Jugend zuwider sein könnte; doch statt dessen hatte Ken Mallory es in etwas Wunderbares verwandelt. Er hatte in ihr Gefühle geweckt, von denen sie nicht einmal wußte, daß es sie gab.

Und als Kat daran dachte, wie sie beide gemeinsam, in der allerletzten Minute, die anderen Ärzte überlistet und die Wette für sich entschieden hatten, da huschte ein frohes Lächeln über ihr Gesicht. Sie öffnete die Wohnungstür – und schrak zusammen. Sie war wie erstarrt. Sie sah Paige und Honey neben Mike knien. Er lag auf dem Boden, mit einem Kissen unter dem Kopf; er drückte sich eine Hand gegen die Seite. Seine Kleidung war blutverschmiert.

Paige und Honey hoben den Kopf.
»Mike! O mein Gott!« Kat stürzte zu ihrem Bruder. »Was ist geschehen?«

»Hallo, Schwesterchen.« Es war kaum ein Flüstern.

»Eine Schußwunde«, erklärte Paige. »Er hat viel Blut verloren.«

»Schaffen wir ihn ins Krankenhaus«, sagte Kat.

Mike schüttelte den Kopf. »Nein«, flüsterte er. »Du bist doch Ärztin. Versorg du mich.«

Kat warf Paige einen Blick zu.

»Ich habe die Blutung gestillt, soweit möglich. Die Kugel steckt aber noch in seinem Körper. Uns fehlen hier die Instrumente....«

»Er verliert immer noch Blut.« Kat wiegte Mikes Kopf in ihren Armen. »Hör zu, Mike. Ohne die richtige medizinische Hilfe wirst du sterben.«

»Du... darfst... dies... nicht melden. Ich will nichts mit der Polizei zu tun haben.«

»Und mit wem *hast* du es zu tun gehabt, Mike?« fragte Kat ruhig.

»Nichts. Ein Geschäft... es ist schiefgegangen... da hat dieser Kerl die Nerven verloren. Hat auf mich geschossen.«

Es war genau die Art von Geschichte, die Kat sich seit Jahren immer wieder anhören mußte. Lügen. Alles nur Lügen. Sie hatte es im Grunde immer gewußt, so wie sie es auch in diesem Augenblick wußte; sie hatte es nur nicht wahrhaben wollen.

Mike hielt sie am Arm fest. »Wirst du mir helfen, Schwesterchen?«

»Ja. Ich werde dir helfen, Mike.« Kat beugte sich über ihn, gab ihm einen Kuß auf die Wange, stand auf und ging zum Telefon. Sie nahm den Hörer ab und wählte die Nummer der Unfallstation im Krankenhaus. »Hier spricht Dr. Hunter«, sagte sie mit unsicherer Stimme. »Ich brauche sofort eine Ambulanz...«

Im Krankenhaus hatte Kat Paige darum gebeten, die Kugel aus Mikes Körper herauszuoperieren.

»Er hat Unmengen von Blut verloren«, erklärte Paige dem assistierenden Chirurgen. »Geben Sie ihm noch eine Einheit.«

Es war draußen bereits hell geworden, als die Operation beendet war. Sie war erfolgreich verlaufen. Anschließend nahm Paige Kat auf die Seite. »Wie soll ich die Sache melden?« wollte sie wissen. »Ich könnte sie als einen Unfall ausgeben oder...«

»Nein«, widersprach Kat mit schmerzerstickter Stimme. »Ich hätte es schon längst tun sollen. Ich möchte dich bitten, den Vorfall wahrheitsgemäß als Schußwunde zu melden.«

Vor dem Operationssaal wartete Mallory auf Kat.

»Kat! Ich hab's gehört. Dein Bruder. Und...«

Kat nickte traurig.

»Es tut mir leid. Ist alles in Ordnung?«

Kat sah Mallory lange an. »Ja«, sagte sie dann. »Und es wird in Mikes Leben das erste Mal sein, daß alles in Ordnung ist.«

Mallory drückte Kats Hand. »Ich möchte nur, daß du weißt, wie fantastisch es letzte Nacht war. Du warst einfach wunderbar. Oh. Das bringt mich darauf – die Ärzte, mit denen ich gewettet habe, warten in der Lounge. Aber nach alldem, was inzwischen vorgefallen ist, wirst du wahrscheinlich nicht mit ihnen sprechen wollen...«

»Warum denn nicht?«

Sie hakte sich ein, und so gingen sie in den Aufenthaltsraum. Die Ärzte sahen den beiden erwartungsvoll entgegen.

»Hallo, Kat«, sagte Grundy. »Wir brauchen in einem ganz bestimmten Punkt Ihre persönliche Aussage. Dr. Mallory behauptet, daß er mit Ihnen zusammen die Nacht verbracht hat und daß es großartig gewesen ist.«

»Mehr als das«, erwiderte Kat. »Es war *fantastisch*.« Sie gab Mallory einen Kuß. »Bis später, mein Geliebter.«

Den Männern blieb der Mund offen stehen.

Im Ankleidezimmer sagte Kat zu Paige und Honey: »Übrigens – bei der ganzen Aufregung hatte ich gar keine Gelegenheit, euch die Nachricht mitzuteilen.«

»Was für eine Nachricht?« fragte Paige.

»Ken will mich heiraten.«

Auf ihren Gesichtern spiegelten sich blanker Unglaube.

»Du willst uns wohl auf den Arm nehmen!« sagte Paige.

»Nein. Er hat mir gestern abend einen Heiratsantrag gemacht. Ich habe angenommen.«

»Aber du darfst ihn nicht heiraten!« rief Honey. »Du weißt doch, was für ein Typ er ist. Ich meine, er hat versucht, dich ins Bett zu kriegen, nur um eine Wette zu gewinnen!«

»Er hat's auch geschafft.« Kat grinste.

Paige schaute sie verständnislos an. »Da komme ich nicht mehr mit.«

Kat erklärte es ihnen. »Wir haben uns ein falsches Bild von ihm gemacht. Ein total falsches. Ken hat mir die Sache mit der Wette selber erzählt. Sie hat ihm während der ganzen Zeit auf der Seele gelegen. Wißt ihr, was passiert ist? Ich bin mit ihm ausgegangen, weil ich ihm eine Lektion erteilen wollte; und er ist mit mir ausgegangen, um etwas Geld zu gewinnen, und am Ende haben wir beide uns ineinander verliebt. Ach, ich kann euch ja gar nicht sagen, wie glücklich ich bin.«

Honey und Paige tauschten Blicke. »Und wann werdet ihr heiraten?« fragte Honey.

»Darüber haben wir noch nicht gesprochen, aber sicherlich bald. Ihr beiden müßt meine Brautjungfern sein.«

»Du kannst auf uns zählen«, erklärte Paige. »Wir werden kommen.« Aber sie hatte ihre Zweifel. Sie gähnte. »Die Nacht war lang. Ich werde jetzt nach Hause gehen, um mich ein bißchen auszuschlafen.«

»Ich werde bei Mike bleiben«, sagte Kat. »Die Polizei wird sich mit ihm unterhalten wollen, sobald er aufwacht.« Sie ergriff beider Hände. »Ich danke euch, daß ihr so gute Freundinnen seid.«

Auf dem Heimweg dachte Paige über die Ereignisse dieser Nacht nach. Sie wußte, wie sehr Kat an ihrem Bruder hing. Es hatte viel Mut erfordert, ihn der Polizei zu übergeben. *Ich hätte es schon längst tun sollen.*

Als Paige die Wohnung betrat, hörte sie das Telefon läuten. Sie rannte los.

Es war Jason. »Hi! Ich ruf' nur an, damit Sie auch wissen, wie sehr Sie mir fehlen. Was tut sich in Ihrem Leben?«

Paige war versucht, es ihm zu berichten – sie hätte all das gern mit jemandem geteilt, aber es war eine allzu persönliche Angelegenheit, die nur Kat etwas anging.

»Nichts«, erwiderte Paige. »Alles in Ordnung.«

»Gut. Haben Sie heute abend Zeit?«

Paige war sich bewußt, daß es da um mehr ging als nur um diesen Abend. *Wenn ich ihn noch öfter sehe,* sagte sich Paige, *werde ich mich in ihn verlieben.* Und wußte auf einmal, daß sie jetzt eine der wichtigsten Entscheidungen ihres Lebens treffen würde.

Sie atmete tief. »Jason...« Es läutete an der Tür. »Nur einen Augenblick, ja, Jason?«

Paige legte den Hörer hin und ging öffnen.

Vor ihr stand Alfred Turner.

25. Kapitel

Paige war wie versteinert.

Alfred lächelte zaghaft. »Darf ich reinkommen?«

Sie war total verwirrt. »Oh . . . natürlich. Ich . . . Verzeihung.«
Sie ließ Alfred, als er ins Wohnzimmer trat, keinen Moment aus
den Augen. Sie verstand ihre eigenen Gefühle nicht mehr. Es war
der reinste Widerspruch. Sie war glücklich und nervös und verärgert zugleich. *Aber warum mache ich so ein Theater?* fragte sie sich.
Er kommt doch wahrscheinlich nur vorbei, um guten Tag zu sagen.

Alfred drehte sich zu ihr um. »Ich habe Karen verlassen.«

Die Worte versetzten Paige einen Schock.

Alfred kam näher. »Ich habe einen großen Fehler gemacht,
Paige. Ich hätte dich nie gehen lassen dürfen. Niemals.«

»Alfred . . .« Da fiel es Paige plötzlich wieder ein. »Entschuldige
mich.« Sie rannte zum Telefon und nahm den Hörer in die Hand.
»Jason?«

»Ja, Paige. Was den Abend betrifft, so könnten wir . . .«

»Ich . . . ich kann mich nicht mit Ihnen treffen.«

»Oh. Wenn es heute abend nicht geht, wie wär's dann mit
morgen abend?«

»Ich . . . ich weiß nicht.«

Er hörte ihr die Verkrampfung an. »Stimmt etwas nicht?«

»Nein. Alles in Ordnung. Ich werde Sie morgen anrufen und
Ihnen dann alles erklären.«

»Okay.« Es klang eher perplex.

Paige legte auf.

»Du hast mir gefehlt, Paige«, sagte Alfred. »Hab' ich dir auch
gefehlt?«

*Nein. Ich laufe auf der Straße bloß Fremden hinterher und rede sie
dann mit ›Alfred‹ an.* »Ja«, entgegnete Paige.

»Gut. Wir gehören zusammen, weißt du. Wir haben immer zusammengehört.«

Haben wir das? Hast du deswegen Karen geheiratet? Glaubst du, du könntest einfach so in mein Leben treten und wieder verschwinden, wie's dir beliebt?

Alfred stand dicht vor ihr. »Etwa nicht?«

Paige sah ihm in die Augen und sagte: »Ich weiß nicht.« Ihr kam das alles viel zu plötzlich.

Alfred nahm ihre Hand. »Natürlich weißt du das.«

»Und was ist mit Karen?«

Alfred zuckte die Schultern. »Karen war ein Fehler. Ich hab' immer nur an dich gedacht und an die schönen Zeiten, die wir beide gemeinsam verlebt haben. Wir sind füreinander bestimmt.«

Sie musterte ihn, vorsichtig, mißtrauisch. »Alfred...«

»Ich bleibe jetzt da. Für immer. Wenn ich ›da‹ sage, dann meine ich natürlich nicht ›hier‹. Wir ziehen nach New York.«

»New York?«

»Ja. Ich werde dir alles erzählen. Dürfte ich eine Tasse Kaffee haben?«

»Natürlich. Ich mache eine frische Kanne. Es dauert nicht lang.«

Doch Alfred folgte ihr in die Küche, wo Paige den Kaffee aufsetzte. Sie hatte Mühe, ihre Gedanken zu ordnen. Sie hatte sich immer verzweifelt gewünscht, daß Alfred zu ihr zurückkäme, und nun war er da, aber...

»Ich habe in den letzten Jahren eine Menge gelernt, Paige«, sagte Alfred. »Ich bin ein erwachsener Mensch geworden.«

»Ach ja?«

»Ja. Du weißt doch, ich habe die ganze Zeit für die WHO gearbeitet. Viele, viele Jahre.«

»Ich weiß.«

»Aber in diesen Ländern hat sich seit unserer Kindheit nichts verändert. Offen gesagt, es ist teilweise sogar schlimmer geworden. Noch mehr Krankheiten, noch mehr Seuchen, noch größere Armut...«

»Aber du warst da und hast geholfen«, sagte Paige.

»Ja. Und dann bin ich plötzlich aufgewacht.«

»Aufgewacht?«

»Mir ist auf einmal klargeworden, daß ich meine Zeit verschwende. Da habe ich dort unten im Elend gelebt und täglich vierundzwanzig Stunden gearbeitet, um diesen dummen Wilden zu helfen. Während ich hier in Amerika einen Haufen Geld hätte verdienen können.«

Paige konnte kaum glauben, was sie da hörte.

»Dann bin ich einem Arzt begegnet, der in New York eine Praxis in der Park Avenue hat. Weißt du, wieviel der in einem Jahr verdient? Über eine halbe Million Dollar! Hast du mich gehört? Eine halbe Million jährlich!«

Paige sah ihn entgeistert an.

»Und ich habe mich gefragt: ›Warum verdiene ich nicht auch so viel Geld?‹ Er hat mir«, erklärte Alfred voller Stolz, »eine Position in seiner Praxis angeboten, als Partner, und ich habe angenommen. Das ist der Grund, warum wir beide, du und ich, nach New York ziehen.«

Paige war von seinen Worten wie betäubt.

»Ich werde mir ein Penthouse leisten können, und ich kann dir hübsche Kleider kaufen und überhaupt all die Dinge, die ich dir immer versprochen habe.« Er grinste. »Nun, was sagst du dazu?«

Paige hatte einen ganz trockenen Mund. »Ich . . . ich weiß nicht, was ich sagen soll, Alfred.«

Er lachte laut auf. »Natürlich nicht. Eine halbe Million jährlich – da verschlägt es wohl jedem die Sprache.«

»Ich habe nicht an das Geld gedacht«, sagte Paige langsam.

»Nein?«

Sie musterte ihn so, als ob sie ihn zum erstenmal im Leben bewußt sähe. »Alfred – hast du denn in den Jahren deiner Tätigkeit für die WHO nicht das Gefühl gehabt, Menschen zu helfen?«

Er zuckte mit den Schultern. »Diesen Menschen kann man nicht helfen. Außerdem – was gehen einen diese Leute überhaupt an? Kannst du begreifen, daß Karen mich tatsächlich allen Ernstes gebeten hat, in Bangladesh zu bleiben? Unter keinen Umständen, hab' ich gesagt. Da ist sie allein zurückgegangen.« Er nahm Paiges Hand. »Da bin ich nun . . . Du bist ein bißchen still. Wahrscheinlich ist das alles ein bißchen viel für dich, wie?« Paige mußte an ihren Vater denken. *Er hätte in der Park Avenue großen Erfolg haben können, aber Geld hat ihn nicht interessiert. Er war nur daran interessiert, Menschen zu helfen.* »Von Karen bin ich inzwischen geschieden. Wir können also gleich heiraten.« Er tätschelte ihre Hand. »Was hältst du davon, in New York zu leben?«

Paige holte tief Luft. »Alfred . . .«

Auf seinem Gesicht zeigte sich ein erwartungsvolles Lächeln. »Ja?«

»Raus mit dir.«

Das Lächeln verblich. »Wie bitte?«

Paige stand auf. »Ich möchte, daß du hier verschwindest.«

Er war ganz verdattert. »Wohin soll ich denn gehen?«

»Das will ich dir lieber nicht sagen«, erklärte Paige. »Es wäre zu verletzend.«

Nachdem Alfred gegangen war, blieb Paige gedankenverloren in der Wohnung zurück. Kat hatte recht gehabt. Sie hatte sich an ein Gespenst geklammert. *Diesen dummen Wilden helfen, während ich hier in Amerika einen Haufen Geld hätte verdienen können . . . Eine halbe Million jährlich!*

Und an so was habe ich mich geklammert, sagte sich Paige verwundert. Sie hätte Niedergeschlagenheit empfinden müssen, aber statt dessen war sie in Hochstimmung. Sie fühlte sich frei. Und wußte auf einmal auch ganz genau, was sie wollte.

Sie ging zum Telefon und wählte Jasons Nummer.

»Hallo.«

»Jason, hier spricht Paige. Sie haben mir von Ihrem Haus in Noe Valley erzählt. Sie erinnern sich?«

»Ja . . .«

»Ich möchte es gern sehen. Haben Sie heute abend Zeit?«

Jason erwiderte leise: »Paige, würden Sie mir bitte erklären, was da vorgeht? Ich bin total durcheinander.«

»*Ich* bin diejenige, die durcheinander ist. Ich hatte geglaubt, einen Mann zu lieben, den ich vor langer Zeit gekannt habe, aber den Mann gibt es gar nicht mehr. Und inzwischen weiß ich auch, was ich gern möchte.«

»Ja?«

»Ich möchte gern Ihr Haus sehen.«

Noe Valley war aus einem anderen Jahrhundert – eine farbenprächtige Oase im Herzen einer der modernsten Großstädte der Welt.

Das Haus war wie Jason selbst – angenehm, klar und liebenswert. Er führte Paige durch die Räume, zeigte ihr das Wohnzimmer, die Küche, das Gästebadezimmer, das Arbeitszimmer . . . Er schaute sie an. »Das Schlafzimmer befindet sich im ersten Stock. Möchten Sie es sehen?«

»Sehr gern«, antwortete Paige leise.

Sie gingen zum Schlafzimmer nach oben. Paige klopfte das Herz. Was da geschah, war unausweichlich. *Ich hätte es von Anfang an wissen müssen*, dachte sie.

Sie wußte nicht, wer den ersten Schritt tat, irgendwie lagen sie sich plötzlich einfach in den Armen, ihre Lippen berührten sich, und es schien die natürlichste Sache der Welt. Sie begannen, sich gegenseitig zu entkleiden; beide waren voll drängender Begierde. Und dann waren sie auch schon im Bett, und er liebte sie.

»O mein Gott«, flüsterte er, »ich liebe dich ja so sehr.«

»Ich weiß«, neckte sie. »Seit ich dir befahl, den weißen Kittel anzuziehen.«

Hinterher sagte Paige: »Ich würde gern die Nacht über bleiben.«

»Und du wirst mich morgen früh bestimmt nicht hassen?« fragte Jason lächelnd.

»Das versprech' ich dir.«

Paige und Jason verbrachten die Nacht miteinander – erzählten

sich... liebten sich... erzählten. Am Morgen machte sie ihm
Frühstück.

»Ich weiß gar nicht«, sagte Jason, der sie in der Küche beobachtete, »womit ich so viel Glück verdient habe, aber ich möchte dir
danken.«

»Aber ich bin doch der Glückspilz«, sagte sie zu ihm.

»Weißt du was? Ich habe noch gar keine Antwort auf meinen
Heiratsantrag bekommen.«

Am Nachmittag gab ein Kurier einen Umschlag in Jasons Büro
ab. Darin befand sich die Karte, die Jason dem Modell des Hauses
beigelegt hatte.

Mein Haus ( )
Unser Haus (x)
Zutreffendes bitte ankreuzen.

26. Kapitel

Lou Dinetto hatte sich soweit erholt, daß er aus dem Krankenhaus entlassen werden konnte. Kat ging sich von ihm verabschieden. Rhino und der Schatten waren bei ihm auf dem Zimmer.

Als Kat eintrat, drehte Dinetto sich zu ihnen um. »Verschwindet.«

Kat schaute ihnen nach, als sie das Zimmer verließen.

Dinetto sah ihr in die Augen und sagte: »Ich bin Ihnen etwas schuldig.«

»Sie schulden mir überhaupt nichts.«

»Scheint Ihnen mein Leben denn so wertlos? Sie wollen heiraten, wie ich höre.«

»Ja, das stimmt.«

»Einen Arzt.«

»Ja.«

»Also, dann bestellen Sie ihm, daß er gut auf Sie aufpassen soll, sonst bekommt er es mit mir zu tun.«

»Ich werde es ihm ausrichten.«

Kurzes Schweigen. »Das mit Mike tut mir leid.«

»Er wird's schaffen«, sagte Kat. »Ich habe mich lange mit ihm unterhalten. Er wird in Ordnung kommen.«

»Gut.« Dinetto hielt ihr einen dicken Umschlag hin. »Ein kleines Hochzeitsgeschenk für Sie.«

Kat schüttelte den Kopf. »Nein. Vielen Dank.«

»Aber . . .«

»Passen Sie auf sich auf!«

»Sie auch. Wissen Sie was? Sie sind ein richtig tapferes Weibsbild, und ich werde Ihnen jetzt etwas sagen, was Sie sich merken sollten. Wenn Sie mal Hilfe brauchen – *ganz egal, was* –, dann kommen Sie zu mir. Verstehen Sie mich?«

»Ich habe Sie verstanden.«

Sie wußte, daß er es ernst meinte; und sie wußte auch, daß sie *ihn*, selbst in der größten Not, *niemals* um Hilfe bitten würde.

Paige und Jason telefonierten in den folgenden Wochen drei- bis viermal täglich und waren, sofern Paige keinen Nachtdienst hatte, abends stets beisammen.

Im Krankenhaus gab es mehr denn je zu tun. Es geschah während einer Sechsunddreißigstundenschicht, in der ein Notfall auf den andern folgte – Paige war im Bereitschaftsraum gerade erst eingeschlafen, da wurde sie schon wieder durch das drängende Schrillen des Telefons geweckt.

Sie tastete nach dem Hörer. »H'lo?«

»Dr. Taylor, kommen Sie auf Zimmer 422. Stat.«

Paige mußte sich anstrengen, um wenigstens einigermaßen klar zu denken. *Zimmer 422 ... Ein Patient von Dr. Barker ... Lance Kelly.* Bei Lance Kelly war soeben eine Mitralklappe ersetzt worden. *Da muß etwas schiefgegangen sein.* Paige hievte sich von der Liege und trat auf den menschenleeren Flur. Sie beschloß, nicht auf den Fahrstuhl zu warten. Sie lief die Treppe hoch. *Möglicherweise ist da bloß eine Schwester nervös geworden. Falls es etwas Ernstes sein sollte, werd' ich Dr. Barker anrufen*, überlegte sie.

Sie betrat Zimmer 422 und blieb erschreckt im Türrahmen stehen. Der Patient rang stöhnend nach Luft. Die Krankenschwester war sichtlich erleichtert, Paige zu sehen. »Ich hab' nicht gewußt, was ich machen soll, Doktor. Ich...«

Paige eilte ans Bett. »Es wird alles gut«, sagte sie aufmunternd. Sie nahm das Handgelenk des Patienten zwischen zwei Finger. Der Puls hüpfte wie verrückt. Die Mitralklappe versagte.

»Wir geben ihm ein Beruhigungsmittel«, wies Paige an.

Die Schwester reichte Paige eine Nadel, die Paige in eine Vene einführte. »Die Oberschwester soll ein Operationsteam zusammenstellen. Stat. Und Dr. Barker rufen lassen.«

Eine Viertelstunde später lag Kelly bereits auf dem Operationstisch. Das OP-Team bestand aus drei OP-Schwestern und zwei Assistenten. In einer Ecke des Raums, hoch oben, war ein Monitor angebracht, damit Herzfrequenz, EKG und Blutdruck überwacht werden konnten.

Als der Narkosearzt hereinkam, hätte Paige am liebsten laut geflucht. Die meisten Anästhesisten am Krankenhaus leisteten gute Arbeit. Aber Herman Koch, mit dem Paige schon ein paarmal zu tun gehabt hatte und den sie mied, wo sie nur konnte, war eine Ausnahme. Sie hatte überhaupt kein Vertrauen zu ihm. Nur blieb ihr jetzt keine andere Wahl.

Er befestigte ein Röhrchen an der Kehle des Patienten, während Paige eine Papierhülle mit Sichtfenster auffaltete und dem Patienten über den Brustkorb legte.

»Legen Sie eine Leitung in die Drosselvene«, wies Paige Koch an.

Koch nickte. »Gut.«

»Dr. Barker hat ihm gestern die Mitralklappe ersetzt. Sie ist vermutlich gerissen.« Paige blickte zu Koch hinüber. »Ist der Patient betäubt?«

Koch nickte. »Der schläft so tief, als ob er daheim im Bett läge.«

Wenn Sie doch auch daheim wären, dachte Paige. »Was verwenden Sie?«

»Propofil.«

Sie nickte. »In Ordnung.«

Sie beobachtete, wie Kelly an die Herz-Lungen-Maschine angeschlossen wurde, damit sie einen Bypass legen konnte. Paige beobachtete den Monitor an der Wand. Puls 140 ... Sauerstoffsättigung 92 Prozent ... Blutdruck 80 zu 60. »Fangen wir an«, sagte Paige.

Einer der Assistenten schaltete Musik ein.

Paige trat am Operationstisch unter elfhundert Watt heißen, weißen Lichtes und wandte sich zur OP-Schwester. »Das Skalpell bitte ...«

Die Operation begann.

Paige entfernte am Brustbein alle Drähte von der Operation des

Vortags. Anschließend führte sie einen Schnitt von der Nacken-basis zum unteren Ende des Brustbeins, während ein Assistent das Blut wegwischte.

Paige schnitt mit allergrößter Behutsamkeit durch die Fett- und Muskelschichten, bis sie das unregelmäßig schlagende Herz vor sich hatte. »Da hätten wir das Problem«, stellte Paige fest. »Der Vorhof ist perforiert. Um das Herz sammelt sich Blut und drückt es zusammen.« Paige schaute zum Monitor an der Wand. Der Pumpendruck war gefährlich gesunken.

»Die Zufuhr erhöhen!« befahl Paige.

In dem Moment öffnete sich die Tür des Operationssaals. Law-rence Barker trat ein. Er stellte sich neben den OP-Tisch und beobachtete den Vorgang.

»Dr. Barker«, sagte Paige. »Möchten Sie...«

»Das ist Ihre Operation.«

Paige warf einen raschen Blick auf Koch. »Vorsicht! Die Nar-kose ist zu stark, verdammt! Langsamer!«

»Aber ich...«

»Vorhofflimmern... der Blutdruck fällt!«

»Was soll ich denn machen?« fragte Koch hilflos.

Das müßte er doch selber wissen, dachte Paige wütend. »Geben Sie ihm Lidocain und Epinephrin! Sofort!« schrie Paige.

»Gut.«

Paige sah, wie Koch die Spritze nahm und in einen IV-Schlauch einführte.

Ein Assistenzarzt schaute auf den Monitor und rief warnend: »Der Druck wird immer niedriger.«

Paige arbeitete wie verrückt, um das Strömen des Blutes zu unterbinden. Sie blickte zu Koch hoch. »Zu starker Fluß! Ich hab' Ihnen doch gesagt...«

Die Laute des Herzschlags auf dem Monitor wurden auf einmal chaotisch.

»Mein Gott! Da ist was schiefgelaufen!«

»Den Defibrillator!« schrie Paige.

Die OP-Schwester griff nach dem Defibrillator auf dem Gerätewagen für Rettungsaktionen, nahm zwei sterilisierte Elektroden heraus und schloß sie an. Sie drückte den Hebel nach oben, um sie zu laden, und reichte sie zehn Sekunden später Paige.

Paige nahm die Elektroden und brachte sie unmittelbar über Kellys Herz an. Kellys Körper sprang hoch und fiel wieder zurück.

Paige versuchte es noch einmal, versuchte ihn mit ihrer Willenskraft zu zwingen, ins Leben zurückzukehren, ihm zu suggerieren, das Atmen wieder aufzunehmen. Nichts. Das Herz lag still und regungslos da, ein totes, unnützes Organ.

Paige war außer sich vor Zorn. Ihr Teil der Operation war erfolgreich verlaufen. Koch hatte den Patienten zu stark narkotisiert.

Als Paige den Defibrillator zum drittenmal vergeblich ansetzte, trat Dr. Barker an den Operationstisch heran und wandte sich an Paige. »Sie haben ihn getötet.«

27. KAPITEL

Jason befand sich in einer Planungssitzung, als seine Sekretärin meldete: »Dr. Taylor für Sie am Telefon. Soll ich ihr sagen, daß sie später anrufen möchte?«
»Nein. Ich spreche mit ihr.« Er hob ab. »Paige?«
Sie schluchzte. »Jason... Ich brauche dich.«
»Was ist geschehen?«
»Könntest du zu mir in die Wohnung kommen?«
»Selbstverständlich. Bin gleich da.« Er stand auf. »Die Sitzung ist beendet. Wir machen morgen früh weiter.«
Als Jason eine halbe Stunde später eintraf, stand Paige mit völlig verweinten Augen in der Tür und warf sich ihm in die Arme. »Aber was ist denn?« fragte Jason.
»Es ist furchtbar. Dr. Barker hat gesagt, daß... ich einen Patienten getötet hätte, und es war, ehrlich, es war gar nicht meine Schuld, daß er gestorben ist!« Ihr versagte die Stimme. »Ich halte es einfach nicht länger aus, sein...«
»Paige«, sagte Jason mitfühlend, »du hast mir doch erzählt, wie gemein er immer ist. Also, Dr. Barker kann doch gar nicht anders. Er hat einfach einen miesen Charakter.«
Paige schüttelte den Kopf.
»Es ist wirklich nicht nur das. Seit ich mit ihm zusammenarbeite, hat er systematisch versucht, mich aus dem Krankenhaus zu ekeln. Jason, wenn er ein schlechter Arzt wäre und nichts von meinen Fähigkeiten hielte, dann würde es mich ja auch nicht so belasten. Aber der Mann ist brillant. Ich kann sein Urteil über mich nicht ignorieren. Ich glaube, ich bin einfach nicht gut genug.«
»Unsinn!« sagte Jason verärgert. »Natürlich bist du gut genug. Jeder sagt, du seist eine hervorragende Ärztin.«

269

»Lawrence Barker nicht.«

»Vergiß ihn.«

»Das werde ich tatsächlich tun«, sagte Paige. »Ich werde nämlich kündigen.«

Jason nahm sie in seine Arme. »Paige – ich weiß doch, daß du deinen Beruf viel zu sehr liebst, um ihn aufzugeben.«

»Ich will doch nicht meinen Beruf aufgeben. Ich will bloß dieses Krankenhaus nie mehr wiedersehen.«

Jason zog ein Taschentuch hervor und trocknete ihre Tränen.

»Verzeih, daß ich dich mit solchen Sachen belästige«, bat Paige.

»Aber dafür sind zukünftige Ehemänner doch da, oder?«

Da gelang ihr, trotz allem, doch noch ein Lächeln. »Das klingt nett. Also gut.« Sie atmete einmal tief durch. »Jetzt fühl' ich mich schon wieder besser. Danke, daß du dir für mich Zeit genommen hast. Ich habe Dr. Wallace bereits angerufen und ihm mitgeteilt, daß ich kündigen werde. Ich fahre jetzt zum Krankenhaus, damit ich's hinter mir habe.«

»Also, dann sehen wir uns beim Abendessen.«

Als Paige über die Flure des Krankenhauses ging, kam es ihr auf einmal voll zu Bewußtsein, daß sie das alles nun zum letztenmal sah. Überall vertraute Geräusche; hin und her eilende Menschen – Paige merkte plötzlich, wie sehr sie hier zu Hause war. Sie mußte an Jimmy und an Tom denken; an all die ausgezeichneten Kollegen, mit denen sie hier zusammengearbeitet hatte; an den Tag, als Jason im weißen Kittel auf Visite mitgegangen war. Paige kam an der Cafeteria vorbei, wo sie hundertmal mit Honey und Kat gefrühstückt hatte; an der Lounge, wo sie mit ihnen das verunglückte Fest veranstaltet hatte.

Die Gänge und Räume waren voller Erinnerungen. *Es wird mir fehlen*, dachte Paige, *aber ich weigere mich trotzdem, mit diesem Ekel unter einem Dach zu arbeiten.*

Sie betrat das Büro von Dr. Wallace, der sie bereits erwartete.

»Also, ich muß schon sagen – Ihr Anruf hat mich überrascht, Paige! Ihre Entscheidung ist wirklich endgültig?«

»Jawohl.«

Benjamin Wallace seufzte laut. »Na schön. Übrigens – Dr. Barker möchte Sie gern sprechen, bevor Sie uns verlassen.«

»Mit dem hab' ich auch noch ein Wörtchen zu reden!« Bei Paige brach plötzlich der ganze aufgestaute Zorn durch.

»Er befindet sich im Labor. Also . . . viel Glück.«

»Danke.« Und schon war Paige auf und davon.

Als Paige ins Labor eintrat, untersuchte Dr. Barker gerade einige Dias unter dem Mikroskop. Er hob den Kopf. »Ich habe gehört, daß Sie beschlossen haben, das Krankenhaus zu verlassen.«

»Das stimmt. Jetzt kriegen Sie Ihren Willen.«

»Und der wäre?« fragte Dr. Barker.

»Sie haben mich vom ersten Augenblick an aus dem Krankenhaus weghaben wollen. Jetzt haben Sie's geschafft. Ich halte es nicht mehr aus, ich habe nicht mehr die Kraft, gegen Sie anzukämpfen. Als Sie mich beschuldigten, Ihren Patienten getötet zu haben, da ist mir . . .« Paige versagte die Stimme. »Sie sind ein Sadist, ein kaltherziges Ekel, und ich hasse Sie!«

»Setzen Sie sich«, sagte Dr. Barker.

»Nein. Ich habe Ihnen nichts mehr zu sagen.«

»Aber ich Ihnen. Für wen zum Teufel halten Sie sich eigentlich, Sie . . .«

Er brach plötzlich ab und rang nach Luft.

Paige sah, wie er sich ans Herz griff und auf seinem Stuhl vornübersank. Die eine Seite des Gesichts war auf schreckliche Weise verzerrt. Paige war sofort an seiner Seite. »Dr. Barker!« Sie schnappte sich das Telefon und schrie in den Hörer: »Alarm Rot! Alarm Rot!«

»Ein schwerer Schlaganfall«, sagte Dr. Peterson. »Es ist noch zu früh, um zu wissen, ob er überleben wird.«

Es ist meine Schuld, dachte Paige. *Ich habe gewollt, daß er stirbt.* Ihr war ganz elend.

Sie suchte noch einmal Ben Wallace auf. »Ich bedaure, was geschehen ist«, erklärte sie ihm. »Er war ein guter Arzt.«

»Ja. Das ist bedauerlich. Sehr sogar . . .« Wallace musterte sie. »Paige . . . Würden Sie bleiben, falls Dr. Barker bei uns nicht mehr praktizieren kann?«

Paige zögerte kurz. »Ja«, sagte sie dann. »Selbstverständlich.«

28. Kapitel

»John Cronin, weiß, männlich, Alter: 70, Diagnose: Herztumor«. So stand es auf seinem Krankenblatt.

Persönlich hatte Paige diesen John Cronin, an dem sie eine Herzoperation vornehmen sollte, noch nicht kennengelernt. Sie trat in Begleitung einer Schwester und eines Krankenhausarztes in sein Zimmer und begrüßte ihn mit einem freundlichen Lächeln: »Guten Morgen, Mr. Cronin.«

Cronin blickte zu Paige hinüber. »Wer zum Teufel sind Sie?«

»Ich bin Dr. Taylor. Ich werde Sie untersuchen und...«

»Den Teufel werden Sie tun! Nehmen Sie Ihre Scheißhände von mir weg! Warum schickt man mir keinen *richtigen* Arzt?«

Das Lächeln auf Paiges Gesicht schwand. »Ich bin Herzchirurgin. Ich werde alles in meiner Macht Stehende tun, damit Sie wieder gesund werden.«

»*Sie* wollen an meinem Herzen herumoperieren?«

John Cronin fixierte den Assistenzarzt. »Himmel noch mal«, stieß er hervor, »ist das alles, was dieses Krankenhaus auf Lager hat?«

»Ich versichere Ihnen, Dr. Taylor ist voll qualifiziert«, wies ihn der Assistent zurecht.

»Das gilt auch für meinen Hintern.«

»Möchten Sie lieber von Ihrem eigenen Chirurgen operiert werden?« fragte Paige förmlich.

»Ich habe keinen eigenen Arzt. Ich kann mir solche überbezahlten Quacksalber nicht leisten. Ihr Ärzte seid doch alle gleich. Ihr seid immer bloß am Geld interessiert. Die Menschen scheren euch einen feuchten Dreck. Für euch sind wir einfach nur Fleischklumpen, an denen ihr rumschnipseln könnt.

Hab' ich nicht recht?«

Paige verlor beinahe die Selbstbeherrschung. »Ich kann verstehen, daß Sie momentan etwas verstört sind, aber...«

»Ich und verstört? Bloß weil Sie mir das Herz herausschneiden werden?« Inzwischen schrie er fast. »Ich weiß, daß ich auf dem Operationstisch sterben werde. *Sie* werden mich umbringen. Hoffentlich sind Sie dann wegen Mord dran.«

»Das reicht!« bemerkte Paige.

Er grinste sie maliziös an. »Es würde sich aber in Ihren Personalunterlagen gar nicht gut machen, wenn ich abkratze, nicht wahr, Frau Doktor? Vielleicht werde ich mich also doch von Ihnen operieren lassen.«

Paige kämpfte gegen eine heftige innere Erregung an. Sie konzentrierte sich auf die Arbeit und gab der Schwester Anweisungen. »Ich brauche ein EKG und einen Laborbericht.« Bevor sie den Raum verließ, warf sie John Cronin noch einen langen Blick zu.

Als sie eine Stunde danach mit den Testberichten zurückkehrte, hob John Cronin den Kopf. »Oha, da ist das Miststück ja schon wieder.«

Paige operierte John Cronin am folgenden Tag um sechs Uhr morgens. Als sie ihn aufschnitt, war ihr sofort klar, daß es für ihn keine Hoffnung mehr gab. Das Herz war nicht das Problem; aber Cronins Organe zeigten sämtliche Krebssymptome.

»O mein Gott!« rief einer der Assistenten aus. »Was sollen wir machen?«

»Wir werden für ihn beten, daß er damit nicht allzu lange leben muß.«

Als Paige den OP-Saal verließ, sah sie im Flur eine Frau und zwei Männer. Die Frau war Ende Dreißig, hatte knallrotes Haar und trug viel zuviel Make-up und roch nach einem schweren, süßlichen Parfüm; das enge Kleid betonte ihre üppigen Formen. Die Männer, ebenfalls rothaarig, waren Ende Vierzig. Irgendwie fühlte Paige sich beim Anblick der drei an eine Zirkustruppe erinnert.

»Sie sind Dr. Taylor?« fragte die Frau.

»Ja.«

»Ich bin Mrs. Cronin. Das sind meine Brüder. Wie geht's meinem Mann?«

Paige zögerte einen Augenblick und sagte dann mit Bedacht: »Die Operation ist so gut verlaufen, wie man erwarten durfte.«

»Ach ja, Gott sei Dank!« rief Mrs. Cronin überschwenglich und betupfte sich die Augen mit einem Spitzentaschentuch. »Ich würd' ja vor Kummer sterben, wenn John etwas zustöße.«

Paige hatte den Eindruck, einer Schmierenkomödiantin gegenüberzustehen.

»Kann ich meinen Liebling jetzt sehen?«

»Noch nicht, Mrs. Cronin. Er liegt zur Zeit im Aufwachraum. Ich würde empfehlen, ihn morgen zu besuchen.«

»Wir kommen wieder.« Sie winkte den Männern. »Los, kommt, Jungs.«

Paige sah ihnen nach und dachte nur: *Der arme John Cronin.*

Der Bericht, den Paige am nächsten Morgen bekam, hielt fest, daß der Krebs in John Cronins Körper bereits überall Metastasen gebildet hatte. Für eine Strahlenbehandlung war es zu spät.

»Da läßt sich nichts mehr machen«, erklärte der Onkologe, »wir können nur noch versuchen, ihm seine Lage so angenehm wie möglich zu machen. Er wird verdammt starke Schmerzen haben.«

»Wieviel Zeit bleibt ihm noch?«

»Allerhöchstens ein bis zwei Wochen.«

Paige ging John Cronin in der Intensivstation besuchen. Er schlief. John Cronin war für sie nicht länger ein verbitterter, giftiger alter Mann, sondern ein Mensch, der verzweifelt um sein Leben kämpfte. Er war an ein Atemgerät angeschlossen und wurde intravenös ernährt. Paige ließ sich an seiner Seite nieder, um ihn zu beobachten. Er wirkte müde und erschlagen. *Er gehört zu den Pechvögeln,* dachte Paige, *die die Medizin trotz aller modernen Wunder nicht zu retten vermag.* Paige streichelte ihm behutsam über den Arm, bevor sie ihn wieder verließ.

275

Am Spätnachmittag schaute Paige noch einmal bei John Cronin vorbei. Er hing nicht mehr am Beatmungsgerät. Als er die Augen öffnete und Paige wahrnahm, sagte er benommen: »Die Operation ist zu Ende, wie?«

Paige schenkte ihm ein aufmunterndes Lächeln. »Ja. Ich bin nur rasch vorbeigekommen, um zu sehen, ob Sie es bei uns bequem haben.«

»Bequem?« Er schnaubte verächtlich. »Das ist Ihnen doch völlig schnurz.«

»Bitte«, sagte Paige, »wir wollen uns doch jetzt nicht streiten.«

Cronin lag schweigend da und beobachtete sie. »Der andere Arzt hat mir gesagt, daß Sie gute Arbeit geleistet haben.«

Paige äußerte sich nicht.

»Ich habe Krebs. Stimmt's?«

»Ja.«

»Wie schlimm steht es?«

Die Frage stellte Paige vor das Dilemma, mit dem alle Chirurgen früher oder später konfrontiert werden. Sie gab zu: »Es steht ziemlich schlimm.«

Langes Schweigen. »Was ist mit Bestrahlung oder Chemotherapie?«

»Es tut mir leid, aber dabei würden Sie sich nur noch schlechter fühlen, und es würde nichts bringen.«

»Ich verstehe. Also... es war ein schönes Leben. Ich habe gut gelebt.«

»Davon bin ich überzeugt.«

»Sie werden's vielleicht nicht glauben, wenn Sie mich hier so sehen – aber ich habe viele Frauen gehabt.«

»Ich glaub's Ihnen.«

»Yeah. Frauen... dicke Steaks... gute Zigarren... Sind Sie verheiratet?«

»Nein.«

»Sollten Sie aber sein. Alle Menschen sollten verheiratet sein. Ich bin verheiratet gewesen. Zweimal. Das erste Mal fünfunddreißig Jahre lang – mit einer wunderbaren Frau. Sie ist an einem Herzanfall gestorben.«

»Das tut mir leid.«

»Schon gut.« Er seufzte. »Dann hab' ich mich dazu hinreißen lassen, ein Flittchen zu heiraten. So ein Flittchen – und dann ihre zwei gierigen Brüder! Ist wohl meine eigene Schuld. Weil ich geil war. War ihr rotes Haar, das mich angemacht hat. Die ist vielleicht ein durchtriebenes Stück.«

»Ich bin sicher, daß sie . . .«

»Will Sie ja nicht beleidigen – aber wissen Sie, warum ich in diesem blöden Bezirkskrankenhaus liege? Meine Frau hat darauf bestanden. Wollte meinetwegen kein Geld für eine Privatklinik aus dem Fenster rausschmeißen. Auf die Weise bleibt nach meinem Tod mehr für sie und ihre beiden Brüder übrig.« Er sah Paige in die Augen. »Wie lange *hab'* ich denn noch?«

»Wollen Sie es wirklich wissen?«

»Nein . . . Ja.«

»Ein bis zwei Wochen.«

»Jesusmaria! Die Schmerzen werden weiter zunehmen, nicht wahr?«

»Ich werde tun, was ich kann, um es für Sie erträglich zu machen, Mr. Cronin.«

»Nennen Sie mich John.«

»John.«

»Das Leben ist gemein, nicht wahr?«

»Sie haben aber doch gesagt, daß Sie ein schönes Leben gehabt haben.«

»Hab' ich auch. Ist nur irgendwie komisch – zu wissen, daß es praktisch vorbei ist. Wo geht die Reise hin – was meinen Sie?«

»Ich weiß nicht.«

Er rang sich ein Lächeln ab. »Ich werd's Ihnen sagen, wenn ich angekommen bin.«

»Sie werden gleich ein paar Medikamente bekommen. Kann ich sonst noch etwas für Sie tun?«

»Yeah. Kommen Sie heut nacht und reden Sie mit mir.«

Eigentlich hatte Paige in dieser Nacht dienstfrei, außerdem war sie todmüde, doch sie versprach es ihm. »Ich komme wieder.«

John Cronin lag wach, als Paige ihn am Abend noch einmal in seinem Zimmer besuchte.

»Wie fühlen Sie sich?«

Er verzog das Gesicht. »Furchtbar. Mit Schmerzen bin ich nie besonders gut fertig geworden. Ich habe vermutlich eine niedrige Toleranzgrenze.«

»Ich verstehe.«

»Sie sind Hazel begegnet, oder?«

»Hazel?«

»Meiner Frau. Dem Flittchen. Sie ist mich mit ihren zwei Brüdern besuchen gekommen. Sie haben mir erzählt, daß sie mit Ihnen gesprochen hätten.«

»Ja.«

»Das ist mir eine, was? Da hab' ich mir echt einen Haufen Probleme aufgeladen. Die drei können's gar nicht erwarten, daß ich ins Gras beiße.«

»Das stimmt doch gar nicht.«

»Doch, das stimmt. Hazel hat mich nur aus einem Grund geheiratet – sie will mein Geld. Um Ihnen die Wahrheit zu sagen – mich hat das nicht sehr gekratzt. Ich hatte wirklich eine schöne Zeit mit ihr im Bett. Aber dann ist sie – zusammen mit ihren Brüdern – plötzlich habgierig geworden. Sie wollten immer noch mehr.«

Paige und Cronin verharrten in wohltuendem Schweigen.

»Hab' ich Ihnen erzählt, daß ich viel von der Welt gesehen habe?«

»Nein.«

»Yeah. Ich bin in Schweden gewesen ... Dänemark ... Deutschland. Waren Sie schon mal in Europa?«

Sie mußte an ihren Besuch im Reisebüro denken. *Reisen wir nach Venedig! – Nein, wir fahren nach Paris! – Wie wär's denn mit London?* »Nein, noch nie.«

»Sollten Sie aber.«

»Vielleicht später einmal.«

»In so einem Krankenhaus verdient man nicht gerade viel, hab'
ich recht?«

»Ich verdiene genug.«

Er nickte, als ob er sich in irgend etwas bestätigt sah. »Yeah, Sie
müssen Europa kennenlernen. Tun Sie mir einen Gefallen. Besuchen Sie Paris... wohnen Sie im Hotel Crillon, essen Sie bei
Maxim's zu Abend, bestellen Sie sich ein großes, dickes Steak und
eine Flasche Champagner, und wenn Sie das Steak essen und den
Champagner trinken, dann denken Sie bitte an mich. Würden Sie
das tun?«

»Eines Tages werde ich das tun.«

John Cronin sah sie mit einem prüfenden Blick an. »Gut. Ich
bin jetzt müde. Kommen Sie morgen wieder, damit wir uns weiter
unterhalten können?«

»Ich komme wieder«, versprach Paige.

John Cronin schlief.

29. Kapitel

Ken Mallory setzte großes Vertrauen in Frau Fortuna und war nach der Begegnung mit den Harrisons noch fester davon überzeugt, daß sie auf seiner Seite standen. Daß ein so wohlhabender Mensch wie Alex Harrison ins Embarcadero County Hospital eingeliefert wurde, war ein reiner Glücksfall. *Und dann bin ich derjenige gewesen, der ihm das Leben gerettet hat, und jetzt will er sich mir gegenüber dankbar erweisen.* Mallory rieb sich die Hände.

Er hatte sich bei einem Freund nach den Harrisons erkundigt.

»Reich ist überhaupt kein Ausdruck«, hatte der Freund ihm berichtet. »Der ist ein Multimultimillionär. Und außerdem hat er eine gutaussehende Tochter, die ist drei- oder viermal verheiratet gewesen. Das letzte Mal mit einem Grafen.«

»Kennst du die Harrisons persönlich?«

»Nein. Mit gewöhnlichen Menschen verkehren die nicht.«

Als Alex Harrison an einem Samstagmorgen aus dem Krankenhaus entlassen wurde, wollte er wissen: »Ken, glauben Sie, daß ich heute in einer Woche wieder fit genug sein werde, um eine Abendgesellschaft zu geben?«

Mallory nickte. »Ich wüßte nicht, was dagegen spräche. Wenn Sie's nicht übertreiben.«

Alex Harrison lächelte. »Ausgezeichnet. Sie werden unser Ehrengast sein.«

Mallory geriet in Hochstimmung. *Der alte Herr meint es tatsächlich ernst.* »Also . . . vielen Dank.«

»Lauren und ich erwarten Sie heute in acht Tagen um halb acht abends.« Er gab Mallory eine Adresse auf dem Nob Hill.

»Ich werde da sein«, erklärte Mallory. *Und ob!*

Eigentlich hatte er Kat versprochen, an diesem Abend mit ihr ins Theater zu gehen; aber das würde sich problemlos verschieben lassen. Die Wette hatte er ja gewonnen, das Geld eingestrichen, und Sex mit ihr war nach wie vor ein Genuß. Sie fanden in jeder Woche mehrmals zueinander – in einem unbenutzten Bereitschaftsraum, einem leeren Krankenzimmer oder auch in ihrer oder seiner Wohnung. *Ihr Feuer ist lange Zeit unterdrückt gewesen,* dachte Mallory beglückt, *doch als es dann gefunkt hat – wow! Aber nun würde bald der Tag kommen, an dem er ihr ›Arrividerci‹ sagen mußte.*

Mallory rief Kat erst an dem Tag an, als er bei den Harrisons eingeladen war. »Schlechte Nachrichten, Baby.«

»Was gibt's denn, Liebling?«

»Ein Kollege ist erkrankt und hat mich gebeten, für ihn einzuspringen. Ich fürchte, ich muß unsere Verabredung heute abend platzen lassen.«

Sie wollte sich ihre Enttäuschung nicht anmerken lassen; wollte nicht, daß er merkte, *wie* wichtig er ihr war. Sie sagte daher leichthin: »So ist das nun mal bei uns Ärzten, nicht wahr?«

»Yeah. Ich werd's ein andermal gutmachen.«

»Da gibt es nichts gutzumachen«, meinte sie innig. »Ich liebe dich.«

»Ich liebe dich auch.«

»Ken – wann werden wir darüber sprechen . . . ich meine, über uns beide?«

»Was meinst du damit?« Er wußte ganz genau, worauf sie hinauswollte. Auf eine feste Zusage. *Sie sind doch alle gleich. Sie benutzen ihre Muschis als Köder und hoffen, sich so einen Idioten zu angeln, der dann das ganze Leben mit ihnen verbringt.* Also, dafür war er zu clever. Dem würde er sich, wie schon ein dutzendmal geschehen, im richtigen Augenblick mit einem Ausdruck des Bedauerns zu entziehen wissen.

»Meinst du nicht«, fragte Kat, »daß wir ein Datum festsetzen sollten? Da gibt es doch viel im voraus zu planen, Ken.«

»Sicher. Machen wir.«

»Ich hatte eventuell an Juni gedacht. Was hältst du davon?«

Du wirst bestimmt nicht wissen wollen, was ich davon halte. Wenn ich meine Karten nur richtig ausspiele, wird es wirklich eine Hochzeit geben, aber nicht mit dir.* »Wir werden das alles noch besprechen, Baby. Jetzt muß ich mich aber wirklich sputen.«

Das Heim der Harrisons, mitten in einem sorgfältig gepflegten Landschaftsgarten, sah aus wie ein Herrenhaus im Film; im Inneren schienen die Flure und Räume kein Ende zu nehmen. Zwei Dutzend Gäste waren versammelt, im riesigen Wohnraum spielte eine Kapelle. Lauren rannte Mallory entgegen. Sie trug ein enganliegendes, langes Seidenkleid. Sie drückte Mallory die Hand. »Unser Ehrengast – herzlich willkommen! Ich freu' mich, daß Sie da sind.«

»Ich mich auch. Wie geht's Ihrem Vater?«

»Dank Ihnen ist er sehr lebendig. In unserem Freundeskreis feiert man Sie als Helden.«

Mallory setzte ein bescheidenes Lächeln auf. »Ich habe nur meine Pflicht getan.«

»Das sagt Gott vermutlich jeden Tag.« Sie nahm ihn an der Hand und stellte ihn den übrigen Gästen vor.

Die Crème de la crème hatte sich eingefunden – der Gouverneur von Kalifornien, der französische Botschafter, ein Richter vom Supreme Court und ein Dutzend Politiker, Künstler und Tycoons. Mallory konnte die Macht, die von diesen Leuten ausging, fast körperlich wahrnehmen – ein Gefühl, das ihn richtig in Stimmung brachte. *Ds ist meine Welt*, sagte er sich. *Bei diesen Menschen fühle ich mich zu Hause.*

Das Dinner war köstlich, und es wurde stilvoll serviert. Als die Gäste sich zum Schluß einer nach dem andern verabschiedeten, nahm Harrison Mallory beiseite: »Nun stürzen Sie nicht gleich davon, Ken. Ich würde mich gern noch mit Ihnen unterhalten.«

»Mit dem größten Vergnügen.«

Harrison, Lauren und Mallory nahmen in der Bibliothek Platz.

»Es war mir ernst damit, als ich Ihnen im Krankenhaus erklärte, daß Sie eine große Zukunft vor sich hätten.«

»Ihr Vertrauen ehrt mich, Sir.«

»Sie sollten Ihre eigene Praxis aufmachen.«

Mallory lächelte bescheiden. »Das ist gar nicht so einfach, Mr. Harrison. Es dauert ziemlich lange, eine Privatpraxis aufzubauen, und...«

»Für gewöhnlich schon, ja. Aber Sie sind kein gewöhnlicher Mensch.«

»Was meinen Sie damit?«

Lauren kam ihm zu Hilfe. »Vater möchte Ihnen gern eine Privatpraxis einrichten, wenn Sie Ihre Ausbildungszeit am Krankenhaus beendet haben.«

Mallory war zunächst einmal sprachlos. Das ging ihm zu schnell. Ihm war zumute wie in einem wunderbaren Traum. »Ich... ich weiß gar nicht, was ich dazu sagen soll.«

»Ich habe viele wohlhabende Freunde. Mit einigen habe ich bereits über Sie gesprochen, und eins kann ich Ihnen heute schon sagen – in dem Moment, wo Sie Ihren Laden aufmachen, werden Sie sich vor dem Ansturm nicht retten können.«

»Daddy, Ärzte machen doch keinen *Laden* auf.«

»Nenn es, wie du willst. Ich würde Sie jedenfalls gern finanzieren. Wären Sie daran interessiert?«

Es verschlug Mallory förmlich die Sprache. »Sehr sogar. Aber ich... ich weiß nicht, wann ich Ihnen das Geld zurückzahlen könnte.«

»Sie verstehen mich falsch. Ich zahle doch *Ihnen* etwas zurück. Sie werden mir gar nichts schulden.«

Lauren schaute Mallory mit einem herzlichen Blick an. »Sagen Sie ja. Bitte.«

»Ich wäre doch blöd, wenn ich nein sagen würde, oder?«

»Genau«, hauchte Lauren ihm zu. »Und ich weiß doch, daß Sie nicht dumm sind.«

Auf dem Heimweg befand Ken sich im Zustand reinster Euphorie. *Besser könnte es gar nicht kommen*, dachte er. Aber da irrte er sich gewaltig. Es kam noch viel besser.

Lauren rief bei ihm an. »Ich hoffe, Sie haben nichts dagegen, Geschäftliches mit Privatvergnügen zu verbinden.«

Er klopfte sich innerlich auf die Schulter. »Nicht im geringsten. Woran hatten Sie denn gedacht?«

»Nächsten Samstag findet ein Wohltätigkeitsball statt. Möchten Sie mich begleiten?«

Oh, Baby, und ob ich dich begleiten möchte. »Herzlich gern.« Er hatte am kommenden Samstag Dienst – er würde sich einfach krank melden, dann müßte das Krankenhaus Ersatz für ihn finden.

Mallory war jemand, der gern vorausdachte; was ihm nun widerfuhr, übertraf allerdings seine wildesten Zukunftsträume.

In den darauffolgenden Wochen wurde er in Laurens Gesellschaftskreise hineingezogen, so daß sein Leben zum atemberaubenden Wirbel wurde und er mit Lauren manchmal die halbe Nacht durchtanzte; tagsüber wankte er dann durchs Krankenhaus und überstand seinen Dienst nur mit Mühe. Die Beschwerden über seine Arbeit häuften sich; aber das war ihm egal. *Ich bin sowieso nicht mehr lange hier,* sagte er sich.

Der Gedanke, von diesem langweiligen Krankenhaus befreit zu werden und eine eigene Praxis zu führen, war schon aufregend genug; aber Frau Fortuna gab ihm noch einen zusätzlichen Bonus – Lauren.

Kat wurde allmählich lästig. Mallory mußte dauernd neue Ausreden erfinden, um sich ihr zu entziehen. Sie drängte; und dann sagte er etwa: »Liebling, ich bin verrückt nach dir . . . natürlich möchte ich dich gern heiraten, aber im Moment, weißt du, ich . . .« und dann folgte eine ganze Litanei von Entschuldigungen.

Es war Laurens Vorschlag, miteinander ein Wochenende im Landhaus der Familie in Big Sur zu verbringen. Mallory jubelte. *Die ganze verdammte Welt ist himmelblau,* dachte er. *Und mir liegt sie zu Füßen!*

Der Besitz zog sich über bewaldete Hügel hin, das Haus, ein

enormes Gebäude aus Holz, Schindeln und Stein, schaute auf den Pazifik hinaus. Es bestand aus einem riesigen Schlafzimmer, acht Gästezimmern, einem geräumigen Wohnraum mit gemauertem Kamin, einem überdachten Swimmingpool und einem großen Heißwasserbecken. Das Ganze stank nur so nach Geld.

Lauren sagte gleich nach der Ankunft:»Ich habe den Bediensteten für das Wochenende freigegeben.«

Mallory grinste.»Gute Idee.« Er legte die Arme um sie und flüsterte:»Ich bin ganz wild auf dich.«

»Dann zeig's mir doch.«

Sie blieben den ganzen Tag über im Bett. Lauren war fast so unersättlich wie Kat.

»Du erschöpfst mich ja total!« lachte Mallory.

»Gut. Ich will nicht, daß du auch nur in der Lage wärst, eine andere zu lieben!« Sie setzte sich auf.»Es gibt doch in deinem Leben keine andere, Ken?«

»Absolut nicht«, erwiderte Mallory in seinem aufrichtigsten Ton.»Außer dir gibt's für mich niemanden auf der Welt. Ich liebe dich, Lauren.« Der Moment war gekommen, in dem er alles wagen mußte; seine gesamte Zukunft mußte er jetzt fein säuberlich zu *einem* Paket schnüren. Ein erfolgreicher Arzt mit eigener Praxis – das war eine Sache. Alex Harrisons Schwiegersohn – das war noch etwas völlig anderes.»Ich möchte dich heiraten.«

Er hielt, in Erwartung ihrer Antwort, den Atem an.

»O ja, Liebling«, sagte Lauren.»Ja.«

Kat versuchte verzweifelt, Mallory zu erreichen. Sie rief beim Krankenhaus an.»Bedaure, Dr. Hunter, aber Dr. Mallory ist nicht im Dienst und meldet sich nicht.«

»Hat er denn keine Nachricht hinterlassen, wo man ihn erreichen könnte?«

»Bei uns ist nichts vermerkt.«

Kat legte den Hörer auf und wandte sich an Paige.»Ihm muß etwas zugestoßen sein. Ich weiß es. Sonst hätte er mich doch angerufen!«

»Aber Kat, es könnte tausend Gründe geben, warum du nichts
von ihm gehört hast. Vielleicht hat er plötzlich verreisen müssen,
oder . . .«

»Du hast ja recht. Es gibt dafür bestimmt einen guten Grund.«
Kat fixierte das Telefon. Sie wollte es zwingen zu läuten.

Als Mallory nach San Francisco zurückkam, rief er sofort im
Krankenhaus an und verlangte Kat.

»Dr. Hunter ist nicht im Dienst«, informierte ihn die Zentrale.

»Danke.« Mallory rief in der Wohnung an. Kat war daheim.

»Ken! Wo bist du gewesen? Ich habe mir Sorgen gemacht. Ich
habe dich überall zu erreichen . . .«

»Eine Familienkrise«, behauptete er glattzüngig. »Tut mir leid,
aber ich konnte dich nicht mehr anrufen. Ich mußte plötzlich
verreisen. Darf ich zu dir kommen?«

»Das weißt du doch. Ich bin ja so froh, daß es dir gutgeht. Ich . . .«

»In einer halben Stunde.« Er legte auf. Er dachte: *Die Zeit ist
gekommen, sagte das Walroß, da so mancherlei besprochen werden
muß. Kat, Baby, es hat großen Spaß gemacht, aber damit hat sich's
nun.*

Als Mallory die Wohnung betrat, warf Kat ihm die Arme um den
Hals. »Du hast mir ja so gefehlt!« Sie durfte ihm gar nicht sagen,
wie groß ihre Verzweiflung und Sorge gewesen waren – derglei-
chen können Männer auf den Tod nicht leiden. Sie trat einen Schritt
zurück. »Aber Darling, du siehst ja völlig erschöpft aus!«

Mallory seufzte. »In den letzten vierundzwanzig Stunden hab'
ich nicht *eine* Sekunde Schlaf bekommen.«

Kat umarmte ihn. »Armer Liebling. Kann ich dir etwas anbieten?«

»Nein, alles in Ordnung. Was ich jetzt brauche, ist Schlaf.
Komm, setzen wir uns. Wir müssen etwas bereden.«

»Stimmt was nicht?« fragte Kat.

Mallory holte tief Luft. »Kat, ich hab' in letzter Zeit viel über uns
nachgedacht.«

»Ich auch.« Sie lächelte. »Und ich hab' Nachrichten für dich. Ich...«

»Nein, warte. Laß mich ausreden. Kat, ich glaube, daß wir alles doch ein bißchen überstürzt haben. Ich... mein Heiratsantrag war vielleicht ein wenig unüberlegt.«

Sie erbleichte. »Was... was willst du damit sagen?«

»Ich will damit nur sagen, daß ich meine, wir sollten alles ein wenig verschieben.«

Ihr war, als würde die Welt um sie herum zusammenbrechen. Sie vermochte kaum mehr zu atmen. »Ken, wir können nichts mehr verschieben. Ich bekomme ein Baby von dir.«

30. Kapitel

Als Paige um Mitternacht nach Hause kam, war sie total erledigt. Der Tag war überaus anstrengend gewesen. Zum Mittagessen war überhaupt keine Zeit geblieben; und abends hatte sie sich zwischen zwei Operationen nur rasch ein Sandwich greifen können. Sie ließ sich ins Bett fallen und schlief auf der Stelle ein. Beim Läuten des Telefons wurde sie wieder wach. Paige griff nach dem Hörer. Sie warf automatisch einen Blick auf die Uhr neben dem Bett. Es war drei Uhr früh.

»Dr. Taylor? Tut mir leid, daß ich Sie störe, aber einer Ihrer Patienten gibt keine Ruhe und will Sie unbedingt sofort sprechen.«

Paige hatte einen so ausgetrockneten Hals, daß sie kaum sprechen konnte. »Ich bin doch außer Dienst«, murmelte sie. »Kann denn nicht jemand anders . . .«

»Er will mit niemand sonst reden. Er sagt, daß er sie braucht.«

»Wer ist es?«

»John Cronin.«

Paige setzte sich ein wenig auf. »Was fehlt ihm denn?«

»Das weiß ich nicht. Er will mit niemandem sprechen. Er will nur Sie.«

»Also gut«, sagte Paige seufzend. »Ich fahre gleich los.«

Als Paige eine halbe Stunde später das Krankenhaus erreichte, begab sie sich direkt zu John Cronin aufs Zimmer. Er lag wach im Bett. Aus den Nasenlöchern und von den Armen stachen Röhrchen hervor.

»Danke, daß Sie gekommen sind.« Die Stimme klang schwach und heiser.

Paige ließ sich auf dem Stuhl neben seinem Bett nieder. Sie setzte ein freundliches Lächeln auf. »Ist schon gut, John. Ich hatte sowie nichts zu tun, außer zu schlafen. Was kann ich für Sie tun – wie kommt's, daß es in diesem riesigen Krankenhaus außer mir niemanden gibt, der etwas für Sie tun kann?«

»Ich möchte mit Ihnen reden.«

Paige stöhnte laut auf. »Um diese Tageszeit? Ich hatte angenommen, daß es sich um irgendeine Art von Notfall handeln würde.«

»Tut es auch. Ich möchte gehen.«

Sie schüttelte den Kopf. »Unmöglich. Sie können jetzt nicht nach Hause. Dort könnten Sie diese besondere Behandlung nicht...«

Er unterbrach sie. »Ich will doch nicht nach Hause. Ich möchte gehen.«

Sie ließ den Blick auf ihm ruhen und fragte ganz langsam: »Was wollen Sie damit sagen?«

»Sie wissen ganz genau, was ich damit sagen will. Die Medikamente wirken nicht mehr. Ich kann diese Schmerzen nicht länger ertragen. Ich will da raus.«

Paige beugte sich vor und hielt ihm die Hand. »John, das darf ich nicht tun. Kommen Sie, ich gebe Ihnen...«

»Nein. Ich bin es leid, Paige. Ich möchte sterben, ganz gleich, wohin es dann geht, aber so will ich hier nicht länger herumhängen.«

»John...«

»Wie lang habe ich denn überhaupt noch? Noch ein paar Tage? Ich hab' Ihnen ja gesagt, daß ich mit Schmerzen nicht gut zurechtkomme. Ich bin hier wie ein Tier, das in der Falle sitzt, ich stecke voller gottverdammter Röhrchen. Mein Körper wird von innen zerfressen. Das ist kein Leben – das ist Sterben. Um Gottes willen, helfen Sie mir!«

Er wurde von einem plötzlichen Schmerzkrampf geschüttelt. Als er wieder sprach, war seine Stimme noch leiser, noch schwächer. »Helfen Sie mir doch... bitte...«

Paige wußte, was sie in so einer Situation zu tun hätte: Sie müßte John Cronins Bitte Dr. Benjamin Wallace melden, der sie weiterleiten würde an den Verwaltungsrat des Krankenhauses, der wiederum ein Ärztekomitee damit beauftragen würde, John Cronins Zustand zu begutachten, und danach eine Entscheidung träfe, welche anschließend gebilligt werden müßte durch...

»Paige... es ist *mein* Leben. Erlauben Sie, daß *ich* entscheide, was ich damit mache.«

Sie betrachtete die hilflose, vor Schmerz zuckende Gestalt.

»Ich flehe Sie an...«

Sie nahm seine Hand und hielt sie lange Zeit, schweigend, bis sie sagte: »In Ordnung, John. Ich werde es tun.«

Ihm gelang der Hauch eines Lächelns. »Ich habe gewußt, daß ich auf Sie zählen kann.«

Paige beugte sich über ihn und gab ihm einen Kuß auf die Stirn. »Schließen Sie die Augen, damit Sie schlafen.«

»Gute Nacht, Paige.«

»Gute Nacht, John.«

Paige blieb sitzen und betrachtete ihn nachdenklich. Was hatte sie sich da vorgenommen? Sie erinnerte sich daran, wie entsetzt sie am ersten Tag, auf ihrer ersten Visite mit Dr. Radnor, reagiert hatte. *Sie liegt bereits seit sechs Wochen im Koma. Ihre Lebenszeichen werden schwächer. Wir können nichts mehr für sie tun. Wir werden heute nachmittag den Stöpsel herausziehen.* War es falsch, einen Mitmenschen aus seinem Elend zu erlösen?

Ganz langsam, wie unter Wasser, stand Paige auf und ging zu einem Schrank in der Ecke, wo für Notfälle eine Flasche Insulin aufbewahrt wurde. Sie nahm die Flasche heraus. Sie blieb reglos stehen. Sie betrachtete die Flasche. Sie schraubte die Flasche auf. Sie füllte eine Spritze mit dem Insulin und trat wieder an John Cronins Bett. Noch konnte sie zurück. *Ich bin hier wie ein Tier, das in der Falle sitzt... Das ist kein Leben... Das ist Sterben. Um Gottes willen, helfen Sie mir.*

Paige lehnte sich vor und führte das Insulin langsam in die intravenöse Versorgung ein.

»Schlaf gut«, flüsterte Paige. Sie merkte nicht einmal, daß sie schluchzte.

Paige fuhr nach Hause und lag die ganze restliche Nacht über wach und dachte über ihre Tat nach.

Der Anruf kam um sechs Uhr morgens.

»Bedaure, Ihnen schlechte Nachrichten mitteilen zu müssen. Dr. Taylor. Ihr Patient John Cronin ist am frühen Morgen an Herzstillstand gestorben.«

Der diensttuende Oberarzt an diesem Morgen war Dr. Arthur Kane.

31. Kapitel

Ken Mallory war bisher nur ein einziges Mal in der Oper gewesen; damals war er eingeschlafen. An diesem Abend sah er im Opernhaus von San Francisco Verdis *Rigoletto* und genoß jede Minute. Er saß mit Lauren Harrison und ihrem Vater in einer Loge. Während der Pause hatte Alex Harrison ihn im Foyer des Opernhauses einer Reihe von Freunden vorgestellt.

»Mein zukünftiger Schwiegersohn, ein brillanter Arzt – Ken Mallory.« Es reichte, Alex Harrisons Schwiegersohn zu werden, um ein brillanter Arzt zu sein.

Nach der Vorstellung hatten die Harrisons mit Mallory im eleganten, großen Speisesaal des Fairmont Hotels zu Abend gegessen. Mallory genoß die ehrfürchtige Begrüßung des Maître d'hôtel, der sie zu ihrem Séparée geleitete. *Von nun an werde ich mir derartige Schuppen leisten können*, dachte Mallory. *Von nun an werde ich jemand sein.*

Nachdem sie bestellt hatten, sagte Lauren: »Liebling, ich finde, wir sollten ein Fest veranstalten, um unsere Verlobung bekanntzugeben.«

»Eine blendende Idee!« sagte ihr Vater. »Was sagen Sie dazu, Ken?«

In Mallorys Bewußtsein begann eine Alarmglocke zu klingeln. Eine Verlobungsparty würde öffentliche Aufmerksamkeit erregen. *Ich muß unbedingt zuerst die Angelegenheit mit Kat hinbiegen.* Das müßte sich, wie er meinte, mit einem kleinen Sümmchen regeln lassen. Mallory verfluchte die dumme Wette, auf die er sich eingelassen hatte. Wegen lächerlicher zehntausend Dollar stand nun seine gesamte glänzende Zukunft auf dem Spiel. Er konnte sich vorstellen, was passieren würde, wenn er den Harrisons von Kat erzählen würde.

Übrigens, ich habe ganz vergessen zu erwähnen, daß ich schon verlobt bin, mit einer Ärztin vom Krankenhaus. Sie ist eine Schwarze...

Oder so: *Soll ich Ihnen mal was Lustiges erzählen? Ich habe gegen die Jungs vom Krankenhaus gewettet, daß ich's schaffen würde, diese schwarze Ärztin zu ficken*...

Oder auch: *Ich hatte bereits eine andere Hochzeit geplant*...

Nein, dachte er, *ich werde einen Weg finden müssen, um Kat loszuwerden.*

Die beiden sahen ihn ganz erwartungsvoll an.

Mallory lächelte. »Eine Party... das klingt wundervoll.«

»Gut«, erklärte Lauren begeistert. »Dann werde ich die Sache in die Hand nehmen. Männer haben ja keine Idee, was zu einer Party alles dazugehört.«

Alex Harrison wandte sich an Mallory. »Ich habe den Ball für Sie bereits in Rollen gebracht.«

»Sir?«

»Ich habe da einen alten Golfkumpel, Gary Gitlin, Chef des North Shore Hospitals, mit dem habe ich über Sie gesprochen, und er meint, es sei überhaupt kein Problem, Sie in seinem Krankenhaus unterzubringen. So was ist ziemlich prestigeträchtig, wissen Sie. Und gleichzeitig würde ich Ihnen Ihre Privatpraxis einrichten.«

Mallory lauschte andächtig. »Das ist herrlich.«

»Es wird natürlich ein paar Jahre dauern, bis Sie eine wirklich lukrative Praxis aufgebaut haben, ich denke aber, daß Sie doch in der Lage sein müßten, in den ersten Jahren zwei- bis dreihunderttausend Dollar zu verdienen.«

Zwei- oder dreihunderttausend Dollar! Mein Gott! dachte Mallory. *Und das sagt er so dahin, als ob's ein paar Erbsen wären.*

»Das... das wäre sehr angenehm, Sir.«

Alex Harrison lächelte. »Ken, da ich nun einmal dein Schwiegervater sein werde, sollten wir mit diesem albernen ›Sir‹ Schluß machen. Nenn mich Alex.«

»Gut, Alex.«

»Ich habe bisher noch nie im Juni geheiratet«, bemerkte Lauren. »Ist dir Juni recht, Liebling?«

Ihm klang Kats Stimme im Ohr. *Meinst du nicht auch, daß wir ein Datum festsetzen sollten? Ich hatte eventuell an Juni gedacht.*

Mallory nahm Laurens Hand. »Hört sich gut an.« *Das läßt mir eine Menge Zeit, um mit Kat fertig zu werden,* überlegte Mallory. Beim nächsten Gedanken mußte er innerlich schmunzeln. *Ich werde ihr etwas von dem Geld anbieten, das ich gewonnen habe, weil ich sie ins Bett kriegte.*

»Wir haben eine Jacht in Südfrankreich«, erzählte Alex Harrison. »Was haltet ihr zwei davon, die Flitterwochen an der Französischen Riviera zu verbringen? Hinfliegen könnt ihr ja mit unserer Gulfstream-Maschine.«

Eine Jacht. Die Französische Riviera. Es war wie ein Traum, der in Erfüllung geht. Mallory schaute Lauren an. »Mit Lauren würde ich überall Flitterwochen machen.«

Alex Harrison nickte. »Na, da scheint ja alles geregelt.« Er warf seiner Tochter einen zufriedenen Blick zu. »Du wirst mir fehlen, Schatz.«

»Es ist ja nicht so, daß du mich verlierst, Vater. Du gewinnst einen Arzt dazu.«

»Und einen verdammt guten Arzt! Ich kann dir nie genug dafür danken, daß du mir das Leben gerettet hast, Ken.«

Lauren streichelte Mallorys Hand. »Ich werde ihm an deiner Stelle danken.«

»Hör zu, Ken – warum treffen wir uns nächste Woche nicht zum Lunch«, schlug Harrison vor. »Wir suchen anständige Praxisräume für dich, eventuell im Post Building, und ich bringe dich mit Gary Gitlin zusammen. Meine Freunde können's gar nicht abwarten, dich kennenzulernen.«

»Und ich habe meinen Freundinnen von dir erzählt. Die sind ebenfalls ziemlich scharf darauf, deine Bekanntschaft zu machen – nur werde ich *das* verhindern.«

»Ich habe an niemandem Interesse, außer an dir«, erklärte Mallory im Brustton der Überzeugung.

Als sie in den Rolls-Royce einstiegen, der von einem Chauffeur gefahren wurde, fragte Lauren: »Wo sollen wir dich absetzen?«

»Am Krankenhaus. Ich muß mich noch um ein paar Patienten kümmern.« Er hatte keineswegs die Absicht, sich um irgendwelche Patienten zu kümmern. Er ging nur hin, weil er wußte, daß Kat Dienst hatte.

Lauren streichelte ihm die Wange. »Armer Kleiner. Du arbeitest viel zuviel.«

Mallory seufzte. »Macht nichts. Solange ich nur Menschen helfen kann.«

Er fand Kat in der geriatrischen Abteilung.

»Hallo, Kat.«

Sie war übelgelaunt. »Wir hatten gestern abend eine Verabredung, Ken.«

»Ich weiß. Entschuldige, ich habe es einfach nicht geschafft, und...«

»Das ist in dieser Woche bereits das dritte Mal. Was ist nur mit dir los?«

Sie entwickelte sich langsam zur Nervensäge. »Kat, ich muß mit dir reden. Gibt es hier irgendwo ein leeres Zimmer?«

Sie dachte einen Augenblick lang nach. »Der Patient von Zimmer 315 ist heute entlassen worden. Dort wären wir ungestört.«

Sie gingen den Flur hinunter. Eine Schwester kam auf sie zu. »Ach, Dr. Mallory! Dr. Peterson sucht sie. Er...«

»Sagen Sie ihm, ich sei beschäftigt.« Er faßte Kat am Arm und führte sie zum Fahrstuhl.

Im dritten Stock schwiegen beide, bis Mallory auf Zimmer 315 die Tür hinter sich geschlossen hatte. Er war nervös. Von den nächsten paar Minuten hing seine ganze goldene Zukunft ab.

Er nahm Kats Hand. Es wurde Zeit, offen und ehrlich zu sein. »Kat, du weißt, daß ich nach dir verrückt bin. Was ich für dich empfinde, das habe ich in meinem ganzen Leben noch nicht für eine Frau empfunden. Andererseits, Schatz, die Vorstellung, jetzt sofort ein Kind in die Welt zu setzen... also... siehst du nicht auch, wie falsch das wäre? Ich meine ... wir sind beide Tag und Nacht beschäftigt, und wir verdienen doch nicht genug, um ...«

»Aber wir könnten damit auskommen«, widersprach Kat. »Ken, ich liebe dich, und ich ...«

»Warte. Ich verlange ja nur, daß wir das Ganze ein bißchen aufschieben. Wenn meine Zeit im Krankenhaus ausläuft und ich irgendwo eine Privatpraxis aufmachen kann. Vielleicht kehren wir in den Osten zurück. In ein paar Jahren werden wir's uns leisten können, zu heiraten und ein Kind zu kriegen.«

»*In ein paar Jahren?* Ich hab' dir doch gesagt, daß ich schwanger bin.«

»Ich weiß, Liebling, aber du bist jetzt, Moment ... im zweiten Monat? Da ist noch genug Zeit, um abzutreiben.«

Kat sah ihn mit einem Ausdruck des Entsetzens an. »Nein! Ich werde es nicht abtreiben lassen! Ich will, daß wir sofort heiraten. Jetzt!«

Wir haben eine Jacht in Südfrankreich. Was haltet ihr zwei davon, die Flitterwochen an der Französischen Riviera zu verbringen? Hinfliegen könnt ihr ja mit unserer Gulfstream-Maschine.

»Ich habe Paige und Honey schon gesagt, daß wir heiraten werden. Sie werden meine Brautjungfern sein. Und von dem Baby wissen die beiden auch.«

Mallory lief es kalt über den Rücken. Die Dinge gerieten außer Kontrolle. Falls die Harrisons Wind davon bekämen, wäre er erledigt. »Das hättest du nicht tun dürfen.«

»Warum nicht?«

Mallory zwang sich zu einem Lächeln. »Weil es mir lieber ist, wenn unser Privatleben *unser* Privatleben bleibt.« *Ich werde Ihnen eine Praxis einrichten ... in den ersten Jahren zwei- bis dreihunderttausend Dollar.* »Kat, ich frage dich jetzt zum letztenmal: Wirst du eine Abtreibung vornehmen lassen?« Er suggerierte ihr mit aller Willenskraft ein Ja und versuchte gleichzeitig, sich seine Verzweiflung nicht anmerken zu lassen.

»Nein.«

»Kat ...«

296

»Ich bring's nicht über mich, Ken. Ich hab' dir doch erzählt, wie ich mich wegen der Abtreibung gefühlt habe, die ich als junges Mädchen erlebt habe. Ein zweites Mal könnte ich das nicht ertragen. Frag mich bitte nicht noch mal.«

Es war in diesem Augenblick, daß Ken Mallory begriff: Er durfte nichts riskieren. Er sah keine andere Alternative. *Ich werde sie umbringen müssen.*

32. KAPITEL

Honey freute sich jeden Tag schon im voraus darauf, den Patienten auf Zimmer 306 wiederzusehen. Er hieß Sean Reilly und war ein gutaussehender Ire mit schwarzem Haar und funkelnden dunklen Augen. Honey schätzte ihn auf Anfang Vierzig.

Als Honey ihn zum erstenmal auf ihrer Visite bemerkte, hatte sie auf sein Krankenblatt gesehen und gesagt: »Wie ich sehe, sind Sie wegen einer Cholezystektomie hier.«

»Ich dachte, sie wollten mir die Gallenblase entfernen.«

Honey lächelte. »Das ist doch dasselbe.«

Sean richtete seine schwarzen Augen auf sie. »Die Ärzte können mir herausschneiden, was sie wollen, nur nicht mein Herz. Das gehört Ihnen.«

Honey lachte. »Mit Schmeicheln erreichen Sie alles.«

»Hoffentlich, Feinsliebchen.«

Wann immer Honey einige Minuten erübrigen konnte, schaute sie bei Sean herein. Er war ebenso liebenswürdig wie amüsant.

»Lohnt sich, operiert zu werden, nur um Sie um sich zu haben, Feinsliebchen.«

»Sie sind gar nicht nervös wegen der Operation, nicht wahr?«

»Solang Sie operieren, bestimmt nicht, Liebes.«

»Ich bin kein Chirurg. Ich bin Internistin.«

»Dürfen Internistinnen mit ihren Patienten zu Abend essen?«

»Nein. Das ist gegen die Regeln.«

»Setzen Internistinnen sich denn nie über die Regeln hinweg?«

»Niemals.« Honey sagte es mit einem Lächeln.

»Ich finde Sie wunderschön«, erklärte Sean.

Das hatte Honey noch nie jemand gesagt. Sie spürte, wie sie rot wurde. »Danke sehr.«

»Sie sind wie Morgentau in den Tälern von Killarney.«

»Sind Sie überhaupt schon einmal in Irland gewesen?« fragte Honey vorsichtig.

Er lachte schallend. »Nein. Aber ich verspreche Ihnen – eines Tages werden wir gemeinsam nach Irland fahren. Sie werden schon sehen.«

Es war lächerlich. Typisch irisch, diese Übertreibungen, aber trotzdem...

»Wie fühlen Sie sich?« fragte sie, als sie ihn am Nachmittag besuchte.

»Besser. Weil ich Sie sehe. Haben Sie über unsere Verabredung nachgedacht?«

»Nein«, log Honey.

»Ich hatte gehofft, daß ich nach der Operation mit Ihnen ausgehen könnte. Sie sind doch nicht verlobt oder verheiratet oder was ähnlich Dummes, oder?«

Honey lächelte ihm zu. »So was Dummes nicht.«

»Prima! Ich auch nicht. Wer würde mich schon wollen?«

Viele Frauen würden dich sofort nehmen, dachte Honey.

»Falls Sie Hausmannskost mögen – ich koche fantastisch.«

»Mal sehen.«

Als Honey am Morgen darauf wiederkam, sagte er: »Ich habe ein kleines Geschenk für Sie.« Er überreichte ihr ein Blatt Zeichenpapier. Es zeigte eine zarte, idealisierte Skizze von Honey.

»Das gefällt mir!« rief Honey. »Sie sind ja ein richtiger Künstler.« Und da fielen ihr plötzlich wieder die Worte des Mediums ein: *Sie werden sich verlieben. Er ist Künstler.* Sie sah Sean mit einem merkwürdigen Blick an.

»Stimmt was nicht?«

»Nein«, sagte Honey ganz langsam. »Nein.«

Fünf Minuten später tauchte Honey bei Frances Gordon auf.

»Da kommt ja die Jungfrau!«

Honey fragte ohne Umschweife: »Können Sie sich erinnern, daß Sie mir vorausgesagt haben, ich würde mich verlieben – in einen Künstler?«

»Ja.«

»Also... ich glaube, ich bin ihm begegnet.«

Frances Gordon lächelte. »Sehen Sie? Die Sterne lügen nie.«

»Könnten... Könnten Sie mir ein bißchen was über ihn erzählen? Über uns beide?«

»In der Schublade drüben liegen ein paar Tarotkarten. Würden Sie mir die bitte bringen?«

Als Honey die Karten holte, dachte sie: *Das ist lächerlich! An so etwas glaube ich doch gar nicht!*

Frances Gordon legte die Karten aus. Sie nickte immer wieder vor sich hin, nickte, lächelte still in sich hinein, bis sie plötzlich innehielt. »O mein Gott!« Sie hob den Kopf und sah Honey lange an.

»Was ist denn?« fragte Honey erschrocken.

»Dieser Künstler – Sie sagen, daß Sie ihm bereits begegnet sind?«

»Ich glaube ja. Doch.«

In der Stimme Frances Gordons lag tiefe Trauer. »Der arme Mann!« Ihre Augen ruhten mitfühlend auf Honey. »Es tut mir leid – es tut mir ja so leid.«

Sean Reillys Operation war für den folgenden Morgen anberaumt.

8.15 Uhr: Dr. William Radner traf die Vorbereitungen für die Operation in OP-Saal 2.

8.25 Uhr: Vor dem Eingang zur Notfallstation des Embarcadero hielt ein Lkw mit dem Wochenbedarf an Blutkonserven. Der Fahrer trug die Konserven zur Blutbank im Keller. Der diensthabende Arzt Eric Foster genoß bei Kaffee und Plundergebäck gerade die Gesellschaft der hübschen jungen Schwester Andrea.

»Wo soll ich sie ablegen?« fragte der Fahrer.

»Legen Sie sie einfach dorthin.« Foster deutete in eine Ecke.

»Okay.« Der Fahrer legte die Konserven auf den Boden und zog ein Formular heraus. »Sie müssen sich hier noch verewigen.«

»In Ordnung.« Foster zeichnete das Formular ab. »Danke.«

»Kein Problem.« Der Fahrer verschwand.

Foster wandte sich wieder Andrea zu. »Wo waren wir stehengeblieben?«

»Sie haben mir gerade erzählt, wie bewundernswert ich sei.«

»Richtig. Und wenn Sie nicht verheiratet wären, wäre ich echt hinter Ihnen her«, erklärte der im Krankenhaus wohnende Medizinalassistent. »Lassen Sie sich manchmal auf was ein?«

»Nein. Mein Mann ist nämlich Boxer.«

»Ach so. Haben Sie noch eine Schwester?«

»Um ehrlich zu sein – ja.«

»Ist sie so hübsch wie Sie?«

»Noch hübscher.«

»Und wie heißt sie?«

»Marilyn.«

»Warum verabreden wir uns dann nicht für einen Abend zu viert?«

Während sie alberten, schaltete sich das Faxgerät ein. Foster beachtete es nicht.

8.45 Uhr: Dr. Radnor begann mit der Operation an Sean Reilly. Alles verlief reibungslos. Der OP-Saal funktionierte wie eine gutgeölte Maschine, die von Leuten bedient wird, die ihr Handwerk verstehen.

9.05 Uhr: Dr. Radnor erreichte den Gallenblasengang. Bis dahin war die Operation wie nach Lehrbuch verlaufen. Als er zum Herausschneiden der Gallenblase ansetzte, glitt seine Hand aus, und das Skalpell ritzte eine Arterie. Blut strömte aus.

»Herrje!« Er versuchte, den Blutfluß aufzuhalten.

Der Anästhesist meldete laut: »Der Blutdruck ist soeben unter 95 gesunken. Er kommt unter Schock!«

Radnor wandte sich an die OP-Schwester. »Beschaffen Sie uns Blut! Stat.«

»Bin unterwegs, Doktor.«

9.05 Uhr: In der Blutbank läutete das Telefon.

»Nicht fortgehen!« befahl Foster Schwester Andrea, ging zum Telefon und nahm ab. »Hier Blutversorgung.«

»Wir benötigen im OP-Saal 2 vier Einheiten Blutgruppe 0. Stat.«

»Okay.« Foster legte auf und ging in die Ecke, wo das neu eingetroffene Blut deponiert worden war. Er zog vier Beutel heraus und legte sie auf das oberste Regal des Metallwagens, der für solche Notfälle bereitstand. Er überprüfte die Blutkonserven zweimal. »Blutgruppe 0«, sagte er laut. Er telefonierte nach einem Krankenhauspfleger.

Das Faxgerät stand inzwischen still.

»Was ist los?« fragte Andrea.

Foster warf einen Blick auf den OP-Terminplan, der vor ihm lag. »Sieht so aus, als ob Dr. Radnor Schwierigkeiten mit einem Patienten bekommt.«

9.15 Uhr: Der Krankenpfleger meldete sich in der Blutbank. »Was steht an?«

»Bringen Sie die vier Beutel zum OP-Saal 2. Man wartet drauf.«

Er schaute dem Krankenpfleger nach, der den Wagen hinausschob, und setzte die Unterhaltung mit Andrea fort. »Erzählen Sie mir von Ihrer Schwester.«

»Sie ist ebenfalls verheiratet.«

»Wie schr...«

Andrea grinste. »Aber sie macht herum.«

»Ehrlich?«

»Ich mach' bloß Spaß. Ich muß wieder an die Arbeit, Eric. Danke für den Kaffee und das Gebäck.«

»Jederzeit.« Er sah ihr nach und dachte: *Was für ein herrlicher Hintern!*

9.25 Uhr: Der Krankenpfleger wartete auf den Fahrstuhl, der ihn in den zweiten Stock bringen sollte.

9.23 Uhr: Dr. Radnor tat alles in seiner Macht Stehende, um die Katastrophe einzugrenzen. »Wo bleibt das verflixte Blut?!«

9.25 Uhr: Der Krankenpfleger klopfte an die Tür zum OP-Saal 2. Eine OP-Schwester öffnete ihm. Sie sagte: »Danke sehr.« Sie trug die Tüten in den Raum. »Hier ist das Blut, Doktor.«
»Pumpen Sie's in ihn hinein. Schnell!«

In der Blutbank trank Eric Foster seinen Kaffee aus und dachte an Andrea. *Warum nur müssen die Hübschen immer gleich verheiratet sein?*
Auf dem Weg zum Schreibtisch kam er am Faxgerät vorbei. Er zog das Fax heraus. Die Nachricht lautete:

Rückruf Alarm #687, 25. Juni: Rote Blutkörperchen, frisches gefrorenes Plasma. Einheiten CB93711, CB800007. Öffentliche Blutbank von Kalifornien, Arizona, Washington, Oregon. Untersuchung der in Umlauf gebrachten Blutprodukte ergab mehrfach positive Reaktion auf HIV-Test, Typ I.

Foster musterte es kurz, ging zum Schreibtisch, nahm den Lieferschein zur Hand, den er für die soeben eingetroffenen Blutkonserven abgezeichnet hatte. Dann warf er einen Blick auf die Nummer des Lieferscheins. Es war dieselbe Nummer wie auf dem Fax.
»O mein Gott!« Er griff nach dem Telefonhörer. »Verbinden Sie mich mit OP 2, ganz schnell.«
Dort meldete sich eine Schwester.
»Hier die Blutbank. Ich habe soeben vier Einheiten der Gruppe 0 hochgeschickt. Nicht verwenden! Ich schicke sofort neues Blut herauf.«
Die Schwester erwiderte: »Bedaure. Zu spät.«

Es kam zu einer offiziellen Untersuchung, die nichts ergab.
»Es war nicht meine Schuld«, erklärte Eric Foster. »Als das Fax

hier eintraf, war das Blut leider bereits nach oben geschickt worden.«

Dr. Radnor unterrichtete Sean Reilly.
»Es war ein Irrtum«, sagte Dr. Radnor. »Ein schrecklicher Irrtum. Ich würde alles tun, um ihn ungeschehen zu machen.«
Sean starrte ihn entsetzt an.
»Mein Gott! Ich werde sterben.«
»Es wird sechs bis acht Wochen dauern, bevor wir wissen, ob Sie HIV-positiv sind. Und selbst wenn, muß das noch nicht bedeuten, daß Sie an Aids erkranken. Wir werden alles Menschenmögliche für Sie tun.«

Honey war am Boden zerstört, als sie die Nachricht erfuhr. Ihr kamen die Worte von Frances Gordon in den Sinn. *Der arme Mann.*

Sean Reilly schlief, als Honey sein Zimmer betrat. Sie saß lange Zeit schweigend an seinem Bett und beobachtete ihn.
Er öffnete die Augen und erblickte Honey. »Ich hab' geträumt, daß ich träumte, daß ich nicht sterben würde.«
»Sean . . .«
»Sind Sie hergekommen, um die Leiche zu besuchen?«
»Bitte, so etwas dürfen Sie nicht sagen.«
»Wie konnte das nur geschehen?« Er weinte.
»Irgend jemand hat einen Fehler begangen, Sean.«
»Mein Gott, ich *will* nicht an Aids sterben.«
»Manche Leute sind HIV-positiv und kriegen nie Aids. Und die Iren haben doch Glück.«
»Wenn ich Ihnen nur glauben könnte!«
Sie nahm seine Hand. »Sie müssen mir glauben.«
»Ich habe bisher nicht zu den Menschen gehört, die zu Gott beten«, seufzte Sean. »Jetzt werde ich aber damit anfangen, darauf können Sie Gift nehmen!«
»Ich bete mit«, sagte Honey.

Er lächelte trübselig. »Das gemeinsame Abendessen werden wir jetzt wohl vergessen müssen, oder?«

»Aber nein. So leicht kommen Sie mir nicht davon. Ich freu' mich schon darauf.«

Er musterte sie. »Sie meinen das wirklich, nicht wahr?«

»Darauf können Sie wetten! Ganz gleich, was passiert – vergessen Sie nicht, daß Sie versprochen haben, mir Irland zu zeigen.«

33. Kapitel

»Fühlst du dich nicht wohl, Ken?« fragte Lauren. »Du bist ja richtig verspannt, Liebling.«

Die beiden waren in Harrisons riesiger Bibliothek allein.

Beim vorhergehenden sechsgängigen Diner, das ein Dienstmädchen und ein Butler serviert hatten, hatte Harrison – *Nenn mich Alex* – mit Mallory über dessen große Zukunft gesprochen.

»Gibt's einen Grund, daß du so verspannt bist?«

Weil diese schwangere schwarze Hexe von mir erwartet, daß ich sie heirate. Weil unsere Verlobung jeden Moment an die Öffentlichkeit dringen kann, und wenn sie es erfährt, bringt sie alles zum Platzen. Weil meine ganze schöne Zukunft zerstört werden könnte.

Er nahm Laurens Hand. »Ich muß wohl zuviel arbeiten. Patienten sind für mich mehr als nur Patienten, Lauren. Für mich sind sie Menschen, Menschen in Not. Ich sorge mich um sie.«

Sie streichelte sein Gesicht. »Das ist einer der Gründe, warum ich dich so schätze, Ken. Du nimmst soviel Anteil.«

»Das hat sicherlich mit meiner Erziehung zu tun.«

»Oh – ich hab' ganz vergessen, es dir zu sagen. Der Redakteur für die Gesellschaftsseite des *Chronicle* kommt am Montag mit einem Fotografen vorbei, für ein Interview.«

Das traf ihn wie ein Schlag in den Magen.

»Ob du es wohl einrichten könntest, daß du auch kommst, Liebling? Sie möchten ein Foto von dir.«

»Ich... ich würde ja gern. Aber ich habe den ganzen Tag über im Krankenhaus zu tun.« Seine Gedanken überschlugen sich fast. »Lauren, hältst du es wirklich für eine gute Idee, zu diesem Zeitpunkt ein Interview zu geben? Ich meine, sollten wir damit nicht warten, bis...«

Lauren lachte. »Du kennst die Presse nicht, Liebling. Die Jour-

nalisten sind wie Bluthunde. Nein, so was bringt man am besten
gleich hinter sich.«

Montag!

Am folgenden Morgen spürte Mallory Kat nach langem Suchen
endlich in einem Haushaltsraum auf. Sie wirkte müde und hager.
Sie war ohne Make-up; das Haar unfrisiert. *Lauren würde sich
niemals so gehenlassen,* dachte Mallory.

»Hallo, Schatz.«

Kat gab keine Antwort.

Mallory nahm sie in die Arme. »Ich habe viel über uns nachgedacht, Kat. Ich habe während der vergangenen Nacht kein Auge
zugetan. Du bedeutest mir alles. Du hattest recht, ich habe mir die
Sache nicht richtig überlegt. Ich glaube, es lag daran, daß mich die
Nachricht im ersten Moment völlig überrascht hat, fast wie ein
Schock. Ich möchte, daß du unser Baby zur Welt bringst.« Er sah,
wie Kats Gesicht plötzlich aufleuchtete.

»Meinst du das wirklich, Ken?«

»Darauf kannst du wetten.«

Sie legte ihm die Arme um den Hals. »Gott sei Dank! Ach,
Liebling, ich habe ja solche Angst gehabt. Ich weiß nicht, was ich
ohne dich tun würde.«

»Darüber mußt du dir doch keine Gedanken machen. Von jetzt
an wird alles wunderbar.« *Du ahnst ja nicht, wie wunderbar.* »Sieh
mal, am Sonntagabend habe ich keinen Dienst. Hast du Zeit?«

Sie griff nach seiner Hand. »Ich werde sie mir nehmen.«

»Großartig! Dann werden wir zusammen irgendwo hübsch
essen gehen und hinterher auf einen Schlummertrunk zu dir in
die Wohnung. Könntest du es hinkriegen, daß Paige und Honey
uns nicht im Weg sind – was meinst du? Ich möchte gern, daß wir
beide ungestört sind.«

Kat lächelte. »Kein Problem. Du weißt ja gar nicht, wie glücklich mich das macht. Habe ich dir überhaupt schon gesagt, wie
sehr ich dich liebe?«

»Ich liebe dich doch auch. Ich werd's dir am Sonntag beweisen.«

Mallory kam nach langen und gründlichen Überlegungen zu dem Schluß, daß sein Plan narrensicher war. Er hatte ihn bis ins letzte Detail ausgearbeitet. Es würde absolut unmöglich sein, ihn, Ken Mallory, für Kats Tod verantwortlich zu machen.

Sich das erforderliche Mittel aus der Krankenhausapotheke zu besorgen, wäre zu riskant; die Sicherheitsmaßnahmen waren dort nach der Bowman-Affäre verschärft worden. Mallory suchte deshalb am Sonntagmorgen nach einer Apotheke, die weit entfernt von seiner Wohngegend lag; da sonntags jedoch die meisten Apotheken geschlossen hatten, war erst die sechste oder siebte, die er ansteuerte, geöffnet.

»Guten Morgen«, grüßte der Apotheker hinter der Theke. »Kann ich Ihnen behilflich sein?«

»Ja. Ich mache einen Hausbesuch bei einem Patienten hier in der Gegend und möchte ihm gern ein Mittel verschreiben und mitbringen.« Er zog seinen Rezeptblock aus der Tasche und füllte ein Formular aus.

Der Apotheker zeigte sich angenehm überrascht.

»Es gibt heutzutage nicht mehr viele Ärzte, die noch Hausbesuche machen.«

»Ich weiß. Wirklich ein Jammer, daß sich die Leute nicht mehr um ihre Mitmenschen kümmern.« Er händigte dem Apotheker das Rezept aus.

Der Apotheker warf einen Blick darauf und meinte dann zuvorkommend:

»Es wird nur ein paar Minuten dauern.«

»Ich bin Ihnen sehr verbunden.«

Schritt Nummer eins.

Am Sonntag nachmittag schaute Mallory im Krankenhaus vorbei. Er blieb nicht länger als etwa zehn Minuten, und als er wieder herauskam, trug er ein kleines Paket.

Schritt Nummer zwei.

Mallory hatte sich mit Kat im Trader's Vic zum Abendessen verabredet. Er war schon vor ihr da, und als er sie dann auf seinen Tisch zukommen sah, dachte er sich im stillen: *Das ist dein letztes Abendmahl, du Miststück.*

Er erhob sich und begrüßte sie mit einem warmherzigen Lächeln. »Hallo, Puppe. Schön siehst du aus.« Sie sah wirklich sensationell aus. *Sie hätte ein Model sein können. Und im Bett ist sie auch eine Wucht. Ihr fehlt wirklich nur eins,* dachte Ken, *nämlich runde zwanzig Millionen Dollar.*

Kat wurde sich im Restaurant wieder einmal der Blicke der anderen Frauen bewußt, die neidisch auf ihr ruhten. Doch Ken hatte nur für sie, nur für Kat Augen. Er war wieder ganz der alte Ken, den sie liebte, aufmerksam und liebevoll.

»Wie ist dein Tag gewesen?« erkundigte sich Ken.

Sie seufzte. »Es gab viel zu tun. Drei Operationen am Morgen und drei am Nachmittag.« Sie beugte sich vor. »Ich weiß, daß es dafür eigentlich noch zu früh ist, aber ich schwör's dir – als ich mich für den Abend zurechtgemacht habe, da hab' ich das Baby spüren können.«

Mallory lächelte. »Vielleicht möchte es gern herauskommen.«

»Wir können einen Ultraschalltest machen lassen, damit wir wissen, ob's ein Junge oder ein Mädchen wird. Dann könnte ich schon die Babysachen kaufen.«

»Gute Idee.«

»Ken, können wir den Hochzeitstag festlegen? Ich würde gern so bald wie möglich heiraten.«

»Kein Problem«, meinte Ken. »Wir können die Heiratslizenz in der kommenden Woche beantragen.«

»Wunderbar!« Ihr kam plötzlich ein Gedanke. »Vielleicht könnten wir uns ja ein paar Tage freinehmen und Flitterwochen machen. Irgendwo, nur nicht zu weit weg – oben in Oregon oder Washington.«

Falsch, Baby. Ich mache im Juni auf meiner Jacht an der Französischen Riviera Flitterwochen.

»Das klingt himmlisch. Ich werde mit Wallace darüber sprechen.«

Kat drückte ihm die Hand. »Ich danke dir«, sagte sie mit rauher Stimme. »Ich werde dir die beste Frau in der ganzen Welt sein.«

»Davon bin ich überzeugt«, sagte Ken. »Und nun iß dein Gemüse. Wir wollen doch ein gesundes Baby, nicht wahr?«

Sie verließen das Restaurant um neun Uhr. Kurz vor Kats Wohnung erkundigte sich Ken: »Bist du auch ganz sicher, daß Paige und Honey nicht zu Hause sind?«

»Ich habe dafür gesorgt«, erwiderte Kat. »Paige arbeitet im Krankenhaus. Honey habe ich einfach erzählt, daß ich mit dir allein sein möchte.«

Scheiße!

Sie bemerkte den Ausdruck auf seinem Gesicht. »Ist etwas nicht in Ordnung?«

»Nein, Baby. Aber ich habe dir doch gesagt, daß es mir am liebsten ist, Privates auch wirklich ganz privat zu halten.« *Ich werde aufpassen müssen*, dachte er. *Ich werde sogar sehr vorsichtig sein müssen.* »Komm, schnell.«

Seine Ungeduld tat Kat wohl.

In der Wohnung sagte Mallory gleich: »Komm, gehen wir ins Schlafzimmer.«

Kat grinste. »Klingt irgendwie gut.«

Mallory sah Kat beim Entkleiden zu. *Sie hat eine herrliche Figur*, dachte er. *Ein Baby würde die Figur bloß ruinieren.*

»Willst du dich nicht ausziehen, Ken?«

»Selbstverständlich.« Er erinnerte sich an den Abend, als sie ihn dazu gebracht hatte, sich auszuziehen, und ihn dann hatte stehenlassen. Das würde er ihr heute heimzahlen.

Er zog sich langsam aus. *Werd' ich's überhaupt bringen können?* fragte er. Er zitterte fast vor Nervosität. *Sie ist selber schuld. Meine Schuld ist es nicht. Ich hab' ihr Gelegenheit gegeben, einen Rückzieher zu machen, und sie war zu dumm, die Gelegenheit zu nutzen.*

Er schlüpfte neben sie ins Bett und fühlte, wie sich ihr warmer Körper an seinen schmiegte. Sie streichelten einander. Er spürte, wie sie ihn erregte, und er drang in sie ein. Sie begann zu stöhnen. »Oh, Liebling... das ist ja so wundervoll...« Sie bewegte sich immer schneller. »Ja... ja... o mein Gott!... nicht aufhören...« Und ihr Leib begann, krampfhaft zu zucken, und dann erschauerte sie und lag danach ganz still in seinen Armen.

Sie wandte sich ihm besorgt zu. »Und du...?«

»Natürlich«, log Mallory. Er war viel zu verkrampft gewesen.

»Möchtest du einen Drink?«

»Nein. Besser nicht. Das Baby...«

»Aber heut feiern wir doch, Schatz. Und ein kleiner Schluck kann sicher nicht schaden.«

Kat zögerte. »Na gut. Aber wirklich nur einen ganz kleinen Schluck.« Sie wollte das Bett verlassen.

Mallory hielt sie zurück. »Nein, nein. Mama bleibt im Bett. Von jetzt an mußt du dich verwöhnen lassen.«

Kat blickte Mallory nach, der ins Wohnzimmer ging, und sie dachte: *Ich bin die glücklichste Frau der Welt!*

Mallory begab sich zu der kleinen Bar und goß Scotch in zwei Gläser. Er vergewisserte sich, daß er vom Schlafzimmer aus nicht beobachtet werden konnte, ging dann zur Couch, auf der er sein Jackett abgelegt hatte, zog ein Fläschchen aus der Tasche und schüttelte den Inhalt in Kats Glas. Er kehrte zur Bar zurück, rührte Kats Drink um und roch daran – nichts zu merken. Er trug die Gläser ins Schlafzimmer und reichte Kat ihr Getränk.

»Laß uns auf unser Baby anstoßen!« sagte Kat.

»Gut. Auf unser Baby.«

Er sah genau zu, als Kat einen großen Schluck nahm.

»Wir werden uns irgendwo eine hübsche Wohnung suchen«, meinte Kat verträumt. »Ich werd' ein Kinderzimmer einrichten. Wir werden unser Kind schrecklich verwöhnen, nicht wahr?« Sie nahm einen zweiten Schluck.

Mallory nickte. »Total.« Er behielt sie im Auge. »Wie fühlst du dich?«

»Herrlich. Ich hatte mir um uns solche Sorgen gemacht, Ken. Aber jetzt nicht mehr.«

»Prima«, sagte Mallory. »Du hast auch gar keinen Grund, dir Sorgen zu machen.«

Kat konnte die Augen kaum mehr offenhalten. »Nein«, sagte sie. »Es gibt keinen Grund zur Sorge.« Sie begann plötzlich, undeutlich zu sprechen. »Ken, mir ist so komisch.« Alles begann, sich um sie zu drehen.

»Du hättest niemals schwanger werden dürfen.«

Sie sah ihn verständnislos an. »Was?«

»Du hast alles verdorben, Kat.«

»Verdorben...?« Sie hatte allmählich Mühe, sich zu konzentrieren.

»Du bist mir in die Quere gekommen.«

»Was...?«

»Niemand hat mir in die Quere zu kommen.«

»Ken, mir ist so schwindlig.«

Er stand neben dem Bett und blickte von oben auf sie herab.

»Ken... hilf mir doch, Ken...« Ihr Kopf fiel nach hinten aufs Kissen.

Mallory schaute auf die Uhr. Er hatte noch viel Zeit.

34. KAPITEL

Es war Honey, die zuerst nach Hause kam und über Kats verstümmelten Körper stolperte, der in einer Blutlache auf den weißen Badezimmerfliesen lag; daneben eine blutbefleckte Kürette. Das Blut kam aus Kats Schoß.

Honey war vor Schreck wie versteinert. »O mein Gott!« flüsterte sie erstickt. Honey kniete sich neben den Körper und hielt zitternd einen Finger gegen Kats Halsschlagader. Kein Puls. Honey stürzte ins Wohnzimmer, nahm den Hörer ab und wählte. Eine Männerstimme antwortete: »Neun-eins-neun Notfall.« Honey war wie gelähmt und brachte kein Wort heraus.

»Neun-eins-neun Notfall... Hallo?«

»H...Hilfe! Ich... Da liegt...« Die Worte blieben ihr im Hals stecken. »S... Sie ist tot.«

»Wer ist tot, Miss?«

»Kat.«

»Ihre Katze ist tot?«

»Nein!« kreischte Honey. »Kat ist tot. Schicken Sie sofort jemand her.«

»Meine Dame...«

Honey knallte den Hörer auf die Gabel. Mit bebenden Fingern wählte sie das Krankenhaus an. »Dr. T... Taylor, bitte.« Ihre Stimme erstarb.

»Augenblick.«

Honey umklammerte das Telefon. Sie mußte zwei Minuten warten, bis sie die Stimme von Paige hörte. »Hier Dr. Taylor.«

»Paige! Du... du mußt sofort nach Haus kommen!«

»Honey? Was ist geschehen?«

»Kat... sie ist tot.«

»Was!?« Sie schien es nicht glauben zu können. »Wie?«

»Es . . . es sieht so aus, als ob sie versucht hätte abzutreiben.«

»O mein Gott! In Ordnung. Ich komm' so schnell ich kann.«

Als Paige in der Wohnung ankam, waren dort bereits zwei Polizisten, ein Kriminalbeamter und ein Leichenbeschauer eingetroffen. Honey, die unter starken Beruhigungsmitteln stand, befand sich in ihrem Zimmer. Der ärztliche Leichenbeschauer war über Kats nackte Leiche gebeugt. Bei Paiges Eintreten hob der Kriminalbeamte den Kopf.

»Wer sind Sie?«

Paige starrte auf den leblosen Körper am Boden. Sie war erblaßt. »Ich bin Dr. Taylor. Ich wohne hier.«

»Vielleicht können *Sie* mir weiterhelfen. Ich bin Inspector Burns. Ich habe versucht, mit der anderen Dame zu sprechen, die hier wohnt, sie war jedoch völlig hysterisch. Der Arzt hat ihr ein Beruhigungsmittel gegeben.«

Paige wandte den Blick von dem gräßlichen Anblick auf dem Boden ab. »Was . . . was möchten Sie wissen?«

»Die Tote hat hier gewohnt?«

»Ja.« *Ich werde das Baby von Ken behalten!*

»Es sieht so aus, als hätte sie versucht, das Baby loszuwerden, und hat's vermasselt«, meinte der Kriminalbeamte.

Paige stand regungslos da. Um sie drehte sich alles. »Das glaube ich nicht«, sagte sie schließlich.

Inspector Burns musterte sie kurz. »Und warum glauben Sie das nicht, Frau Doktor?«

»Weil sie das Baby unbedingt bekommen wollte.« Sie konnte allmählich wieder klar denken. »Es war der Vater, der es nicht gewollt hat.«

»Der Vater?«

»Dr. Ken Mallory. Er arbeitet am Embarcadero County Hospital. Er wollte sie auch nicht heiraten. Hören Sie, Kat ist – *war* –«, dieses *war* auszusprechen, tat weh, »Ärztin. Falls sie abtreiben wollte, hätte sie es nie selber in einem Badezimmer versucht.« Paige schüttelte den Kopf. »Da stimmt etwas nicht.«

Der ärztliche Leichenbeschauer richtete sich auf. »Vielleicht hat sie's selber versucht, weil sie nicht wollte, daß jemand von dem Baby erfuhr.«

»Das ist nicht wahr. Sie hat es uns erzählt.«

Inspector Burns beobachtete Paige nachdenklich. »Ist sie an diesem Abend allein in der Wohnung gewesen?«

»Nein. Sie hatte eine Verabredung mit Dr. Mallory.«

Ken Mallory lag im Bett und ließ die Ereignisse des Abends noch einmal Revue passieren. Er ging jeden Schritt noch einmal in Gedanken durch, vergewisserte sich, daß er nichts vergessen hatte. *Perfekt*, sagte er sich zu guter Letzt. Er fragte sich, warum die Polizei wohl so lange brauchte; und während er noch darüber nachdachte, klingelte es an der Wohnungstür. Mallory ließ es dreimal läuten, bevor er aufstand, sich einen Morgenmantel überzog und ins Wohnzimmer ging.

Er kam an die Tür. »Wer ist da?« Er gab seiner Stimme einen verschlafenen Ton.

»Dr. Mallory?«

»Ja.«

»Inspector Burns. Kriminalpolizei.«

»Kriminalpolizei?« Die Überraschung in seiner Stimme war genau richtig dosiert. Mallory öffnete die Tür.

Der Mann auf dem Flur zeigte seine Dienstmarke. »Darf ich eintreten?«

»Ja. Worum geht's denn?«

»Ist Ihnen eine Frau Dr. Hunter bekannt?«

»Selbstverständlich.« Sein Gesicht zeigte Beunruhigung. »Ist Kat etwas passiert?«

»Sind Sie heute abend mit ihr zusammengewesen?«

»Ja. Mein Gott, nun sagen Sie schon, was geschehen ist! Ist ihr etwas zugestoßen?«

»Es tut mir leid, aber ich habe eine schlechte Nachricht. Frau Dr. Hunter ist tot.«

»*Tot?* Das glaube ich Ihnen nicht. *Wie* denn?«

»Sie hat anscheinend versucht, eine Abtreibung an sich vorzunehmen, die aber danebenging.«

»O mein Gott!« stöhnte Mallory und ließ sich auf einen Stuhl fallen. »Es ist meine Schuld.«

Der Kommissar behielt ihn genau im Auge. »Wieso Ihre Schuld?«

»Ja. Ich... Dr. Hunter und ich wollten heiraten. Ich habe ihr erklärt, daß ich es für keine gute Idee hielt, daß sie jetzt ein Kind bekommt. Ich wollte damit warten, und sie hat zugestimmt. Ich habe dann vorgeschlagen, daß sie die Sache im Krankenhaus erledigen läßt. Sie muß dann wohl beschlossen haben... Ich... ich kann es nicht glauben.«

»Zu welchem Zeitpunkt haben Sie Frau Dr. Hunter verlassen?«

»Es muß etwa zehn Uhr gewesen sein. Ich habe sie an ihrer Wohnung abgesetzt und bin weitergefahren.«

»Sie haben ihre Wohnung nicht betreten?«

»Nein.«

»Hat Dr. Hunter ihr Vorhaben erwähnt?«

»Sie meinen, wegen der...? Nein. Mit keinem Wort.«

Inspector Burns zog eine Visitenkarte hervor. »Falls Ihnen noch etwas in den Sinn kommt, was uns weiterhelfen könnte, wäre ich für Ihren Anruf dankbar.«

»Gewiß. Ich... Sie können sich gar nicht vorstellen, was das für ein Schock ist.«

Paige und Honey blieben die ganze Nacht auf. Sie sprachen über Kat und darüber, was ihr zugestoßen war. Sie begannen immer wieder von vorn, sie waren entsetzt, sie konnten es einfach nicht fassen.

Um neun Uhr kam Inspector Burns bei ihnen vorbei.

»Guten Morgen. Ich möchte Ihnen nur mitteilen, daß ich in der Nacht mit Dr. Mallory gesprochen habe.«

»Und?«

»Er behauptet, mit ihr gemeinsam in einem Restaurant gegessen zu haben und sie dann heimgefahren und vor der Wohnung abgesetzt zu haben.«

»Er lügt«, sagte Paige. Sie dachte kurz nach. »Warten Sie! Sind in Kats Körper Spuren von Sperma entdeckt worden?«

»Ja, sind sie.«

»Also dann«, meinte Paige ganz aufgeregt, »haben wir ja sogar den *Beweis*, daß er lügt. Er ist mit ihr ins Bett gegangen . . .«

»Eben deswegen bin ich heute morgen noch einmal bei ihm gewesen. Er behauptet, er hätte *vor* dem Abendessen mit ihr geschlafen.«

»Oh.« Aber sie gab nicht auf. »Es wird von ihm Fingerabdrücke geben – auf der Kürette, mit der er sie getötet hat.« Sie wurde ganz aufgeregt. »Haben Sie Fingerabdrücke gefunden?«

»Ja, Frau Doktor«, erklärte er ruhig, »ihre eigenen.«

»Das ist unmög... Warten Sie! Dann hat er Handschuhe getragen und nach der Tat *ihre* Finger um die Kürette gelegt. Wie klingt das?«

»Als ob hier jemand zu viele Fernsehkrimis ansehen würde.«

»Sie glauben nicht, daß Kat ermordet worden ist, nicht wahr?«

»Bedaure, nein.«

»Ist eine Autopsie durchgeführt worden?«

»Ja.«

»Und?«

»Der Gerichtsmediziner klassifiziert die Sache als einen Unfalltod. Wie Dr. Mallory mir berichtet, hat sie sich angeblich dafür entschieden, das Kind nicht zu bekommen, und ist dann offensichtlich . . .«

». . . gleich ins Badezimmer gegangen und hat sich abgemurkst?« unterbrach Paige. »Aber Inspector! Herrgott noch mal! Sie war Ärztin – sie war *Chirurgin!* Es ist absolut ausgeschlossen, daß sie sich das angetan haben könnte!«

Inspector Burns meinte nachdenklich: »Sie glauben, Mallory hat sie zu einer Abtreibung überredet und versucht, ihr dabei zu helfen und ist weggelaufen, als die Sache danebenging?«

Paige schüttelte den Kopf. »Nein. So kann es auch nicht gewesen sein. Darauf hätte Kat sich nie eingelassen. Er hat sie ermordet.« Sie dachte laut. »Kat war eine kräftige Frau. Sie müßte bewußtlos gewesen sein, damit er überhaupt... tun konnte, was er getan hat.«

»Bei der Autopsie ergaben sich keinerlei Anhaltspunkte dafür, daß sie geschlagen wurde, auch sonst nichts, was eine Bewußtlosigkeit verursacht haben könnte. Keinerlei blaue Flecken an der Kehle...«

»Hat man vielleicht Spuren von einem Schlafmittel gefunden, oder...«

»Nichts.« Er bemerkte den Ausdruck auf Paiges Gesicht. »Mir scheint das alles nicht sehr nach Mord auszusehen. Ich glaube vielmehr, daß Frau Dr. Hunter einen Fehler begangen hat und... tut mir leid.«

Sie spürte, daß er gehen wollte. »Warten Sie!« rief Paige. »Es gibt aber doch ein Motiv.«

Er drehte sich noch einmal um. »Eigentlich nicht. Mallory erklärt, sie hätte in die Abtreibung eingewilligt. Da bleibt nicht viel übrig von Ihrem Motiv, oder?«

»Bleibt der Mord.« Paige blieb stur.

»Frau Doktor, dafür haben wir keine *Beweise*. Da steht sein Wort gegen das Wort des Opfers, und sie ist tot. Es tut mir aufrichtig leid.«

Er ging.

Ich werde nicht zulassen, daß Ken Mallory damit davonkommt, sagte sich Paige verzweifelt.

Jason kam vorbei, um Paige zu trösten. »Ich habe es gehört«, sagte er. »Das begreife ich nicht. Wie konnte sie sich nur so etwas antun?«

»Sie hat sich nichts angetan«, widersprach Paige. »Sie ist ermordet worden.« Sie berichtete Jason von ihrer Unterredung mit Inspector Burns. »Die Polizei wird in dieser Sache nichts unternehmen, die Polizei glaubt, daß es ein Unfall war. Aber, Jason – es ist meine Schuld, daß Kat nicht mehr lebt.«

»Wieso *deine* Schuld?«

»Weil *ich* ihr überhaupt erst eingeredet habe, mit Mallory auszugehen. Sie wollte gar nicht. Das Ganze hat als dummer Scherz angefangen, bis . . . und dann hat sie sich in ihn verliebt. Ach, Jason!«

»Deswegen mußt du dir keine Vorwürfe machen«, wies er sie mit Bestimmtheit zurecht.

Paige schaute sich voller Verzweiflung um. »In dieser Wohnung kann ich nicht mehr leben. Ich muß hier raus.«

Jason nahm sie in seine Arme. »Dann laß uns auf der Stelle heiraten.«

»Das geht doch jetzt nicht. Ich meine, Kat ist . . .«

»Ich weiß. Dann warten wir eben ein bis zwei Wochen . . .«

»Gut.«

»Paige, ich liebe dich.«

»Ich liebe dich auch, Schatz. Ist das nicht dumm? Ich habe auch deshalb Schuldgefühle, weil wir beide, Kat und ich, uns verliebt haben, und jetzt ist sie tot, und ich bin noch am Leben.«

Das Foto erschien am Dienstag auf der Titelseite des *San Francisco Chronicle*. Es zeigte einen strahlenden Ken Mallory, der einen Arm um Lauren Harrison gelegt hatte. Die Bildunterschrift lautete: »Erbin heiratet Arzt«.

Paige war sprachlos. Zwei Tage nach Kats Tod gab Ken Mallory seine Verlobung mit einer anderen Frau bekannt! Das hieß aber doch, daß er zur selben Zeit, als er Kat die Ehe versprach, die Heirat mit einer anderen geplant hatte. *Das ist der Grund, warum er Kat umgebracht hat. Um sie aus dem Weg zu schaffen!*

Paige nahm den Hörer und wählte die Nummer des Polizeipräsidiums.

»Inspector Burns bitte.«

Sie wurde sofort durchgestellt.

»Hier Dr. Taylor.«

»Ja, Frau Doktor?«

»Haben Sie das Foto im heutigen *Chronicle* gesehn?«

»Ja.«

»Jetzt haben Sie Ihr Motiv!« rief Paige. »Ken Mallory mußte Kat zum Schweigen bringen, bevor Lauren Harrison von seiner Verbindung mit Kat erfuhr. Sie müssen Mallory verhaften.« Sie schrie die Worte fast in den Hörer hinein.

»Nun mal langsam. Beruhigen Sie sich, Frau Doktor. Vielleicht haben wir da tatsächlich ein Motiv, aber, wie ich Ihnen bereits erklärte, wir haben nicht einmal einen Fetzen eines Beweises. Sie haben selber gesagt, daß Frau Dr. Hunter bewußtlos gewesen sein müßte, bevor Mallory an ihr eine Abtreibung hätte vornehmen können. Ich habe nach unserem Gespräch noch einmal mit unserem Gerichtspathologen gesprochen. Es gab bei ihr wirklich kein Anzeichen von Gewaltanwendung, die die Bewußtlosigkeit verursacht haben könnte.«

»Dann muß er ihr ein Sedativum verabreicht haben«, sagte Paige stur. »Wahrscheinlich Chloralhydrat. Das wirkt äußerst rasch und . . .«

»Frau Doktor«, führte Inspector Burns geduldig aus, »im Körper von Frau Dr. Hunter ist auch nicht die kleinste Spur von Chloralhydrat gefunden worden. Ich bedaure außerordentlich, aber wir können einen Mann nicht verhaften, nur weil er heiratet. Haben Sie sonst noch etwas auf dem Herzen?«

Alles. »Nein«, antwortete Paige. Sie knallte den Hörer auf und überlegte. *Mallory mußte Kat irgendein Mittel gegeben haben. Das hatte er sich doch bestimmt ohne Probleme in der Krankenhausapotheke besorgen können.*

Eine Viertelstunde später war Paige zum Embarcadero unterwegs.

Der Chefpharmazeut Pete Samuels persönlich stand hinter der Theke. »Guten Morgen, Dr. Taylor. Was kann ich für Sie tun?«

»Wenn ich mich nicht irre, hat Dr. Mallory vor einigen Tagen irgendein Medikament abgeholt. Er hat mir gesagt, was es war, ich kann mich aber nicht an den Namen erinnern.«

Samuels legte die Stirn in Falten. »Ich kann mich nicht erinnern, daß Dr. Mallory während der letzten vier Wochen überhaupt hier gewesen wäre.«

»Sind Sie sich da sicher?«

Samuels nickte. »Absolut. Ich würde mich daran erinnern. Wir unterhalten uns nämlich immer über Football.«

Paige verlor den Mut. »Vielen Dank.«

Dann muß er das Rezept bei irgendeiner anderen Apotheke eingereicht haben. Es war eine gesetzliche Auflage, wie Paige wußte, daß alle Rezepte für Narkotika dreifach ausgestellt werden mußten – die eine Kopie bekam der Patient, die zweite mußte zum *Bureau of Controlled Substances* gesandt werden, die dritte war für die Akten der Apotheke bestimmt.

Bei irgendeiner Apotheke muß Ken Mallory ein Rezept eingereicht haben. Aber in San Francisco gibt es wahrscheinlich zwei- bis dreihundert Apotheken. Da wäre es unmöglich, einem einzelnen Rezept nachzuspüren. Es war anzunehmen, daß Mallory sich das Mittel unmittelbar vor dem Mord an Kat beschafft hatte. Das würde bedeuten: Samstag oder Sonntag. *Falls er es am Sonntag getan hat, hätte ich eventuell eine Chance,* überlegte Paige. *An Sonntagen haben immer nur einige wenige Apotheken geöffnet. Das engt den Kreis ein.*

Sie begab sich einen Stock höher, wo die Listen der ärztlichen Dienstzeiten aufbewahrt wurden, und überprüfte die Aufstellung für den vergangenen Samstag. Dr. Ken Mallory hatte den ganzen Samstag Bereitschaftsdienst gehabt; vermutlich hatte er das Rezept dann am Sonntag ausgestellt. Wie viele Apotheken hatten in San Francisco sonntags geöffnet?

Paige rief beim staatlichen Aufsichtsamt für Pharmazeutik an.

»Hier spricht Dr. Taylor«, sagte Paige. »Eine Freundin von mir hat am vergangenen Sonntag bei einer Apotheke ein Rezept für mich hinterlegt, ich soll ihr das Medikament mitbringen, leider habe ich aber den Namen der Apotheke vergessen. Ob Sie mir da helfen könnten?«

»Nun, ich wüßte nicht, wie, Frau Doktor. Wenn Sie den Namen nicht wissen . . .«

»Die meisten Apotheken haben sonntags geschlossen, nicht wahr?«

»Ja, aber . . .«

»Ich wäre Ihnen sehr dankbar, wenn Sie mir die Apotheken nennen könnten, die geöffnet hatten.«

Schweigen.

»Also, falls es wichtig ist . . .«

»Es ist sehr wichtig«, versicherte Paige.

»Warten Sie einen Augenblick.»

Die Liste enthielt die Namen von sechsunddreißig Apotheken, die über ganz San Francisco verstreut lagen. Wenn sie zur Polizei gehen und um Unterstützung bitten könnte, wäre das weiter kein Problem gewesen, doch Inspector Burns glaubte ihr nicht. *Das werden Honey und ich ganz allein erledigen müssen,* folgerte Paige. Sie legte Honey ihren Plan dar.

»Das ist wirklich ein Schuß ins Blaue, nicht wahr?« meinte Honey. »Du weißt ja nicht einmal, ob er das Rezept auch wirklich am Sonntag ausgestellt hat.«

»Es ist unsere einzige Chance«, erklärte Paige. *Kats einzige Chance,* korrigierte sie sich im stillen. »Hör zu: Ich werde die Apotheken in Richmond, Marina, North Beach, Upper Market, Mission und Potrero überprüfen. Übernimm du die Apotheken in den Bezirken Excelsior, Ingleside, Lake Merced, Western Addition und Sunset.«

»In Ordnung.«

In der ersten Apotheke zeigte Paige ihren Ausweis und erklärte: »Dr. Ken Mallory, ein Kollege von mir, hat bei Ihnen am Sonntag ein rezeptpflichtiges Medikament abgeholt. Er mußte verreisen und hat mich gebeten, eine neue Packung zu besorgen, den Namen des Medikaments hab' ich allerdings vergessen. Würden Sie bitte für mich nachschauen?«

»Dr. Ken Mallory? Einen Moment bitte.« Er kam nach ein paar Minuten zurück. »Bedaure, aber für einen Dr. Mallory haben wir am Sonntag kein Rezept eingelöst.«

»Danke.«

Bei den nächsten vier Apotheken erhielt Paige die gleiche Antwort. Honey erging es auch nicht besser.

»Wir haben es hier mit Tausenden von Rezepten zu tun, wissen Sie.«

»Ich weiß, aber es geht doch nur um vergangenen Sonntag.«

»Bedaure, wir haben aber kein Rezept von einem Dr. Mallory abgelegt.«

Die beiden verbrachten den ganzen Tag damit, von Apotheke zu Apotheke zu laufen. Allmählich verloren sie den Mut. Es war bereits spät am Nachmittag, als Paige in einer kleinen Apotheke im Potrerobezirk fündig wurde. »O ja, da hätten wir's ja«, sagte der Apotheker. »Dr. Ken Mallory. Genau. Ich erinnere mich an ihn. Er wollte bei einem Patienten einen Hausbesuch machen. Das hat mich beeindruckt – es gibt heute nicht mehr viele Ärzte, die Hausbesuche machen.«

Das gibt es überhaupt nicht, daß ein Assistenzarzt Hausbesuche macht. »Für welches Mittel war das Rezept ausgestellt?«

Paige hielt den Atem an.

»Chloralhydrat.«

Paige begann vor Aufregung fast zu zittern. »Sicher?«

»Hier steht's doch.«

»Und wie hieß der Patient?«

Der Apotheker blickte auf das Rezept. »Spyros Levathes.«

»Würde es Ihnen etwas ausmachen, mir von diesem Rezept eine Kopie zu machen?« bat Paige.

»Nicht im geringsten, Doktor.«

Eine Stunde später sprach Paige bei Inspector Burns vor und legte ihm das Rezept auf den Tisch.

»Da haben Sie Ihren Beweis«, sagte sie. »Dr. Mallory hat am vergangenen Sonntag eine Apotheke aufgesucht, die von seiner Wohnung weit entfernt liegt, und hat dieses Rezept für Chloralhydrat eingelöst. Er hat Kat das Chloralhydrat in den Drink gemixt, und als sie danach bewußtlos war, da hat er sie abgeschlachtet und die Sache dann wie einen Unfall aussehen lassen.«

»Sie behaupten also, daß er ihr das Chloralhydrat in den Drink geschüttet und sie anschließend umgebracht hat?«

»Jawohl.«

»Es gibt da nur ein Problem, Frau Dr. Taylor. Wir haben in Dr. Hunters Leiche nicht die geringste Spur von Chloralhydrat gefunden.«

»Es muß aber so sein. Ihr Pathologe hat einen Fehler gemacht. Bitten Sie ihn um eine Überprüfung.«

Er verlor die Geduld. »Frau Doktor . . .«

»Bitte! Ich *weiß*, daß ich recht habe.«

»Sie vergeuden nur unsere Zeit.«

Paige ließ sich ihm gegenüber nieder und fixierte ihn schweigend für eine lange Zeit.

Er seufzte. »Na schön. Ich werde mit ihm sprechen. Vielleicht *hat* er ja einen Fehler gemacht.«

Jason holte Paige ab. »Wir essen heute abend bei mir zu Hause«, sagte er. »Ich muß dir etwas zeigen.«

Unterwegs informierte Paige Jason über die jüngsten Entwicklungen.

»Man wird das Chloralhydrat in ihrem Körper entdecken«, erklärte Paige, »und dann wird Ken Mallory sich nicht mehr herausreden können.«

»Mir tut das alles ja so leid, Paige.«

»Ich weiß.« Sie streichelte seine Wange. »Gott sei Dank, daß ich dich habe.«

Der Wagen blieb vor Jasons Haus stehen.

Paige schaute aus dem Fenster. Ihr stockte der Atem. Um den Vorgarten verlief ein neuer weißer Lattenzaun.

Sie war in der dunklen Wohnung allein. Ken Mallory ließ sich mit dem Schlüssel ein, den Kat ihm gegeben hatte, und bewegte sich leise auf das Schlafzimmer zu. Paige hörte seine Schritte, doch bevor sie etwas tun konnte, hatte er sie schon angesprungen. Seine Hände umklammerten ihren Hals.

»Du Miststück! Du willst mich vernichten. Aber du wirst nicht länger herumschnüffeln.« Er drückte fester zu. »Ich hab' euch alle ausmanövriert.« Seine Finger preßten ihr die Kehle zu. »Keiner wird je beweisen können, daß ich Kat getötet habe.«

Sie wollte schreien. Sie bekam keine Luft mehr, konnte nicht atmen, riß sich los und wachte auf einmal auf. Sie war allein im Zimmer. Paige setzte sich zitternd im Bett auf.

Sie blieb den Rest der Nacht über wach und wartete auf den Anruf von Inspector Burns. Er kam um zehn Uhr.

»Frau Dr. Taylor.«

»Am Apparat.« Sie hielt den Atem an.

»Ich habe soeben das *dritte* Gutachten des Gerichtsmediziners erhalten.«

»Und?« Ihr klopfte das Herz wie wild.

»In Dr. Hunters Leiche war keine Spur von Chloralhydrat oder irgendeinem anderen Sedativum zu finden.«

Das war unmöglich! Da mußte es Spuren geben. Jegliche Anzeichen für Schläge oder sonstige Formen der Gewaltanwendung, die eine Bewußtlosigkeit verursacht haben könnten, fehlten. Keine Schwellungen oder blaue Flecken an der Kehle. Das ergab aber doch keinen Sinn. Kat mußte bewußtlos gewesen sein, als Mallory sie umbrachte. Der Gerichtsmediziner irrte sich.

Paige beschloß, persönlich mit ihm zu sprechen.

Dr. Dolan war äußerst gereizt. »Es paßt mir nicht, wenn man meine Arbeit in Zweifel zieht«, fuhr er sie an. »Ich habe es dreimal überprüft. Ich habe Inspector Burns informiert, daß in keinem der Organe Spuren von Chloralhydrat zu finden waren, und es gab auch keine.«

»Aber...«

»Sonst noch etwas, Frau Doktor?«

Paige sah ihn hilflos an. Damit war ihre letzte Hoffnung dahin. Ken Mallory würde davonkommen, der Mord ungestraft bleiben. »Ich... ich glaube nicht. Wenn Sie wirklich keine Chemikalien in ihrem Körper gefunden haben, dann kann ich ja nicht...«

»Ich habe nicht behauptet, gar keine Chemikalien entdeckt zu haben.«

Sie schaute ihn einen Augenblick lang nachdenklich an.

»Sie *haben* also etwas gefunden?«

»Nur eine Spur Trichloräthylen, ein Metabolit von Trichloräthylen.«

Sie runzelte die Stirn. »Was würde Trichloräthylen denn bewirken?«

Er zuckte mit den Schultern. »Nichts. Es ist ein Analgetikum, das niemanden einschläfern würde.«

»Ich verstehe.«

»Bedaure, Ihnen nicht weiterhelfen zu können.«

Paige nickte. »Vielen Dank.«

Auf dem Weg durch den langen sterilen Gang der Leichenhalle wurde Paige das Gefühl nicht los, daß sie irgend etwas übersah – sie war sich absolut sicher gewesen, daß Kat mit Chloralhydrat bewußtlos gemacht worden war.

Alles, was Dr. Dolan gefunden hat, war eine Spur Trichloräthylen. Kat mußte also kurz vor ihrem Tod Trichloräthylen inhaliert haben. Aber wie kam sie denn dazu? Kat hat doch überhaupt keine Medikamente genommen. Paige blieb mitten im Gang stehen. Ihr Verstand arbeitete auf Hochtouren.

Als Paige das Krankenhaus erreichte, begab sie sich sofort in die medizinische Fachbibliothek im fünften Stock. Sie würde jetzt unter »Chloralhydrat« nachsehen! Der Eintrag lautete: *Farblose, durchsichtige Kristalle, scharfer Geruch; sehr leicht löslich in Wasser, Äthanol, Chloroform und Ölen. Der Schmelzpunkt liegt bei etwa 55° C, der Siedepunkt bei 97,5° C.*

Und dann, in der letzten Zeile, fand Paige, wonach sie gesucht hatte. *Wenn Chloralhydrat in den Stoffwechsel gelangt, erzeugt es als Nebenprodukt Trichloräthanol.* Also gab es zwei Möglichkeiten: Kat konnte das harmlose Trichloräthylen genommen haben – oder aber Chloralhydrat.

35. Kapitel

»Inspector, Frau Dr. Taylor möchte Sie sprechen.«

»Schon wieder?« Er war versucht, sie abzuweisen. Aber sie war wie besessen von ihrer unausgegorenen Theorie, und er fand, daß er ihren Umtrieben einen Riegel vorschieben müßte. »Schicken Sie sie herein.«

Als Paige eintrat, bemerkte Inspector Burns in schneidendem Ton: »Hören Sie, Frau Doktor, ich finde, jetzt reicht's. Dr. Dolan hat angerufen, um sich zu beschweren...«

»Ich weiß, wie Ken Mallory es gemacht hat!« Sie klang erregt. »In Kats Körper hat sich Trichloräthanol gefunden.«

Er nickte. »Davon hat Dr. Dolan mich in Kenntnis gesetzt. Er hat mir auch erklärt, daß Trichloräthylen sich zu dieser Substanz reduziert. Und, daß sie dadurch nicht bewußtlos geworden sein kann. Er...«

»Aber Chloralhydrat wird *auch* in Trichloräthanol umgesetzt!« rief Paige triumphierend. »Mallory hat gelogen, als er behauptete, Kat nicht mehr in die Wohnung begleitet zu haben. Er hat ihr Chloralhydrat in den Drink geschüttet. Chloralhydrat ist ohne Geschmack, wenn es mit Alkohol vermischt wird, und wirkt innerhalb von Minuten. Und als sie bewußtlos war, hat er sie getötet und es so aussehen lassen, als sei es eine verpfuschte Abtreibung gewesen.«

»Frau Doktor, wenn Sie mir bitte verzeihen mögen, aber das alles ist pure Spekulation.«

»Nein, keineswegs. Er hat das Rezept für einen Patienten namens Spyros Levathes ausgestellt und eingelöst. Er hat Levathes das Chloralhydrat jedoch nie gegeben.«

»Und woher wissen Sie das?«

»Weil es gar nicht für Levathes bestimmt sein *konnte*. Ich habe

Spyros Levathes überprüft. Er leidet an einer schweren Leberfunktionsstörung!«

»Ich verstehe nicht ganz.«

»Dr. Mallory hat diesem seinem Patienten *kein* Chloralhydrat verschrieben, weil ihn das nämlich getötet hätte! Chloralhydrat ist bei Leberfunktionsstörungen kontraindiziert. Es hätte bei Levathes sofort krampfartige Anfälle ausgelöst.«

Es war das erste Mal, daß Inspector Burns sich beeindruckt zeigte. »Sie haben Ihre Hausaufgaben wirklich gründlich gemacht, nicht wahr?«

Paige ließ nicht locker. »Warum sollte Ken Mallory eine weit abgelegene Apotheke aufsuchen und ein Rezept ausfüllen für einen Patienten, von dem er wußte, daß er *ihm* dieses Präparat nie verabreichen dürfte? Sie *müssen* ihn verhaften.«

Er trommelte mit den Fingern auf der Schreibtischplatte. »So einfach ist das nicht.«

»Sie müssen . . .«

Inspector Burns hob eine Hand. »In Ordnung. Ich sag' Ihnen, was ich tun werde. Ich werde mit dem Amt des District Attorney reden und feststellen, ob man dort der Ansicht ist, daß wir damit einen triftigen Grund zu einer Verhaftung haben.«

Paige war sich der Tatsache bewußt, daß sie nicht weiter in ihn dringen durfte. »Ich danke Ihnen, Inspector.«

»Ich werde mich wieder bei Ihnen melden.«

Inspector Burns dachte lange Zeit über das Gespräch nach. Handfeste Beweise lagen gegen Dr. Mallory nicht vor; es gab nur die Verdächtigungen einer hartnäckigen Frau. Er analysierte die wenigen Fakten, über die er verfügte. Dr. Mallory war mit Kat Hunter verlobt gewesen. Zwei Tage nach ihrem Tod war Mallory mit Alex Harrisons Tochter verlobt. Das war durchaus interessant – aber gesetzeswidrig war es nicht. Mallory hatte behauptet, Kat Hunter vor der Haustür abgesetzt und nicht in die Wohnung hinaufbegleitet zu haben. In ihrer Leiche war Sperma gefunden worden; dafür hatte er jedoch eine plausible Erklärung.

Dann gab es da die Geschichte mit dem Chloralhydrat. Mallory hatte ein Rezept für ein Mittel ausgestellt, das seinen Patienten hätte töten können. War er des Mordes schuldig oder nicht schuldig?

Burns rief seine Sekretärin. »Barbara, besorgen Sie mir für diesen Nachmittag einen Termin beim District Attorney.«

Als Paige hereinkam, befanden sich in dem Büro vier Herren: der District Attorney, sein Assistent, ein Mensch namens Warren und Inspector Burns.

»Danke, daß Sie vorbeigekommen sind«, begann der District Attorney. »Inspector Burns hat mir von Ihrem Interesse an Dr. Hunters Tod berichtet. Ich weiß das zu schätzen. Dr. Hunter war Ihre Mitbewohnerin. Da ist es nur verständlich, daß Sie der Gerechtigkeit zum Sieg verhelfen möchten.«

Also werden sie Ken Mallory doch verhaften!

»Ja«, sagte Paige. »Es gibt überhaupt keinen Zweifel. Dr. Mallory hat sie umgebracht. Wenn Sie ihn verhaften...«

»Ich bedaure, aber das ist unmöglich.«

Paige sah ihn entsetzt an. »Wie bitte?«

»Wir können Dr. Mallory nicht verhaften.«

»Aber warum denn nicht?«

»Wir haben keinen Grund.«

»Natürlich haben Sie einen Grund!« rief Paige aus. »Das Trichloräthylen beweist doch, daß...«

»Frau Doktor, Unkenntnis des Gesetzes kann vor Gericht als Entschuldigung nicht geltend gemacht werden. Unkenntnis in medizinischen Dingen schon.«

»Das verstehe ich nicht.«

»Ganz einfach – das heißt, daß Dr. Mallory behaupten kann, einen *Fehler* begangen zu haben –, daß er nicht gewußt hätte, welche Auswirkung das Chloralhydrat auf seinen Patienten haben würde. Und dann könnte niemand *beweisen*, daß er lügt. Es würde zwar beweisen, daß er ein miserabler Arzt ist, aber nicht, daß er einen Mord begangen hat.«

Paige gab ihre Enttäuschung unverhohlen zu erkennen. »Sie wollen ihn einfach davonkommen lassen?«

Er musterte sie kurz. »Ich werde Ihnen sagen, wozu ich bereit wäre. Ich habe die Sache mit Inspector Burns durchgesprochen. Mit Ihrer Erlaubnis schicken wir jemanden zu Ihnen in die Wohnung, um die Gläser in der Bar abzuholen. Wenn wir an einem Spuren von Chloralhydrat entdecken, entscheiden wir über den nächsten Schritt.«

»Und was ist, wenn er sie abgespült hat?«

Inspector Burns bemerkte trocken: »Ich kann mir nicht vorstellen, daß er sich die Zeit genommen hat, sie mit einem Spülmittel zu reinigen. Und falls er sie bloß mit Wasser ausgespült hat, finden wir, was wir suchen.«

Zwei Stunden später rief Inspector Burns Paige an.

»Wir haben alle Gläser in der Bar einer chemischen Analyse unterzogen, Frau Doktor«, berichtete er.

Paige wappnete sich für eine Enttäuschung.

»Wir haben ein Glas mit Spuren von Chloralhydrat entdeckt.« Paige schloß die Augen und sprach ein stilles Dankgebet.

»Außerdem haben sich an dem Glas Fingerabdrücke gefunden. Wir werden sie mit Dr. Mallorys Fingerabdrücken vergleichen.«

Paige wurde von einem Gefühl innerer Erregung erfaßt.

Der Inspector fuhr fort: »Als er sie tötete – sofern er sie getötet hat –, trug er Handschuhe, damit er auf der Kürette keine Fingerabdrücke hinterlassen würde. Andererseits wäre es wohl nicht gut möglich gewesen, daß er beim Mixen ihres Drinks Handschuhe trug, und möglicherweise hat er auch keine Handschuhe getragen, als er die Gläser ins Regal zurückstellte.«

»Nein«, meinte Paige. »Das ist kaum wahrscheinlich, nicht wahr?«

»Ich muß gestehen – anfangs war ich der ehrlichen Meinung, daß Ihre Theorie uns nirgendwohin führen würde. Heute meine ich, daß Dr. Mallory unser Mann sein könnte. Aber das auch zu beweisen – das ist eine andere Sache.« Er fuhr fort: »Der District

Attorney hat recht. Es wäre reine Zeitverschwendung, Mallory vor Gericht zu bringen. Mallory brauchte tatsächlich nur zu behaupten, sich der Wirkung des Medikaments nicht bewußt gewesen zu sein, und schon wäre er frei. Es gibt kein Gesetz gegen einen medizinischen Fehler. Ich sehe nicht, wie wir . . .«

»Moment mal!« rief Paige aufgeregt. »Ich glaube, ich wüßte da einen Weg!«

Ken Mallory hörte Lauren Harrison am Telefon zu. »Vater und ich haben da Praxisräume gefunden, die dich begeistern werden, Liebling! Eine wunderschöne Suite im Post Building! Und ich werde eine Empfangsdame für dich einstellen, eine, die nicht allzu schön ist.«

Mallory lachte. »In dem Punkt mußt du dir wirklich keine Sorgen machen, Baby. Für mich gibt's in der Welt niemanden außer dir.«

»Ich kann's gar nicht abwarten, daß du dir die Räume ansiehst. Kannst du nicht gleich kommen?«

»Mein Dienst ist in etwa zwei Stunden zu Ende.«

»Ausgezeichnet! Warum holst du mich nicht von zu Hause ab?«

»Einverstanden.« Mallory legte auf. *Besser kann's nicht mehr kommen,* dachte er. *Es gibt doch einen Gott,* und: *Sie liebt mich.*

Er hörte, wie sein Name ausgerufen wurde. »Dr. Mallory . . . Zimmer 430 . . . Dr. Mallory . . . Zimmer 430.« Er blieb sitzen; er war viel zu sehr in seinen Traum von der goldenen Zukunft vertieft. *Eine großartige Suite im Post Building als Praxis, in der sich reiche alte Damen die Klinke in die Hand geben, weil sie es gar nicht erwarten konnten, ihr Geld bei ihm zu lassen.* Da hörte er seinen Namen erneut über Lautsprecher. »Dr. Mallory . . . Zimmer 430.« Seufzend erhob er sich. *Dieses Irrenhaus werde ich bald hinter mir haben,* dachte er und machte sich auf den Weg zu Zimmer 430.

Vor dem Zimmer wartete ein Assistenzarzt auf ihn. »Tut mir leid, aber wir haben hier ein Problem«, erklärte er. »Es betrifft einen Patienten Dr. Petersons, doch Dr. Peterson ist nirgends erreichbar. Ich habe mit einem anderen Arzt Streit bekommen.«

Sie traten ins Zimmer ein, in dem sich drei Menschen aufhielten – ein Mann im Bett, ein Pfleger und ein Arzt, dem Mallory noch nicht begegnet war.

»Das ist Dr. Edwards«, stellte der Assistent vor. »Wir brauchen Ihren Rat, Dr. Mallory.«

»Wo liegt das Problem?«

Der Assistent erläuterte. »Der Patient leidet unter einer schweren Leberfunktionsstörung, aber Dr. Edwards besteht darauf, ihm ein Sedativum zu geben.«

»Da sehe ich kein Problem.«

»Danke«, sagte Dr. Edwards. »Der Mann hier hat seit zwei Tagen nicht mehr geschlafen. Ich habe ihm Chloralhydrat verschrieben, damit er etwas Ruhe findet und . . .«

Mallory betrachtete ihn voller Erstaunen. »Sind Sie wahnsinnig geworden? Das könnte ihn umbringen! Er würde sofort einen krampfartigen Anfall und extremes Herzjagen bekommen und wahrscheinlich sterben. Wo zum Teufel haben Sie eigentlich Medizin studiert?«

Der Mann sah Mallory an und sagte mit leiser Stimme: »Ich habe nie Medizin studiert.« Er hielt Mallory eine Dienstmarke unter die Nase. »Ich gehöre zur Polizei von San Francisco. Morddezernat.« Er drehte sich zum Mann im Bett um. »Haben Sie's?«

Der Mann zog ein Aufnahmegerät unter dem Kissen hervor. »Ich hab's.«

Mallory blickte stirnrunzelnd in die Runde. »Ich verstehe Sie nicht. Was soll das? Was ist hier eigentlich los?«

Der Inspector sprach Mallory an. »Herr Dr. Mallory, Sie sind wegen Mordes an Dr. Kate Hunter verhaftet.«

36. KAPITEL

Der *San Francisco Chronicle* brachte die Schlagzeile ARZT WE-
GEN MORD AN VERLOBTER VERHAFTET. Der dazugehörige
Text schilderte die gräßlichen Fakten des Falles ausführlich und in
allen Details.

Mallory knallte die Zeitung nach der Lektüre auf den Tisch.

»Sieht ganz so aus, als hättense dich am Schlafittchen, Kumpel.«

»Nie im Leben«, erwiderte Mallory zuversichtlich. »Ich habe
Beziehungen. Meine Freunde werden mir den gottverdammt besten Anwalt der Welt besorgen. In vierundzwanzig Stunden bin
ich hier wieder raus. Dazu braucht es sicher nur einen einzigen
Anruf.«

Die Harrisons lasen die Zeitung beim Frühstück.

»Großer Gott!« rief Lauren. »Ken! Das kann doch nicht wahr
sein.«

Der Butler näherte sich dem Frühstückstisch. »Verzeihung,
Miss Harrison. Dr. Mallory ist für Sie am Telefon. Ich glaube, er
ruft aus dem Gefängnis an.«

»Ich komme.« Lauren erhob sich.

»Du bleibst, wo du bist, und ißt dein Frühstück zu Ende«, befahl
Alex Harrison mit fester Stimme. Er wandte sich an den Butler.
»Wir kennen keinen Dr. Mallory.«

Paige las die Zeitung beim Ankleiden. Sie fand allerdings keinerlei
Befriedigung angesichts der Tatsache, daß Mallory für seine
schreckliche Tat nun doch bestraft werden würde. Ganz gleich,
wie hoch die Strafe auch ausfiele – sie konnte Kat nicht zurück-
bringen.

333

Es läutete. Paige ging öffnen. Vor der Tür stand ein Unbekannter. Er trug einen schwarzen Anzug und hatte eine Aktentasche dabei.

»Dr. Taylor?«

»Ja, bitte . . .«

»Mein Name ist Roderick Pelham. Ich bin Anwalt der Kanzlei Rothman & Rothman. Darf ich hereinkommen?«

Paige musterte ihn ratlos. »Ja.«

Er betrat die Wohnung.

»Was verschafft mir die Ehre?«

Er öffnete die Aktentasche und zog einige Dokumente hervor.

»Ihnen ist natürlich bekannt, daß Sie die Hauptnutznießerin des Testaments von John Cronin sind?«

Paige starrte ihn verständnislos an. »Was reden Sie da? Da muß ein Irrtum vorliegen.«

»O nein, da liegt kein Irrtum vor. Mr. Cronin hat Ihnen die Summe von einer Million Dollar hinterlassen.«

Paige sank völlig überwältigt auf einen Stuhl, weil sie sich plötzlich erinnerte.

›Sie müssen Europa kennenlernen. Tun Sie mir einen Gefallen. Besuchen Sie Paris . . . wohnen Sie im Hotel Crillon, essen Sie bei Maxim's zu Abend, bestellen Sie sich ein großes, dickes Steak und eine Flasche Champagner, und wenn Sie das Steak dann essen und den Champagner trinken, dann denken Sie bitte an mich.‹

»Wenn Sie hier bitte unterschreiben möchten, werden wir uns um alle notwendigen Formalitäten kümmern.«

Paige hob den Kopf.

»Ich . . . Ich weiß nicht, was ich dazu sagen soll. Ich . . . er hatte doch Familie.«

»Die letztwillige Verfügung meines Mandanten sieht für dessen Familie den Rest der Hinterlassenschaft vor. Dabei handelt es sich um keine große Summe.«

»Das kann ich nicht annehmen«, erklärte Paige.

Pelham schaute sie verblüfft an. »Und warum nicht?«

Auf die Frage wußte sie keine Antwort. John Cronin hatte

schließlich gewollt, daß sie sein Geld bekam. »Ich weiß nicht. Es . . . es kommt mir unethisch vor, irgendwie. Er war doch mein Patient.«

»Also, ich lasse Ihnen den Scheck da. Es bleibt ganz Ihnen überlassen, wie Sie ihn verwenden. Sie müssen hier nur unterschreiben.«

Paige war ganz benommen, als sie ihre Unterschrift auf das Stück Papier setzte.

»Auf Wiedersehen, Doktor.«

Sie sah, wie er durch die Tür ging, und stand nicht einmal auf, um ihn hinauszubegleiten. Sie war in Gedanken bei John Cronin.

Die Nachricht von Paiges Erbschaft war im Krankenhaus *das* Gesprächsthema. Paige hatte gehofft, daß es nicht herauskommen würde. Sie hatte sich noch immer nicht entschlossen, was sie mit dem Geld anfangen würde. *Es gehört mir nicht*, dachte Paige. *Er hatte doch Familie.*

Eigentlich war Paige gefühlsmäßig noch nicht in der Lage, ihre Arbeit wiederaufzunehmen, doch ihre Patienten brauchten Betreuung. Für den Morgen war eine Operation geplant. Arthur Kane fing Paige im Flur ab. Seit dem Vorfall mit den seitenverkehrten Röntgenbildern hatte sie kein Wort mehr mit ihm gewechselt. Obwohl Paige keinen Beweis hatte, daß Kane der Täter war, hatten ihr die zerstochenen Autoreifen damals einen maßlosen Schreck eingejagt.

»Hallo, Paige. Wir sollten Vergangenes vergessen. Was meinen Sie?«

Paige zuckte mit den Schultern. »Okay.«

»Furchtbar, die Geschichte mit Ken Mallory, nicht wahr?«

»Ja«, erwiderte Paige.

Kane schaute sie listig von der Seite an. »Können Sie sich einen Arzt vorstellen, der mit Absicht einen Menschen tötet? Schrecklich, nicht wahr?«

»Ja.«

335

»Übrigens«, sagte er, »meinen Glückwunsch. Sie sind, wie ich höre, Millionärin geworden?«

»Ich verstehe nicht...«

»Ich habe Theaterkarten für heute abend, Paige. Ich dachte, wir könnten zusammen hingehen.«

»Vielen Dank«, sagte Paige. »Aber ich bin verlobt.«

»Dann schlage ich vor, daß Sie sich wieder entloben.«

Paige warf ihm einen überraschten Blick zu. »Verzeihung?«

Kane rückte näher. »Ich habe eine Autopsie bei John Cronin angeordnet.«

Paiges Herz begann schneller zu schlagen. »Ja?«

»Er ist überhaupt nicht an Herzversagen gestorben. Irgend jemand hat ihm eine Überdosis Insulin gegeben. Ich vermute, diese Person hat wohl die Möglichkeit einer Autopsie übersehen.«

Paige hatte auf einmal einen ganz trockenen Mund.

»Sie sind doch bei ihm gewesen, als er starb, nicht wahr?«

»Ja«, erwiderte sie zögernd.

»Ich bin der einzige, der das weiß. Ich bin übrigens auch der einzige, der den Autopsiebericht besitzt.« Er tätschelte ihre Schulter. »Und meine Lippen sind versiegelt. Nun, wie steht's mit dem Theaterbesuch heute abend...«

Paige entzog sich ihm. »Nein.«

»Wissen Sie, was Sie da tun?«

Sie holte tief Luft. »Ja. Und wenn Sie mich jetzt bitte entschuldigen möchten...«

Und damit ließ sie ihn stehen. Kane schaute ihr nach. Seine Gesichtszüge verhärteten sich. Er drehte sich um und machte sich auf den Weg zu Dr. Benjamin Wallaces Büro.

Sie wurde um ein Uhr morgens in der Wohnung vom Schrillen des Telefons geweckt.

»Sie sind schon wieder ein unartiges Mädchen gewesen.«

Die gleiche heisere Stimme, zu einem rauchigen Flüstern verstellt – diesmal erkannte Paige die Stimme. *Mein Gott,* dachte Paige, *ich hatte recht, mich zu fürchten.*

Am nächsten Morgen warteten im Krankenhaus zwei Männer auf Paige.

»Dr. Paige Taylor?«

»Ja.«

»Sie müssen uns bitte begleiten. Sie sind wegen Mordes an John Cronin verhaftet.«

37. Kapitel

Es war der letzte Prozeßtag. Der Verteidiger Alan Penn hielt sein Schlußplädoyer.

»Meine Damen und Herren, Sie haben eine Menge Zeugenaussagen über Dr. Taylors Kompetenz oder Inkompetenz gehört. Nun, die Richterin wird Ihnen auseinandersetzen, daß es in diesem Prozeß nicht um diese Frage ging. Ich bin außerdem sicher, daß wir für jeden Arzt, der Dr. Taylors Arbeit nicht billigte, ein Dutzend anderer Ärzte finden können, die Dr. Taylors Arbeit guthießen. Aber darum geht es hier gar nicht.

Paige Taylor steht wegen John Cronins Tod vor Gericht. Sie hat zugegeben, bei seinem Tod nachgeholfen zu haben. Sie hat es getan, weil er unter großen Schmerzen litt und sie darum bat. Das ist Sterbehilfe, und sie wird in der ganzen Welt zunehmend akzeptiert und gebilligt. Im vergangenen Jahr hat der California Supreme Court jedem Menschen, der erwachsen und im Vollbesitz seiner geistigen Kräfte ist, das Recht zugestanden, das Absetzen medizinischer Behandlung jedweder Form zu verweigern oder zu verlangen. Es ist der einzelne Mensch, der mit der gewählten oder zurückgewiesenen Art der Behandlung leben oder sterben muß.«

Er schaute den Geschworenen ins Gesicht. »Sterbehilfe – oder Euthanasie – ist ein Verbrechen aus Mitleid und Barmherzigkeit, und ich wage zu behaupten, daß sie in der einen oder anderen Form in allen Krankenhäusern auf der ganzen Erde vorkommt. Der Ankläger fordert ein Todesurteil. Sie sollten sich von ihm in dieser Frage nicht verwirren lassen. Es hat für Sterbehilfe noch nie ein Todesurteil gegeben. Dreiundsechzig Prozent der amerikanischen Bevölkerung ist der Überzeugung, daß Sterbehilfe legal sein sollte, und in achtzehn Staaten unseres Landes *ist* sie legal. Die

Frage ist die: Haben wir das Recht, hilflose Patienten zu einem Leben voller Schmerzen zu zwingen, sie zu *zwingen*, am Leben zu bleiben und leiden zu müssen? Die Frage ist durch die großen medizinischen und technologischen Fortschritte kompliziert worden. Wir haben die Pflege von Patienten Maschinen überantwortet. Maschinen kennen keine Gnade. Wenn ein Pferd sich ein Bein bricht, dann erlösen wir es durch einen Gnadenschuß aus seinem Elend. Aber einen Menschen verdammen wir zu einem halben Leben, das für ihn die Hölle ist.

Es war nicht Dr. Taylor, die entschieden hat, wann John Cronin sterben sollte. Das hat John Cronin selbst entschieden. Lassen Sie sich in dem Punkt nicht täuschen – was Dr. Taylor getan hat, war ein Akt der Gnade. Dafür hat sie die volle Verantwortung übernommen. Sie dürfen aber gewiß sein, daß sie von dem Geld, das er ihr hinterlassen hat, nichts wußte. Was sie getan hat, tat sie aus einem Gefühl des Mit-Leidens heraus. John Cronin war ein Mensch mit einem versagenden Herzen und mit einem tödlichen Krebs, der nicht mehr behandelt werden konnte, ein Krebs, der sich in seinem ganzen Körper ausgebreitet hatte und ihm fürchterliche Schmerzen bereitete. Stellen Sie sich nur eine Frage: Würden Sie unter solchen Umständen weiterleben wollen? Ich danke Ihnen.« Er drehte sich um, begab sich wieder zu seinem Tisch und nahm neben Paige Platz.

Gus Venable erhob sich und pflanzte sich vor den Geschworenen auf. »*Mitleid? Barmherzigkeit?*« Er sah hinüber zu Paige, schüttelte den Kopf und wandte sich erneut den Geschworenen zu. »Meine Damen und Herren, ich bin nun seit über zwanzig Jahren als Anwalt tätig, und ich muß Ihnen gestehen, daß mir in all diesen Jahren noch nie – noch *nie* – ein eindeutigerer Fall von kaltblütigem, vorsätzlichem Mord untergekommen ist.«

Paige, verkrampft und blaß, hing an seinen Lippen.

»Die Verteidigung hat von Sterbehilfe gesprochen. Hat Frau Dr. Taylor das, was sie tat, aus Mitleid und Barmherzigkeit getan? Ich glaube nicht. Dr. Taylor und andere Zeugen haben ausgesagt, daß John Cronin nur noch wenige Tage zu leben hatte. Warum hat sie ihn diese wenigen Tage nicht noch erleben lassen? Vielleicht deswegen, weil sie Angst hatte, Mrs. Cronin könnte erfahren, daß ihr Mann sein Testament geändert hatte, und die Änderung wieder rückgängig machen.

Es ist ein bemerkenswertes Zusammentreffen, daß Frau Dr. Taylor ihm unmittelbar nach der Testamentsänderung, die ihr die Summe von einer Million Dollar einbrachte, die Überdosis Insulin gegeben und ihn damit getötet hat.

Die Angeklagte hat sich immer wieder von neuem durch ihre eigenen Worte überführt. Sie erklärte, daß sie mit John Cronin auf freundschaftlichem Fuß stand, daß er sie mochte und schätzte. Sie selbst haben jedoch Zeugenaussagen gehört, daß er Frau Dr. Taylor nicht ausstehen konnte, daß er sie als ›Miststück‹ bezeichnete und sie aufforderte, ihre ›Scheißhände‹ von ihm zu nehmen.«

Gus Venable streifte die Angeklagte neuerlich mit einem Blick. Auf ihrem Gesicht zeichnete sich ein Ausdruck von Verzweiflung ab. Er wandte sich wieder an die Geschworenen. »Ein Anwalt hat ausgesagt, daß Frau Dr. Taylor bezüglich der ihr hinterlassenen Million Dollar geäußert hat: ›Das kommt mir unethisch vor. Er war doch mein Patient.‹ Aber das Geld hat sie dann doch genommen. Sie hat es gebraucht. Sie hatte eine ganze Schublade voll mit Reiseprospekten – Paris, London, Venedig. Und bedenken Sie wohl, daß sie das Reisebüro keineswegs *nach* der Erbschaft aufgesucht hat. O nein. Diese Reisen hatte sie bereits vorher fest geplant. Was ihr fehlte, war nur das nötige Geld sowie eine Gelegenheit – und John Cronin hat ihr beides geliefert. Ein hilfloser, sterbender Mann, den sie zu manipulieren vermochte. Sie hatte einen Mann in ihrer Hand, der, wie sie selbst gestanden hat, unter furchtbaren Schmerzen litt – Todesschmerzen, wie sie selbst zugegeben hat. Sie können sich vorstellen, wie schwer es sein muß, klar zu denken, wenn man unter derartigen Schmerzen leidet. Wir wissen nicht, *wie* Frau Dr. Taylor John Cronin dazu gebracht hat, sein Testament so zu ändern, daß er die Familie, die er liebte, aus seinem letzten Willen ausschloß und sie selbst zur

Hauptnutznießerin machte. Wir *wissen* aber eins: Er hat sie in jener schicksalhaften Nacht an sein Bett gerufen. Worüber haben die beiden miteinander gesprochen? Könnte es sein, daß er ihr eine Million Dollar anbot, damit sie ihn von seinem Elend befreite? Das ist eine *Möglichkeit*, die wir in Erwägung ziehen müssen. Und doch war es, so oder so, kaltblütiger Mord.

Meine Damen und Herren, wissen Sie, welcher Zeuge im Verlauf dieses Prozesses die Angeklagte am meisten belastet hat?« Er zeigte in einer dramatischen Geste auf Paige. »Die Angeklagte selbst. Wir haben die Aussage eines Zeugen vernommen, daß sie eine illegale Bluttransfusion veranlaßt und hinterher die Unterlagen gefälscht hat. Sie selbst hat diese Tatsache nicht bestritten. Frau Dr. Taylor hat behauptet, außer John Cronin nie einen Patienten getötet zu haben, doch wir haben die Aussage eines anderen Zeugen gehört, daß Dr. Barker, ein allseits geachteter Arzt, sie beschuldigte, seinen Patienten getötet zu haben.

Dr. Barker, meine Damen und Herren, ist nach einem bedauerlichen Schlaganfall leider außerstande, heute hier vor Gericht zu erscheinen und gegen die Angeklagte auszusagen. Erlauben Sie mir aber, Ihnen Dr. Barkers Meinung von der Angeklagten in Erinnerung zu rufen. Hier haben Sie die Aussage von Dr. Peterson im Zusammenhang mit einer Operation, die Dr. Taylor durchführte.«

Er las aus dem Protokoll vor.

»›Ist Dr. Barker noch während der Operation im OP-Saal eingetroffen?‹

›Ja.‹

›Und hat sich Dr. Barker bei der Gelegenheit gegenüber Dr. Taylor in irgendeiner Weise geäußert?‹

Antwort: ›Dr. Barker hat gesagt: ‚*Sie* haben ihn getötet.‘‹

Und die Aussage von Schwester Berry: ›Er sagte, sie sei inkompetent ... er hat gesagt, daß er sie nicht einmal seinen Hund operieren lassen würde.‹«

Gus Venable schaute vom Blatt auf. »Entweder liegt hier eine Art Verschwörung vor, an der all diese ehrbaren Ärzte und

Schwestern beteiligt sind, oder aber Dr. Taylor ist eine Lügnerin, und nicht bloß eine Lügnerin, sondern eine pathologische...«

Die hintere Tür des Gerichtssaals hatte sich geöffnet. Ein Assistent trat herein, blieb im Türrahmen kurz stehen, unschlüssig, wie wenn er über den nächsten Schritt nachdenken müßte, und kam dann durch den mittleren Gang von hinten auf Gus Venable zu.

»Sir...«

Gus Venable drehte sich verärgert um. »Sehen Sie denn nicht, daß ich...«

Der Assistent flüsterte ihm etwas ins Ohr.

Gus Venable betrachtete ihn mit einem Ausdruck blanken Erstaunens. »*Was* sagen Sie da? Aber das ist ja wunderbar!«

Die Richterin beugte sich vor und erkundigte sich mit ominös leiser Stimme: »Sie zwei dort – verzeihen Sie, wenn ich störe, aber was erlauben Sie sich eigentlich?«

Gus Venable wandte sich erregt an die Richterin. »Euer Ehren, ich bin soeben davon in Kenntnis gesetzt worden, daß Dr. Barker vor dem Gerichtssaal wartet. Er sitzt im Rollstuhl, ist jedoch aussagefähig. Ich würde ihn gern in den Zeugenstand rufen.«

Stimmengewirr im Gerichtssaal.

Alan Penn war aufgesprungen. »Einspruch!« brüllte er. »Der Ankläger befindet sich inmitten seines Schlußplädoyers. Es gibt keinerlei Präzedenzfall, daß zu einem so späten Zeitpunkt ein neuer Zeuge aufgerufen würde. Ich...«

Richterin Young ließ ihren Hammer niedersausen. »Würden die beiden Anwälte bitte zur Richterbank kommen?«

Penn und Venable traten nach vorn.

»Das ist höchst ungewöhnlich, Euer Ehren. Ich protestiere...«

»Sie haben insofern recht, als es in der Tat ungewöhnlich ist, Mr. Penn«, klärte ihn die Richterin auf. »Sie irren aber, insofern Sie es als beispiellos bezeichnen. Ich könnte Ihnen ein ganzes Dutzend von Präzedenzfällen nennen, in denen maßgeblichen Zeugen unter besonderen Umständen die Aussage zu einem solch späten Zeitpunkt noch gestattet worden ist. Fürwahr, wenn Ihnen die Präzedenz wirklich so sehr am Herzen liegt, können Sie einen Fall nachschlagen, der vor fünf Jahren in ebendiesem Gerichtssaal verhandelt wurde. Den Vorsitz des Gerichts hatte zufällig ich.«

Alan Penn schluckte. »Soll das heißen, daß Sie ihm gestatten werden auszusagen?«

Richterin Young dachte kurz nach, bevor sie entschied: »Da Dr. Barker im vorliegenden Fall ein Hauptzeuge ist und aus gesundheitlichen Gründen außerstande war, zu einem früheren Zeitpunkt zu erscheinen, werde ich im Interesse von Recht und Gerechtigkeit entscheiden, daß ihm gestattet wird, als Zeuge aufzutreten.«

»Einspruch! Es gibt keinen Beweis dafür, daß der Zeuge aussagefähig ist. Ich verlange, daß eine ganze Reihe von Psychiatern...«

»Mr. Penn, in diesem Gerichtssaal *verlangen* wir gar nichts. Wir *ersuchen*.« Sie sprach Venable an. »Sie dürfen Ihren Zeugen hereinbringen.«

Alan Penn stand da wie ein begossener Pudel. *Jetzt ist alles aus,* dachte er. *Jetzt geht unser Fall den Bach runter.*

Gus Venable forderte seinen Assistenten auf: »Führen Sie Dr. Barker herein.«

Ganz langsam öffnete sich die Tür. Dr. Lawrence Barker wurde in seinem Rollstuhl in den Gerichtssaal gefahren. Er hielt den Kopf schräg; die eine Seite seines Gesichts war verzerrt.

Die Anwesenden beobachteten mit Spannung, wie die blasse, gebrechliche Gestalt nach vorn geschoben wurde. Als er an Paige vorbeikam, schaute er zu ihr herüber.

Sein Blick verriet keinerlei Freundlichkeit, und Paige mußte an seine letzten Worte denken: *Für wen zum Teufel halten Sie sich eigentlich...*

Als Lawrence Barker vor dem Podium ankam, lehnte sich die Richterin vor und fragte liebenswürdig: »Dr. Barker, sind Sie in der Lage, hier und heute als Zeuge auszusagen?«

Barker sagte, undeutlich, aber hörbar: »Das bin ich, Euer Ehren.«

»Sind Sie völlig über das im Bilde, was in diesem Gerichtssaal verhandelt wird?«

»Ja, Euer Ehren.« Er blickte in Paiges Richtung. »Die Frau da steht wegen Mordes an einem Patienten vor Gericht.«

Paige zuckte zusammen. *Die Frau da!*

Die Richterin traf ihre Entscheidung und wandte sich an den Gerichtsdiener. »Würden Sie bitte die Vereidigung dieses Zeugen vornehmen?«

Nach seiner Vereidigung erklärte die Richterin: »Sie dürfen sitzen bleiben, Dr. Barker. Der Ankläger macht den Anfang. Ich werde der Verteidigung danach gestatten, Sie ins Kreuzverhör zu nehmen.«

Gus Venable lächelte selbstzufrieden. »Vielen Dank, Euer Ehren.« Er begab sich leichtfüßig zum Rollstuhl. »Wir werden Sie nicht lange beanspruchen, Herr Doktor. Das Gericht ist Ihnen tief für Ihr Entgegenkommen verbunden, unter solch beschwerlichen Umständen als Zeuge zur Verfügung zu stehen. Sind Sie in etwa mit den Aussagen vertraut, die im Laufe des vergangenen Monats hier gemacht worden sind?«

Dr. Barker nickte. »Ich habe alles im Fernsehen und in der Presse verfolgt. Es hat mich angewidert.«

Paige vergrub ihr Gesicht in den Händen.

»Ich bin sicher, daß viele von uns genauso empfinden, Herr Doktor«, erklärte der Ankläger salbungsvoll, der ein Gefühl des Triumphes kaum verbergen konnte.

»Ich bin hergekommen, damit der Gerechtigkeit Genüge getan wird.«

Venable lächelte freundlich. »Genau wie wir.«

Lawrence Barker schöpfte tief Luft – dann ließ er seiner Empörung freien Lauf. »Wie konnten Sie Dr. Taylor dann überhaupt vor Gericht bringen?«

Venable glaubte, sich verhört zu haben. »Ich bitte um Verzeihung.«

»Dieser Prozeß ist eine Farce!«

Paige und Alan Penn wechselten einen verblüfften Blick.

344

Gus Venable wurde blaß. »Herr Dr. Barker...«

»Unterbrechen Sie mich nicht!« fuhr ihn Barker an. »Sie haben die Aussagen von einem Haufen engstirniger, neidischer Leute benutzt, um eine brillante Chirurgin fertigzumachen. Sie...«

»Augenblick!« Venable war nahe daran, die Fassung zu verlieren. »Stimmt es etwa nicht, daß Sie Dr. Taylors Fähigkeiten dermaßen scharf kritisiert haben, daß sie am Ende soweit war, das Embarcadero County Hospital zu verlassen?«

»Doch.«

Gus Venable fühlte sich gleich ein wenig wohler. »Na also«, meinte er herablassend. »Wie können Sie dann aber behaupten, sie sei eine brillante Ärztin?«

»Weil es zufällig die Wahrheit ist.« Barker drehte sich um, so daß er Paige anschauen konnte, und als er von neuem das Wort ergriff, da sprach er auf eine Weise, als befände er sich allein mit ihr im Gerichtssaal: »Es gibt Menschen, die dazu geboren sind, Arzt zu werden. Zu diesen seltenen Menschen gehören Sie. Ich habe Ihre Fähigkeiten von Anfang an erkannt. Ich war Ihnen gegenüber hart – zu hart vielleicht –, *weil* Sie so gut sind. Ich bin so hart mit Ihnen umgesprungen, weil ich erreichen wollte, daß Sie härter gegen sich selbst werden. Ich wollte alles tun, damit Sie vollkommen werden. In unserem Beruf ist für Irrtümer und Fehler kein Platz. Nicht der geringste.«

Paige starrte ihn wie hypnotisiert an; um sie drehte sich alles. Das kam viel zu schnell.

Im Gerichtssaal herrschte gebanntes Schweigen.

»Ich hätte Sie nie und nimmer gehen lassen.«

Gus Venable spürte, wie ihm der Sieg entglitt. Sein Traumzeuge war zum schlimmsten Alptraum seines Lebens geworden. »Dr. Barker – hier ist die Aussage gemacht worden, daß Sie Dr. Taylor beschuldigten, Ihren Patienten Lance Kelly getötet zu haben. Wie...«

»Das habe ich *ihr* gegenüber gesagt, weil sie für die Operation letztendlich verantwortlich war. Tatsächlich war der Narkosearzt schuld an Lance Kellys Tod.«

Paige war überwältigt.

Dr. Barker sprach langsam und mit sichtlicher Anstrengung. »Und was John Cronin betrifft und das Geld, das er ihr vermacht hat, so hat Dr. Taylor davon nichts gewußt. Ich persönlich habe mit Mr. Cronin gesprochen. Er hat mir erzählt, daß er Dr. Taylor das Geld hinterlassen wollte, weil er seine Familie haßte, und er hat mir auch mitgeteilt, daß er Taylor bitten wollte, ihn aus seinem Elend zu erlösen. Ich habe dem zugestimmt.«

Die Zuschauer tobten. Gus Venable stand völlig verloren da, mit einem Ausdruck totaler Fassungslosigkeit im Gesicht.

Alan Penn sprang auf. »Euer Ehren, ich beantrage, das Verfahren einzustellen.«

Die Richterin ließ ihren Hammer niedersausen und brüllte: »Ruhe!« Sie musterte die beiden Anwälte. »In meine Räume.«

Richterin Young, Alan Penn und Gus Venable hatten in den Amtsräumen der Richterin Platz genommen.

Gus Venable befand sich in einem Schockzustand. »Ich . . . ich weiß nicht, was ich dazu sagen soll. Er ist ganz augenscheinlich ein kranker Mann, Euer Ehren. Er ist geistig verwirrt. Ich möchte ihn von einer Reihe von Psychiatern begutachten lassen und . . .«

»Sie können es nicht mal so, mal so haben, je nachdem, wie es Ihnen persönlich gerade paßt, Gus. Sieht ganz so aus, als ob sich Ihr Plädoyer mitsamt all Ihren Argumenten soeben in Rauch aufgelöst hätte. Ich glaube, wir sollten Ihnen weitere Peinlichkeiten ersparen, ja? Ich werde dem Antrag auf Einstellung des Verfahrens stattgeben. Irgendwelche Einwände?«

Langes Schweigen.

»Wohl kaum«, sagte Venable schließlich.

»Eine gute Entscheidung«, kommentierte die Richterin. »Ich will Ihnen noch einen guten Rat geben. Rufen Sie niemals – ich wiederhole: *niemals* – einen Zeugen auf, es sei denn, Sie wissen vorher, was er aussagen wird.«

Das Gericht tagte erneut. Die Richterin gab eine Erklärung ab: »Meine Damen und Herren Geschworenen, ich danke Ihnen für Ihre Zeit und für Ihre Geduld. Das Gericht stellt das Verfahren in allen Punkten ein. Die Angeklagte ist frei.«

Paige drehte sich um und warf Jason eine Kußhand zu, dann eilte sie zu Dr. Barker, ließ sich auf die Knie nieder und umarmte ihn.

»Ich weiß gar nicht, wie ich Ihnen danken soll«, flüsterte sie.

»Sie hätten überhaupt nicht in diesen Schlamassel geraten dürfen«, brummte er. »Verdammt töricht von Ihnen. Machen wir, daß wir hier wegkommen, damit wir uns irgendwo in Ruhe unterhalten können.«

Die Richterin hatte es mitgehört. Sie erhob sich und sagte: »Sie dürfen, wenn Sie wollen, für Ihr Gespräch gern meine Amtsräume benutzen. Das ist das mindeste, was wir für Sie tun können.«

Paige, Jason und Dr. Barker waren in den Räumen der Richterin allein.

Dr. Barker sagte: »Tut mir leid, daß man mir nicht früher gestattet hat, Ihnen zu helfen. Aber Sie wissen ja, wie die gottverdammten Ärzte so sind.«

Paige war den Tränen nahe. »Ich kann Ihnen gar nicht sagen, wie . . .«

»Dann lassen Sie's bleiben«, knurrte er.

Paige musterte ihn nachdenklich. Plötzlich kam ihr ein Gedanke. »Wann haben Sie mit John Cronin gesprochen?«

»Was?«

»Sie haben mich genau verstanden. Wann haben Sie mit John Cronin gesprochen?«

»*Wann?*«

Paige sagte ganz langsam: »Sie sind John Cronin überhaupt nie begegnet. Sie haben ihn gar nicht gekannt.«

Auf Dr. Barkers Lippen zeigte sich der Anflug eines Lächelns. »Nein. Aber ich kenne Sie.«

Paige beugte sich vor und warf ihm die Arme um den Hals.

»Werden Sie bloß nicht sentimental«, brummte er, mit einem Blick zu Jason. »Sie ist nämlich manchmal sentimental. Geben Sie bloß auf sie acht, sonst bekommen Sie's mit mir zu tun.«

»Keine Sorge, Sir«, sagte Jason. »Ich werde auf sie aufpassen.«

Paige und Jason wurden am folgenden Tag getraut. Trauzeuge war Dr. Barker.

EPILOG

Paige Curtis eröffnete eine Privatpraxis und ist als Chirurgin am angesehenen North Shore Hospital tätig. Mit der Dollarmillion aus John Cronins Vermächtnis gründete sie in Südafrika eine medizinische Stiftung, die nach ihrem Vater benannt wurde.

Lawrence Barker teilt sich die Praxisräume mit Paige und fungiert als fachärztlicher Berater für Chirurgie.

Arthur Kane wurde von der medizinischen Aufsichtsbehörde Kaliforniens die Lizenz entzogen.

Jimmy Ford ist völlig wiederhergestellt und hat Betsy geheiratet. Ihre erste Tochter nannten sie Paige.

Honey Taft ist mit Sean Reilly nach Irland gezogen und arbeitet als Krankenschwester in Dublin.

Sean Reilly ist ein erfolgreicher Künstler und zeigt bis heute keine Symptome von Aids.

Mike Hunter wurde wegen bewaffneten Raubüberfalls zu Zuchthaus verurteilt und sitzt seine Strafe noch ab.

Alfred Turner trat als Partner in eine ärztliche Praxis an der Park Avenue ein und ist enorm erfolgreich.

Benjamin Wallace wurde als Verwaltungsdirektor des Embarcadero County Hospital gefeuert.

Lauren Harrison heiratete ihren Tennislehrer.

Lou Dinetto wurde wegen Steuerhinterziehung zu fünfzehn Jahren Gefängnis verurteilt.

Ken Mallory bekam »lebenslänglich«. Eine Woche nach Ankunft Lou Dinettos wurde er in seiner Zelle erstochen aufgefunden.

Das Embarcadero County Hospital steht noch immer und wartet auf das nächste Erdbeben.

Elizabeth George
bei Blanvalet

Mein ist die Rache
Roman. 478 Seiten

Gott schütze dieses Haus
Roman. 382 Seiten

Keiner werfe den ersten Stein
Roman. 445 Seiten

Auf Ehre und Gewissen
Roman. 468 Seiten

Denn bitter ist der Tod
Roman. 478 Seiten

Denn keiner ist ohne Schuld
Roman. 620 Seiten

Aus dem Amerikanischen
von Mechtild Sandberg-Ciletti

»Am Anfang ist der Mord. Er gebiert Plot und Charaktere, Szenen und Verwicklungen und markiert gleichzeitig den Schlußpunkt: Die eigentliche Geschichte ist immer schon vor dem ersten Satz passiert. Auf diese klassisch englische Art funktionieren die Krimis von Elizabeth George. Dabei ist die inzwischen mehrfach preisgekrönte Newcomerin Amerikanerin.
Nichtdestotrotz spielen ihre Romane in England und nur in England. Mit so britischem Personal wie einem adeligen Scotland-Yard-Inspector namens Thomas Lynley und einer proletarisch-derben Assistentin namens Barbara Havers. Die Handlung ist brillant konstruiert, mit falschen Fährten, die auch gewiefte Krimileser todsicher in die Irre führen, und Lösungen, die nicht nur unerwartet, sondern auch plausibel sind. Perfekt beherrschtes Handwerk.«

Christa von Bernuth